望古神话

星坟

天使奥斯卡 ◎ 著

九州出版社
JIUZHOUPRESS

图书在版编目（CIP）数据

星坟·望古神话 / 天使奥斯卡著 . -- 北京：九州
出版社，2018.1
  ISBN 978-7-5108-6534-3

  Ⅰ．①星… Ⅱ．①天… Ⅲ．①科学幻想小说－中国－
当代 Ⅳ．① I247.5

  中国版本图书馆 CIP 数据核字（2018）第 012899 号

星坟·望古神话

作　　者	天使奥斯卡　著
出版发行	九州出版社
地　　址	北京市西城区阜外大街甲 35 号（100037）
发行电话	(010)68992190/3/5/6
网　　址	www.jiuzhoupress.com
电子信箱	jiuzhou@jiuzhoupress.com
印　　刷	三河市金元印装有限公司
开　　本	710 毫米 ×1000 毫米　16 开
印　　张	22
字　　数	280 千字
版　　次	2018 年 10 月第 1 版
印　　次	2018 年 10 月第 1 次印刷
书　　号	ISBN 978-7-5108-6534-3
定　　价	48.00 元

目录

CONTENTS

囚犯新生

"被告人徐乐，所有指控罪名成立，依照刑法第三百一十七条第三小则……众罪合一，判处死刑。"

庄严肃穆的法庭内，大法官正在宣读审判结果："嫌犯徐乐自愿参加生存游戏，担任亡命者，依据特赦法案，获得特赦。"

大法官拿起木质法槌，用力地敲了一下，"下面宣布闭庭。"

两个神色严肃的法警，带着徐乐离开法庭。刚出大门，几个表情阴沉的黑衣人就围了上来。

为首的黑衣人对法警亮了下身份证件，自我介绍道："我是生存游戏筹委会特工江涛，前来接收亡命者徐乐。"

法警很认真地检查了证件，带着一行人去办了手续，在多份文件上签字盖章后，徐乐身上的手铐、脚铐总算是拿下去了。

江涛带着徐乐出了法院，上了一辆蒸汽车。

黑色蒸汽车，外形方正粗犷，车厢的内饰简单，空间宽敞，四个人面对面坐下，竟然没有丝毫拥挤。

"我叫江涛，也是你的培训教官，在进入生存游戏赛场前，你都要听我指挥，任何行动都要向我请示报告，明白吗？"

江涛眼睛狭长，眼神锐利，肤色比较黑，又穿着笔挺黑色羊绒套装，材质高档，很有质感。深沉内敛的风格，把他冷漠阴森的气势完全凸显出来。

同时，他也在打量着徐乐。十八岁的徐乐脸庞倒是算英俊，但此时一脸木然，他比同龄人高了一头，上衣撑得像要裂开一般，显示出身体的强健。

"明白。"徐乐干脆利索地应道，他在被捕前一直生活在森严的秩序里面，对这样的强硬早就习以为常，很容易就进入绝对服从的状态。

江涛点点头，他对于徐乐的态度还算满意，说道："我必须要提醒你，你是特赦人员，在生存游戏结束前，不能犯任何错误。否则，特赦随时都可以取消，你要做的只有一件事，绝对服从。"

"是。"徐乐大声答道。

江涛的话很少，简单说了两句后，嘴就紧紧闭上了，其他几个黑衣人也都是如此。

出了城，天空中的雾霾反倒比城内更浓重，远方山野在滚滚如潮的雾霾中若隐若现，似乎蕴藏着无尽的危险。

空旷的长路上，看不到任何人或车辆，只有两旁树木沉默地排列着。汽车蒸汽机沉闷有力的轰鸣，在天地间孤独地回荡着，得不到任何回应。

徐乐猛然觉得很幻灭，他本来只是孤星政府治下青林市第九动力职业学校的一名普通学生，却在短短一个月的时间里沦为需要靠参加生存游戏赎罪的亡命者，人生实在是太难以捉摸了。

起因不过是因为，徐乐和伙伴张扬伪造证件跑到孤星首府天鼎城游玩，顺便和当地的恶霸宋爷打了一架。

至少，徐乐自己是这么认为的。

他想起了临审判前和那个神秘人的一番对话。

在审讯室里，那人掏出一条白色手绢，细心地擦着镜片，不时还呵一口气，等眼镜被擦得一尘不染，他才又戴上眼镜，说道："你知道他们用什么罪名起诉你吗？"

当时徐乐摇着头，他只是个初级职业中学的毕业生，除了打架就会烧炉子，哪懂得法律上的事。

"打架斗殴，严重扰乱社会治安；破坏他人财物；伤害他人，致人重伤……"那人竖起一根手指，"其中一项最轻的罪名，也够判刑十年，任意两项罪名成立，就是死罪。

"没有意外的话，你死定了，但我们愿意帮助你。

"只有一个办法能让你有可能活下去——参加生存游戏。只有如此，你才有活路。只要在生存游戏中获得胜利，你就能洗白自己，甚至可以成为守护者，一跃成为一级公民。"

"参加生存游戏的幸存概率只有百分之一，这就算是帮我？"徐乐反问道。

那人正色道："没有我们，你连参加生存游戏的机会都没有，没有我们，你在生存游戏中的幸存概率是零。"

汽车一阵颠簸，徐乐的沉思被打断，他看看周围坐着的几个黑衣人，明显不是倾诉心情的对象。

徐乐脸上一片沉静。待在禁闭室的一周，摧残了他的身体，却淬炼了他的精神。这种内在的变化，很难用语言来表达。但是，徐乐无疑变得更加成熟，也更能控制自己的情绪。

江涛和几个黑衣人，也没人注意徐乐。他们都坐得笔挺端正。哪怕汽车剧烈颠簸，他们的身体也会保持着标准坐姿。而且，他们彼此间也不交流说话。

车厢内诡异的安静，让徐乐还有些不习惯，但待得久了，他倒觉得这样也不错，至少不用费力地去讨好对方。他换了个姿势，沉沉地睡去。

黄昏时，徐乐一行人才到达目的地：一座建在山谷中间的巨大营地。

营地周围用原木搭建着高高围墙，天色虽然昏暗，徐乐独特的敏锐视力，却发现围墙上面还钉着许多尖锐的铁刺。很显然，铁刺不但是为了防备野兽，也是为了防止人逃跑。

营地大门前有一队全副武装的士兵，经过仔细的盘查，徐乐才跟着江涛进入营地。

徐乐不动声色地利用眼角余光，小心地打量着周围环境。

围墙四角都有高高塔楼，上面都有拿枪的士兵放哨，营地中有数十顶帐篷，被一条条纵横的道路划分成九个明显的区域，有些奇怪的是，营地中看不到任何人影，安静得有些诡异。

江涛带着徐乐来到一座帐篷前，交代道："你就住在这里，我不在的时候，听从广播指示行动。"停了下又警告道，"天黑后，绝不能离开帐篷。一旦被发现有人擅自出行，士兵就会开枪。"

"是。"徐乐乖乖点头称是，这地方和监狱也差不了多少，到处都荷枪实弹的士兵，他又没疯，哪会乱来。

等江涛离开，徐乐立即就进了帐篷。帐篷不大，东西还算齐全，有睡囊、水壶、煤油灯、马桶，旁边还摆着一整套黑色军装，其中包括制式内衣，袜子，高腰系带的牛皮战靴、腰带、袖标。

徐乐脱光衣服，试了一下衣物，都还算合身。衣服质地厚实，样式简洁利落，比他的预备役军装质量好许多，只是这几天他饿得狠了，整个人瘦了一大圈，衣服穿着有些肥大空荡。

穿着干净新内衣，他钻到睡囊里，只觉浑身轻松畅快，说不出的舒服。和禁闭室相比，这里就是天堂，舒适的环境，也让徐乐很快入睡了。

一阵巨大的喇叭声，把徐乐从沉睡中惊醒。

广播里传来了一个男人粗嗓门的声音："所有成员注意，按照不同分组，顺序到食堂领取食物……"

徐乐急忙穿好衣服，等他走出帐篷，就看到旁边两个帐篷里的人也出来了。一男一女，男的身体瘦弱，头发乱糟糟，带着个酒瓶底厚的大大黑框眼镜，干净的黑色军装，却被他穿得很邋遢。

女的却身材高挑，肌肤白皙，凤眼长而媚。她身上的军装似乎有些小，紧紧裹着身体，愈发显得腿长胸挺。怎么看都是个少见的美女。

但这女子眉眼间一片冰冷，给人的感觉十分不友好，似乎感觉到了徐乐的注意，女子冷冷瞥了眼徐乐。

徐乐上庭前一直关在看守所，没吃过一顿好饭，整个人都饿得脱形了，看起来就像是一具干尸。女子有些厌恶地撇了下嘴，又狠狠瞪了眼徐乐，似乎在警告他不要乱看。

瘦弱男子倒是很主动地凑过来，有些拘谨地自我介绍道："你是我们组新来的吧，我叫杨斌，你叫什么？"

"徐乐。"

徐乐应了一句，问道："我们组有几个人？"

"每个组只有三个人……"

杨斌禁不住叹气，他本身就不擅长战斗，同伴又是个女人。今天来的新同伴个子倒挺高的，可瘦得皮包骨，好像一阵风就能吹倒。他觉得未来一片灰暗，看不到任何希望。

"就三个人一组？"徐乐也挺惊奇，这里人很多，怎么才三个一组。

"走吧，我们先吃饭。"

杨斌领着徐乐向营地最中间的帐篷走过去，一面解释道："三人一个小组，三组为一小队，这里共有八支小队。参加生存游戏的八个精英守卫者，各自带领一队亡命者，还有若干追随者，组成一支完整队伍，八支队伍互相厮杀，决出胜者……"

徐乐听得很认真，显然杨斌的厚眼镜没白戴，他对情况了解得很详细，说得也很有条理，让人很容易理解。

"我们组比较弱，我不擅长战斗，维修机械什么的倒可以，朱菲还是个女人。"

杨斌说着还看了眼徐乐，强忍着没做评价，又道："我们这一组很弱，情况不妙啊……"

徐乐倒是理解杨斌的意思，他被折磨成这副样子，说什么都没说服力。他也没必要和杨斌说解释什么，想了想问道："一队有那么多人，我们组弱一点也不影响整体吧？"

"唉，不是那样的，力量弱小的小组，都会沦为炮灰……"

徐乐："呃……"

两个人说话的时候，高挑冷艳的朱菲一直在后面跟着，但保持着十多米的距离，显得极其疏离，似乎完全不把自己当作这一组的成员。

其他小组的亡命者也陆续过来吃饭，众人彼此打量的时候，目光都带着几分警惕，不同的小组，也许在生存游戏中就是敌人。

徐乐这一组的三个人，看起来都很弱。朱菲是个漂亮女子，倒是吸引了不少目光。

有的亡命者甚至吹起了口哨，试图吸引朱菲的注意。朱菲很冷傲，目不斜视，对周围人的挑逗视若不见。

在营地中也没人敢太过分，一些人虽心有不甘，也不敢再做什么，就是不停地盯着朱菲，眼睛似乎粘在她身上一样。

杨斌对此只能连连叹气，别的组明显都把他们当菜，连基本的客气都懒得维持。

徐乐倒没什么感觉，反正又不是在调戏他，这里都是犯了重罪的犯人，是为了活命才来参加生存游戏的亡命者，哪会有什么好人。

相比之下，他更关心这里吃的怎么样。

食堂很简陋，弄了几口露天的大锅，分别煮饭、煮肉、煮粥、煮菜。几个厨子拿着大号铁勺，在那里分发饭菜。肉和菜都煮得稀烂，完全没什么口感可言，饭还有些夹生，只有稀粥味道好凑合，唯一的好处就是营养足够，容易消化，而且无限量供应。

事实上，每个人都是用小铁盆吃饭，为了防止吃不了，大多数人都会请厨师少放点，很少有人能吃第二盆。

徐乐是饿得太久了，昨天又在蒸汽车上折腾一天，吃了一些东西，胃倒是勉强恢复了一些，饱睡了一夜，胃口大开，连吃了三碗才算罢休。

惊人的食量，也让杨斌大为惊奇，以徐乐的食量，还长得这么瘦，真是很没道理。

朱菲看到徐乐吃第二碗的时候，就觉得很丢人，再也坐不住先离开了。

吃过早饭没多久，徐乐还在和杨斌闲聊，就听到一阵尖利的哨声。

"集合了，可能从今天开始就要正式训练，我听说训练科目都是军队特战兵标准，这次惨了……"

杨斌苦着脸说道。

他身体瘦弱，运动能力差，协调性也差。特战兵的训练大纲都是负重越野、攀爬山崖、涉水潜泳这些身体训练，对于身体要求极高，他只怕是无法通过这些科目。

对此，徐乐也不知该说什么，只能同情地拍拍杨斌的肩膀。

集合地点的营地是后面的空地，一群人按着不同小组排列，组成一个松散的队列。

最前面的教官是个光头大汉，身材高大强壮，脸上坑坑洼洼的都是疤痕，显得异常剽悍凶猛。他站在那不用说话，只是眼神一扫，众多亡命者就都老老实实，没人敢直视他的目光。

"今天，八支小队的人员都到齐了，因为有许多新人，我再说一遍，我叫厉军，是这个训练营的总教官。"

总教官厉军中气充足，说话时腹腔共鸣，中音特别浑厚有力，说话时也毫不掩饰对众人的鄙夷不屑。

徐乐虽然骄傲，也不得不承认，对方气场很强大，虽是同样的光头，可比铁拳王向东强多了，尤其是那股彪悍的杀气，绝不是装出来的。

"你们这群亡命者，都是社会的渣滓、垃圾，要不是生存游戏，你们都该被枪毙。"

厉军森然道："在训练营里，你们必须绝对服从教官的命令。违抗命令者，军法处置。"

众人鸦雀无声，连大气都没人敢喘。

厉军微微点头，对身后的八名教官道："小队名单已经拟好，按照名单，你们各自带领一支小队训练，最后你们会按照小队的训练成绩来划分名次，都明白了吗？"

"明白！"八名教官一起大声应道。

人员不多，八名教官依次宣读名单，很快就完成人员划分。徐乐、杨斌、朱菲这一组被分到江涛手下，同一小队的，还有另外两个小组的六个人。

其他两个小组的人，都对徐乐他们这一组很嫌弃，训练是有对抗的，带着这三个废物，他们小队哪会有成绩！可名单已经订好，就是教官也无力改变，他们再嫌弃也没办法。

就是同在一组的朱菲，也看不起徐乐和杨斌。当然她对其他人也不假辞色，独自站在那里，和所有人都保持着距离。

教官江涛还是那副阴沉样子，看不出喜怒。他站在那不说话，小队的人自然都不敢乱动。冷傲的朱菲，也被他目光看得发毛，主动地凑到杨斌身旁站好。

"六十天的集训，对你们是个巨大的考验，无法通过考验，就会被淘汰。"

江涛冷酷地说："你们记住了，淘汰就是死亡，得不到足够的生存点数，就算进入生存游戏也会死，不要有任何侥幸心理，要么获得胜利，要么死亡。"

众人脸色微变，都知道生存游戏的残酷，但训练如此可怕，还是超乎了众人的想象。

"好消息是前面的一个月时间里，不会有太高强度的训练和对抗，希望你们把握机会……"

江涛说着还特意看了眼杨斌和徐乐。杨斌不用说，他的身体最弱，徐乐据说身手不错，就是不知现在还有多少体力，把这两个人放在一组，也不知上面怎么考虑的。

杨斌理解了江涛的意思，不禁脸色如土，手都控制不住地颤抖起来。

那副软弱的样子，让徐乐都觉得有些可怜，他低声安慰道："不用怕，没事的……"

这种空口的安慰，显然无法让杨斌觉得心安，他勉强地想挤出个笑容，可那表情却比哭还要痛苦。

小队的其他人都冷漠地看着，那样子似乎恨不得杨斌现在就去死，以免拖累他们。

杨斌的软弱表现也让江涛暗自摇头。这样软弱的人，是不可能通过第一轮筛选的，他也没兴趣在这种废物身上浪费时间。

"你们准备一下，第一天进行三十公里的负重行军。每个人背着七天粮食、武器模具、水、药品、睡囊，总计负重二十公斤。注意，是按小组来计算成绩，每个小组最后一个成员到达的时间，就是小组成绩，成绩最差的小组，执行鞭刑，每人十鞭……

"沿着这条路绕青龙岭一周，再回到这里就是三十公里的路程。记住，不要离开大路。山野中有许多变异的野兽。"

小队九个人各自背着背囊，挎着长枪，站成一个横排，神色严肃地听着江涛训话。

江涛看了看手表，"现在是早上八点，晚上七点前没有回到营地的人，视为潜逃，格杀勿论。"

"教官，"杨斌举手，一脸小心地问道，"要是因为意外没能按时返回，怎么办？"

"说话前要提前请示，喊报告，得到我的允许，你才能发言！"

江涛瞥了眼杨斌，"第一次就原谅你，下一次有谁再犯，执行鞭刑！"

杨斌被吓得脸色发白，再不敢多问。

江涛又道："简单的负重行军都完不成，不论什么意外，都是自己无能，不用找任何借口！"

众人神色一凛，训练营规矩如此森严，所有人的心情都很沉重。

江涛在前方比画了手势，下达命令道："出发吧！"

其他两个小组的人，一刻都不敢多留，立即大步向前行进。

杨斌苦着脸，一手抓着徐乐道："兄弟，咱们可要互相帮助啊，不然都要倒霉。"

"我们是一个小组成员，是一个团体。"徐乐正色道，"我不会丢下你不管的。"

江涛说得很清楚，小组按最后一名的成绩来计算，他和朱菲跑得再快也没用，只有带着杨斌一起到达终点，才能避免被抽鞭子。

"太好了，我们不要急，三十公里负重行军，最重要的是节奏，而不是速度，因为人的体力是有限的，合理地分配体力，合理地休息，合理地行进，能最大限度地提高效率……"

杨斌怕徐乐着急，给他分析着里面的道理。

徐乐看了眼杨斌，他说得头头是道，但更像是在为自己走得慢找借口。

察觉到徐乐目光中的古怪，杨斌有些不高兴，指着自己太阳穴道："我身体很弱，但我这里很强！"

"嗯，看你就有知识。"徐乐随口应道。

他敷衍的态度，更让杨斌恼火，有些激动地道："我是临京大学博士生，要不是因为非法使用中央索引图书库，怎么会跑到这种鬼地方来！"

徐乐不知道什么是中央索引图书库，可他听说过临京大学，这可是孤星政府最出名的大学之一。杨斌居然是临京大学的博士生，这就更厉害了。他从小就学习不好，对于能轻松掌握知识的聪明人，总是很羡慕，也很敬重。

知识，才是社会最重要的力量，才能改变人的出身和阶级。

对于杨斌，徐乐简直肃然起敬，"你真厉害！"

徐乐的尊敬态度，到让杨斌有些不好意思，本能地谦虚道："其实也没什么……"

"呃……"徐乐本就不擅长交流，对方突然谦虚了一句，他就接不下去了，气氛也变得有些尴尬。

一直跟在旁边的朱菲，也不禁暗自摇头。小组这两名成员，一个是身体瘦弱的书呆子，但好歹脑子还算好用；另一个不但身体瘦弱，连脑子也像木头一样。

摊上这样的队友，真是让人绝望。朱菲目光四处打量，考虑着也许应该趁着这个机会逃走，可是她对周围环境一无所知，想跑都不知该向哪个方向跑。

朱菲突然心中一动，杨斌既然是博士，应该能知道一些情况吧？她忍不住问道："这里到底是哪？"

徐乐一脸茫然地摇摇头，他哪知道这是什么地方！

"青龙岭位于东镇山脉东面，周围群山环绕。这里曾经被严重污染过，有许多变异的植物动物，方圆数百公里都是无人区。生存游戏的战场就在东镇山脉中心区域，我们所在的位置，距离最近的城市天鼎城足有二百多公里，向西要越过几百公里荒野，才能到达临京市……"

杨斌一肚子知识，终于有机会显摆，说起来就滔滔不绝，眉飞色舞，没注意到朱菲的脸色变得有些难看。

倒是徐乐注意到了朱菲的神色不对，但他也没多想。

"我进入过机器索引资料库，在里面看到过一些绝密资料。东镇山脉中心曾发现过远古遗迹，但后来不知什么原因，这一处遗迹被封锁了。我猜，生存游戏的最终祭典，也许就是那处遗迹……"

看两人似乎对自己的话不太感兴趣，杨斌扶了扶黑色宽边眼镜，还是继续说："其实生存游戏没那么简单，政府也不可能用一个游戏就解决所有的矛盾，生存游戏举行了这么久，每年不知消耗多少人力物力，肯定有其内在原因。"

"哦，你什么都知道，那解释一下是什么原因，非要聚集一群人彼此搏杀？有什么意义？"朱菲大声反问道，漂亮的凤眼中眼神尖锐如刃，狠狠地瞪着杨斌。

杨斌博学广闻，性子却有些软，更不会和人吵架，被朱菲一瞪，就紧张得不知该怎么解释，脸都红了，"这个，这……"

"算了，都是自己人，争这个没意思。"

徐乐不太喜欢朱菲的咄咄逼人，欺负杨斌不算什么本事，他出言劝解道。

"自己人？"朱菲斜睨着徐乐道，"瘦鬼，谁和你是自己人，你们两个都是废物！"

朱菲用力地紧了紧背包，加快脚步前进。她腿长步伐又快，没几步就甩开了徐乐和杨斌。

而且，她的速度还在不断加快，几分钟的工夫，背影就消失在绵延起伏的山路中。

"她脾气可真差！"杨斌讪讪地说道。

徐乐点点头表示赞同，他问道："被一个臭脾气女人看不起，你是不是很生气？"

杨斌迟疑了下，有些沮丧地道："我身体是很虚弱，在这种体力活动上有巨大劣势，从这点上说的确算是废物。"

徐乐本想刺激一下杨斌，激发他的斗志，对方可好，直接就承认自己是废物，让徐乐也特别无奈。

"你好歹也是男人，这样直接说自己无能不太好吧！"

"我只是说出客观结论。"杨斌不以为然地道,"体力是我的弱项,我嘴里不承认,喊得震天响有什么用,不行就是不行。"

徐乐也服了,这位博士还真有学问,承认自己无能,还说得振振有词,条理分明,无懈可击。

"你说得好有道理,我服。"徐乐很干脆地认怂,他也明白一件事,杨斌也许不敢和朱菲争辩,可他绝不是嘴笨。

徐乐不再说话,低着头默默赶路,脚下的步伐却在不断地加快,他说不过杨斌,甩掉他却很容易。

杨斌跟着徐乐走了一会儿,额头上就已经冒出层层虚汗。杨斌的背囊背带勒得他肩膀生痛,他的肉似乎都被磨烂了,腰椎也受不住力,感觉好像很快就要被压断了。

"徐乐,徐乐,咱们慢点走,慢点走……"

杨斌气喘吁吁地跟在徐乐屁股后面,大声地喊道。

徐乐头也不回地道:"路还远呢,不能再慢了。"

"急也没用啊,既然我们肯定是最后一名了,就要合理地分配体力,为挨鞭子做准备!"

杨斌试图说服徐乐,在那有理有据地分析着。

徐乐没好气地道:"按照你的速度,晚上七点前肯定无法回到营地,到时候可不是挨鞭子的事了!"

"不会的,我算过了,负重状态下,我每小时大概能走四公里,一共有十一个小时的时间,我们每小时还能休息五分钟进行调整,因为人的体力会不断衰减,后面的速度会越来越慢,还要考虑到路上遇到意外,个别路段难走,体力消耗大。但是,我们会进食喝水补充,这会减少部分重量,所以,我预留了两个小时的机动时间……"

杨斌信心满满地道:"最坏的情况,我们也能在七点前赶回营地。"

"分析得还挺详细……"徐乐感叹道。

"我最擅长数据分析,其次就是机械设计维修!"

杨斌说到得意处,黑粗眼镜后面的小眼睛都在闪光,"我其实是双博士的!"

"双博士?"徐乐真的惊讶了,对他而言博士已经高不可攀,双博士又是何等的厉害人物!他又很不解,这样的人应该很稀少,怎么会被扔到这里参加生存游戏？

"你这样的人不是都被称作天才，就因为偷了点资料就被扔到这里了？"徐乐难以置信地问道。

"我只是个三级公民，考上博士后升为二级公民。"杨斌无奈地道，"机械索引资料库，只有荣誉公民才有资格查询使用，我窃取资料犯了大忌，没当场枪毙已经是优待了！"

徐乐其实有些不理解，杨斌这样的天才又何必折腾，就算只是按部就班地积累，他也有机会成为最高等级的荣誉公民，何必急着挑战法律。他沉默了下道："你这也算自己作死吧！"

"人有社会性会区分不同等级，但知识没有等级，他们封锁知识，完全是阻碍社会进步。"

杨斌挥舞着双手大声说着，情绪显得颇为激动。

"哦……"徐乐很敷衍地随口应了一句，他不太明白杨斌激动什么，对他来说，职业中学所学的知识就很深奥了，难以全部掌握，政府有没有封锁知识，根本不重要。

徐乐的无所谓，让杨斌禁不住连连摇头，痛心地道："就是你这样的人太多了，社会才无法进步，身体可以向现实屈服，但要有颗自由的心！"

"自由的心？"

徐乐颇为好奇地问道："那有什么用？"

杨斌有些生气，"自由的心是一种情绪，一种强大力量。低级公民匍匐在高级公民脚下，就是因为他们没有自由的心，不懂得去争取、反抗！"

"你有自由的心，可你还不是跟我一起当亡命者？"

徐乐不以为然地道："我看不出有什么区别。"

"那怎么一样，完全不一样。我的心是自由的，意志是高贵的。"

杨斌更激动了，他眼神中甚至带着几分愤怒，徐乐的无知和愚昧，让他觉得像是受到了极大侮辱。

他十分严肃地告诫道："无知没错，但请保持谦卑。"

"高贵、自由的博士阁下，我想提醒你一件事。"

徐乐也有些生气，这个戴眼镜的家伙还真是读书读傻了，这会儿还敢对唯一帮助他的人大声叫器。所以，他的语气也多了几分尖锐，"我不知道什么体力衰减值，但我知道一件事，你背着这个背包，在规定时间内连二十公里都走不完。"

杨斌呆了一下，本能地反驳道："你懂得什么，这是我经过科学计算的结果。"

徐乐怜悯地道："借用你的话来说，'无知没错，但请保持谦卑。'"

徐乐自知口才不行，知识面更是狭窄，怎么也不可能说服杨斌，他索性不废话，也不给杨斌辩解的机会，大踏步向前走去。

"你别走，把话说清楚，什么叫我无知……"

居然被粗陋无知的徐乐教训，这让杨斌很不甘心，他追着徐乐想理论一番。可徐乐根本不给他机会，脚下不断加速，杨斌跟着狂跑了几十米，没抓到徐乐，自己却被累得大汗淋漓，气喘如牛。

杨斌不信邪，徐乐是比他高了许多，可他脸颊上的肉都瘦得干瘪进去，一副皮包骨头的干尸样子看起来比他还瘦弱。对方背着个二十公斤的背包，怎么可能走得那么快！

杨斌觉得徐乐是故意逞能，他奋起余力，迈开双腿大步跑起来，试图追上前面的徐乐。又跑出几十米，杨斌只觉得肺火辣辣的像要炸开，双腿软得撑不住身体。

前面徐乐的背影却越来越远，杨斌心里一阵发虚，脚下一软，一个跟跄扑倒在山路上。

碎石铺垫的路面粗糙坚硬，杨斌摔在上面，双掌立即就被碎石划破了，刺痛让他忍不住大叫起来，可身体力量消耗殆尽，他叫得虽惨，声音却不大。

杨斌努力抬起头，眼看着徐乐的身影逐渐远去，心里更是一阵发慌。他本就不是性格强硬的人，刚才只是书呆子气发作，想给徐乐上上课，提高一下见识，事情发展到现在的样子，可不是他想要的。

一百多米的狂奔，也让杨斌意识到他的身体的确很虚弱，远远不像他估计的那样有力，也许徐乐没说错，他无法在规定时间内完成考核。

清冷的山风迎面而来，路两旁野草成片摇摆，山风穿过草木发出诡异的呼啸声，就像有什么猛兽要从里面蹿出来一般。

山路两边的野草都比人高，草茎坚硬，草叶边缘锋利如刃，草叶上还都带着黑黄纹路，就像是被火焰灼烧过一般，丑陋而又带着几分诡异。

杨斌知道，这些剑叶草很可怕，上面的诡异纹路是因为遭受过深度污染，带着毒性，要是不小心被草叶划破了皮肤，没有对应的治疗药剂是会致命的，在这片变异的区域里，野兽也早都跟着变异了。

一般来说，野兽都会尽量远离人类，人工修建的山路上，不大可能遇到变异猛兽，可许多野兽喜欢在夜色中捕猎，对于猛兽来说，人类只是非常弱小的食物。

杨斌打量了四周一圈，越想越怕，再顾不得手掌上的刺痛，急忙爬起来，快步追赶前面的徐乐。

他趴在地上的这么一会儿的工夫，已经看不到徐乐的背影了。

杨斌又跑了几十米，越跑越慢，他知道追不上徐乐了，也顾不得什么自尊心，急忙扯着脖子大叫："徐乐，徐乐……"

杨斌凄厉的叫声，随着山风在山野间飘荡着，寂静的山野，却没有任何回应。

"徐乐……徐乐，你不会真的扔下我吧！快回来，快回来，我错了还不行吗……"

杨斌都快哭了，要是徐乐真的抛弃他，那他的下场肯定不妙，意识到徐乐是他活命的希望，他叫喊的声音愈发大了。

"你叫得像个娘们儿！"

旁边的浓密剑叶草一分，徐乐走了出来，他脸上的笑容也带着揶揄之色，嘴上更是不留情地讥讽着。

徐乐到底只是一个十八岁的少年，没什么城府，更不会隐藏自己的情绪，被杨斌训斥了一通，他就要立即报复回来。

杨斌看到徐乐出现，心里也猛地松了口气。对方说的话不好听，可并没有恶意，有这么一个人在身旁，他悬着的心一下就落地了。

"我们是同伴，是战友，几句话就生气了，这没必要吧！"杨斌苦笑着说。

"我这个人比较小气。"徐乐倒是很坦诚，毫不掩饰地承认了自己小气。

杨斌摇头道："你只是性格直接，并不是真的小气，真小气的人，可不会管我的死活。"

"你是说朱菲吗？"徐乐笑了，杨斌也有意思，明明性格很软弱，说话却偏偏总带着刺，也不知他是故意的，还是天生的嘴欠。

"朱菲也不算小气，她性子比较冷傲，防备心又强，其实本性倒是不坏的……"

出乎徐乐意料，杨斌并没有说朱菲坏话，反倒为她解释了几句。

徐乐有些感叹地说："你倒是个好人！"他可不是讥讽，被朱菲当面骂废物，他虽说不上多生气，可也有几分不爽，杨斌还能为对方说好话，这样的人还真不多见看，说一句好人绝不为过。

杨斌苦笑道："好人？听起来好像不是在夸我。"

"我不是夸你，只是说实话。"徐乐很认真地说道。

不等杨斌说话，徐乐又道："我们已经浪费很多时间了，快走吧！我可不想真的挨鞭子。"

徐乐从背包里取出一根攀爬用的绳子，在杨斌腰带的铁环上系住，另一端系了个套，斜套在自己肩膀上。

"我在前面带着你，你可以走得快点，也能省点力气。"

徐乐解释了一句，大步向前迈去。杨斌被绳子拖着，身不由己地加快步伐。

"哎哎！慢点慢点，不要急啊……"杨斌在后面叫着，可徐乐完全不听，他只能被迫地跟着徐乐的节奏走。

被徐乐牵引着，杨斌的确节省了不少体力，也加快了速度。但他身体还是太弱，走了没几公里，就累得走不动了。可被绳子牵引着，想放慢也不行。

山路又是崎岖起伏，上坡还好说，下坡就控制不住力量，杨斌走起路来有些控制不住，脚下不断地磕绊。

"我要不行了，我们休息一会吧！"杨斌恳求道。

"为了自由，我们绝不能停下脚步。"徐乐头也不回地鼓励道。

"我……"杨斌这会儿只想休息，自由什么的有多远滚多远吧，但这话却怎么也说不出口。

灰色的长路上，徐乐拖着跟跟跄跄的杨斌，坚定地向前行进。他沉默而强硬的背影，让杨斌不好意思再说别的，只能咬着牙跟在后面。

晦暗的层层雾霾，如同一层层黑幕，重重遮挡着天空，过了下午三点，天光迅速暗下来。

远方的山野在幽暗中变得模糊遥远，周围呼啸的山风更多了两分尖利诡异，灰色山路在浓重雾气中若隐若现，显得异常神秘。

精疲力竭的杨斌，看着淹没在幽暗中的山路，心里一阵绝望。他脚下一个跟跄，扑在了地上。地面上荡起的灰尘，被他大口地吸入鼻腔里，呛得他大声咳嗽起来。

徐乐停下脚步，回头沉声说道："看起来，时间不多了。"

杨斌费力地脱下背包，翻转身体躺过来，把四肢完全伸展开。一直紧绷酸痛的肌肉放松开来的那种轻松，让杨斌舒服得快要呻吟出来。

长途负重行军，考验的不只是人的体力，更考验人的意志。从早上八点一直跑到下午三点，杨斌所有的体力都被榨干了，也只是凭着一口气在坚持，这一下跌倒，也把他的坚持意志都摔了个稀碎。

"我不走了，你走吧。"杨斌一脸解脱地说，做出了这个决定，他也放弃了挣扎，一切都变得轻松了。

徐乐走到杨斌身旁蹲下来，直视着杨斌的眼睛道："快到营地了，再坚持一会儿。"

"我们才走了十六公里，天色越来越暗，走路需要消耗的精力更多，我的体力也到极限了，四个小时是无论如何都走不回营地了！"

杨斌长长叹气道："与其累死，不如躺在这轻松一会儿。"

"你还能坚持的。"徐乐劝道，"我带着你，肯定能在规定时间前回到营地。"

"不可能的。"杨斌失去了所有斗志，也不想再折腾了，反倒会连累徐乐，觉得就这样轻松点死了，似乎也不错。

"废物。"

徐乐怒其不争狠狠地踢了杨斌一脚，踢得杨斌脸都抽搐成一团，蜷缩在那直抽气，一句话也说不出来。

看着杨斌那窝囊样，徐乐真想扔下他就走，却始终下不了狠心。

"真想弄死你！"徐乐嘴里骂着，一面拿起杨斌的背囊，套在自己胸口前，"我帮你背着总行了吧！"

徐乐不喜欢杨斌这种轻言放弃的软弱，也不喜欢对方骨子里那种优越感。但不论怎么样，他不会眼睁睁看着杨斌在这等死。

杨斌浑身肌肉酸软得似乎都要脱骨，真不想起来。可徐乐都帮着他背着二十公斤的背囊了，他也不好意思再躺在地上等死吧。

"徐乐，你没必要这样。"杨斌还是觉得很惭愧，他和徐乐没那么深的交情，不值得对方这样。

"别矫情行吗，有那精神快走几步。"

徐乐不耐烦，杨斌这股读书人的虚伪矫情劲头，真的很烦人。

看到徐乐不高兴，杨斌再不敢说话，就这么老实地跟在后面。没有了沉重背囊，他脚步也轻快了许多，徐乐还在他腰上挂着绳子，带着他向前走，更节省了他许多力气。

徐乐背着两个背囊，拖着死狗一般的杨斌，大步行进。他从小就经过严格训练，筋骨极其强壮有力。体力远远超乎普通人的极限。一周的禁闭，只消耗了身体脂肪，看着瘦得脱形，影响却并不大。

哪怕带着杨斌这个累赘，徐乐也不觉得多吃力。

没了沉重的背囊和长枪，空着手的杨斌步履轻松了许多，又有徐乐在前面拖着，心理上更有了依托，哪怕是跟跟跄跄，始终也都能跟在徐乐身后。

让杨斌惊讶的是，徐乐的体力似乎无穷无尽，走了一个多小时，也没有露出丝毫疲惫，脚下反倒是越来越快。

杨斌有几次都坚持不住了，想要喊徐乐休息一下，可看着徐乐坚定而有力的背影，他到了嘴边的话也不好意思说出来，只能咬着牙硬挺。

又走了一个多小时，徐乐终于看到前面影影绰绰有几个人影，他也是精神一振，脚下又加快了几分。

和杨斌不一样，徐乐的目标可不是简单的求生，他更渴望胜利，只要能超过前面的一队人，就能获得更好的名次，避免被抽鞭子。

徐乐没尝过鞭刑的滋味，但他能够想象，教官江涛一本正经地说出来鞭刑绝对不好受，他也没有任何尝试的兴趣。

深沉的暮色中，徐乐和杨斌杂乱的脚步声颇为刺耳。前方的三人组，很快就发现了后面赶上来的徐乐和杨斌。

三人组中为首的赵靖颇为惊讶，长途行军考验的就是毅力和耐力，两个瘦弱的家伙居然能赶上来，这份毅力可不简单。

"我们要加快点速度了……"赵靖大声喊道。他是个红脸大汉，脸红得像是抹了染料，在这个见不到阳光的世界里，绝大多数人都脸色苍白。赵靖的红脸也让他特色鲜明，异常好认。

强壮的身体，强硬到有些暴躁的脾气，让赵靖很自然地成了三人组的组长。

听到赵靖的大叫，两名组员都是浑身一哆嗦，急忙加快了脚步。

"他们两个瘦鬼，怎么可能有体力追上我们，一定是作弊了！"

叫林源的男人嘀咕着，小眼睛里都是不甘和愤恨，他们本来可慢慢行进，在七点前到达营地就可以了。突然赶上来的两个可恶家伙，却打破了他们的计划，这也让他特别厌恶对方。

"要不，我们给他们点教训？"林源不甘心地提议道。他知道赵靖喜欢暴力，只要动手痛打对方一顿，就能省许多力气。

赵靖大红面孔阴沉着，他想了想取出胸口挂着的银色雕花机械怀表，轻轻按了一下。清脆的金属声音中，怀表被打开，他仔细看了一眼，时间已经接近下午五点了。

按照他们行进的速度计算，现在距离营地大概也只有四五公里，赵靖虽然喜欢动手，脑子还是很清醒的。他抑制了一下动手解决问题的冲动，说道："这里离营地太近了，要是动手被看到很麻烦，我们加快点速度。"

"老大英明。"林源急忙拍马屁道，"是我想得太简单了。"

林源对身边的矮小男子喝道："李铭你走快点，要不是为了照顾你，我们早就到营地了。"

李铭皮肤黝黑，身材虽然矮小瘦削，却很精壮。他一脸憨厚老实，被林源大声呵斥，也没有丝毫怒色，反倒露出讨好的笑容。

其实，他一直背着赵靖的长枪，背包里也装满了赵靖的食物，可以说赵靖的大半负重都在他身上。多出来的重量，也让李铭速度快不起来，但他就像是牛马一样，身强力壮却脾气柔顺，明明被欺负也不会反抗。

在后面跟着的徐乐，能明显感觉到对方的提速，他也急着追上对方，不断加快速度。

双方距离不过一两百米，徐乐一发狠，很快就拉近了距离。

这个时候，已经能看到远方营地的点点灯火，代表着终点的光芒，也刺激了所有人。

赵靖等人也不再节省体力，加快速度向前行进。徐乐拖着杨斌，紧紧跟在后面，并不断地拉近距离。

赵靖也是心中骇然，那个高瘦如干尸的少年，明明拖着一个人，背着两个大背包，还能跑得飞快，他的身体内似乎装着强大的蒸汽机，力量强大得不可思议。

双方都在较劲，也没人说话，这个时候所有的力量都用在奔跑上了，彼此之间都能听到对方沉重的呼吸声。

和所有人不同的是，徐乐的呼吸沉重却带着独特节奏，经历了近三十公里的行军，他对呼吸控制得还是非常好，能最大限度地减少消耗，合理而有效率地使用体力。

赵靖行军速度一直不快，在体力上保持得更好，但被徐乐一冲，就打乱了原本节奏。狂奔了几公里后，所有人都气喘吁吁，汗出如雨，虽然想要发力甩脱徐乐，可脚下沉重得像灌了铅般，怎么也无法把速度提起来。

赵靖也着急了，要是被徐乐超过去就惨了，他在监狱服刑的时候，可是感受过鞭刑的威力。十鞭子下来，人至少要脱层皮，更无法完成第二天的训练。在训练之初就落在最后面，以后就更难追赶了，这不只是涉及荣誉，更涉及生死，他绝不能输。

"都得再快点，谁落在后面就直接撞死，不要连累我！"

赵靖厉声大骂着，希望两个手下跑得更快点，可体力接近极限的林源、李铭，脸比赵靖还红，额头上青筋都鼓出来，却怎么也快不起来。他们现在还没摔倒，已经是尽了最大的努力。

赵靖还想再骂，就听到"扑通"一声，跟在后面的杨斌一头抢在地上，发出一声尖利的惊叫。

拖着杨斌的徐乐，也被身后的杨斌拖了一个趔趄，差点摔倒。

"哈哈……"赵靖禁不住得意大笑，"你们就在后面吃屎吧！"

林源也配合着笑起来："两个废物，老老实实等死得了！"

背着沉重背包的李铭，也松了口气。刚才的狂奔，简直要了他的老命，他禁不住回头看了眼，趴在地上的杨斌一动不动，看样子似乎已经榨干了最后一丝体力，甚至连惨叫的力气都没有了。

李铭眼中露出一丝同情，两个人虽是竞争对手，可两人互相帮助的那种友情，却让他有些羡慕。相比之下，赵靖和林源的嘴脸都是那么可恶。想到这里，李铭不由低下头，微不可察地轻轻叹了口气。

此时，教官江涛正站在营地大门前，冷冷地看着山路上两个小组的竞争。距离虽然远，但也能透过营地附近悬挂的巨大煤油灯，倒是隐隐能看到两组人的情况。

杨斌的跌倒，改变了整个局面，也让他们小组注定要成为最后一名。

江涛对此倒不在意，谁是最后一名并不重要，重要的是以此激励众人的竞争，让他们不敢有任何懈怠。

不过，徐乐的表现还是让他有些意外，本以为和杨斌是一样的废物，现在看来却很有潜力，也许以后会带来些惊喜。

包括那个女人朱菲，居然也很不一般。江涛想到这里，不由得扫了眼旁边端正站着的朱菲。

提前到达的朱菲和另一组成员，都老实地在江涛身侧站成一排。朱菲本来对徐乐他们没抱任何希望，没想到他们居然追上来了，而且差一点就超过了另一组。

突然燃起的希望，又因为杨斌跌倒而熄灭，情绪上的起伏，也让朱菲冷傲的面容上多了几分生动。

正当所有人都以为赵靖他们赢定了的时候，落在后面的徐乐却突然扛起了杨斌，迈开大长腿向前狂奔。

这一幕也让朱菲不禁瞪大了眼睛，徐乐他们距离终点还有几百米，杨斌虽然瘦弱，体重也有一百二三十斤。徐乐扛着杨斌一个大活人，加上两人的负重，重量已经超过二百斤了。

扛着二百斤的重量，不但要狂奔数百米，还要和其他人赛跑！这太疯狂了！

不只是朱菲瞪大了眼睛，其他人也都是满脸震惊，哪怕是阴沉的教官江涛，也有些惊呆了。

所有人都觉得徐乐不可能赢，但又禁不住有些期盼，万一徐乐能创造奇迹呢！

赵靖正得意扬扬地和林源吹牛，却突然听到身后响起急迫的脚步声，他转头看过去，嘴顿时咧得老大。

林源不知发生了什么，还在那吹捧道："就那小崽子，也敢和咱们斗！"

他话还没说完，徐乐扛着杨斌，大步从他身边跑过去。

"啊！"出乎意料的一幕，让林源不禁惊叫出声。

赵靖也醒悟过来，现在可不是出神的时候，他环眼中露出凶光，一个大嘴巴扇在林源脸上，"快追上去，今天要是输了，我弄死你们！"

说着，赵靖当先追上去，林源和李铭也如梦方醒，竭尽全力地跟上。

可前面的徐乐越跑越快，赵靖跟在屁股后面狂追，距离反倒不断被拉开。赵靖就是想用什么坏招，也碰不到徐乐，只能不甘心地在徐乐背后哇哇乱叫乱骂。

徐乐一直冲到江涛面前，才放慢速度，慢慢地停下来。

江涛上下看了眼徐乐，见他浑身汗气蒸腾，整个人就像是刚从蒸汽汽锅里捞出来一般，不禁微微点头。这个少年不但体力惊人，爆发力更是恐怖，背着人一口气狂奔数百米，竟然还能稳稳地站着。

"归队吧。"因为徐乐的惊艳表现，江涛说话的语气也柔和了一些。

徐乐气喘如牛，人像被掏空了一般，甚至无力做多余的表情。他把杨斌放下，慢慢走到朱菲身边站好。

朱菲没说话，只是深深地看了一眼徐乐。徐乐扛着杨斌狂奔的身影，给她留下了难以磨灭的深刻印象，她忍不住想仔细看看，这个干尸一样的家伙到底有什么出奇的地方。

徐乐没理会朱菲，直接抛弃队友的女人，他十分看不惯。

脸色难看的杨斌也缓缓走过来，他刚才被徐乐扛着，五脏六腑都差点被颠出来，说不出的难受，但看到朱菲精致的脸，还是情不自禁地露出讨好的笑容。

可惜，朱菲对他的回应只是冷冰冰的一瞥。

没过一会儿，赵靖三人垂头丧气地走过来，依次在杨斌身旁站好。虽然江涛就在旁边，赵靖还是没忍住，凶狠地瞪了眼徐乐。徐乐却没正眼看赵靖，这种脸上总是挂着凶狠的家伙，他见多了。

一般来说，这种家伙最擅长的就是欺软怕硬，真正强悍的人，没必要总是展现自己的力量，这和老虎不会总是展露爪牙是一个道理。

所以，赵靖这样的人不足为患，至少对他来说没有任何威胁。

徐乐的漠视态度，更让赵靖生气，但没等他继续表现凶狠，江涛就说话了。

"赵靖、林源、李铭三人最后到达，每人十鞭，以此为戒。"

接下来，江涛亲自执行的鞭刑，在赵靖三人的背后留下了纵横交错的深深血痕。

周围数盏煤油灯照耀下，鞭刑的惨状清晰地映入每个人眼中。铁汉一般的赵靖，表现得特别柔弱，在鞭刑下凄厉地惨叫，简直像个胆小的小姑娘。能言会道的林源，则是屎尿俱下狼狈无比，倒是沉默老实的李铭，从始至终一声不吭，让众人刮目相看。

一场鞭刑下来，赵靖等人生动展现出了鞭刑的威力，也给众人留下了异常深刻的印象。

众人再看向教官江涛的眼神，也多了几分由衷的敬畏。

江涛对于展示效果也颇为满意，命令众人解散、休息。

徐乐拒绝了杨斌的攀谈，也无视朱菲复杂的目光，径自回到了自己的帐篷，脱光衣服，放松地躺在睡囊上，禁不住长长呼了口气。

他扛着杨斌狂奔获胜，看似轻松，实际上肌肉多处拉伤，筋骨更是酸痛得厉害，这会儿全身尽情舒展放松，真是说不出的舒服。

没过多久，营地的人都沉沉睡去，打起轻微的呼噜。徐乐虽然也累，但却没多少睡意，他走出帐篷，坐到草地上望着天上的繁星出神。

恍惚中，徐乐的思绪回到了几个月前，那个时候，他还只是一个普通的职业中学的学生，而一次偶然的邂逅，他的人生就发生了翻天覆地的变化。

"丁零零——"

机械振铃的响亮声音，在青林市第九动力职业学院的广场上空响起。

没过一会儿，一队队学生有序地从陈旧的教学楼里走了出来。

这群十几岁的学生，全部都穿着宽大灰色的工装学生服，年轻的脸上都挂着同样的沉郁和木然，一如乌云遍布的晦暗天空。

每个学生都像是一个模子里打造出来的，甚至性别上的差异都极小。

队伍中没人说话，大家的目光偶尔触碰到，也都是急忙回避，没人想在监管老师面前犯错。

作为还没毕业的学生，他们只是预备三级公民，连基本的公民权都没有，一旦犯错，必将有可怕的惩罚。

井然有序的队伍，迈着整齐的脚步，脚步声反而让队伍显得异常安静，安静得让人窒息。

队伍中的徐乐，也和其他学生一样，眼神盯着脚下，一脸木然。他比大部分人都高了一头，灰色工装上衣撑得像要裂开一般，大长腿下的裤脚更是短了一截，露出了破旧灰绿袜筒。

高大有力的身体，让徐乐如鹤立鸡群，或者说更像是混进学生队伍的壮年大汉，在队伍中极其扎眼。

徐乐也深知这一点，在学校时刻都保持着低调，绝不会捣乱犯错。

良好的表现，倒也让他安然混到了现在。

学校的日子很刻板无趣，但有一个好处，就是每顿都有饭吃。对徐乐这种能吃的人来说，第九动力职业学院简直就是天堂。

徐乐现在有些发愁，因为他快毕业了，就要离开这个天堂，他有些不舍，也有些茫然。

对于未来，他从没有过什么期待或想法。他总觉得，未来很远。

但转眼之间，他就要十八岁了，就要毕业离校，按照孤星政府的安排，成为一名工厂的工人。

徐乐在机械上没有什么天赋，更没有知识，一辈子只能老实地劳动工作，成为孤星政府治下的一名公民，连离开这座城市的资格都没有。

他本以为自己习惯了接受一切，可不知怎么，他觉得这一切很不好，很不想接受。

这些问题似乎过于深奥，徐乐想得头都痛了，也没想出个结果。

他本能地跟着其他人进了食堂，在黑大妈那领了一份粗麦面包和一碗肉汤。

精神恍惚，也让徐乐忘记了多要点肉汤，等他坐在满是污渍的厚实木桌前猛然醒悟，懊恼地狠狠咬了下牙。

对面的同学，被咬牙切齿的徐乐吓了一跳，脑袋一低，差点就要插到铁饭盒里去了。

坐在徐乐身旁的张扬，隐蔽地桌子下踢了他一脚。徐乐这才醒觉失态，急忙拿起面包狂啃起来。

"你没事吧？"旁边的张扬递过来一个询问的眼神。出于多年的同学默契，徐乐轻易地理解了张扬的意思，并用眼神做了回应，示意没事。

两人隐秘地交流了一番，都急忙低头吃饭，吃得够快运气够好的话，还能再领一份回来。

对于绝大多数学生而言，一份面包是不够吃的，肉汤更是抢手货，没人嫌多。

徐乐虽然有些不在状态，但凭着多年的训练，依然很快把面包和汤吃个干净。他迈开大长腿，几步又走到窗口前排上队。

根据徐乐的经验，他觉得这个队伍长度还是有希望再捞一份面包的，至于用多种动物内脏煮的美味肉汤，他就不奢望了。

事实证明，徐乐的估测很准，轮到他的时候，只有粗麦面包了。

徐乐也不失望，拿着长方薄铁饭盒在旁边接了盒自来水，回到餐桌上继续大嚼。

　　粗麦面包的口感干硬，但用力咀嚼碾碎后，还是能感觉到麦粉的一丝甘甜。两口面包下去，干得几乎能噎死人，这时候浑浊冰凉的自来水，就能发挥重要作用了。

　　等到徐乐把第二个面包干掉，旁边的张扬才勉强吃完自己那份食物。

　　吃个半饱的徐乐，有些怅然地看了眼食堂窗口，黑粗大妈已经走了。窗口前摆着的食物也都一扫而空，连块面包屑都没剩下。

　　徐乐和张扬对了个眼神，有序地离开食堂，沿着砖石铺着的大路，离开了学校。

　　一出校门，死气沉沉的张扬就咧开大嘴，迫不及待地发出了欢快的"嗷嗷"叫声。

　　徐乐相信，张扬如果有尾巴，这会儿早就摇起来了。

　　他其实很难理解，在到处飞扬着黑色粉尘的街道上，张大嘴怪叫想干什么，做个人体吸尘器吗？

　　戴着厚厚的过滤口罩的来往行人，都怪异地看着张扬，在粉尘飞扬的露天场所，张扬这样咧嘴大叫的人非常少见。

　　张扬翻着眼睛，得意地做着鬼脸，周围的行人又不是老师，他可不怕。

　　徐乐目光转动，突然瞟到街角转过来两名巡逻的警察，他不禁有些紧张，一把抓住张扬的后颈，修长有力的手指，如同铁钳般钳住张扬，把他的怪叫声强行掐断了。

　　"警察来了。"徐乐低声说了一句，就像提着小鸡般提着张扬，几个大步就转回了学校，避开了迎面过来的警察。

　　直到两名巡警走远，徐乐才提着张扬再次走出来。

　　"我快被你掐死了……"张扬揉着脖子抱怨道。

　　徐乐有些无奈地道："谁让你乱叫，我们绝不能惹事。"

　　"叫两声怕什么。"张扬嘀咕了一句，声音却放低了许多。

　　他鬼祟地瞄了两眼周围，又放低了声音："晚上已经约好了，在十三区废弃炼钢厂里，对手是第三职业中学的王向东，这家伙足有两米，外号铁拳，号称打遍东三区无敌手，是个很危险的家伙。"

　　徐乐面无表情，"奖金是多少？"

　　"坚持两分钟一百块，赢了五百块。"

张扬绿豆般的小眼睛闪了闪，有些担心地道："我问过一些人，王向东很残暴，很喜欢打断人的手脚，太危险了，要不我们放弃吧。"

"五百块啊……"

徐乐黑亮的眼眸闪过一抹坚决，"必须去。"

学生补贴每月只有五块钱，勉强够买牙膏、毛巾等日用品。徐乐身高体强，消耗也大，只是为了补充足够的热量，就是一笔不小的开销。

快毕业了，他就更需要钱了。

"其实不用那么拼，等你去工厂上班，至少能赚三四十块。"张扬劝道。

他现在有些后悔了，别看他平时叫得厉害，胆子其实不大，想到徐乐有可能被打残，他就怕了。

"呵，他们安排我去第二锻压工厂的动力车间做司炉工。"

徐乐笑得很苦涩，僵硬的肌肉甚至显出几分狰狞。

张扬无语。司炉工说穿了就是为蒸汽锅炉填煤的劳力，没有任何技术难度，只需要身强体壮。

关键在于，在乾商联合政府治下，社会有着森严的秩序和等级，徐乐做了司炉工，一辈子就只能给蒸汽锅炉填煤。

张扬了解徐乐，别看他平时沉默得近乎木讷，心里却藏着一头猛虎。正因为如此，他才能把格斗术练得那么强。

司炉工这个工作，对于心高气傲的徐乐而言，只怕是很难接受。

"烧炉子，至少要有一套耐火隔热的工作服，一件防火的呼吸过滤器。而工厂配发的装备根本就不能用，要想活得长一点，就要自己准备。"

徐乐也冷静下来，慢慢地说道："这可是一大笔钱。"

"我懂了。"张扬解决不了徐乐的问题，只能尽力帮忙。他说道："我这就去安排，晚上十点我们十三区大烟囱下见。"

约定好了时间，张扬先走一步，他还要去和那边的人联系。

徐乐独自一人，慢腾腾地向家的方向走去。

下午六点，正是下班的时候。黑色沥青铺成的路面上，都是大型蒸汽公车在跑。

夕阳斜落的昏黄阳光，穿过天上浓厚的乌云被分解成一束束，不均匀地洒落在徐乐的身上，在长街上拖出一道扭曲的长长影子。

一束束昏黄阳光中，漫空飞舞的黑色烟尘异常清晰。

偶尔有一辆大型蒸汽公车轰然驶过，喷薄出大片白色蒸汽，让空中飘舞的黑色烟尘变得更加活跃，就像亿万黑色精灵在狂舞。

徐乐出神地看了一会儿，等到夕阳的光芒渐渐暗淡，才再次举步。

他不是喜欢看烟尘，只是喜欢晒晒太阳。

青林市到处都是蒸汽锅炉，每天燃烧的煤烟通过高高的大烟囱，时刻不停地向外排着黑烟。

浓厚的黑烟盘踞在城市上空，形成了厚厚的乌云层，阳光都被乌云层挡住，正常情况下，只有夕阳的时候才能看到一抹阳光。

或者，大风的天气，偶尔能看到太阳的真容。

徐乐渴望阳光，渴望绚烂的色彩，但在青林市，这是一种奢望。

事实上，乾商联合政府统治的地方都是这样。

蒸汽机和巨大烟囱，是城市的动力。森严的秩序和等级，构成了城市的内核。工人、农民各司其职，成为庞大社会的一个铆钉、螺丝，维持社会的正常运转。

在城市之外，荒野很荒凉，生命很难在那里存活。

徐乐从小就接受教育，让他严守秩序，让他敬畏荒野，让他习惯了成为某个螺丝的命运。

在今天之前，徐乐并没有觉得这些有什么不对，但在知道要做一辈子司炉工后，他脑子里似乎有什么东西裂开了，冒出了许多稀奇古怪的情绪。

未来就像头顶的天空，笼罩着层层乌云，任凭他如何不甘，也没有破开乌云的神剑。

徐乐脑子里乱成一团糨糊，但这条路他走了太多次，双脚已经认识路了，等他回过神来，人已经到了家里。

房间内昏暗而潮湿，只有黑蒙蒙的窗户上透着一些光亮。

十平方米的客厅正中间，摆着一个一人多高的沙袋，旁边还挂着两个破旧汽车外胎，一些举重的粗笨杠铃。

墙壁上粉刷的白灰早已褪色，上面乱七八糟地画着不少人物图案，都是一个个打拳的动作。

这是徐乐父亲给他画的，他从五岁起就一直照着图案练习，这些粗糙线条勾勒出的人物，早就深深刻在他心里，哪怕在昏暗中只能隐约看到一些线条，他也能在脑海里立即把图案补全。

站在沙袋前，徐乐深呼吸，闭目凝神，排除脑子里的一切杂念。

按照他父亲的说法，人体和机械一样。心脏就是蒸汽机，血液就是蒸汽。通过调整呼吸这个阀门，调整心肺运行，推动骨骼肌肉运转，从而深入地控制身体，并把这套呼吸和格斗技巧称之为蒸汽武神道。

徐乐对此深信不疑，直到他进入中学，学到了第一套综合格斗操，他才恍然发现，这就是他父亲教他的蒸汽武神道。

徐乐当时想笑又想哭，他不知道自己那会儿到底是什么表情，只是不由自主地想起了父亲。可惜，那时候他父亲已经病故了。

蒸汽武神道、综合格斗操，都只是一个称呼。

从小就练习这套格斗术的徐乐，并不在意什么称呼。实战证明，这套格斗术有用，这就足够了。

练习了十多年的呼吸法，熟悉的节奏带着徐乐很快进入了状态，脑子里再没有任何杂念，身体逐渐放松，世界似乎都消失了，只有呼、吸、呼、吸的有序节奏。

等徐乐再睁开眼睛，客厅里老式摆钟上的机械小人正在敲钟。

"当当当……"连续八下的钟声，表示现在是晚上八点整。

徐乐轻轻吐了口气，只觉头脑异常清醒，全身上下都充满了蓬勃的力量，困扰他的心事，也不翼而飞。

现在他脑子里只想着今晚的战斗，想着如何去赢得胜利，体内热血澎湃，斗志昂扬。

从小到大，徐乐的娱乐活动只有一个：练拳。自从两年前偶然一次打架，更让他找到了一条赚钱的路子，从此一发不可收拾。

只有在打拳的时候，徐乐才能感受到自己的力量，感受到自己的存在。获得胜利后得到报酬，同样让他喜悦。他也说不清楚，到底是喜欢赚钱，还是喜欢打架。或者，兼而有之。

静坐了一会儿，调整呼吸后，徐乐把格斗术的三十六个动作轮流练习了三遍。

直到全身筋肉舒展开，额头微汗，徐乐才围着沙袋砰砰地打起来。

吊在特制钢轨上的沙袋，足有三百多斤，中间装的是铁砂，外层沙子，再外层松软的木屑树叶等，最外层是皮裹着的厚厚海绵。

有节奏地捶打了二十分钟，徐乐才收手休息，晚上要打架，力量就不练了。

等到汗消了，徐乐到厨房接了一盆自来水，脱光衣服，用灰扑扑的手巾蘸着凉水抹擦身体。

在外面停留的时间有些长，他身上的灰尘非常多，被汗水一淹，黏在身上非常难受。

手巾很快就黑了，浑浊的水也变得更加浑浊。徐乐伸手在水盆里搅动了一下，看着荡漾的波纹，他不禁笑了。他还有一个天赋，五感特别敏锐，房间内虽然一片黑暗，也阻挡不了他的视线。可惜，身体上的独特天赋无法帮助他更好地学习，在机械技术上他始终难以入门。

水盆的污水他没有倒，而是留着冲马桶，城市里的水费很贵，他可浪费不起。

徐乐光着身子回到卧室，打开陈旧厚重的实木衣柜，在里面翻了翻，挑了一条不那么破的粗布内裤套好。

犹豫了一下，他又把黑色的松紧护膝、护肘拿出来。这套东西能防止剐蹭，起到一些防护作用。

他又随意找了一套灰色工装服套上，穿了一双棉质的厚袜子，系紧黑胶鞋鞋带。

等一切准备好，就已经九点了，徐乐推门下楼，从黑暗狭窄的楼道离开住处。

九点钟，大街上的路灯已经熄灭，空无一人。工厂里的大型蒸汽机也都停止了运作。这个时候，所有蒸汽车也都禁止行驶，偌大的城市，空旷安静得如同死城。

街道两旁的楼房里，有几盏灯光在闪着微弱的光，却让徐乐更觉得冷寂。他带上了宽大口罩，收拢肩膀，在黑暗长街长孤独无声地行进，如同黑夜中无家可归的孤魂野鬼。

青林市没有夜禁，但物资匮乏，民众生活方式简单，晚上九点以后很少会有人出门。

夜巡的警察，如果发现行人会严加盘查，稍有不对，就会带回警局询问，只有二级以上的公民，才有资格受到优待。

孤星政府一贯的政策都是严厉打击犯罪。

徐乐绝不想遇到警察，哪怕他身份清白，有些事情也说不清楚。所以，他极其小心。

好在他熟悉路线，五感又敏锐，倒也不怕被警察堵到。

十三区的大烟囱，大概有七八十米高，粗大而笔直，在黑暗中也依稀能看到它巍然高耸的身姿。

张扬瘦小的身影，就藏大烟囱脚下。他鬼祟地四处张望的样子，就像出洞觅食的灰毛老鼠。

徐乐悄无声息地走到张扬背后，在他肩膀上轻轻一拍。张扬瘦弱的身体很夸张地抖了一下，全身的肌肉全部紧绷着。

"你来多久了？"徐乐轻声问道。

听到徐乐有些低沉沙哑的声音，张扬紧绷的身体明显放松下来，他转过身就给了徐乐胸口一拳，恨恨地道："你大爷的，刚才差点把我吓尿了。"

能调戏一下张扬，也是徐乐少有的乐趣。对他来说，张扬小拳头软得像小姑娘，还是四五岁的小姑娘，完全不需要在意。

"怎么样？"徐乐收起脸上的笑意，还是先说正事要紧。

"都说好了。"张扬向前一努嘴，"他们都在里面。"

犹豫了下，张扬谨慎地道："我看这群人路子有点野，赢了只怕也不好拿钱。"

"嗯，你机灵点，发现不妙就先走。"

徐乐又拍了拍张扬的肩膀，嘴里交代着，脚下却毫不迟疑，大步向着废弃炼钢厂走去。

黑暗中的炼钢厂，幽深广阔，如同张大嘴巴的可怕猛兽，等待着猎物自动上门。

张扬心虚地跟在徐乐背后，嘴里不停嘀咕："要不算了吧，要不，换个日子……"

炼钢厂的车间内，中间堆着两堆火，一群打扮花哨的男子围在旁边，热火朝天地说笑着。

等徐乐和张扬走到近前，有人怪叫一声："来人了。"

背对着张扬他们的一伙人，都转过身分列两排，一起好奇地打量着张扬和徐乐。

看到徐乐一身破旧灰色工装服，不少人都露出不屑之色。就这样的货色，也敢来挑战，真是不知死活。

徐乐没看别人，他第一眼就看到站在正中间的那个高大男人。

这个男人足有两米高，光着头，脖子又粗又方，坚实的肌肉把暗绿色弹力背心撑得鼓鼓囊囊，隔着背心都能看到八块腹肌。

他穿着暗绿色军裤、黑色战靴。这些市面上见不到的好东西，也很好的凸显出他的剽悍凶猛。

不用介绍，徐乐知道对方一定就是铁拳王向东。说实话，王向东比他想的要强大，那一身肌肉，简直像是钢浇铁铸的一样。

徐乐对自己的格斗术很有自信，可对方强壮的身体，让他心里有些发虚。

赤手格斗，主要就是力量、速度、反应、技巧。

对方比他高近二十厘米，体重也要重二十多公斤。综合起来，对方的力量优势非常大，如果格斗技巧很出色，想赢就难了。

"你就是徐老虎？"王向东翻着眼睛颇为不屑地问道。

徐老虎这两年名声响亮，王向东也是颇为好奇，今天亲眼看到徐乐，才发现对方平淡无奇，不禁有些失望。

"我是。"徐乐老实地点头答道。

徐老虎是张扬帮着起的外号，徐乐一直觉得很傻，但报外号总比说出自己真名强一点。

"老虎，我看你像个小猫咪。"

跟在王向东身后的一帮人，发出了哄笑声。这群人都穿得五颜六色，身上戴着各种链子、耳环，一看就是流氓痞子。

"徐小猫！"

"什么玩意儿，也敢和大哥约战。"

"大哥，打折他两条腿，让他当瘸腿猫……"

一群人怪叫乱骂着，气势汹汹。张扬心里有点虚，悄悄往徐乐身后挪了挪，那更是引来这群人的哄笑。

王向东摇着头，对身旁的一个矮个子男人笑道："高先生，你手里就这种货色，也敢挑战我，简直是浪费时间。"

高先生微微一笑："行不行，试试就知道了。"

高先生个头虽矮，可身上的黑色便服合体贴身，一看就是高级衣料制成的，面对凶恶的王向东，神色从容，颇有气度。

王向东有些不满地哼了声，却也没再多说。对方身材不高，却关系通天，在警局、政府里面都有人，他可不敢真得罪对方。

王向东转过头，大踏步走到两堆火中间，对徐乐轻蔑的挑挑手指道："过来吧。"

徐乐没动，张扬对高先生一鞠躬，讨好请示地道："高先生。"

徐乐不太喜欢这套，奈何他要跟着对方赚钱，也只能在表面上维持尊敬，却怎么也做不到张扬那样的谄媚。

高先生微微点了点头，示意可以动手了。

徐乐得到指示，这才不紧不慢地走到王向东面前。

两人四目相对，王向东目光残忍凶狠，徐乐目光锐利冷静。

"先说清楚，打死人自己负责。"在两人即将动手时，高先生突然说了一句。

"哼，"王向东用鼻音哼了声，又对徐乐说道，"你要不想变成残疾，就给我跪下。"

徐乐没吭声，绕着王向东转起圈子，对方块头那么大，速度肯定要慢一点，至少灵活性要差一点。

而在灵活性方面，徐乐还没见过有谁比他更快更灵巧。

王向东随着徐乐转了半个圈子，他发现徐乐的脚步异常灵活，他虽在内圈，这样转下去也可能要吃亏。他懒得再应付，一声大喝，冲向了徐乐。

两人距离不过五六米，王向东腿长而有力，脚在地下一蹬，人一扑就到了徐乐面前。他顺势出拳，如铁锤般直挥向徐乐脑袋。

这记直拳势大力沉，出击凶狠。一拳轰出来，隐隐有呼啸的拳风。

徐乐急退了半步，左臂一格，架开对手铁锤般的拳头。他的手臂被对方拳头蹭了下，就像被刮掉了一层皮般，火辣辣的刺痛。

对方力量比他想的还大，拳头也特别硬。铁拳这个外号，还真不是乱叫的。

只是一拳，徐乐就试出了对方身体强硬，再不敢和对方硬抗。脚下不断向后退。

王向东反应也极快，看到徐乐退缩，毫不客气地施展拳脚，狂风暴雨般攻过去。

徐乐左支右挡，不断绕圈后退，看起来狼狈不堪。

跟着王向东的小弟们，更是得意，在旁边嗷嗷乱叫，给王向东加油助威。

在他们看来，徐乐不堪一击，也许下一拳就会被击飞出去。

高先生微微眯着眼睛，很认真地看着两人战斗，他的眼光可比小流氓们强多了。

王向东真是很有天赋，身高体壮，反应还快，格斗技巧纯熟，战斗意识也很强。

尤其是力量和身体强度，强大得让人惊讶，就是和军队中的高手相比也不逊色。在普通人中，王向东绝对是最顶级的高手了。

徐乐在力量上就差了不少，但他反应更快更灵活，脑子也特别清醒。虽然一直在后退，可退而不乱，还能抓住王向东的进攻空隙还击，对于距离的控制，更是精妙，始终让王向东够得着又难以发力，处在一种很别扭的状态。

战斗看似王向东掌握主动，却是被徐乐牵着走，徐乐的战斗天赋远胜王向东，战斗意志也更坚决勇猛，现在就是吃亏在身体还弱一些。

"张扬说的没错，徐乐的心里藏着一只猛虎。"

高先生对徐乐的表现很满意，有战斗天赋的人可不好找，像徐乐这样的天才，更是罕见。

放手狂攻了两分钟，王向东也有些累了。他原本想一鼓作气拿下对方，可徐乐走位飘忽，闪避也异常灵活，表现极其老练，根本不给他机会。

王向东决定缓一缓，他放慢了脚步。徐乐在这时候突然出击，一个低扫腿，猛扫在王向东的脚腕处。

又快又狠的扫腿，把握的时机恰到好处，正是王向东重心转移的空隙，扫中了王向东的支撑脚。

王向东的另一只脚虽然急忙撑住，还是不免一个趔趄。

徐乐抓住机会，拳头如毒蛇吐信一般，从王向东双臂保护的空隙直刺进去，挥向他的咽喉。

喉结气管可是人体要害，王向东的身体虽然强悍，真被击中了要害也绝撑不住。

王向东警觉不妙，急忙低头闪避。徐乐一拳就打偏了，落在鼻子上。打得王向东眼泪都快冒了出来。

徐乐握拳的四根手指猛然一甩，就像鞭子一般撩在王向东的双眼上。

王向东眼睛闭得很快，还是不免被对方指尖扫到。他眼睛一阵刺痛，再也看不到东西，心里就有些乱了。

按照之前的模糊感应，他双臂张开猛包过去。

徐乐收回拳头，侧身一矮，避开扑击，右手握凤眼拳，中指第三关节高高凸起，一拳击在王向东左侧太阳穴上。

集中在一点上的力量，给了王向东头部重重一击。他的头猛然一歪，双眼翻白，瞬间就失去了意识，扑击的动作也失去控制，直扑到地上，激起了大片尘土。至此，王向东高大强壮的身躯，就如尸体般一动不动。

给王向东加油助威的小弟们，全都目瞪口呆，怪叫声也戛然而止。

上一刻王向东还威风八面，怎么转眼之间，就变成了一条死狗！这些小弟，可从没见过这种场面，更没有任何心理准备。

一时间，他们都傻愣在那里。

高先生不禁点头，徐乐一连串反击流畅快疾，出拳凶猛精准，干脆利索地解决了王向东，在技巧上几乎是无懈可击，让人赞叹。

战斗结束了，高先生也无意多留，他对着昏迷的王向东说道："你输了。"

如同死狗般的王向东，自然做不出任何应答。

高先生也不在意，他招手示意张扬过来，从兜里掏出五百块交给张扬，又对徐乐点头笑了笑。

徐乐还是第一次看到高先生对他笑，总觉得对方的笑意味深长，让他有些不安。

高先生也没客套，给了徐乐钱后，领着两个手下先一步离开。

张扬和徐乐本想跟着一起走，却被高先生喝止："你们在这等十分钟再走。"

两人都不明白高先生的意思，又不好违抗。

等高先生一行人离开炼钢车间，王向东的小弟们也清醒过来了。

十几个人呼啦的就围过来，为首的一个胸前挂着好几串银链子，从腰带上拔出雪亮匕首，大叫道："大家一起上，干死这小子。"

一群流氓仗着人多，也不把徐乐放在眼里，在他们看来，徐乐再厉害也打不过他们一群人。

徐乐最烦说话不算数的人，一群叽叽喳喳的流氓更是让他厌恶。他一把推开哆嗦着想要说话的张扬，向着对方一群人就冲过去。

拿刀的一群人人冷笑着，他们人人手里有刀，觉得徐乐格斗再厉害，也是一刀就能捅倒。

没想到徐乐路过火堆时，突然横腿一扫，燃烧的木片、纸箱等垃圾，轰然碎裂飞扬，火星四溅。

一群流氓没有准备，都吓了一跳，都是狼狈地四处躲避。

徐乐快步冲到拿匕首的人身前，避开对方虚弱无力的捅刺，一把扭住他握刀的手腕用力一提，剧痛之下，那人手中的匕首跌落。

徐乐一手接过匕首，反手用匕首刀柄挥在对方下巴上，骨骼碎裂声中，那人倒飞出数米，直接摔在地上昏死过去。

其他流氓见状都是一惊，没有了领头的，徐乐又这么勇猛，他们也都犹豫起来。

徐乐却不给他们机会，冲过去左一拳，右一脚，把众人打得鬼哭狼嚎，一会儿的工夫，就都躺了一地。

这群流氓和普通人逞强斗狠还可以，和徐乐这样的高手就差得太远了。不论是力量还是速度、技巧，完全不在一个等级。

徐乐痛殴他们，就像成年壮汉打五六岁小孩，完全没有悬念。

痛打一群流氓后，徐乐心里也大为痛快，白天的郁气一散而空。

他看手里的匕首不错，从那人身上拿了刀鞘，这才带着一脸懵逼的张扬离开。

"他你等着，老子灭你全家……"

"哎哟哎哟，疼死了，谁来拉我一把……"

出了车间大门，徐乐还隐隐能听到众多流氓的叫骂、痛呼声，他更是开心。

就凭这群废物，哪敢做什么大事，也就是图嘴上痛快，他哪会在意。

一直走出了炼钢厂大门，张扬才清醒过来，有些难以置信地道："你原来这么厉害！"

"我一直都很厉害，你不知道吗？"

徐乐心情很好，忍不住调戏起好朋友。

张扬却笑不出来，连连叹了几声，满脸后悔地道："早知道格斗术这么强，我也练了。"

张扬知道徐乐很能打架，但一直以来都缺少衡量标准，直到今天晚上，徐乐打倒王向东，他才突然意识到，徐乐现在真的很强大了。

后面徐乐一个人痛殴一群流氓，则让张扬真正明白了，徐乐这个等级高手的可怕。

"格斗术再厉害，也是血肉之躯，挡不住枪。"

徐乐不以为然地说道："在这个秩序严明的社会里，再高明的格斗术，也不如机械技术有用。"

徐乐说着忍不住叹气道："我的机械维修再多考几分，也许就可以去维修蒸汽机了。"

"你块头这么大，烧煤才能发挥强项。"

张扬眨着小眼睛坏笑着。

"去你的……"徐乐从张扬手里把钱抢过来，高兴地道，"有了这些钱，至少前两年的日子能好过一些。"

张扬随口安慰道："你这么厉害，不行就再出来打架，收入还挺高的。"

"这次的事情闹得不小，他们至少有一半骨头都被打断了，我还是先老实一阵子再说。"

徐乐现在又有点后悔了，刚才打人倒是痛快，可出手不免有些重。

"没事，那群流氓屁股都不干净，谁也不敢报警……"

"毕业就要去烧炉子，好想去天鼎城见识一下。"

"天鼎城的酒吧，据说有许多漂亮妹子，特别开放会玩……"

说起天鼎城，张扬也兴奋了。

天鼎城是联合政府的首府，在社会底层可是有着太多的传说，第九动力职业学院的学生，都有一个去天鼎城的梦想。

可惜，阶层的差距，让他们的梦想永远不可能实现。徐乐和张扬，也就是嘴上说个开心。

夜色正深，两个少年的情绪都很高昂，越说声音越高。

冰冷夜风中，徐乐突然听到了细微的人声，凛然一惊，急忙伸手捂住张扬的嘴。

张扬吓了一跳，以为遇到了警察，脸上汗刷地就下来了。

侧耳听了一会，徐乐才犹豫道："好像是个人在呻吟……"

"别管闲事，我们快回家吧。"张扬劝道。他性子更自私一些，也更为怕事。

徐乐却有些不忍，他这人外冷内热，遇到事情总忍不住想帮忙。

"算了，你先回去吧。"徐乐说道。

张扬有些惭愧，一咬牙道："我和你一起。"

两个少年商议了一下，一起慢慢循着那声音走过去。在大道旁的长椅上，两人找到了一个口吐白沫浑身抽搐的老头。

"好像是癫痫……"

张扬倒是学过一些简单救护，他说："解开他的领子，掰开他的嘴，把他的头冲下……"

在张扬的指挥下，徐乐忙活了半天，冒了一身的汗。好在没白忙，老头的痉挛缓解，也不再吐白沫，只是意识还不很清楚。

"晚上天气太冷了，遇到警察也麻烦。"

徐乐沉吟道："我家里没人，我带他回家，明天周末，我也有时间照顾。"

"他万一出事怎么办……"

张扬有些担心，捡个老头回去，万一对方死在徐乐家里怎么办，只怕是怎么也说不清楚。

"救人一命，冒点风险也值得。"

徐乐打定主意，也不再犹豫，背着老头大步向家里走去。

张扬苦恼地挠着头，他有时候真是搞不懂，徐乐一个孤儿，尝尽人间冷暖，怎么还是一副热心肠。

反过来想，要是徐乐不是这样的人，他们也不会成为好朋友。

长长地叹了口气，张扬快步跟了上去，帮着徐乐扶着老头，"我送你们回去……"

徐乐侧过头，开心地对张扬笑了笑："你是个好人。"

"你才是好人，你们全家都好人……"

晚上十点以后，三级公民居住区都会停水停电。

黑暗的房间中，徐乐熟练地找到了他的钢丝床，把老头轻轻放在上面。

徐乐又把床头柜上的煤油灯点亮，昏暗的光芒带着刺鼻的煤油气味，在狭小的房间扩散开来。

张扬像模像样地凑过来，给老头把着脉搏，又贴在心口听了一会儿，才抬起头对徐乐使了个眼色。

"怎么？"张扬鬼祟的样子让徐乐不由紧张起来。老头真要是死在他家里，麻烦就大了。

张扬没说话，拽着徐乐出了卧室，压低声音说道："你没看出来？"

"什么啊？"徐乐更加茫然了。

"老头很有钱啊！"张扬踮起脚趴在徐乐耳边，声音小得像蚊子叫。说话的时候，还鬼祟地打量着卧室床上躺着的老头，似乎生怕对方听到。

徐乐有些不解地侧头看了眼张扬，半开的卧室门里，透出煤油灯昏黄的光芒，照在张扬的侧脸上，他的另一半脸藏在阴影中，光线的分割，让张扬的脸上有股说不出的诡异，让徐乐觉得对方特别陌生。

张扬以为徐乐没听懂，解释道："老头西装材质柔滑又挺括，白衬衫雪白干净，左手腕还戴着机械表，上面好像还镶嵌了宝石。他一定是个一级公民，甚至可能是荣誉公民！"

说到荣誉公民，张扬的声音也不由得提高了许多，瘦削的脸上都是兴奋之色，小眼睛都在闪光。

一级公民，是社会的精英，走到哪里都会备受尊重。荣誉公民就更了不起了，他们是孤星政府的管理者，拥有巨大的权力，一句话就能改变底层公民的命运。

张扬他们都是社会底层，从没机会接触其他更高等级的公民，突然发现救他们的老头可能是荣誉公民，张扬当然忍不住激动。

"荣誉公民怎么可能一个人走夜路，做梦！"徐乐很不以为然，觉得张扬想得太多了。

"不可能，这老头衣着打扮比高先生还好！不可能是一般人。"

张扬经常四处乱窜，倒也有一些见识。老头儿这一身装扮，足以说明他不凡的身份。

"比高先生的身份还高？"徐乐有些不敢相信，高先生在他心里可是高不可攀的大人物。半路随便捡了个老头，就比高先生还厉害？太不现实了。

"你要相信我的眼力。"张扬抑制不住激动，声音又提高了几分。

"小点声，你想把警察喊来吗？"徐乐伸手捏住张扬的肩膀，示意他不要大喊大叫。

徐乐修长有力的手指，捏得张扬半边身体都酸麻，他苦着脸求饶道："快放手，骨头要捏断了，我不叫还不行吗……"

"就算他是荣誉公民，和我们有什么关系？"

徐乐很冷静也很淡然，他不觉得随手帮一把忙是多大的人情，也不相信因此就能改变命运，不是他不积极，而是他从小到大都很独立，从不依赖别人，更不会把希望放在别人身上。

"不试试怎么知道……"张扬可比徐乐积极多了，他说道，"这次是我们的好机会，一定要全力争取。"

"怎么争取？"

"把他伺候好了。"张扬其实也没什么具体的想法，只是意识到对方身份不凡，就不免生出了一些小心思。

"哦。"徐乐点点头，"那你今天晚上不要走了，就在这伺候他。我去睡觉。"

"别啊……"张扬急忙拉住徐乐，"我们是兄弟，有好事要一起分享。"

徐乐却不在意，"你懂医术，你看着就行了。"

张扬倒有些心动，可终究还是不好意思，眨巴眨巴小眼睛道："其实也不用看着，他呼吸均匀，心跳有力，应该没什么事了。"

"怎么说也是病人，还是看着点好。"徐乐道，"我给你拿条毯子，你在卧室陪着，我睡外面客厅就行。"

张扬犹豫了下点点头，"也好，我在里面看着他，你好好休息。癫痫病并不可怕，只要及时救治，基本不会有生命危险。"

"没看出来，你还懂得挺多的。"徐乐有些意外，他真不知道张扬居然还懂一些医学知识。在等级森严的社会，知识是极其昂贵的，医生更是高级的职业。以张扬的家庭，不太可能接触到医术相关的知识。

张扬得意一笑，露出两排白森森的牙齿，"我祖父的祖父可是医生，我家里人都会一些简单的医术。可惜，要学医太昂贵了……"

说到这里，张扬脸上露出沮丧之色，要是他能成为医生，总能熬成二级公民。

三级公民是社会最底层，没有特殊许可，甚至不能离开所在的城市。对一个少年来说，能随意出行的二级公民就是他们理想的极限了。

所以，张扬发现老头的身份不一般后，才会显得那么激动。

徐乐很理解地拍了拍张扬肩膀，"那老头就交给你了。"

扔给了张扬一条满是磨痕的破旧毛毯，徐乐转身回到了客厅，在角落里的长条木椅上躺好。

铁拳王向东是个很强的对手，为了打倒王向东，徐乐消耗了大量精力，躺下没多久，就进入了香甜的睡乡。

卧室里的张扬，裹着毛毯靠在床边上，两只小眼睛直勾勾地盯着老头的脸，脑子幻想着能得到老头的赏识，成为高级公民，住宽敞明亮的大房子，娶好看的媳妇，上班就是坐在办公桌后面做个表格什么的，一点力气都不用出……

胡思乱想了许久，张扬的兴奋情绪也慢慢平复下来，老头平稳的呼吸声，则像催眠咒一样，让他眼皮越来越沉。

张扬生怕睡着了，不断提醒自己不要睡，可越是不想睡，眼皮就越沉重。少年本来就没有多少毅力，又忙活了一晚上，兴奋地胡思乱想更是消耗精神，挺了没一会儿，就一头歪在那发出轻微的鼾声，睡死过去。

躺在床上的老头，不知何时已悄然睁开眼睛，他嘴里维持着均匀的呼吸，一面小心转动目光，借着昏暗的煤油灯打量着周围环境。

丰厚的阅历，让他很快做出判断，这是一间典型的三级公民住房，没有任何多余的家具，各种生活物品都陈旧破烂。

老头慢慢下了床，穿上鞋，整个过程动作协调轻盈，没有发出任何声音。

沉睡中的张扬，嘴角的口涎都流出一大片来，睡得死沉，完全没有察觉到任何异常。

老头在他身边蹲下，拿起毛毯的一角仔细看了看，军绿色的破旧毛毯，明显是军队的东西。从磨损的痕迹看，至少用了有二十年了。

他轻轻点了点头，从毛毯来推测，那个叫徐乐的少年的父亲应该是个军人，所以，徐乐从小受过一定训练。

老头围着卧室转了一圈，从床底翻到衣柜。他行动敏捷，漂亮的反绒皮鞋踩在水泥地面上，完全没有任何声息。如果不是在煤油灯光下显出淡淡影子，简直就是个飘忽的幽灵。

卧室很小，物品也很少，老头很快就检查了一遍，没发现任何问题。他想了一下，轻轻推开卧室的门，提着煤油灯轻步走到了客厅。

老头一眼就看到了客厅中心杵着的粗大黑影，他心里微微一紧，以为被人发现了，但又觉得有点不对，拿煤油灯一照，发现那不过是个大沙袋。

老头无奈地撇了撇嘴，在客厅里竖着一个大沙袋，这少年对格斗绝对是真爱！

粗笨的汽车轮胎，巨大粗陋的杠铃，乱七八糟的健身器材让客厅异常凌乱，他很快发现墙壁上那些人形搏斗图案。

老头看了两眼，认出画的是综合格斗操，就没什么兴趣了。最后，他的目光落在长条木椅上还在睡觉的徐乐身上，他这次过来，就是专门为了考察这个很有格斗天赋的少年。

煤油灯举到徐乐脑袋上方，老头正想好好看看少年的样子，却发现少年肩膀肌肉一收，人竟然从沉睡中突然睁开眼睛，坐直了身体。

刚醒过来的徐乐，眼神异常明亮刺人，就像猛兽感应到了危机，警惕中又带着凶猛，似乎随时都准备扑击出来。

见多识广的老头，也被徐乐的反应吓了一跳，老脸上神色一变，好在他阅历丰厚，城府极深，转即就恢复了镇定。

徐乐认出了对方是他救回来的老头，紧绷的肌肉放松下来，他觉得自己反应过度了，有点不好意思地问道："你醒了？"

少年青涩的样子，一脸的温和，完全掩盖住了他身上的野性和凶猛，看起来和普通底层少年一样，老实、单纯得有些愚昧。

老头却无法忘记少年刚才的表现，那种敏锐的感知，那种迅疾的反应，那种深藏在骨子里的野性和凶猛，让徐乐和其他社会底层少年完全不同。

"这是一个天生的战士！"老头暗自感叹，同时也颇为惊喜。

森严的社会秩序，抹杀了个人的天性，把所有人打造成社会需要的样子。像徐乐这样有天赋的人也许还有不少，但没有合适的环境，终究是无法成长起来的。

徐乐很幸运，出生在社会底层，却有个好父亲教导，把他的天赋释放出来，让他得以顺利成长。

"这是哪里？你们是什么人？"老头按下起伏思绪，一副疑惑的样子问道。

徐乐生怕老头误会，有些不安地道："我们在回家的路上遇到了您，您那时候正昏迷着，情况不太好，我们就把您带到我家……"

"哦，是这样啊……"

老头似乎恍然想起来了，说道："老毛病了，以前这受过伤，有时候就容易癫痫昏迷。"他说着指了指后脑的位置。

"谢谢你们救了我。"老头放下油灯，很诚恳地对徐乐伸出手表示感谢。

徐乐愣了一下，才反应过来对方要和他握手，这种正式的社交礼仪，对他来说颇为陌生。想到对方可能是一级公民，他更是局促不安。徐乐小心翼翼地伸出手，轻轻地和对方握了一下。

"我叫杨万里，小伙子你叫什么？"

老头优雅而客气笑着，似乎没看到徐乐的局促和羞涩，也没有因为徐乐卑微的身份而不屑，很有长者的宽容气度。

杨万里的尊重，也让徐乐心里陡然轻松了许多，他竭力用很正式的语气答道："我叫徐乐。"

亲近地拍了拍徐乐肩膀，杨万里夸奖道："真是一个好小伙子。"

徐乐长这么大，还是第一次被外人郑重地夸奖，而且这人的身份还很高。他不禁有些激动，脸上也升起几分潮红，很不熟练地谦虚道："您过奖了，我们只是顺手帮忙。"

"呵呵……"

杨万里笑起来，徐乐的反应让他觉得很有趣。这个心有猛虎的少年，真的很简单纯朴，这也让他多了两分可爱。

"不用谦虚，你们救了我，对你们可能是件小事，对我而言却是大事。"

"这没什么的，您不用太客气。"

杨万里说得很郑重，这让徐乐有些不安，他觉得自己只是做了件小事，不值得多说，更不需要什么回报。

"怎么了？"

张扬被两人的说话声吵醒，迷迷糊糊地走出来问道。

徐乐看到张扬出来，不由得松了口气，他不擅长和人打交道，张扬却聪明伶俐，很有几分见人说人话见鬼说鬼话的机灵，极擅长交际。

"这位是杨万里先生，"徐乐急忙站起身，向张扬介绍道。

端坐在长条椅子上的杨万里，姿态优雅大方，浑身上下都透着高贵的气息。

张扬目光扫过杨万里，想起来这是他们晚上救的老头，不禁一个激灵，从迷糊的状态中猛然清醒过来。

他连忙鞠躬问好，"杨先生好，我叫张扬，是徐乐的好朋友。"

张扬卑躬屈膝的谄媚姿态，杨万里见得太多了，他不喜欢这种聪明人，太过圆滑乖巧，却没有骨头，不值得信任。但他脸上却不动声色，微笑道：

"张扬，好名字。"

顿了下，杨万里又招呼道："你们才是主人，都先坐下，我们聊聊……"

张扬虽然机灵，对杨万里这样身份高贵的人却极其敬畏，说话也特别恭谨，显得特别卑微。

倒是徐乐骨子里就勇猛，对杨万里的身份也不是很在意，更没想着求对方干什么，说话虽然不多，却显得很自然轻松。

两个少年都对杨万里很好奇，可两人不敢多问。只能被动地接受杨万里的套话。

杨万里何等老练，聊了一会儿，就把两个少年的底子都摸透了，对两个少年的脾气性格也有了进一步的了解。在他的引导下，有些沉默的徐乐甚至说出了他心底的愿望：去天鼎城酒吧见识见识。

"今天太晚了，你们还是休息吧，我回旅馆……"

杨万里想知道的都问清楚了，也没兴趣再陪两个少年闲扯，起身就要离开。

徐乐觉得杨万里没有架子，谈吐幽默，见识广博，心里很想挽留杨万里住下，可房间太过简陋，他又不好意思开口留人。

张扬脸皮可比徐乐厚多了，竭力挽留道："杨先生，这么晚了，您就在这暂住一宿，等天亮了再走吧。"

"不用了。"杨万里淡然拒绝了张扬。

张扬虽然十万个想留下杨万里，被杨万里温和的眼神一扫，就知道对方心意已决，不是他能改变的。

"夜路不好走，我送送先生。"徐乐还是不放心，提出要送杨万里回去。

对此，杨万里倒是欣然接受，"也好，徐乐陪我走走……"

张扬在旁边眼巴巴地看着，杨万里却看都没看他一眼。张扬是聪明人，知道杨万里对他没兴趣，也没敢再吭声。

早已经过了十二点，大部分地方都停水断电。晦暗的长街上一片安静，只有不甘寂寞的夜风轻轻呼啸来去。

杨万里没说话，徐乐也不知说什么才好，相比之下，他倒更喜欢这样的沉默，两人就这样无声地沿着长街前行。

走过了三个街区，杨万里在一座三层楼前停下，指着二楼的一个窗户道："我住这里，你有事可以来找我。"

夜色虽深，却挡不住徐乐的目光。他能清楚地看到，小楼外壁破旧，墙皮多处脱落，还有几个房间的玻璃都残破了的，楼房墙角下堆满了各种杂物，周围还有大堆的煤渣，看起来比他住的楼区还要破旧杂乱。

徐乐有些惊奇，杨万里的言谈举止、衣着打扮，都透露出高高在上的高贵气质，他虽没说身份，可怎么会住在这种破地方？

杨万里似乎看出了徐乐的疑惑，微笑道："我只是一名二级公民，不过，我有很多朋友，日子过得还算舒服。"

徐乐似懂非懂地点点头，他还是不太明白，杨万里到底是干什么的。

"你们救了我，我也没什么好回报的。"

杨万里最后说道："你们不是想去天鼎城玩吗？这个愿望我可以帮你们实现。"

徐乐很不解，要是一级公民，倒有资格带着人进入天鼎城，可杨万里只是二级公民，哪里有权帮助他们！

"我有许多朋友，这种小事没问题的。"

杨万里也知道徐乐不太相信，简单地解释了一下。

他顿了下又道："放心，我不会害你们的。后天晚上，你来找我拿天鼎城的通行证……"

"天鼎城！"徐乐的心，一下就猛跳起来。

徐乐家的凌乱客厅里，张扬龇牙咧嘴地来回踱步，焦急地盼着徐乐回来。可等了许久，也不见徐乐的影子，他心里就着急了。

他很担心杨万里带走徐乐，从此一去不返，一边又特别后悔，今天晚上的表现太差了，没能得到杨万里的欣赏。

张扬很不明白，他这么机灵，比徐乐聪明乖巧多了，别人都喜欢和他打交道，怎么到了杨万里这就反过来了。

有时候他又禁不住为徐乐担心，杨万里这个人很神秘，不像是一般的高级公民，这么久没回来，别是遇到了什么意外。

房门发出的刺耳"嘎吱"声打断了张扬的胡思乱想，他有些兴奋地转头看过去，果然是徐乐回来了。

张扬迫不及待地问道："怎么样？"

"什么怎么样？"徐乐有些茫然，不知张扬在问什么。

"杨先生住在哪里，是不是金州酒店？"张扬极为期待地问道。

金州酒店是青林市最高级的酒店，只有二级公民才有资格入住，据说里面服务人员都是美女，餐厅里时刻准备着香甜的面包、可口牛奶，最让人羡慕的是完全不限量，吃多少都可以。

对于张扬来说，不限量的美味食物太不可思议了，他一直不相信那是真的。

"不是。"杨万里的情况有点复杂，徐乐也不知该怎么说，选择了最简单的回答。

这个答案显然不能让张扬满足，他又问道："那他到底住在哪儿？青云？名苑？"

徐乐摇头道："都不是，是个有些奇怪的地方。"

张扬更着急了，难道青林市还有更高级的酒店？

"到底是哪儿啊？"

"一个破地方。"徐乐也不知那是什么地方，就用最简单的词做了归纳。

"破地方？"张扬小眼睛瞪得溜圆，不能置信地道，"怎么可能！"

徐乐摇摇头，示意他也不清楚。

张扬有些生气，他觉得徐乐是在骗人，杨万里手上戴着的那块腕表就值个几万块，他怎么可能住在破地方。

"下次我可以带你去看看。"徐乐说道。

杨万里住在那个破地方，的确很反常，空口解释也很难说服张扬，他干脆就不解释了，到时候领着张扬去看看，事情就清楚了。

"那他说了什么没有？"张扬有些不甘心，试探着问道。

"他说可以帮我们拿到天鼎城通行证。"徐乐如实说。

"啊！"张扬颇为惊讶，皱着短细的双眉说道，"只有通行证没用啊，还需要公民身份 ID 卡，我们公民等级不够，在检查口就会被扣下来。"

"他是这么说的，其他的我也不知道……"

徐乐道："后天晚上，我们一起去看看。"

张扬点点头，徐乐就是不说，他也一定要跟过去看个究竟。

等到天一亮，张扬就回家了。到了周一，张扬早早就跑来找徐乐，两人一起去了学校。

徐乐和张扬都完成了毕业考试，学校也对他们的工作进行了分配，只等着工厂那边完成接受手续，就可以去工厂上班了。

严格地说，他们完成了学业，没必要再去学校，只是学校有免费的食物，这是无可抗拒的诱惑。

两人在学校里混了一天，好容易熬到放学。

"现在去是不是有些太早了？杨先生说晚上去找他。"徐乐有些担心地问道。

"现在天都黑了，还要多晚啊，没事的。"张扬安慰道，"杨先生很大度，不会在意这种小事。"

徐乐被说服了，其实，他也等得很着急，天鼎城可是他最大的愿望，在即将开始灰暗的工厂生活前，他想要放纵一下，想要尝试下生活中别的色彩。

徐乐的记忆力很好，方向感也强。虽然只来过一次，还是很顺利地找到了杨万里的住所。

天色还早，周围的一切清晰可见，一堆堆的黑色煤渣胡乱四处堆积，像围墙一般把小楼围在中间，煤渣堆上的各种杂乱垃圾，让这里看起来更像一座垃圾场。

"就是这里？"张扬虽然早听徐乐说过，亲眼看到还是很惊讶。

"上去看看就知道了。"徐乐也有些怀疑，但他更喜欢用行动去验证，而不是站在下面猜疑。

小楼满是锈迹的铁门虚掩着，两人很顺利地上了楼。楼道里面的灰尘也不知多久没清理了，上面的脚印都清晰可见，一脚踩上去，黑灰飞扬，比外面的街道还夸张。

两人捂着口鼻，轻手轻脚地上了二楼。二楼只有两间房。徐乐按照记忆中的方位，敲响了右面的房门。

铁质的房门很厚重，敲的声音颇为沉闷。

过了一会儿，房间里才传出杨万里的声音，"找谁？"

张扬急忙应道："杨先生，是我和徐乐，和您约好了的。"

"哦，稍等一下。"杨万里应了一声。

过了一会儿，里面才传来门闩拉动的声音。房门无声地向内拉开，露出满面笑容的杨万里。

杨万里穿了件挺括洁白的白色衬衫，领口下方两个扣子没扣，下面穿着黑色长裤熨烫的笔挺，两道裤线如同刀锋般笔直锋利，黑白搭配简单而优雅，他头上的白发梳着整齐的偏分，一丝不乱。

前天夜里灯光太暗了，今天两个人才发现，杨万里虽是满头白发，可五官英俊，皮肤白皙，双眸闪亮有神，年纪也就是四十岁左右，成熟而有魅力，尤其是那种从骨子里散发出的优雅、精致、高贵，和普通劳动阶层的粗糙、哀苦有着天壤之别。

两个少年更局促了，容光焕发的杨万里，浑身上下都散发出高高在上的贵气，和前天深夜那个癫痫病人有着天壤之别。

"你们来了，快进来……"杨万里笑着招呼道。

徐乐和张扬对视了一眼，才壮着胆子走进房间。

两人才进门，就察觉到了不对劲，房间里铺着酒红色的柔软地毯，墙壁上是漂亮的米黄花纹壁纸，客厅上面吊着华美的金色吊灯，红木餐桌上摆着精致的青瓷茶具。

和外面的脏乱相比，房间整洁华美，如同传说中的皇宫。

两个少年都有点发蒙，站在客厅中间，不知所措。

"不用拘束，坐吧……"杨万里指着素雅的布艺沙发，示意徐乐他们坐下。

徐乐看了看身上满是灰土的灰蓝工装服，怎么也不敢坐下。张扬也同样如此，但他比徐乐机灵，讨好地道："杨先生，我们站着就好了，免得弄脏沙发。"

杨万里看了眼徐乐，见他一脸局促紧张，不禁笑起来："好吧，对了，你们想喝什么，茶还是牛奶？"

"杨先生不用麻烦，我们都不渴。"张扬恭谨地说道。

"那就喝牛奶吧……"杨万里也不再征求意见，去旁边的厨房拿了热牛奶，给两个少年一人倒了一大杯。

张扬拘谨地捧着茶杯，没敢喝。徐乐也很拘谨，但他觉得杨万里既然招待他们，也没必要假客气，举起茶杯尝了一口。

杨万里应该放了不少的糖，温热的牛奶口感甘甜柔和，喝起来很舒服。徐乐一喝就停不下来了，一大杯牛奶，几乎是一饮而尽。

张扬瞟了眼徐乐，觉得他有些太丢人了，可看起来似乎很好喝，他禁不住偷偷咽了口吐沫。

"味道不错吧，再来一杯。"杨万里也不容徐乐拒绝，拿着奶壶又给他倒满了一大杯。

徐乐犹豫了一下，杨万里笑道："不用客气，多喝点。"

然后，徐乐就真没客气，连喝了五大杯，直到奶壶里没有奶了，才放下杯子。

看徐乐喝得痛快，张扬也受不住诱惑，一面暗暗鄙视徐乐粗鲁，一面慢慢地、小口地喝光杯里的牛奶。

等两人放下杯子，杨万里才拿出两个小小的黑色皮质本子，说道："这是进入天鼎城的通行证，凭此证可以去青云酒店免费入住。"

张扬有些惊喜地接过黑皮本子，翻开一看，里面果然是天鼎城的通行证，还有青林市政府办公室的印章。

"谢谢杨先生。"张扬乖巧鞠躬致谢，然后又小心地道，"杨先生，我们都是三级公民的 ID 卡，只有通行证也不行吧？"

"嗯，所以我给你们两个伪造了 ID 卡，你们的身份都是青林市预备役军人，去天鼎城接受培训，有了这个理由，就可以自由进出天鼎城了。"

杨万里说得很轻松，徐乐和张扬却一脸震惊，傻呆呆地看着杨万里，脑子似乎同时短路了。

ID 卡就是每个人独有的身份证件，里面记载着所有的个人身份信息。经过大型蒸汽差分机重新编辑数据，打印出来铁质身份铭牌。铭牌的数据也被同步储存到蒸汽差分机中，确保 ID 卡无法被伪造复制。

两个少年从没想过，ID 卡还能伪造，这明显是犯罪，孤星政府对于犯罪的严厉态度，也让两个少年异常畏惧。

"你们害怕了？"杨万里似乎觉得很有趣，似笑非笑地问道。

"嗯……"张扬想说什么，可嗯哼了两声，还是没说出什么来。

怕是肯定害怕，可对方也是为了帮他们，就这样放弃去天鼎城的机会，张扬又非常不甘心，不放弃又怕出事。张扬本就没什么决断力，更没有勇气，犹豫难决中，当然不知该说什么。

"是有些害怕。"关键时刻，徐乐说话了，他毫无顾忌地承认了自己的顾虑。

"我也是帮忙，你们要是害怕就算了，只当没有这件事。"杨万里很轻松地说道。

"害怕是真的，但我还是要试试。"徐乐一脸坚决地说，巨大的风险，反而刺激了他热血沸腾，忍不住想要去冒险。

张扬有些责怪地瞪了一眼徐乐，对他这么草率的决定很不满意。他犹豫了下问道："杨先生，我能问下 ID 卡的来历吗？"

杨万里没理会张扬，而是意味深长地看着徐乐道："你呢？是不是也很好奇？"

"是。"徐乐老实地答道。他其实也清楚，人不应该太好奇，尤其是杨万里这种人物，身上不知藏着多少隐秘，知道太多绝没好处。

可不知怎么的，杨万里的警告眼神，反而让他更加好奇，更想一探究竟。

"既然这样，我就和你们说说……"

杨万里走到沙发上坐下，端着茶杯优雅地喝了一口，才从容地说道："个人身份 ID 卡数据是储存在大型蒸汽差分机里面。孤星政府通过特殊的技术手段，可以在各地分享共同的 ID 卡数据，这也让 ID 卡数据难以篡改。不过，大型蒸汽差分机也有一些漏洞，存储数据的齿轮存储库，可以单独调整……"

张扬和徐乐两个少年，都听得有些发蒙，他们不过是初级职业学校的学生，连简单的蒸汽机维修都不精通。大型蒸汽差分机可是机械智能的最高端技术，两人也只是听说过，对于其运转机制完全不懂。

杨万里嘴里的专业名词一堆堆地冒出来，他们能听懂每一个字，可组合起来的意思就完全不明白了。

杨万里似乎也理解两人的状态，并没有再多说技术原理，话锋一转道："简而言之，通过内部人员使用技术手段，就可以伪造个人 ID 卡。"

"不会被检查手段发现问题吗？"张扬还是有些不放心，又问了一句。

"三个月内，绝不会被发现。"杨万里斩钉截铁地保证道。

"三个月的时间，倒是足够用了。"

杨万里的语气和姿态，都会让人不由得去信任他。张扬也很轻易地被说服了，但他胆子小，忍不住又问道："那事后会不会暴露，会不会追查到我们身上？"

杨万里哑然失笑，"你倒是谨慎。"

张扬被说得脸一热，好在他皮肤黝黑，脸色变化倒也不明显。

"我们组织会处理后续事宜，把一切痕迹收拾干净。"杨万里耐心地解释道。

徐乐注意到了一个词"组织"，脸色不禁微变。在孤星政府的治理下，一切非政府组织都是非法组织，将会受到最严厉的打击。

徐乐胆子虽然大，这会儿也有点心虚了。

张扬却没注意到，他还很开心地和徐乐道："这下好了，我们不用急着回来，可以在天鼎城多玩几天……"

徐乐没理张扬，对杨万里问道："杨先生，你们是什么组织？"对方的话都说出来了，他索性问个明白。

"组织？"张扬这才听出不对，小黑脸当即就变得一片煞白，说话的声音都发颤了。

"不用紧张，我们只是自发的组织，不是坏人……"杨万里有些感慨地叹了口气，"你们听说过'流亡者'吗？"

徐乐和张扬一起摇头，他们从没听说过什么"流亡者"。

"流亡者，几乎是和孤星政府一起建立的！"

杨万里说着又叹了口气："这和你们也没什么关系了。ID卡和通行证，是我个人送你们的礼物，组织的事，你们知道了太多也不好。"

"是是，这种事不是我们该知道的……"张扬连声应是，他真怕杨万里拉他们参加流亡者。"

"行了，这是你们的ID卡，你们可以走了。"杨万里有些意兴索然，从兜里取出两张铁质的黑色ID卡，扔给了徐乐。

张扬还想说话，徐乐一把抓住他的手，近乎蛮横地强行把他拖出了房间。

"你干什么，有些事情还没问清楚呢？"出了房间后，张扬不高兴地拉下脸，对徐乐强拖着他出门表示出极大不满。

"再待下去，他拉我们入伙怎么办？"

徐乐淡然道："我对非法组织可没兴趣。"

张扬呆了呆，他只想着问清楚一些，尽量占点便宜，还真没想这么多。徐乐的担心的确有道理，早点离开还是对的。

"我就是想问问，该怎么去天鼎城，是乘坐蒸汽火车，还是该坐蒸汽飞艇！"

张扬有些无力地辩解了一句。

回去的路上，两个人各自想着心事，都没再说话。

和张扬分开后，徐乐独自回到家里。坐在长条木椅上，他拿出黑色ID卡，反复和自己的 ID 卡做着比较。

ID 卡只有名片大小，黑钢材质，正面刻着徐乐的名字，背面是密密麻麻的针尖大细孔。

两张 ID 卡放在一起，几乎看不出区别。只是徐乐的 ID 卡常年挂在脖子上，被汗浸得颇为光滑。伪造的 ID 卡的金属光泽很冷硬。这种细微的差别，不仔细看根本发现不了。

徐乐没发现什么问题，解下脖子上的合金链子，把假的 ID 卡换上，换下来的真 ID 卡随手塞到房门的夹缝里。

照例练了一个半小时的拳，用冷水擦了身体后，上床睡觉，可他翻来覆去的，却怎么也睡不着。

神秘的杨万里，伪造的 ID 卡，还有流亡者组织，都让他浮想联翩，精神上特别的亢奋。

也不知过了多久，徐乐才扛不住睡意，迷迷糊糊地睡着了。

"砰砰砰……"巨大的敲门声，把徐乐从昏睡中惊醒。他揉着眼睛打着哈欠，赤脚下地打开房门。

早就在外面等得不耐烦的张扬，迅速地蹿进房间。不等徐乐关好门，就迫不及待地说道："我已经打听好了，有通行证就可以免费乘坐蒸汽火车，还能在火车上享受免费食物，后天就有一趟去天鼎城的火车，我们要抓紧准备了……"

"准备什么？"徐乐不解地问道。

"预备役的军装啊，日常用品啊……"张扬很认真地道，"要冒充预备役军人，就要像一点，别被人一眼就看出问题！"

死亡试炼

第三章

"嘟嘟嘟！"

在营地的号声中，徐乐猛然醒过来，发现自己居然在草地上睡了过去，原来自己只是梦到以前发生的事情。

回味着梦境，徐乐叹了口气，过去只能是回想，人毕竟要活在当下。他坐起身，发现身体虽然还是多处酸痛，却已经不影响行动。看来自己到底是年轻，恢复得特别快，肌肉筋骨上的小小拉伤不算什么大问题。

收拾利索后，徐乐出了帐篷，碰到了早就等在门口的杨斌。

"醒了，我们去吃饭吧。"杨斌招呼道，语气随意而亲近，他也不喜欢用言语表达感激，只能用这种亲近的方式，侧面地表达他的感激。

徐乐倒不在意什么形式，也不喜欢别人对他感激涕零，不过杨斌的表现让他感觉很不错，至少对方眼神中的那种优越感没了。

朱菲在旁边默默看着，她还是不想和徐乐、杨斌接触，只是心底没有了那种强烈的排斥。她站在徐乐左边，位置比昨天靠近了许多，这种微妙的变化，就连朱菲自己也没察觉。

但杨斌却注意到了，他心里暗自叹气。徐乐不喜欢说话，平时做事也不够强势，缺少领袖气质，但他很讲义气，也很有实力，很容易让人对他生出信赖。这种特质，也得到了朱菲的认可，让他能担任小组的核心。

杨斌倒不是想当小组的核心，他只是喜欢朱菲，但看对方的样子，明显是对他没有任何兴趣，这让他不禁有点黯然。

三人一组，像昨天那样来到营地中心的食堂，这会儿吃饭的人已经来了许多，和昨天相比，众人更加有秩序也更加沉默。

几个教官的强势狠辣手段，也让一些不安分的人都老实起来，气氛比昨天更安静，也更压抑。

赵靖和林源、李铭也都在，三人的脸色都很难看，昨天的十鞭可不好受。赵靖阴狠地看了眼徐乐，很快带着林源和李铭走了。

杨斌被看得有些心虚，他又不敢说话，在徐乐身后抓了一把，示意徐乐要提高警惕。

徐乐的心思都放在了食物上面，哪会去在意赵靖他们，他狂吃了四大盆食物，这才心满意足地回帐篷。

早上八点钟，教官江涛准时出现，今天还是负重行军，最后一组还是会遭受鞭刑的惩罚。

有了昨天的经验，众人对负重行军也颇为熟悉了，领了背囊和长枪，众人迅速出发。

赵靖三人本来还想找机会报复，可三人背上鞭伤很重，背包都不敢上身，就这样拎在手里。

行军一开始，赵靖三人就很快被甩开，成为最后一组。

徐乐轻车熟路地带着杨斌，走得颇为轻松。朱菲这次没走，而是默默跟在徐乐身后。

杨斌倒是想说话，但保持呼吸节奏已经很难了，他想了想还是明智地闭上了嘴。

走了没多久，杨斌就觉得有些吃力，昨天积累的疲劳，还没能缓解过来，再次长途行军，肌肉很快开始释放出酸痛的信号，他白净的脸很快扭曲起来。

但杨斌也不敢叫苦，徐乐更辛苦，还要拉着他，只能咬牙挺着。

"瘦鬼，这是基本的体能训练，如果这一关都通不过，在生存游戏中第一天我们就会死。"朱菲突然在他们身后冷冷地开口。

徐乐回头，他对朱菲并没有什么好感，但这个女人身上充满了神秘感，他内心不免会有些好奇。

像这样美丽的女人，为什么会犯下重罪成为亡命者？

"你对生存游戏很熟悉？"徐乐略作思索，向朱菲问道。

朱菲耸了耸肩，"至少比你们要熟悉得多，如果你们想要活下去，就得听我的。"

　　她本来已经几乎放弃希望，她知道成为亡命者进入这个训练营，活着离开的概率非常小，但她确实有自己的理由必须得活下去，昨天徐乐如同猛虎一般爆发的力量，让她开始思索提高生存率的可能。

　　杨斌面露苦色，他苦笑道："我们这些人在生存游戏中的生存率不会超过百分之二，我最大的希望，不过只是活过这两个月的集训。"

　　他们都是死刑犯，熬过训练营，就是多了两个月的生命，没有人不怕死，苟延残喘是人的本能。

　　杨斌很清楚自己的情况，他甚至完全没有奢望过在生存游戏中获得胜利，所以即使想要巴结朱菲，也没办法违心附和。

　　徐乐却因此对朱菲高看一眼，这个女人与其他亡命者确实有很明显的区别，那些家伙大多都是得过且过，能多活一天是一天，对未来一片茫然。

　　朱菲身上却洋溢着野心与生气，哪怕她是个功利的女人，很轻易抛弃同伴，但让徐乐认可她的最重要的一点，就是她同样也有渴求胜利和生存的心。

　　"我们该怎么做？"徐乐态度认真而诚恳地请教道。

　　朱菲加快了脚步赶上来，与徐乐并肩而行，说话的语气仍然森冷，"生存游戏的残酷，是你们无法想象的。这位博士先生应该很清楚，亡命者就是精英守护者手上的棋子，他们为了获取胜利，完全不会在乎我们的生命。"

　　杨斌默然点头，这也是为什么他不抱希望的原因，即使他们运气好，跟随一个强大的守护者，能够跟随他走到最后的亡命者也不会剩下几个人。

　　"我们该怎么做？"徐乐重复了一遍问题，不管世界如何残酷，已经陷入绝境的他们，只能力求做到最好，怨天尤人毫无意义，该怎么做才是关键。

　　朱菲深深地看了他一眼，淡然道："生存游戏是超越人类极限的一场残酷搏杀，想要活下去，当然首先是要突破自己的极限。第一步，就是体能。"

　　她很清楚，即使超越了人类极限，也很难在生存游戏中活下来。但她仍然毫不犹豫地欺骗同伴，因为她需要他们的力量和智慧，如果巧妙运用得当，或许她真的能够从这该死的地狱中脱身。

　　"超越……极限？"徐乐的目光望向远方，荒山树木萧瑟，呼啸的风扑面而来，带来沉重的压迫感。

　　进入训练营之后，徐乐也一直在暗中思考，正如杨斌之前与朱菲的争论，他并不相信政府每年花这么多经费，举行声势浩大的生存游戏，只是为了娱乐那些高级公民。

而且，流亡者暗示透露出的信息，也表明生存游戏并没有那么简单。

事实上并不是每一个死刑犯都有机会得到参加生存游戏的入场券，从徐乐接触过的几人情况来看，这些亡命者都经过了严格的筛选。

杨斌虽然手无缚鸡之力，但他是高智商的双料博士，而朱菲虽然是个女人，但是在速度、敏捷和体能上，展现出令人惊异的天赋和能力。

即使是昨天与他们竞争的赵靖三人，他们的体能也远在一般人之上。

第一天就是严格的负重训练，而所有人都坚持了下来，这本身就是一个明显的讯号。

"这一次训练营，前一个月基本就是体能训练，我们务必要让这家伙达到最低的标准，才不会成为我们的累赘。"朱菲瞥了一眼杨斌，严重带着不屑和厌恶。

杨斌欲哭无泪，即使有徐乐的帮助，他仍然呼吸急促，胸口胀痛，即使想反驳自己是靠脑子吃饭的智慧型人才，也难以开口辩解。

徐乐赞同地点了点头，从昨天的情况来看，八支小队总共二十四组七十二人，体能垫底的是杨斌。

其他所有人都有余力轻易完成三十公里的负重行军，如果说真的要死亡淘汰的话，那第一个一定是杨斌。

"杨斌有他的价值，我想教官并不想他轻易被淘汰。"徐乐思索了一会儿，忽然有这么一个想法。

虽然江涛、厉军他们几个教官嘴上说得凶，但只要略作分析，就会发现集训的前期淘汰率绝对不会太高。

集训的作用，是为了让参与者能够达到参与生存游戏的基准线，后期实战训练项目才是死人最多的时候，如果在体能训练的时候淘汰率过高，那就很难得到足够的战士。

朱菲面色古怪起来，在徐乐的提醒下，她也发现了同样的问题，接话道："所以说，将杨斌和你这瘦鬼分在一组，其实是教官故意的。"

昨天徐乐的表现惊艳全场，扛着一个人最后的狂奔所需的体能简直令人不敢相信，即使小队里这些家伙都各自有一套，但类似徐乐这样的人也绝不会太多。

只有徐乐与杨斌一组，才有可能帮助后者通过考验，这本身就是降低淘汰率的一种做法。

杨斌缓了口气，勉强开口道："对了，三人小组一定是互补的结构，徐乐的体能与我的智慧，只要能够通力合作，一定能通过集训！"

朱菲的面色有些古怪，她蹙眉沉思，对方的说法听上去似乎有点道理，不过仔细一想又颇为牵强：教官们怎么会知道徐乐体力超人，这在外表是怎么也看不出来的。但现在大家都坐同一条船，朱菲也不会太过深究这些。

"就算是这样，你也不要指望我还会背着你跑。"徐乐斜了杨斌一眼，"就像朱菲说的，生存游戏非常残酷，集训当中我可以帮你，但到时候我肯定也自顾不暇，你要趁这两个月的时间，突破体能的极限。"

朱菲点头，"据我所知，训练营的第一个月，基本就是体能训练。大运动量的训练、合理的饮食和科学的恢复，让你们的体能有长足的进步。"

她停顿了一下，目光在杨斌身上转了转，"而第二个月，我们会进行交通工具、军械武器的训练，到那时候，这位博士先生也许就有用了。"

杨斌精神大振，鸡啄米一般连连点头，"我对蒸汽机械的内部构造很清楚，可以操作和修理武器。只要我能活到那时候，咱们小组的成绩一定能够超过别人许多，我们可以捞到更多的初始生存点数。"

似乎是因为找到了自己体现价值的机会，杨斌显得颇为兴奋，气喘吁吁地说着自己的优势。

更多的初始生存点数？徐乐发现自己对生存游戏的了解还是很缺乏，他知道的东西实在太少了。

徐乐的目光中充满询问的意味，转向朱菲。

朱菲很奇怪，徐乐好像什么都不懂的样子，他到底是怎么进入到训练营的。她眉头皱得更紧，还是耐着性子解释道："我们总共二十四支小队，最后进入生存游戏的时候都会获得一定的生存点数，用来兑换武器、药品和各种工具，如果在集训中成绩越好，那获得的初始点数也就越多。"

徐乐恍然大悟，点头道："那就是说，其实从我们进入训练营的时候，生存游戏就已经开始了。"

初始点数的差别，很有可能造成战斗中的优劣转换，如果点数充足，换到了强力武器，可以轻易消灭对手。

对于这些死刑犯来说，一进训练营，就要开始为生死而挣扎。

"那我们更要努力了。"徐乐看了看时间，开始建议，"让杨斌全负重行进超出了他的负荷，我来分担一部分他的负重，然后每天给他适量增加，希望在一个月以后他的体能能够达到最低标准线。"

徐乐转向朱菲，"至于我们俩，都有余力完成训练。我来帮助杨斌，你的速度快，可以考虑在行进的过程中侦查周围的情况，我相信之后一定能用到。"

杨斌很惊讶，他觉得徐乐话不多，年纪又小，做事又有些直接，说好听点是直率，说难听就是鲁莽。这样的一个人，很难成为小组的领导者，没想到徐乐的脑子很清楚，思虑也堪称周密，虽然不够强势，但因为平实简单，反而让人很容易接受。

其实徐乐也不是发号施令，只是他心性简单，想到什么就说什么，这样的安排，也最符合小组当前的利益。

朱菲犹豫了一下点点头，徐乐的安排还算合理，她也没必要和徐乐对着干。

不知不觉之中，徐乐在小队中占据了领导者的角色，虽然还很稚嫩，却已经成功地迈出了第一步。

徐乐分担了杨斌部分负重，最后一段路的时候，他和朱菲又生拖硬拽，帮助杨斌勉强完成训练。他们再一次以倒数第二的名次抵达目的，逃脱了惩罚。

由于昨夜的鞭刑，赵靖三人组仍然是最后一名。教官们铁面无私，鞭子下去，又是皮开肉绽——这一次，他们连哭喊的力气都没了。

"我想他们熬不过几天。"徐乐注意到了这三人抵达的时间，比之七点的死亡期限已经相差不多。

再经过一次鞭刑以后，明天的训练他们是否能够以最低的限度完成只怕都很难说，就算侥幸通过，肯定也是最后一名，还要再度受刑。

恶性循环之下，他们坚持不了多久，大概会是最早被淘汰的几个人。

淘汰即是死亡，虽然这几个人对徐乐并不友好，也是穷凶极恶的罪犯，但毕竟身处同一境地，徐乐难免有兔死狐悲的感觉。

如果第一天徐乐没有最后一段路的爆发，很有可能现在陷入窘境的就是他们三人。

赵靖三人并没有创造奇迹，第三天原线返回营地之后，第四天终于彻底崩溃，到晚上七点仍然没有完成训练。

教官们毫不客气地出动，轻松地抓住了林源和李铭两人，当众执行枪决，而赵靖发现同伴根本不可能完成训练之后，丧心病狂地逃入荒野。

他的尸体在三天之后被发现，挂在一棵形状诡异的树上，身体被荆棘刺穿，已经残缺不全，许多部分成了野兽的食物。

失去了垫底的对手，徐乐这一组的压力陡增，他们无法轻松地保持倒数第二，不得不奋勇争先。

"生存游戏就是这样，哪怕没有正面对抗，也一样你死我活。"徐乐叹气，他们想要活下来，就得踩在其他人的尸体上。

虽然这并不是他的本意，但只要他在竞争中超过其他人，那么对方在遭到惩罚之后，就很有可能遭到可怕的命运。

杨斌对此感到很愤怒，"这就是那些高级公民们，肆意玩弄我们的命运，虽然他们的社会地位比我们高，但人与人之间在精神上应该是平等的。正是因为渴望自由，我才会鬼使神差地去检索资料，没想到会落到现在这个下场。"

朱菲对此嗤之以鼻，"这个世界就是这样，哪有什么平等可言？出生已经决定了我们的巨大不同，我们只有想办法艰难地活下去。"

她是个现实主义者，对空话连篇的理想主义者最为不满。他们就算有着巨大的热情和美好的梦想又能怎样？在这个秩序森严的世界里面，只要稍有异动，就会毫不留情地被撕成碎片。

这些人或许并不畏惧死亡，但他们带来的伤痛，仍然要由其他人来承担。

徐乐不懂得这些道理，他也不喜欢和人争执，他更擅长行动，他的想法也更简单直接，那就想尽办法活下去。

经过几天的磨合和观察，他对参与集训的剩下二十三支队伍有了一定的了解。

光从体能这方面来看，这些队伍明显被分成了三个梯队，第一梯队的七八支队伍非常强大，每次都能遥遥领先地完成训练。

第二梯队有十支队伍，比他们差一些，但是仍然能与第三梯队拉开距离。

徐乐他们小组能够竞争的，有五支队伍。虽然之前的负重训练中，他们都领先于徐乐三人，但差距并不算太大，而且在杨斌的体能逐渐提升之后，他们的差距越发缩小了。

"接下来的训练项目是穿越山岭，有大量的攀岩行程，博士先生可千万不要拖后腿。"朱菲面色冷峻。

杨斌很尴尬，这几天他体能的提升很明显，但还是拖了后腿，如果没有徐乐的帮助，他简直看不到其他队伍的背影。

现在淘汰掉一支队伍，他们必须得超越一支队伍才能够避免受到鞭刑。

"你也得一起帮他。"徐乐估算了一下，他感觉到经过这几天的训练，他的体能有所提升，负重也渐渐没有压力，不过想要带着杨斌翻山越岭，还是有一定的难度，这时候需要朱菲的配合。

朱菲冷哼了一声，但没有反对，算是默认。

大概是为了避免鞭刑，在接下来的项目中，朱菲更主动拉了杨斌一把，这让后者受宠若惊，也大大提升了他们的行进速度。

这三人小组开始互相熟悉，他们的特质在训练过程中也逐步体现。如果要以数据来分析的话，徐乐的力量和体质在所有小队中都算佼佼者，而朱菲在速度和敏捷上有优势，至于杨斌，双科博士的智力傲视群雄。

从某种程度上来说，这种组合相当有互补性，由于三人的长项和短板都相当突出，必须通力合作才能取得好成绩，朱菲也不得不放弃了原本的冷傲态度。

"这支小组倒是给了我不少惊喜。"经过半个月的训练，教官休息室中，江涛拿着徐乐小组的资料，向厉军汇报。

这三人仍然处于第三梯队，但是即使是体能训练，他们的成绩也在逐渐提升，在第七天以险之又险的优势逃避了最后一名的鞭刑之后，徐乐他们小队稳步上扬，一直追到了倒数第五，基本上已经逃脱了受刑的威胁。

厉军缓缓点头，"他们大概是比较早明白合作的团队，而且这个徐乐很有意思。"

直到现在，教官们对徐乐在第一天的表现还记忆犹新。

"如果不是他爆发拉了杨斌一把，我想他们应该是第一批被淘汰的。"

杨斌如果受了鞭刑，第二天绝对不可能再坚持下来，到时候他们三人小组绝对逃不过淘汰。

江涛赞同道："不过能够救下杨斌，他们在后期训练中应该能占便宜，杨斌这个数据分析和机械维修的双科博士，应该是近几年亡命者中学历最高的吧？"

厉军有些惋惜地道："他也是个人才，如果不是因为他鬼迷心窍，居然偷偷登入中央索引图书库，也不可能落到这个地步……"

江涛冷笑道："这是他自找的，怪不得别人。好在他运气不错，遇到了徐乐，就凭他的能力，是怎么也无法熬过生存游戏的。"

即使是最优秀的守护者，在生存游戏中的生死尚且不能保证，类似于炮灰的亡命者们，只能各安天命。像杨斌这样偏重智力的亡命者，更没有发挥能力的机会，生存游戏中，他肯定会在第一时间就被敌人杀掉。

厉军沉默半晌道："这一次我们训练营的表现还算不错，到目前只有两支小队被淘汰，体能情况都还好。我的意思是尽快进入军械训练，争取占得先机。"

江涛凛然道："是！"

一旦进入军械训练，淘汰率就会急剧上升，死亡就是终结。对于这些亡命者来说，如果不能尽快熟悉各色装备与武器，那么在生存游戏之中，他们一样会死得很快。

江涛也早就想建议厉军早点开始军械训练，没想到他们不谋而合。

亡命者的营帐中，徐乐脱光了衣服，静静地躺在床上，透过帐篷的缝隙望着黑暗的星空，夜风灌入营帐，煤油灯闪动不已。

入营已经半个月，由于充足的食物和大量的消耗，他不再是刚刚抵达时的瘦鬼模样，但也没有增加脂肪。他的手臂和双腿都有了显著的肌肉凸起，六块腹肌线条鲜明，在灯光下有着深刻的阴影。

他们小组的训练成绩在逐步提升，但这并不意味着死亡威胁已经消除。徐乐很清楚，他们的头上始终高悬着锋利的长剑，死兆星在天空闪耀。

朱菲毫不顾忌地掀开帘幕，大踏步跨进了徐乐的帐篷，看到他赤裸的身躯，只是微微皱了皱眉头，并没有多慌乱。

在生死面前，男女的性别差异，其实没有那么明显。

"快点穿衣服，我听说今天要开始发放武器了。"朱菲压低了声音。

"武器？会发枪吗？"徐乐扯过裤子，胡乱套上，一跃而起。

他略微有些兴奋，小时候跟着父亲玩过火枪，但那是很久以前的事情了。作为男人，他对武器有着狂热的爱好。

握着枪会让徐乐有种掌握命运的感觉，所以，他才会在面对警察时轻易地扣动扳机，这也导致他袭警的罪名成立，被判了死刑。现在回想起来，真是恍如隔世。

朱菲有些不屑，"枪算什么？就算是蒸汽动力战甲，我们也会有试用的机会，他们给我们最强的武器，只是想看我们像野兽一样杀戮。"

只要提起这个话题，朱菲就会满脸仇恨之色，徐乐并不想触碰她的逆鳞，可听到蒸汽动力战甲，却还是不受控制地兴奋起来。

他犹记得在蒸汽火车上曾经见过的战斗画面，强大的装甲摧枯拉朽一般碾压敌手，令人血脉偾张。

"我想去试试！"他套上军装，迫不及待地想要出门去摆弄武器。

朱菲拦着他，鄙夷地摇了摇头说道："哪有那么快，蒸汽动力战甲的成本高昂，整个训练营也只有一具老式的Ⅲ型，我们开始军械训练肯定是循序渐进，得最后几天才能试用装甲。"

徐乐有些失望，正在这时候集合的尖锐哨声响起，两人出了帐篷，和杨斌会合，一起到训练营中心的空地集合。

经过几次训练，这些亡命者有了点军人的样子。他们安静地列队，目不斜视，不到两分钟就已经全员到齐。在鞭子和死亡的残酷训练之下，这种秩序很容易达成。

以厉军为首的教官们出现在众人面前，走到空地中央堆积如山的武器边，与徐乐见过的小型枪械不同，面前的这些武器应该属于军用步枪的范畴，显得粗大笨拙，通体黑色，有着半米长的枪管和硕大的枪托。

徐乐敏锐地注意到这种步枪击发装置甚为特殊，和火药枪械也有明显的不同。

难道这是淘汰的军用武器？徐乐蹙眉，他记得王朗说过在生存游戏中会使用相当高级的武器，但面前这些东西可看不出有多高级。他有些失望，看来正如朱菲所说，今天发放的只是最低级的武器。

"亡命者们！"总教官厉军提高了声音，"你们的进度不错，为了提升你们在游戏中的生存概率，经过几位教官的讨论，接下来将提前进入实战训练！"

众人鸦雀无声，鞭子教会了他们在教官训话的时候绝对不能开口，所以虽然每个人的情绪不同，但都只是表情变化，并没有人惊呼出声。

厉军对这种纪律表示满意，他点头道："你们这些渣滓既然来到这里，就应该明白，如果没有拼命的勇气，等待你们的就只有死亡。从今天开始，八位教官们会教你们使用各种各样的武器，时间非常有限，只有在最短的时间内掌握武器的运用，你们才能够在生存游戏中得到机会。"

"各小队教官，开始发放武器！"厉军挥了挥手，退到一边。

江涛过来，带着三个小组九个人，按秩序排队，从军需官手中领取了九件武器，人手一样。

"这是压缩铁弹步枪，在最理想的状态初速度能够达到700米／秒，可以轻易射穿你们这些人脆弱的身体。"江涛冷酷地晃动枪管，另两个小组有人胆小，不自觉地就后退两步，避开枪口的方向。

杨斌有话想说，但是他被江涛警告过，急忙举手，示意有问题要问。

江涛没理他，举起步枪，对着远处的靶子，随意瞄了瞄就扣动了扳机。

巨大的空气爆裂声，一枚铁弹以肉眼无法捕捉的速度从枪管飞出，几乎刹那间就射穿了百米外的木靶。

"这是以高速动能来增强破坏力的武器，不过准备时间稍长，击发速度缓慢，使用时要注意时机，绝不要轻易开枪。"

江涛言简意赅地叙述着注意事项。徐乐注意到一次击发之后，枪托上的气囊明显缩小，并重新开始充气，这种压缩空气动力的步枪威力虽然还不算差，但是不能连发，确实是有明显的弱点。

"这两天的时间，你们有机会熟悉这些武器，并进行打靶练习，第三天就会进行实战训练，随机抽出小队对抗，失败者很有可能就会付出生命的代价，希望你们不要浪费时间。"

明明涉及生死的大事，江涛却说得轻描淡写。杨斌的脸色发白，高举的右手也连忙放下了。

"解散！"江涛冷笑，宣布大家可以离开。另外两个小组的成员如蒙大赦，一个个都抱着压缩铁弹步枪如鸟兽散，大家开始连夜练习。

徐乐却不着急，他举着步枪，观察着这件武器的每一处零件，心中思考看它的原理和运用方式。

杨斌拉了拉他的袖子，压低了声音说道："我们怎么会用这东西？压缩步枪的最佳使用环境是真空状态，在大气层中用的话，很容易受到影响，导致子弹失速，杀伤力大打折扣。"

在孤星的环境中，火药武器显然是最为经济和有效的选择，由于爆炸威力大，冲击力强，技术上极其成熟，这才是军队的制式装备。

"这个设计其实更像是老式的弩机，依靠弹性形变和压缩空气的力量，提高实心弹丸的速度。"杨斌摆弄着压缩铁弹步枪，这枪粗黑沉重，看起来像老式双管猎枪，枪托后面有个压缩气罐，总重量足有十多公斤。

杨斌有些吃力地举起步枪，做了个瞄准的姿势，端着枪的手不受控制地轻轻颤抖，怎么也无法保持稳定。他禁不住要逃，如果是站姿射击，他根本打不中目标。

徐乐也有点发蒙，火药枪技术成熟，为什么要用这么笨重的家伙，击发速度还慢，近距离枪战，打不了两枪敌人就冲过来了。不过，这倒是对他很有利，相比用枪，他更喜欢近身搏杀。

"垃圾。"朱菲看这武器的目光充满厌恶，她体力虽然比杨斌好许多，但举枪也略显吃力，这种笨重又粗糙的武器，并不适合她。

徐乐摇了摇头，"就算不好用，我们也得熟悉。"

教官说要实战训练，绝对不是在吓唬他们。王朗和朱菲也说过，训练营虽然还不像生存游戏那么赤裸裸，可一旦开始军械的练习，那么死亡率必然暴增。

他们如果不想死，就得尽快掌握武器的性能，把战斗力完全发挥出来。

杨斌放下压缩步枪，搓着手，叹息道："如果有工具，我也许能把这枪略微做点改造，卸掉后面的枪托，改用木质枪托，这样我和朱菲用起来就会轻松很多。"

徐乐一喜，杨斌毕竟是双科博士，他也说过自己擅长机械维修，如果能够改造枪械，那肯定能省下很多力气。

这枪有一半的重量在枪托上，如果锯短，他们托着放枪就没那么重。

"不过卸掉枪托之后，会不会影响准星？稳定性会下降吗？"徐乐谨慎地问道。

杨斌点头，"那肯定会降低稳定性，准星我会重新调整，主要是在枪管下面加一个枪托方便握枪，精准性会下降一些，但更容易操作。"

这么重的枪，杨斌大概只有在卧姿时才能使用，如果进入实战小组对抗训练，除非预先埋伏，否则对他来说这枪大概就和烧火棍没什么不同。

"我去找教官申请工具。"徐乐很有行动力，立即决定去找教官，这种事情还是要趁早解决，不能拖。

他们小组遇到这样的问题，别的小组肯定也一样，虽然他们不至于像杨斌那样完全无法使用压缩步枪，但肯定也不能运用自如，这一点差距，就有可能造成胜负逆转。

徐乐擅长格斗，他很清楚一个道理，在战斗中一个微小的细节就足以决定胜负。熟练掌握武器，也许就能多开一枪，也许就能打准一点。就是这一点点的差距，也许就能改变战斗结果。

在战斗方面，徐乐有着野兽一般的敏锐直觉，更有着远超同龄人的冷静和沉稳。正因为这些特质，他小小年纪就能纵横青林市地下拳场，所向无敌。

朱菲不置可否，她对杨斌的态度仍然是相当不屑，也不大相信他真的能够进行枪械改造。不过，能试试总是好的，毕竟这种破枪她见都没见过，实在是太难用了。

徐乐行动迅速，当晚就找教官江涛申请，江涛听说他们小组要各式工具，面无表情地批准了。

杨斌在帐篷中忙活了一夜，到第二天，除了徐乐的那一支步枪以外，另外两支压缩步枪都大变了模样。

其中一支的枪托被完全卸掉，只留下气囊，瞄准镜和准星也挪了地方，枪管下方加了个手握式枪托，扳机转到前方，通过下压来发射。

与其说这是步枪，其实更像是小口径的手持炮。杨斌演示了自己射击的办法，用右手握着枪托，左手反方向推动扳机进行发射。

这样基本上无法进行瞄准，只能在近距离内直接射击。

考虑到杨斌本身的射击能力略等于无，这种改造非常适合他。

而他为朱菲改造的压缩步枪更加令人惊艳，枪托被卸掉，枪把和扳机被整合到一起，枪管也截短了一半，整支压缩步枪的重量至少减轻了三分之二，更像是一个大号的手枪。

"后坐力会很大，双手持枪比较好，射程减少一半，但重量减少三分之二，压缩气罐也重新调整，提高了射速。应该很适合朱菲小姐……"杨斌双手捧着枪送到朱菲面前，满脸的巴结讨好，看来在这一支枪上确实用了不少心思。

朱菲握住枪柄，在手里轻轻掂了掂，对重量表示满意。走到靶场，双手举枪试射，短时间内连开了两枪，弹丸都命中靶心。

她冷艳的脸上不由露出几分古怪的意味，杨斌的改造很适合普通女子使用，却并不太适合她。对方居然真的能改造枪械，而且水平看起来很不错。她有些后悔，早知道和他沟通一下，枪械也能改造得更加顺手。不过，现在这柄短枪也还比较顺手，更适合训练。

等到真正的生存游戏竞争时，杨斌一定能发挥出更重要的作用。

想到这里，朱菲的眼神露出了几分茫然，可惜，她只怕是等不到那一天了！

接下来的两天时间里，徐乐三人很努力地投入训练。对于有基础和天分的徐乐、朱菲来说，两天时间足以让他们很娴熟地使用压缩步枪。

如今徐乐十发百米射击成绩已经可以稳定在八十五环以上，这个成绩足以傲视小队里的其他两支小组。

但他和朱菲比起来，却还有不小的差距。冷艳孤傲的朱菲，在射击上居然有着超凡的天赋，拿着改造的短枪，居然能在百米内保持枪枪十环，其恐怖的精准，也让徐乐和杨斌大为惊讶。

而受限于枪支和本身的视力，杨斌的射击成绩远远落后，但经过艰苦卓绝的努力，总算也可以十枪有四五枪上靶，这大大超出了徐乐的预期。

根据朱菲观察的情报，其他小组试用压缩铁弹步枪的成果都不怎么好，大半的人也只是能勉强操作，射击精度都很差。

原本在体能上处于第一梯队的小组，在枪械上明显处在下风。

对此徐乐信心满满，"我们在之前体能训练一直落在下游，按照杨斌提供的算法，我们得到的生存点数应该不多，为了在生存游戏中占据主动，接下来我们就得更加努力。"

朱菲的面色略显憔悴，她这几天训练很努力，但似乎有什么心事，有时候总显得有些心不在焉。

"所有的胜利，都建立在别人失败的前提下。"朱菲有些黯然地道，"他们很有可能会死。"

对于她这种阴阳怪气的态度，徐乐和杨斌都已经习惯了。杨斌嘀咕道："他们都是死囚，本来就该死，杀了他们也不算什么。"

朱菲不屑地说道："你不是成天都说人人平等吗？你可要记得，我们也是死囚，只是为那些大人物在表演罢了！"

她似乎不想再说下去，带着一脸的痛恨转身走了，留下徐乐与杨斌面面相觑，无奈地摇头。

他们知道朱菲有心结，但真的上实战对抗的战场，他们也相信朱菲一定会全力以赴，这个女人想要活下去的信念，甚至比他们还要强烈。

训练营中，也有人渐渐注意到了他们这个小组，尤其是徐乐和朱菲在射击场上的表现很抢眼，就有人开始担心了。

"想不到这个小组两个瘦鬼一个女人，居然到现在还没被淘汰，而且他们的枪是怎么回事？难道是教官偏心给了他们好东西？"

"我们问过教官了，说他们的枪械是自行改造的，有一定的危险性，建议我们不要尝试。"

"胡扯！不说那个搞笑的书呆子，那俩人的射击都很准啊！要是在实战训练上遇上他们，那可得先下手为强！"

如果说在体能训练的时候，徐乐三人还是不需要加以重视的弱队，那么现在，有枪在手，他们就成了必须关注的对手。

第三天，分组对抗开始，所有的小组分成两方，抽签一对一进行对抗。

抽到徐乐三人组的对手，是两个壮汉和一个女人。徐乐知道对方的名字，也知道为首的那个壮汉是天鼎城中的混混，因为杀人罪而被判死刑，是个穷凶极恶的家伙。

"那个脸上有颗痣的叫刘方汉，四十岁，原来是二级公民，无恶不作，手上有好几条性命。个子稍矮点的叫裴冬，听说以前当过警察，用过枪，因为在警局里面冤枉人，把人给打死了，这才被送来。"

杨斌一直在注意搜集对手的情报，这时候才能侃侃而谈："那女的叫陶慧，具体犯了什么罪不知道。她是一直依靠这两人的，他们小队在体能训练的时候表现不错，一直都排在前三。"

在杨斌给徐乐介绍对手情况的时候，对方也盯着他们。那脸上有痣的刘方汉凶神恶煞，恶狠狠瞪了徐乐一眼，脸上带着狰狞的表情。

裴冬则是色眯眯地瞄着朱菲，凑到陶慧的耳边说了句什么。陶慧脸上表情荡漾，笑着在他腰间捏了一把，两人一起大笑起来。

朱菲面色一黑，当然猜得到这狗男女在说些什么，她脸泛怒色，冷冷地瞪着对方，恨不得一枪崩了这两个人，但终于还是忍住了。

分组对抗没有什么规则，评判胜负的标准就是让对方彻底失去抵抗的能力，杀死对方也是被允许的——在手里有压缩步枪的情况之下，这并不算有多难。

"不过每人只有十发子弹，如果把子弹用完，就得进入肉搏模式。"杨斌分析了一下，"从训练的情况来看，大部分小组对抗应该不可能在射击中就分出胜负，肉搏的话，死亡率也没那么高。"

限定场地，可以借用掩体躲藏，压缩步枪在这里使用的效果也不是特别好，大部分队伍的射击成绩一般，最大的可能就是一方用完弹药，被另一方制服。或者双方都用完子弹，靠着格斗分胜负。

无论哪种情况，死人都不会像想象中那么多。

"但是我们要尽可能在射击过程中结束战斗。"朱菲咬了咬嘴唇，如果进入肉搏，杨斌完全是副作用，而她对自己的身手也不是很有信心。就算徐乐再能打，难道还能一挑三不成？

如果想要活下去，就只有尽快解决对手了。

徐乐对自己的格斗能力倒是很自信，不过如果想要磨完对方的子弹，大约需要漫长的时间，何况敌人也未必会那么配合。

在武器上有优势，就要尽可能利用起来。

"因为在体能训练中我们的排位在他们小组之下，我们可以优先进入场地。"杨斌仔细研究着规则，"我觉得择地埋伏狙击最简单。"

朱菲嗤之以鼻，"场地太小，根本没有什么适合狙击的位置，他们只要一波火力压制，就能冲到我们面前了，我们得不断移动射击才行。"

由于压缩步枪的射速太慢，两发间隔比较长，一旦三人都进行过发射，得等好一会儿才能再度射击。刘方汉他们几个的策略，肯定是要突破进击，近身来压制徐乐三人。

杨斌一想这极有可能，不由得慌张起来，握着枪管，手心都直冒汗。

这毕竟是他们第一次的实战对抗，无论谁都不那么有信心。

凄厉的哨声响起，第一批分组对抗开始，相对比较弱的队伍优先进入各自的场地。徐乐一招手，示意他们俩不用再多说，抢先钻进了红线标志内的山谷丛林。

为了避免一方消极避战，实战对抗的场地不大，即使是在两条对角线上，双方也差不多都在理论上的射击范围之内。

而因为畏惧逃跑离开实战范围之外，立刻判负，还要承受鞭刑的惩罚。

如果不是处于必死的境地，应该没有人会选择逃跑。

徐乐带着朱菲和杨斌两人，沿着红线开始急速奔跑。杨斌的体能略有增长，在不负重的情况之下，勉强能够跟得上两人的脚步。

"我们要快速移动，不能让他们阻截。"徐乐小声地吩咐。

对方的射击成绩表现还算不错，而体能更是远远领先于他们，如果能够拉开距离，或许能够轻易获胜，但一旦被对方近身，就相当吃亏。

至少杨斌和朱菲两人的安全无法得到保障，如果不能保护团队成员，就算徐乐靠自己得到了最后的胜利，也不算是什么成功。

朱菲和杨斌默默服从，他们紧跟在徐乐身后，一直朝着场地入口处的对面移动。

刘方汉站在红线外，远远望着树林中疾驰而过的身影，狞笑道："这些小老鼠还挺狡猾的，居然跑那么快，我还以为他们准备在什么地方埋伏我们呢。"

裴冬赔笑道："刘哥，他们哪有那胆子？那书呆子和女人见到我们难道还真敢开枪？那个叫徐乐的小子虽然棘手点，但也不过就是个蛮牛，看我处理掉他！"

他当警察的时候也是骄横跋扈惯了的，后来因为不小心冲撞了某位荣誉公民，直接被判了死刑。他这人欺善怕恶，畏惧刘方汉的力量，所以讲话才那么谄媚。

刘方汉的名声，裴冬当初就听说过，都说这人是黑道地下第一打手，力量和体能都处在巅峰，听说他单手活活捏死过人，裴冬自己虽然也不弱，但到底不敢招惹。

两人臭味相投，倒是颇为投契，再加上一个在他们两人之间充当润滑油的女人陶慧，这支团队的合作还算和谐。

"我们可以进去了。"听到教官第二声急促的哨音，这是第二队进入的讯号。刘方汉大大咧咧昂首而入，他背上扛着两支压缩步枪，仍然轻轻松松，不以为意。

裴冬端着枪，带着陶慧两人跟在他身后，"刘哥，小心他们打黑枪。"

"这么远，不用怕！"刘方汉浑不在意。就在这时候徐乐顿住脚步，转头看见他们三人，一甩压缩步枪，砰的就是一枪。

刘方汉三人还来不及反应，就听轰然一响，刘方汗身边的一根树枝被从中打成两截，木屑迸射四溅，树枝哗啦啦地慢慢折断。三人吓了一跳，连忙狼狈滚倒在地，面如土色。

这一枪要是打得再准一点，说不定就直接解决一个。这么远的距离，这么快的出枪，居然还有这样的准头，三个人都被吓得屁滚尿流。

"可惜！"徐乐收枪，继续前行。这只是个下马威，毕竟没有准备太充分，开枪还是有几分运气元素，如果能够解决掉一个，那这一场小组对抗胜负基本上就有把握了。

只是幸运女神没站在他这一边，让他们逃过一劫。

对于击倒对方，徐乐并没有什么心理压力，对方本来就是恶贯满盈的坏蛋，何况在这种不是你死就是我活的战斗之中，道德上的衡量并没有多少意义。

徐乐在地下格斗场早就有了这样的经验，这个所谓的生存游戏训练，也不过就是武器更多，规模更大，规则更残酷的格斗场而已。

他很清楚一件事，自己的生命还没有保障，去同情敌人是件极其愚蠢的事，他的想法很简单，活下去。

受到徐乐这一枪的威胁，刘方汉三人认识到了对方的枪很危险，不敢再像之前那么大意，老老实实地以规避动作前进，这就大大增加了体能消耗，也降低了速度。

徐乐也不敢大意，仍然保持着移动，与对方保持着足够的距离。

刘方汉他们几个显然没有行进中开枪的能力，大概也不想浪费子弹，压根儿就没想去尝试，徐乐他们三个，也就可以放心大胆地绕着红线转圈，伺机反击。

"可恶！"裴冬气得牙痒痒的，"这几个混蛋跑得比兔子还快，老子抓住他们，非得给他们抽筋扒皮不可。"

刘方汉面色阴沉，他们原本以为徐乐他们三个不值一提，应该很轻松就能解决，没想到他们不但枪法好，人也狡猾，现在看上去是他们在追击徐乐三人，但这种被人牵着鼻子走的感觉却让人很难受。

"我们向中间移动。"陶慧小声建议，"这样不管他们往哪儿逃，我们都能够拉近距离。"

只要两边的距离变近，凭着裴冬在警队练出来的一手枪法，应该能够威胁到徐乐三人，到时候他们就不可能跑得那么轻松。

刘方汉一想也是，他不再跟在对方屁股后面，而是主动向场地中心移动。

"真是愚蠢。"朱菲表示不屑。对方在拉近距离的同时，也将自己暴露在她的有效射程范围之内。

这种情况下的战术事先已经商量过。看着刘方汉三人移动到空旷无遮掩的场地中央，徐乐轻轻一挥手，杨斌咬牙转身，奋力向后扳动扳机。

又是巨大的响声，虽然杨斌的准头有限，弹丸不知道射向何方，但是刘方汉等人还是只能顿住脚步，伏地躲闪，而此时朱菲跃上一棵小树，趁着这短暂的时间稳稳瞄准，对着裴冬就是一枪。

朱菲这一枪打得既快又准，虽然没能命中要害，但是裴冬的右肩立刻腾起一蓬血花，他杀猪般大叫起来，奋力一滚钻入草丛。他的战斗意识还是很强，本能的左手抬枪反击，但一来左手无力，二来仓促之间没有瞄准，弹丸距离朱菲还有十万八千里。

等到刘方汉从肩膀上甩下枪，准备趴下瞄准，朱菲已经从树上跳下，继续快速挪动闪避。

刘方汉阴沉着脸，拖着鬼哭狼嚎的裴冬到一棵大树背后，打了他两个嘴巴，厉声喝道："清醒一点，不要叫得像个娘们似的！伤得怎么样？"

由于压缩步枪弹丸速度非常快，很容易造成贯穿伤势。裴冬痛楚难当，但并不致命，只是肩胛骨被打穿，整条右臂无法抬起。

"右手好像废了！刘哥，你要给我报仇！"裴冬心若死灰，他知道在训练中受伤，基本上很难熬过这次训练营了，就算靠着刘方汉侥幸过关，到了生存游戏中也是必死无疑。

刘方汉面色阴鸷，他们小队本来在体能训练中一直领先，他还做着能混过生存游戏得到奖励的美梦，现在被朱菲一枪击碎，由于裴冬的受伤，他们队伍很有可能被淘汰，要是这样，还不如让裴冬死了，找人递补。

他看了看裴冬的伤口，很清楚这种筋骨之伤绝不是一两个月内能够恢复的，他神色冷酷地伸手扼住裴冬的脖子，"反正你也活不下去了，我送你一程。"

刘方汉力量极大，裴冬两条腿乱蹬却怎么也挣扎不开，很快就被活活扼死。

陶慧在一旁看着，吓得腿都打战了。

"真是心狠手辣！"她知道刘方汉是不想要裴冬这个累赘。虽然裴冬受伤必死无疑，但是刘方汉能够毫不犹豫地杀死队友，实在太过凉薄残忍。

刘方汉对着陶慧咧嘴一笑道："这会儿只能拼了！你也给我上！别以为除了皮肉就能不卖命！"

他伸手扯过陶慧，用力在她背上一推，跟着她一起冲了出去。陶慧明知道刘方汉是拿自己当掩护，但也知道不听话就死定了，拼一把还有点机会。她尖利地号叫着，拼命举起枪就射，仓促的射击没有任何准头，但她疯狂的样子却颇有气势。

刘方汉左右手各持一柄压缩步枪，以陶慧为盾牌，跟在后面一起开枪。他居然可以同时举起双枪瞄准发射，臂力强得真是骇人听闻。

徐乐也没想到对方居然会这么不要脸，拿女人当挡箭牌，不过对方射击的精度并不高，他一边移动，一边找准角度，举枪还击。

朱菲与杨斌在旁配合，双方在头几个回合中都没有击中对方，差不多消耗了一半的弹药。

刘方汉左右开弓，压制住了朱菲与杨斌，躲在陶慧身后，更加肆无忌惮。他不时喝令陶慧挺直身子，尽量把他的身体完全遮挡住。

在他看来，这个只会出卖身体的女人实在没什么用，裴冬一死，他们小组的实力大幅削减，与其等着补一个废物进来，不如让陶慧也去死，他剩下孤家寡人一个，有机会补到比较强的队伍中去。

陶慧心里也明白，但她不敢反抗刘方汉，只能硬着头皮向前冲。

"卑鄙无耻！"朱菲怒骂，在树林后面挥枪射击，因为要刻意地避开陶慧，也极大影响了她的准度。

徐乐皱眉，他们子弹有限，这样打得热闹，却基本是浪费子弹。尤其是杨斌，充好气后就扣动扳机，连头都不抬一下，只能配合个声势。朱菲又明显有顾忌，完全发挥不出神枪手的威力，他只能掉打得很有节奏，耐心等待着机会的出现。

刘方汉毫无顾忌的直线冲击令他与徐乐三人的距离越拉越近，忍不住发出狞笑。只要他能够近身，这几个混蛋都会被他撕成碎片！

至于面前那个女人，待会儿也顺便一起解决！

朱菲与杨斌已经顾不上射击，一方面是因为子弹不足，另外一方面也是因为如果停下来开枪，很有可能就被追到身边，到时候短兵相接，那刘方汉的力量优势就能够全部发挥出来。

"这两组竟然打得这么激烈？"教官们在场外关注着每一处的情形，发现徐乐这边的战斗进入白热化状态，关注度就全转到此处。

他们在一处山头用望远镜观察，一切都落入眼底，看得分明。

"刘方汉的近身格斗，在我们训练营是非常强的，他的单手拳力能够达到四百公斤，如果被他追上，虽然他们组少了一个人，大概徐乐那组也是凶多吉少。"

"双方的子弹消耗都差不多了，徐乐还剩下三发，杨斌和朱菲加起来也只有九发，刘方汉双枪还有七发子弹，那个女人还剩五发，子弹一旦消耗完，如果没能对刘方汉造成伤害的话，这一场胜负就分出来了。"

"刘方汉冲过去了！双方只差十步！"

教官们神色各异，大多不看好徐乐一方。江涛虽有些紧张，阴沉的脸上却不露任何声色。

刘方汉狞笑得越来越大声，他就像是追上了猎物的猎豹，已经准备好了扑击，要一举将猎物杀死！

这么近的距离，压缩步枪这种武器的使用已经非常不便，徐乐他们三人很难翻盘。

就在这时候，徐乐忽然顿住脚步转身，竟然是反方向朝着刘方汉急冲。陶慧吃了一惊，用尽力气举起长枪扣动扳机，巨响声中，枪口不受控制猛地跳动了一下，弹丸也不知飞到哪去了。

这一枪当然没能打到徐乐，陶慧看着他如猛虎下山的架势，心中发寒，脚下一绊，竟然直接扑倒在地。

徐乐没有理会陶慧，他单膝半跪地上，左手稳稳拖着枪管，手肘放在膝盖上，完成标准的跪姿射击姿态。面对着刘方汉凶猛的扑击，他甚至还从容地轻呼了口气，才瞄准、击发。

高速弹丸不偏不倚，从刘方汉的胸口穿过，在他胸膛上炸开一片血花。他脸上狂喜的表情，一下子凝固住了，呆了一下才本能地捂着胸口上的伤口，口中"嘀嘀"乱叫，眼睛中的光芒很快暗淡，头一垂软软倒地，两脚一蹬再没了气息。

"好一招回马枪！"教官江涛赞许地点了点头，这个时机的把握非常敏锐，判断也很准，就是赌陶慧心慌意乱，一定打不到他，更值得称赞的是徐乐的冷静，面对凶猛冲过来的刘方汉，还能从容瞄准、开枪，这才精准一枪击毙对方。以刘方汉的体格，如果没命中要害，未必就会丧失战斗力，近身搏杀，很有可能是两败俱伤的结果。

"还不仅仅是回马枪。"厉军看得分明，笑道，"这小子对人心的把握也很准确，如果没有那个女人故意摔倒，想要杀死刘方汉不是那么容易。"

陶慧畏惧徐乐的气势是真的，仓促失手开枪，自然不肯再挡枪，几乎是不假思索地扑倒在地。不摔倒，死的是她，摔倒之后，死的是刘方汉。虽然这意味着他们小队的彻底失败，但也未必是坏事，刘方汉能亲手杀死裴冬，当然也能轻而易举地解决她。

"这小子，或许是专门为生存游戏而生的人才。"厉军对徐乐另眼相看。

陶慧趴在地上，她眼角的余光扫了下死不瞑目的刘方汉，哭号着举起了双手，"我投降！我们输了！求求你们不要杀我！"

生存游戏没有投降一说，永远都是不死不休，但这只是训练营。

只要完全制服对方小组，使他们失去抵抗力，这一场实战训练就可以说是获胜了。

朱菲看对方同样是女人，虽然不齿其为人，但是难免也起了恻隐之心，伸手想去拉陶慧，低声道："放心，我们不会杀……"

"砰"！

徐乐又淡定地开了一枪，陶慧惨叫一声，软软垂落的右手腕血流如注，显然是被徐乐一枪打断。

在她的指缝中，一片锋锐的寒光"当啷"落地，赫然是一柄薄刃小刀。

陶慧满面怨毒，握着手腕，一言不发。朱菲愕然，低头看了看那柄小刀，满脸的难以置信，如果徐乐没开枪，这一刀也许就能要了她的性命。

她没想到这女人表面上看着可怜，实际上毒如蛇蝎。

朱菲想了一下，才有些别扭地转向徐乐道："谢谢你。"

"不清楚对方是什么人，还是不要滥施同情心。"徐乐不知道陶慧是什么类型的罪犯，但是他能够很轻易地辨别出这女人身上的杀机。

陶慧并不甘心投降。

杨斌哇哇大叫道："你这女人怎么这么狠毒？你就算杀了朱菲小姐，你们小队也肯定输了，又有什么用？"

这也正是朱菲不解的问题，她沉默地望着同为女人的陶慧，不理解她为什么要垂死挣扎。

陶慧很清楚自己的伤口已经决定了再无生机，惨然笑道："我只不过是为了活下去。杀了她之后，你们小队缺一个人，我可以递补进来，我也是女人，她能做的事，我全都能做，只要你们给我一个机会，我会服侍得你们舒舒服服……"

杨斌面红耳赤，徐乐紧蹙眉头，这女人的生存哲学太过赤裸裸，但从某种角度上来说，也不能算她不对。

朱菲一言不发，指关节却因为握得太紧而发白。

胜负尘埃落定，他们并不喜欢无意义的杀戮，就没有对陶慧下杀手，但因为手腕的伤势，陶慧无论被调配到哪个小组，大概都不免成为炮灰。

今日之后，徐乐没有再见过这个女人，有传言说她自杀了，也有人说教官将她秘密处决了。但不管如何，紧张危险的实战训练，让他们都无力再去顾及他人的命运。

各色武器陆续亮相，留给亡命者们熟悉这些武器的时间非常短暂。烈焰喷射刀、反曲增压弩，还有传说中的磁暴射电弓也都一一出现在训练课上。

在六十天的集训期即将进入倒数的时候，徐乐唯一还没有见到的东西，就只有最强的装备——蒸汽动力战甲。

进入实战训练之后，徐乐、朱菲、杨斌三人的成绩迅速提升。

按照杨斌的计算模式，只要能保持这样的训练成绩，他们在生存游戏开始之后获得的生存点数将会是一个非常可观的数字。

以此来兑换合适的武器，将会成为守护者身边可靠的战力，也就不至于一开始就被抛出去当作炮灰，生存率可以大大提高。

杨斌每天都眉飞色舞计算着生存点数的增加，朱菲却总是一副冷傲不屑的样子，甚至随着时间的流逝，她的态度变得有些狂躁。

徐乐发现了这一点，但却无从知晓是什么原因。

这样的情况一直持续到训练课第五十天。

"今天给你们试用的是孤星政府的最新科技成果，小型蒸汽摩托。"江涛戴着墨镜，骑着一个喷黑烟的怪物冲到了众人面前。

这是一个三轮的机械车，高高的龙头上挂着刺目的大灯，发出如野兽般的轰鸣。江涛跨坐在摩托的背上，右侧挂着一个硕大的翻斗，应该还可以再坐一个人。

黑烟是从两侧的排气管涌出，伴随着摩托的颤抖，一阵阵浓烟弥漫。

"时速可以达到 80 公里 / 小时，是穿越荒野的极佳个人装备。"在亡命者们的惊呼声中，江涛潇洒地一跃而下。

与大型的蒸汽机车不同，这种蒸汽摩托适合一到两人使用，由于其危险性，民用并不广泛，只在军方使用。

"蒸汽摩托使用煤油精作为燃料，加满一箱可以开三百公里……"江涛讲解着蒸汽摩托的驾驶方式与注意事项，朱菲忽然身子一震，眸中燃起一种奇异的光芒。

每个小组获得了一辆蒸汽摩托，这是他们第一次获得高速个人交通工具，机动力在生存游戏中非常关键，徐乐也认真学习着驾驶技术。

"这摩托什么都好，看来是最新的改进型，但是煤油精的消耗太大了。"杨斌对这工具也饶有兴趣，他仔细研究了点火装置和驱动连接，叹息道："如果采用乙型转接管，把煤油精进行二次提纯，燃烧效率能够大幅度提高，百公里的燃料消耗也就少多了，也不容易因为杂质堵塞排气管导致故障。"

这东西是工程学的新结晶，蒸汽机小型化、传动装置和排气系统，都走到了设计的前列，然而杨斌还是觉得理论上有改进的空间。

朱菲挑了挑眉毛，正色问道："你能改吗？"

杨斌忙不迭地点头，"只要有工具，当然能改，只不过改好的时候，这摩托差不多也该还回去了，没什么用。"

小型蒸汽摩托不属于武器，也没有实战训练，所以并无需要改进的必要，时间上也来不及。

朱菲却反常地说道："虽然这次没有用，不过如果能够改造成功的话，以后在生存游戏中如果获得小型摩托，我们就可以充分利用它的性能。"

杨斌一拍脑袋，赞叹道："还是朱菲小姐想得周到，那我这就去改，刚好同时提纯一下煤油精度，到黄昏前应该能够搞定，争取还能跑着试两圈性能。"

他的能力难得被朱菲这样的大美女认同，满心欢喜，乐颠颠就开始动力系统的手动改造。徐乐略有些疑惑，不过看着他兴奋的模样，终于还是什么话都没说。

两个月的生存训练已经接近尾声，这个训练营中总共有七个小组被淘汰，徐乐所在的小队也淘汰了一组人。总的淘汰率接近30%，虽然没到

50% 的伤亡标准，但也仍然让人震骇。

从现在的情况来看，绝大部分亡命者都已经适应了训练标准，即使是在实战训练之中，也不再像刚开始一样有那么高的淘汰率。

教官们对目前的训练状态也很满意，如果不出意外的话，最后十天就应该在熟悉武器的过程中平静度过，然后迎来生存游戏的开始。

那时候才是真正见生死的时候。

由于摩托车被杨斌拿去改造，今天的训练课徐乐小组等于没什么内容，他就返回帐篷休息，趁着难得的闲暇静静思考。

如今的人生转折，几个月前的徐乐根本无法想象。那时候他是个普通的少年，最大的忧虑无非是将来会成为一个劳碌辛苦的司炉工。

而现在，他几乎每天都要面对生死，就在十天之后，他就要参加一场屠杀的饕餮盛宴，能不能活着回来，谁都无法保证。

1.2% 的平均生存率，也就是说两百多人的亡命者队伍，最后只能剩下两到三人，这是历年来生存游戏的标准。

如果徐乐当初没有救回杨万里，也没有接受他的好意，或者说他与张扬在天鼎城没有惹事，在最后的几天疯狂后就返回青林市，那他的人生或许就会迥然不同。

他也许会像父辈一样，成为一个强壮蠢笨的司炉工，运气好就能够找到一个老婆，生个孩子，每日酗酒，靠着酒精的麻醉，稀里糊涂地过完短暂的一生。

这样平庸的人生，与现在朝不保夕的生存战争相比，到底哪一个更让他抗拒，徐乐也不能做出肯定的答复。

徐乐现在很少会想起张扬，自从被捕之后，他就没有得到过张扬的消息。

在训练营的艰苦生活，也让他无暇去想太多。

"一定要活下去。"徐乐捏紧了拳头，给自己鼓劲道。

他闭上眼睛，不再去想过去的平静生活，也不再去想张扬。

即将来到残酷挑战中。所有温馨的回忆与对平凡生活的向往，都意味着软弱。意味着死亡。

他只有利用最后所剩无几的时间，尽可能再磨砺自身，争取积累每一分力量，用在生存的竞争之中。

"轰轰轰"……

帐篷外传来明亮的轰鸣声，徐乐听得出来，这是蒸汽摩托发动机的轰鸣，至少光从声音来听纯净了许多，几乎没有杂音，这大概说明杨斌的改造很成功。

这并不奇怪，杨斌这个双科博士名不虚传，经过他改造的武器和机械，虽然会显得有些古怪和突兀，但都能发挥出特殊的功效。

"加速度快了好多！"帐外传来杨斌兴奋的喊声，"我的改造很成功吧？朱菲小姐，你稍微慢一点，不要往那个方向……"

巨大的撞击声打断了杨斌的呼喊，他兴奋的语调陡然变成了惊呼，"那里——不行！徐乐！徐乐！快出来！"

徐乐第一时间就从床上跳了起来，掀开帘幕冲出帐篷，但能够看到的只是朱菲跨坐在摩托上绝尘而去的背影。

几乎只是一瞬间，朱菲就冲破了营地外围的护栏，在没有与任何教官打招呼，也不是参与训练的前提之下冲进了荒野。

在这座训练营中，这种行为被称为"叛逃"。

叛逃者死。

营地中尖锐的警报声响起，教官们纷纷出动，江涛的面色铁青，跳上一辆蒸汽车，和一群警卫顺着朱菲逃跑的方向追了上去。

杨斌站在原地，就像是被吓傻了一样，欲哭无泪，失神地喃喃自语道："我不知道……我真的不知道……"

我也不知道。徐乐在心中叹息一声，他与朱菲相处已经有一段时间，自从在那次陶慧的刀下救下朱菲之后，他觉得三人团队的距离近了许多。

朱菲也更愿意与他们分享，他原本认为这是一种良性的互动，等到六十天集训结束之后，他们三人应该会扭成一个牢不可破的整体，成为真正可以作战的单位。

但朱菲的叛逃，将这一切打得粉碎！

徐乐从来没有想过，朱菲的目的居然会是要逃跑，无视森严的警戒，无视荒野的危险，就这么勇猛直冲出去，他也不得不佩服这个女人的勇气。

"她和你说过没有？"徐乐走到杨斌面前，问道，"她到底有什么理由，必须要逃离这座营地？"

朱菲很少对他们说起自己的事，直到现在，徐乐才恍然发现，他甚至不知道朱菲来自哪里。她对生存游戏有着本能的反感，对森严的秩序也有着刻骨的仇恨，这些反感与仇恨，到底是否源自于她的生活？

杨斌摇头，然后又点头，"她没说起过……不过有一天晚上，我看到她一个人在抹眼泪，好像一直在喊妈妈……我没敢过去问。"

他狠狠地捶自己珍贵的脑袋，懊悔道："要是当时过去问问就好了，咱们是一个团队，我们绝不会让她做这样的蠢事。"

即使有了杨斌改造过的蒸汽摩托，朱菲携带的燃料也极为有限，她如果运气好，一开始就找到正确的方向，也没有遭遇荒野中的种种危险，或许能够穿出两百公里的封锁区域。

但就算如此，那又有什么用？她的身份讯息被政府所掌握，除非她打算一辈子生活在荒野中，否则她根本无法进入任何一座人类聚居的城市。她这一逃，等于断送了自己的一切。

徐乐沉默不语，朱菲冷傲而强硬，即使是杨斌过去问，也很难问出朱菲心底的话。

她这样的女人能够下定决心逃跑，一定是有自己的理由。

"回想起来，朱菲好像早就打算要逃跑的。"徐乐叹气，"你还记得第一次负重训练的时候，她就对周围的环境很留意，问过你很多。后来我让她侦查周围，她欣然接受，我记得她还详细地画了地图。"

如果只是为实战训练做准备，朱菲画的图未免太细了点，甚至包括许多禁止跨越的区域——这一切都是为了她逃跑做准备，就可以解释了。

亡命者们也都被惊动，在这一个多月的实战训练中，徐乐三人的实力受到了众人的认可，也被视之为劲敌。

知道朱菲突然驾驶蒸汽摩托逃脱，大多数人都是幸灾乐祸。

"太好了，他们组这下完了！他们一直处处压咱们一头，少了一个组员，生存点数会被扣掉三分之一吧？在生存游戏里面就不会领先太多了！"

"不知道这两个人会不会受连累惩罚，集训还有十天就结束了，居然出这种事，我早就看那女人不是个好东西！"

"那女人真是自己作死……"

听着众人的议论，徐乐的表情很平静，他若有所思地站在营地中央，静静等待教官们的归来。

如果他们带回来的是朱菲的尸体，那么一切休提，如果朱菲还活着，徐乐希望自己能够第一时间亲口问她一句为什么。

"不会被找到……不会被找到！"杨斌站在他身边，口中念念有词，为朱菲祈祷，"她那么灵活敏捷，加上我改造的蒸汽摩托，一定能够逃生的！"

虽然理智上都知道朱菲成功逃生的概率略等于零，但在感情上，杨斌并没有责怪她，倒是希望她能够顺利逃走。

大概半个小时之后，出去搜寻的蒸汽车陆续返回，教官们阴沉着脸下车，回到指挥部商量。

很快营地内的高音喇叭响起，声音严肃而又凄厉："紧急集合！紧急集合！"

徐乐与杨斌对视一眼，自觉地站到队伍的最前列——不管教官做什么决定，他们都希望自己第一时间了解。

很快剩余的十七个小组全员到齐，扣除朱菲之后，刚好还有五十人。有许多人脸上带着跃跃欲试的神情，还有人有几分雀跃欣喜，大概是提前得到了什么消息。

江涛走到营地中央，脸色阴沉得几乎要滴出水来，他高声宣布："亡命者朱菲逃脱，经教官们商议，一致决定，发布实战任务如下。"

追缉任务？徐乐面色一沉，大致猜到了教官们的决定。早在前几天，营地里面就在传，在集训结束之前，教官们会安排一次实战任务，获胜者将得到高额的生存点数奖励。

这次朱菲脱逃，难道会成为实战任务的目标？

果然江涛继续道："实战任务一，追缉逃犯朱菲。在场所有十七个小组，都可以开始在周围方圆百公里之内追杀朱菲。杀死朱菲，带回她的尸体，可以得到一千点的生存点数奖励。"

他又解释道："你们还不知道生存点数的价值，但一旦进入生存游戏，你们很快就会明白这东西的价值，一千点初始生存点，绝对会让所有人疯狂，对你们来说，很可能就是生与死的差别。"

这是从教官口中第一次证实确实有生存点数这种东西的存在，但他说得越明确，徐乐的心就越往下沉。

教官们愿意拿出大笔初始生存点数作为奖励，让整个营地的亡命者都去追杀朱菲，可见他们真的很生气。而面对这样的天罗地网，朱菲真的能逃出去吗？

果然亡命者们都兴奋起来，很多人都窃窃私语，计算着一千生存点能够兑换怎样的武器。

杨斌面色惨白,悄悄对徐乐道:"这下糟了,一千生存点,可以兑换中等级别威力的武器,这在前期会形成巨大的优势,这些混蛋都要拼命了!朱菲怎么逃得掉?"

徐乐摇了摇头,压低声音道:"朱菲很聪明,她既然决定逃跑,应该有自己的打算,光凭这些饭桶,不一定能找得到她……"

不知道是不是听到了他们的对话,江涛的目光转向徐乐和杨斌二人,脸上带着嘲讽的笑容,"为了警示某些人不要有不切实际的想法,我要告诉你们,想要在营地逃脱,根本就是不可能的。你们的一举一动,全部都在监视之下,而现在,我们也已经掌握了朱菲的确切位置。"

他一字一顿,语气森冷。徐乐听得浑身发冷,只觉得耳边轰鸣,脚下的大地仿佛也震动起来。

这一切并非他的错觉,其他亡命者们同样也发现了异常,转头望向同一个方向。

一个巨大的黑影从地下腾空而起,发出响亮的轰鸣声,随着那黑影不断升高,它投下的阴影笼罩了整片营地。所有人都因为恐惧和惊讶而合不拢嘴。

濒死救援

纯黑色的飞艇，最上方是巨大的圆形蒸汽包，两侧是短粗的机翼，流线型的外形舰体外面，露出数十个炮口，前后还布置了几挺重机枪，螺旋桨在飞艇后方嗡嗡地旋转，数十个排烟一起嚣张地喷着黑烟。

这个巨大飞艇悬停在半空中，就像是一座飞行的战争堡垒，浑身上下都充满了钢铁的刚硬和强力。

双科博士杨斌也不敢相信自己的眼睛，他向着那飞行器伸出双手，目光迷醉，惊讶的语调简直如同咏叹，"战鲨飞艇，军方空战堡垒，这世界上最强大的战争武器。"

军方拥有的战鲨飞艇，飞行速度快，火力凶猛，一艘飞艇足以管制广阔的天空区域，这也是普通民用飞艇所无法比拟的。准确地说，性能上的巨大差距，让两者完全没有可比性。

普通人都很难见识到飞艇，更别说军方的终极战斗堡垒：战鲨飞艇。

对于技术狂人杨斌来说，战鲨飞艇的每一道曲线每一根排气管，都有着无与伦比的美。

徐乐可没有审美的心思，他抓住了杨斌的衣领用力摇晃着道："这艘飞艇能够监视到朱菲？"

飞艇也受地形限制，在地形复杂的青龙岭，飞艇也很难发现躲在草木中的微小人影，但看这战鲨飞艇的嚣张样子，似乎和普通飞艇完全不同。

杨斌这时候才反应过来，他狼狈地摇头道："如果真像设计图所说的那样，战鲨飞艇具备全天候视野，能够同时扫描上千平方公里的范围，就算是一只麻雀都飞不出它的视线……"

他越说面色越难看，这意味着朱菲已经成了瓮中之鳖，根本无路可逃。

"也就是说，教官们根本不是找不到她。"徐乐微微点头，他目光转向江涛，高声质问道，"教官！既然有飞艇，教官们为什么不直接将朱菲带回来？而要我们亲手去屠杀队友？"

如果是以往，江涛早就以鞭子来教训徐乐的无礼。不过，徐乐这个问题却问得很好，他正好可以给众人解释一下，冷冷一笑道："我们当然可以轻松把她带回来。但我们觉得，这是让你们熟悉生存游戏最好的机会。"

如果教官们将朱菲带回来，或许她还能有一线生机，但是看着那些眼冒绿光的亡命者们，徐乐几乎可以想象，一旦朱菲落到他们手中，将会有怎样悲惨的遭遇。

"既然这样……"徐乐几乎是在瞬间就做出了决定，"我们也去！"

他不等江涛发令，扯着杨斌就向营地外飞奔。一众亡命者们突然反应过来，也都不甘落后地嗷嗷叫着追了上去。

教官们冷冷瞧着这些亡命者的背影，神色都有些复杂。等进入生存游戏，所有人都会成为别人的猎物。朱菲的逃亡，也是这些新兵们投入战场之前最后的一课。

可怕的追杀开始了。

依靠着蒸汽摩托，朱菲迅速地穿过山谷向南面移动。

她从踏入营地的第一天开始，就在一门心思地想着该如何逃跑。为此，她筹划了五十天的时间，做好了各种准备。

由于盗窃和伤人被判死刑的朱菲，在得到参与生存游戏的机会之后，毫不犹豫就答应了。虽然她痛恨这种把人类互相残杀当作娱乐的活动，但她也知道，这是她活下去的唯一机会。

朱菲必须要活下去，但她并不打算循规蹈矩地去争取那 1.2% 的生存率，而是处心积虑地想着逃跑。

徐乐与杨斌的出现，给了朱菲更多的希望，徐乐的力量和使用武器的天赋，足以在训练营中保护她的小组，让她能够从容探查营地周围的情况。

杨斌这个博士，博学广闻，改造维修机械的能力极其厉害。

朱菲知道训练营早晚会提供个人交通工具的试用与训练，所以当最适合她的小型蒸汽摩托一出现，她靠着杨斌的改造，立刻就毫不犹豫地逃跑了。

驾驶蒸汽摩托硬闯出来，看起来太过粗糙，却胜在突然，整座训练营都没有任何防备。朱菲相信，她只要逃得远一点，就能潜入荒野，在污染的荒野中，就算训练营实力强大，也难以追踪到她，运气不错的话，很快就能逃回天鼎城，到了天鼎城先藏一阵子，就能想办法回家了。

最初的逃跑历程很顺利，改造后的蒸汽摩托在山林中的行进速度接近90公里／每小时，即使是教官们驾驶的蒸汽车也被远远甩在身后。

当朱菲再也听不到背后的轰鸣声，她兴奋得几乎想唱歌。

杨斌天天都会把自由之心挂在嘴边，朱菲却是真正拥有自由之心的人。有些鸟儿，注定不能被关在笼子里，她会用自己尖利的喙和爪，撕开栅栏，飞向天空。

但是朱菲很快就发现自己又陷入了窘境，荒野生存她只有理论上的知识，即使是在集训的后期，实战训练中，亡命者们也不会太过深入荒野。

当夜幕降临，变异猛兽的嘶吼声此起彼伏，为了避免成为目标，朱菲不得不减慢了速度，同时降低了噪音。

没等朱菲想好去哪里，天空中突然传来一阵巨大的机械轰鸣声，她不由得转过头，就看到夜幕中一团巨大黑影正在迅速接近。

"飞艇？"朱菲脸色猛然一白，她没想到训练营还配备了飞艇。蒸汽摩托速度再快，也快不过天上的飞艇。

距离飞艇还很远，朱菲却异常不安，就像是被猛兽盯上了一样。她有种敏锐的直觉，飞艇能发现她的位置。

轰鸣而来的飞艇，突然射出一道明亮无比的光柱，正落在朱菲的身上。光柱笼罩下的朱菲，顿时成为夜色中最为耀眼的存在。

突来的变故，让朱菲措手不及。强光更让她眼前白茫茫一片，再也看不到任何东西。她心中大惊，想到枪炮攻击很快会接踵而来，不由得心冷若死，训练营的实力太强大了，强大到任何的抵抗都是徒劳。

但等了一会儿，上方的飞艇还是没有任何动静。

朱菲觉得有些不对劲，她深呼了两口气，努力让自己平静下来。

"训练营能轻易把自己轰成齑粉，却并不动手。这道光柱更像是一种指引，最有可能的就是让那些亡命者来追杀我……"朱菲第一个就想到这种可能，猜到了正确答案。亡命者的训练即将结束，他们很需要一场追杀来体会真正的恐怖与挣扎。

"如果是这样，他会不会也来杀我呢？"朱菲不由得苦笑，脑中掠过徐乐刚毅而略显稚气的面容，"这小子可是从来不会手下留情的，只要能够获得胜利，或者说能够对获得胜利有帮助，他一点也不会客气。"

教官们一定会拿出大笔的生存点数作为奖励，在失去自己这个队友之后，徐乐小组受到了削弱，原本应得的奖励也会被削减，他应该会痛恨自己，然后想要通过追杀来挽回损失吧？

朱菲觉得这是最大的可能，徐乐确实救过她一命，也曾在实战各种危险的情境下保护过她，但是在换到敌对的立场之后，以徐乐的性格不会再有任何客气。

不论如何，她都不会束手待毙！

蒸汽摩托发出如呻吟般的无力轰鸣，燃料已经快要耗尽，即使是经过杨斌的改造，这件单人的交通工具在没有后勤支持的情况之下，仍然不敷长期高强度使用。

朱菲虽然不甘心，也只能扔下蒸汽摩托。她望着前方充满危险的荒野，又回头看了看天上的蒸汽飞艇。让她高兴的是，那道光柱并没有继续跟随着她。她拿起背包，毫不犹豫地一头扎进了黑暗之中。

徐乐与杨斌同样走在黑暗中，他们头上戴着汽灯，可以勉强照亮面前两三米的范围。飞艇指示了朱菲的逃跑方向，但荒野的深夜充满危险，不用说变异猛兽，就是不小心被污染的植物划伤了都很麻烦。何况朱菲枪法神准，训练营人尽皆知。虽说按道理朱菲拿不到枪，可这事谁又说得准。

也许教官们为了更刺激，还会主动给朱菲武器。在训练营待久了，所有亡命者都知道教官有多冷酷无情。伤亡指标远远没有达到，教官们根本没有压力。

出于种种顾忌，各组的亡命者速度都不快。只有徐乐和杨斌无所顾忌，出发又早，这才赶在所有人的前面。

"我们真的要杀朱菲？"杨斌一脸不忍地问道。在这一个多月的时间里，他已经习惯了沉默寡言的徐乐做主，但如果要杀朱菲，他还是狠不了这个心，恳求道："徐乐，我们再想想办法，也许能帮她逃出去！"

"不行！"徐乐的回答斩钉截铁，他语气平静地道，"就算是我们帮她，她也绝对不可能逃出去，就算突破了外围的封锁线，她也只能死在荒野上。没有清水和食物，到处都是可怕的猛兽，她根本活不了多久。"

越是细想，徐乐就越无法理解朱菲为什么要逃跑，但他在情绪上却会有一样的共鸣，就像当初在天鼎城，明明面对宋爷和警察的枪，他却无论如何有拼一拼的念头。

如果连这种反抗意识都不存在，那么人也就不能算是人了。

徐乐不像杨斌懂得那么多大道理，他永远都只会实际地去做。

"有人受伤了！"

徐乐身上携带的话筒式通话器里，传来了模糊不清的警告声。这种巴掌大的通话器足有两三斤重，可以在二十公里的范围内通话。缺点是电磁传递的声音信号很容易被削弱、阻挡，限制很大，老旧的电池也无法长时间通话。

后面传来消息，大概是飞艇监视到了朱菲的动向，"叛逃者在西南方向，潜入了一片密林……"

通话器中，再次传来了一个男人气急败坏的叫声。

徐乐和杨斌对视一眼，都没有说话，其他逃亡者也不是善茬，这会儿居然都追上了朱菲，还好对方似乎没有得逞。

有了明确的消息，其他流亡者小组想必也会加快速度，一千生存点的诱惑还是非常大的。

"这意味着她的摩托已经不能用了。"杨斌叹气，悄声对徐乐说道，"我猜摩托发动机内部有问题，也许是有里程的限制，正常情况下不应该这么快就没燃料了。"

朱菲开始孤身一人徒步穿越荒野，即使没有追兵，这本身就是一次非常危险的行动，更何况后面还有虎视眈眈的亡命者们，她的位置又再次暴露，杨斌实在为她担心。

"那我们就得更快点了！"徐乐仍然保持着冷静，他回头望了望飞艇射出的光芒，加快了脚步。

必须抢在所有人之前！

朱菲觉得自己体能要耗尽了，她曾经无数次想象着穿越荒野，突破封锁的情形，但从来也没有预料到，居然会是这样艰苦。

靠着蒸汽摩托，她跑出大概有七八十公里，但是徒步穿越丛林耗费了太多的时间和体力，等她离开丛林，却发现前方已经有亡命者小组在等候她。

几个亡命者毫不隐瞒地告诉她，她价值一千生存点，这也让朱菲的心沉到了谷底。

但凡明白初始生存点数珍贵的亡命者们，都会不惜一切代价来追杀她，就算不明白的人，朱菲相信教官一定会向他们好好解释说明的。

到了现在，她还没能离开青龙岭山区，在这片荒野中被追杀，她逃脱的可能性是零。

"砰"！

压缩步枪的沉闷射击声，在安静的夜晚中分外刺耳。

朱菲头也没回，就地一滚钻入不远处的灌木丛藏好身形，她才回头张望，只见影影绰绰有几道身影迅速逼近。

"教官还发了武器。"

朱菲自嘲一般地苦笑，她带了一些食物和小刀，足以应付一般的突发情况，但是全面武装的亡命者小队，却不是她一个人可以应付的。

唯一值得庆幸的，来追杀她的并非是徐乐，而是另一支小队。

"她在这里，我发现她了！"刚才开枪的亡命者高声欢呼，他的两个队友也分散着从其他方向围过来。

朱菲没有枪，根本无法抵抗三人的攻击，只能拔腿飞奔。

又是一声枪响，枪弹擦着朱菲的耳畔飞过，她只觉得热辣辣地疼，左耳都在嗡嗡震鸣。伸手摸了下没有摸到血。

朱菲有些庆幸，好在没中枪，在黑暗中连续几个变向翻滚，合身一跃，如鱼入水般地蹿入一丛高高的剑叶草中。

朱菲动作轻盈灵快，敏捷无声。黑暗之中，几个围过来的亡命者就看到影子一闪，然后就找不到朱菲了。

几个亡命者也不敢大意，视野受限，距离又近，压缩步枪还不如刀好用呢。反正朱菲逃不远，他们放慢步伐，慢慢搜索，遇到不确定的目标，就直接一枪打过去，反正死活都一样，没必要冒险。

"难道就要死在这儿了吗？"

朱菲躲在草丛中暗自咬牙，被几个人紧紧跟着，是怎么也逃不了的，现在只有舍命一搏，杀了三个亡命者，才有机会脱身。

"她跑不了的！"最初叫喊的持枪亡命者大笑道，"这个疯女人长得倒是很美，这次可赚到了！抓住了大家可以一起享用，要是怕夜长梦多，杀了再用也可以的！哈哈哈……"

他一边从口中吐出最下流的言语，一边小心谨慎地转动目光，四处搜索朱菲的踪迹。他们有三个人互相掩护，只要不被朱菲偷袭得手，就能稳操胜券。

朱菲握紧了小刀，这柄小刀是陶慧试图杀她留下的遗物，朱菲觉得，今天或许也是让这把小刀发挥作用的时候。

如果要承受侮辱，不如干净利落地去死。

"举起手，我希望你不要做蠢事！"持枪亡命者冷冷威胁，"如果不想多吃零碎苦头，最好乖乖投降，走到外面来！否则我一枪一枪打断你的四肢！"

如果真的走到外面，对方应该会毫不犹豫地开枪，朱菲不相信任何承诺，她盯着那名亡命者的咽喉，计算同归于尽的可能性。

这时对方对着朱菲的方向又开了一枪，弹丸穿过剑叶草丛，几乎是擦着朱菲身边飞过去的。

这片草丛实在是太矮了，只有一米多高。朱菲趴着不动还能隐藏身形，只要站起来必然会被发现。这会儿她只能强自忍耐，希望有机会杀人夺枪，一枪在手，还有几分胜算。

"我们的弹药很充足，追杀任务与实战训练可不一样。"亡命者狞笑，他放弃了继续前进，而是等待充气完毕，再次射击。

朱菲的心沉到了冰窟，她并没有太多的掩护，在对方枪击之下，也几乎没有反击的余地，等另外两个亡命者靠近，她就更没机会了。

难道真的要受尽侮辱去死？她咬了咬牙，看着缓缓靠近的两条黑影，闭上眼睛，刀刃指向左侧第三根肋骨下方。

如果出刀够快的话，刺穿心脏并不会感到疼痛，血液停止流动，死亡只是一瞬间的事。

"对不起，妈妈！"朱菲咬紧牙关，正打算自尽。

就在这时候，不远处传来了徐乐的声音，"各位，朱菲是我们小组的成员，我希望自己来解决她，你们能不能给个面子。"

徐乐在最近一个月的表现相当抢眼，尤其是使用近身格斗武器的时候，他几乎展现出了碾压一般的优势。教官们都认为，一旦他披上蒸汽动力战甲，在燃料耗尽之前，几乎可以说是无敌的存在。

这种情况下，同一训练营的亡命者对他也有足够的敬畏和忌惮。果然一听到徐乐的声音，那持枪亡命者的脸色顿时一变，并且谨慎后退，寻找掩体隐蔽。

他张望了一阵没有发现徐乐的踪迹，这才干笑道："原来是徐乐，想不到你心狠手辣，对自己的队友都不留情？不过她是我们先发现的，就算你想要插一脚，怎么也得有个先来后到吧？"

这一次教官配发了压缩步枪作为制式武器，听说徐乐不但格斗强横，枪法也非常准，他当然不敢暴露身形，言语之中也带着几分客套。

"这次的行动，教官并没有阻止互相攻击，你现在离开还来得及。"徐乐淡然开口，他的声音并不高，却透出了一股森然杀气。

这次的追杀任务，教官并没有说不允许杀戮——而根据营地的规矩，只要没有禁止就是许可。

持枪亡命者打了个哆嗦，他并不想示弱，但是徐乐的话却让他起了一身的鸡皮疙瘩。

"老大，别听这小子吹牛，他们小组现在就两个人，其中一个还是书呆子，根本不能动手，我们三个，还怕他一个不成？"

自从徐乐现身，刚才逼向朱菲的两人也转而向自己的同伴移动，会合以应对强敌。开口的那人对徐乐并不服气，但他话音未落，就听一声枪响，他头顶的一棵树枝被打得粉碎，树叶与木屑纷纷扬扬落在他的脸上，吓得他目瞪口呆。

"这只是一个警告，我的耐心可不怎么好。"虽然对方躲在黑暗中，但他超强的夜视能力，让他能很清楚地捕捉到对方的身影。独特的天赋，也让徐乐在夜战中拥有无可比拟的巨大优势。

只要他想，确实可以一枪将对方爆头。

三个亡命者都沉默下来。就要拿下一千生存点了，徐乐却突然冒出来强夺胜利果实，这让他们很愤怒。但徐乐刚才的一枪，却让他们意识到，在这种情况下与徐乐对抗实在不明智。

他们连徐乐的具体位置都未能掌握，徐乐却可以随手杀了他们。

"走！"经过这一段时间的训练，脑子不够用的亡命者都死光了。这几个一见事不可为，立刻毫不犹豫地退走，甚至连句场面话也没留。

徐乐也没有兴趣去追逐他们，只是静静地站在原地，望着朱菲。

朱菲垂下刀尖，目光中有几分哀怨，沉声道："你也是来杀我的吗？"

徐乐并没有回答她的问题，反问道："你为什么要逃走？"

这是他心中不解的疑问，不问清楚他是不会罢休的。

大概是因为觉得要死了，朱菲也没有再隐瞒，"你知道我是因为伤人才入狱的，但我伤人的原因大概你不清楚。我是为了去第十七研究所偷一种抗癌新药，被人发现，这才和警卫发生冲突，造成了他轻伤。"

她苦笑了一下，"其实对方只是擦伤，我更大的罪名是盗窃和潜入机密研究所，这两个罪名就是死刑。"

徐乐"哦"了一声，这种事件在孤星并不罕见，有人甚至因为偷一块面包而被判处死刑，徐乐在小时候还看过行刑现场。

他蹙眉道："第十七研究所，那不就是在青林市？你是青林市人？"

朱菲点了点头，"我早就知道我们来自一个地方，但我并没打算告诉你。我母亲因为辐射伤害，得了皮肤癌，如果能够动手术就能彻底治愈，但那只有天鼎城才可能做得到，我只能尽可能用药物为她控制。"

她只是三级公民，根本不可能把母亲带到天鼎城救治，而此时第十七研究所研发了一种昂贵的抗癌新药，能够有效抑制皮肤癌的蔓延和转移，只要持续服药，就基本上能够保证病症不再恶化。

朱菲走投无路，就去第十七研究所偷药，由于她身手敏捷，前几次被她侥幸成功，偷到了半年份的药物。

再一次潜入第十七研究所的时候，她被警卫发现，仓皇间将其推倒，造成了轻微伤势，这在法庭上就成了要判处她死刑的证据。

朱菲被迫参与生存游戏，换得了活命的机会。而根据时间推算，她留给母亲的药物已经快要吃完，一旦没有药物抑制，母亲的癌症就会迅速蔓延转移，再也无法控制，最后会痛苦地死去。

她越来越心焦，所以才终于忍不住，要逃脱离开营地，希望在临死之前，再为母亲弄到足够的药。

徐乐听完了她的故事，低头叹息道："你根本不可能逃出去的，就算你真的侥幸逃走了，没有身份 ID 卡，你连青林市都进不了，怎么可能靠近第十七研究所？"

朱菲默然，良久才说道："其实我也知道，我只是不甘心。"

她明眸中都是浓重的哀色，却强忍着不哭出来。她习惯了自强自立，也不想在徐乐面前表现得软弱，更不想用眼泪去换取同情。

"还是活下去吧，在这个世道。"徐乐静静等着她哭完，最后才开口，"只有活着，才有希望。"

就像杨斌所说的，这个世界充满了不公平和恶意，三级公民们在贫困线上苦苦挣扎，甚至连食水都不能保证供应。

顶级的荣誉公民和一级公民们，却享受着奢华的生活，有取之不尽的生活资源。徐乐初到天鼎城的时候并没有体会到这一点，但是他现在却渐渐感觉到这个世界的残酷。

"活下去？"朱菲吃惊地抬头，难以置信地问道，"小组已经蒙受了巨大损失，你如果杀了我，还能挽回一部分。"

徐乐摇头，"我们是自己人，是一个团队。想要救你母亲，就要尽力夺取胜利活下去。"

"自己人？"朱菲一呆，她记得第一次见面的时候，徐乐就因为朱菲与杨斌的争执，而提出"自己人"这三个字，当时她还嗤之以鼻。

在束手待毙无比绝望的时候，突然听到这三个字，朱菲只觉得胸中有一股暖流逆流而上，鼻子一酸，眼泪再也止不住。

徐乐缓缓地走到她面前，朱菲哇的一声，扑进了他并不算宽阔却相当坚定有力的怀抱中。

杨斌从草丛中探头探脑，看这两人抱做一团，赶紧缩了回去，等待了许久才干咳一声道："徐乐！我们得赶紧回去了，不然其他队伍赶过来，我们可危险！"

徐乐能吓走一个小组，却不可能吓住所有人。徐乐再强，也是双拳难敌四手，要是有多支小队一起前来，他也护不住朱菲。

"好！我们呼叫警卫。"徐乐拿出信号弹，朝天空发射出去。

明亮的信号弹光芒，如同灿烂的烟花，照亮了大片夜空。发射信号弹，就是向训练营表明完成任务，呼叫警卫。可徐乐没杀朱菲，明显是想带着朱菲一起投降。

飞艇上，教官们面面相觑。

"他没有杀朱菲。"江涛面色不好，皱紧了眉头，"这小子到底是怎么想的？这次给出这么多初始生存点数，本来就想是给他们小组一些弥补，他却放弃了机会！"

徐乐三人到底是江涛训练的小队，他虽然声色俱厉，但其实还是有庇护的意思。

朱菲要跑，那是严重违纪，死罪难逃。但徐乐和杨斌都是他看好的人才，他不希望这两人因为朱菲而蒙受太多损失，所以才与其他教官商量，给出了这么个追杀任务。

徐乐如果能够果断杀死朱菲，朱菲逃走导致的生存点数损失也就得到了弥补。同时也不必追究小组的连坐责任。等再增补一人，徐乐小组在生存游戏中就会有个极好的开局。

徐乐却选择把朱菲带回来，这该怎么处理，就得让总教官处置了。

厉军沉吟许久，看着屏幕中一起返回的三人，最后才下了决断。

"既然是他们小组把人追回来了，那就不算是叛逃，但私自离开营地的罪名仍然成立，扣他们小组的生存点！"

正如杨斌所说，训练营中的亡命者小组，在教官手里都有隐蔽的训练排名。根据最终的排名来决定小组的等级，标准以下的小组会被淘汰——淘汰的亡命者当然会被毫不犹豫地执行死刑。

排名越高，小组等级越高，在生存游戏中获得的生存点数也就越多。

按照徐乐三人在训练中后来居上的情况，他们本该属于第一梯队，可以获得三千点生存点数，这在游戏初期会大占便宜，基本上能够保证顺利与守护者会师。

朱菲的严重违规，却会导致小组排名锐降，现在来看最多就是刚够及格线，所获得的生存点数也就少得可怜，这意味着徐乐三人进入生存游戏后，就要面对极为艰巨的挑战。

"可惜了，我还期待他们三个的出色表现呢。"江涛忍不住叹气，他对徐乐这一组颇为看好。

训练营中亡命者虽然很少能活下来，但是他们在生存游戏中的贡献，也会被记录在案，这对于负责培训工作的教官来说，也是考核的重要部分。

如果亡命者在生存游戏中有亮眼的成绩，那教官们就会得到更好的评价，因此获得升迁也是寻常。

中级军官大多属于二级公民，江涛当然也希望自己能够更进一步。所以在训练过程中对他们这个有希望的组合其实颇多关照，只可惜现在一片苦心付诸东流。

为期六十天的训练结束，徐乐三人最后的评价是"D"，在进入生存游戏之后，只能获得五百点的生存点数。他们是所有参与生存游戏的三人小组中，获得初始点数最少的一个。

不过从某种角度来说，这也可以说是一种幸运，因为他们也是唯一一支评价为"D"，却还能够参与生存游戏的队伍。

评价低于他们的小队，统统遭到了淘汰。

训练结束的当天下午，后山枪声大作，徐乐知道这是在对大约十多名未能通过筛选的亡命者执行死刑。

这些家伙本来就犯有重罪，参加生存游戏是他们获得特赦的唯一原因，他们没有获得参加生存游戏的资格，死亡也就成了他们必然的归宿。

最后顺利从训练营毕业，得到游戏资格的总共只有三十九人，十三个小组。教官们都对此颇为不满，认为成绩很差。

"我们第三训练营的名额怎么会这么少？去年我们的表现不是还算不错吗？"

"今年第一、第二训练营的亡命者表现强势，达到 A 级标准的小组就有好几支，我们和第四训练营半斤八两，有三十九人过线已经算不错了。"

"希望这些家伙能活得久一点。"教官们叹息着，他们不是真正关心亡命者的生命，而是他们的前途和亡命者的表现息息相关。

朱菲听说这个消息以后，变得更加沉默寡言。她母亲没有药物治疗，坚持不了多久了，而她却无能为力，甚至没有机会去见母亲最后一面。她的出逃，没能拯救母亲，反倒拖累了徐乐和杨斌，更让她自责。

归队之后，朱菲没有对徐乐表现出感谢，成天都是一个人呆呆地坐着。徐乐与杨斌该劝的都劝了，知道只有希望她自己能够走出来。

幸好最后几天只是熟悉各种高级武器，训练比较轻松，要是有实战训练，以朱菲的糟糕状态，就算是徐乐也办法救她。

最后蒸汽战甲还是亮相了，不过由于整个训练营中只有一具，所以每个人体验的时间只有五分钟。

不过这也够了，由于动力的限制，蒸汽战甲在战场上也只能发威十五分钟左右，一旦燃料用尽，沉重的战甲只会让使用者成为战场上的活靶子。

徐乐这是第一次看到实物，他几乎是怀着膜拜的心理，仔细摩挲着战甲的每一寸纹理。

战甲胸口的板甲、头盔，全都是厚厚的特制钢板，千吨以上的水压机一次冲压成型，敦实而精细，几乎可以防御大部分攻击。像压缩步枪这样的武器，在近距离内也无法破开蒸汽装甲。

蒸汽装甲的设计思路，其实和中世纪的重骑士装甲一样。追求更重、更硬、更强，以强大的防御和恐怖的破坏力，在近距离内攻坚破敌。实际上，就相当于人形蒸汽坦克，只是更灵活，更能适应复杂的地形。

一套老式的蒸汽战甲总重接近三百公斤，人力几乎无法驱动。只有依靠装置在背部的小型蒸汽轮机提供动力，才能行动自如。

在燃料充足的时候，蒸汽战甲的使用者在小范围战场上堪称无敌。一旦动力耗尽，它就成了一堆废铁，使用者必须尽快脱离，顶多能够将蒸汽战甲当作掩体。

"优势很明显，弱点也很明显。"杨斌在学机械维修的时候就研究过蒸汽战甲，却也是第一次见到实物。"如果用得好，在关键时刻能够扭转战局。这大概就是生存游戏中最具威力的武器了。"

徐乐点头表示赞同道："教官说兑换蒸汽战甲需要两万点的生存点数，比磁暴射电弓还要贵，这是战斗初期根本不可能拥有的终极武器。"

磁暴射电弓是最强的远程攻击武器，价值一万八千生存点，配合破甲箭矢，甚至有可能洞穿蒸汽战甲。朱菲在远程射击上颇有天赋，徐乐本来想要兑换磁暴射电弓给她使用，发挥小队机动性强的优势，增强狙击能力。

从现在的情况来看，且不说徐乐三人距这种动辄上万的高级货色太远，就算是真的能够兑换磁暴射电弓，朱菲也未必是最合适的使用者了。

生存游戏中的初始点数太少，想要更好的武器和资源，就需要更多的点数。教官们并没有说过这些点数该如何获得，但是徐乐他们大概也能猜得出来，应该就是通过战斗成绩来计算。

在决定了出线小组的当天晚上，数辆蒸汽运兵车趁着夜色开进营地，将三十九人载上车，开进了深沉的黑夜。

车程很长，大部分人都禁不住睡眠的折磨，沉沉地进入梦乡。

徐乐却一直都没有睡，他睁大双眼，从运兵车的通气孔中凝望深沉的夜空，不知道怎么，他又想起了张扬。

也不知道那小子现在怎样了。徐乐又回想起他和张扬在天鼎城逍遥的日子——那天，他和张扬靠着杨万里给的通行证，坐上了开往天鼎城的火车。

"呜呜呜……"

蒸汽火车的汽笛发出高亢的鸣叫，喷薄出的浓密白色蒸汽在疾风中迅速地飘散无踪。蒸汽机的巨大轰鸣声中，火车头牵引着十五节车厢向前狂奔，一对对沉重车轮在铁轨上发出有节奏的低沉金属撞击声。

坐在车窗窗口的徐乐，丝毫不受这些噪音的影响，着迷地看着狭小窗口外的景色。

从小到大，徐乐从没离开过青林市的东区，更没见过野外是什么样子。按照教科书上说的，城市外面一片荒芜，变异的植物都带着剧毒，还有凶猛的变异野兽，危机四伏，没有人能在野外生存。

透过蒸汽火车的车窗，徐乐却看到了教科书上没有描述过的美景。

野外的天空同样遍布乌云，却没有城里那种粉尘般的层层黑烟，看起来多了两分通透，云层稀薄的地方，还能透出一些阳光。

对于习惯了黑白两色世界的徐乐而言，那一抹暗淡的阳光让世界陡然明媚起来。远处的山野上，到处都是茂盛的草木。草木的鲜嫩绿色，漂亮得让人感动。

徐乐贪婪地看着外面的景色，恨不能跳出列车，跑到鲜绿的草丛中去打滚撒野，可惜，他也只能是想想而已。

蒸汽列车是全封闭的，狭小的车窗外面还焊着防护用的铁栅栏。火车又在高速行进，就算能跳出去也会摔断腿。再说，徐乐又没发疯，这里距离青林市足有几百公里，荒无人烟，在这里乱转纯属找死。

现实总是那么残酷，徐乐禁不住轻轻叹息，从心里发出的疲惫和无奈，倒让他多了几分成熟。

"你们是第一次出门吧？"坐在徐乐对面的一个中年男人，似乎对徐乐很感兴趣，突然出声搭话道。

中年男人穿着干净的西装，蓝色衬衫，黑色牛皮鞋很亮，衣着打扮颇为光鲜。

徐乐五感异常敏锐，只是扫了一眼，就注意到对方的鞋底有了明显的磨损痕迹。按照他的观察，对方应该是个普通的二级公民，而且生活并不是很富裕，不但和杨万里无法相比，也远远比不上高先生。

"是啊，我们第一次出门。"坐在旁边的张扬生怕徐乐说错话，抢着答道。顿了一下他又拉了一下身上的深蓝军装，解释道："我们是去天鼎城参加预备役培训。"

中年男人倒是没多想，能登上蒸汽火车本身就证明了身份，"预备役培训啊，当年我还参加过，很艰苦的……"

他又有些诧异地问道："你们的家长没跟着吗？"

"他们都有事忙，也想让我们自己锻炼一下。"

张扬笑着解释了一句，又问道："还没请教先生怎么称呼？"

常年和各色人打交道，张扬年纪不大，在社交上已经很娴熟，说话也很有技巧，不动声色地就把话题转移到了中年男人身上。

中年男人略显矜持地笑了笑："你们可以叫我张先生。"张扬年纪太小了，在他看来没必要报上自己的名字。

张扬忙道："张先生，我也姓张，叫张扬，这是我的同伴徐乐。"

张先生微微点头，还没等说话，张扬就一脸好奇的请教道："张先生，书上说这些植物都有剧毒，是不是真的啊？"

"当然。"张先生极其肯定地道，"当初政府曾组织多支探险队，考察各地，我还参加了一支探险队，作为随队医生。这些植物看着正常，却无法食用，也没有其他任何商用价值，只有变异的野兽才能食用。探险队在深入山林百里后，就有多人中毒，又被变异猛兽袭击，死伤过半，队长当机立断，下令撤退……"

说起过去的探险经历，张先生自豪中又带着几分余悸。显然，当年的冒险经历给他留下了很恐怖的烙印。

"张先生真是了不起。"张扬由衷地赞叹道。

"孤星的资源稀缺，只是为了勘探煤矿，每年就有千百人死在荒野里面。你们年轻人，要珍惜现在的生活，社会的未来，就靠你们了。"

张先生忍不住说教起来。

张扬连连点头，"我们会努力做出贡献，不辜负政府对我们的培养。"

很官方的套话，张扬说得极其诚恳，倒是让张先生很满意。

"年轻人就是要这样，勇于承担责任。"

徐乐突然问道："张先生，听说荒野中还能找到古代文明遗迹，是不是真的？"

"当然是真的，我们的一些特殊技术，就是从古代文明遗迹中发现的，探索遗迹，也是政府最重要的工作之一。"

张先生又有些感慨地道："已经有许多年没发现新遗迹了，技术难以突破现有瓶颈，资源消耗巨大，这样下去，前途堪忧啊……"

张扬对遗迹没兴趣，更不关心社会变革这种大事。他眼珠一转，趁机请教道："您见多识广，能和我们说说天鼎城的情况吗？"

天鼎城是孤星首府，巨大而繁华。他们对天鼎城的情况一无所知，遇到个喜欢聊天的人，当然不能错过。而且，张先生好为人师，应该不会拒绝他的请求。

果然，张先生没推辞，很有长辈风范地谆谆说道："天鼎城是我们孤星的首府，人口足有千万之众，异常繁华热闹。不过，天鼎城的警察也异常的严厉，对于外地人的管理尤其严格，一旦违法，就会面临最严厉的处罚。你们年纪小，一定不要胡闹乱来，出事没人能救你们……"

"是，是，您教训的是，我们是去预备役培训，不会乱跑的。"

张扬很认真地答应着，又问道："张先生，我们就是在天鼎城逛逛，不知哪里比较好玩？"

"天鼎城的铁人广场，大蒸汽机博物馆、变异猛兽观赏园都值得一看。对了，国民议政大楼一定要去，那里气势宏伟，还有孤星政府七位创始者的雕像……"

张先生说得兴高采烈，张扬脸上赔着笑，心里却在叹气，他就是想问哪个酒吧便宜好玩，可看他的样子，只怕是知道也不会告诉他们。

旁边徐乐都快笑出声了，他急忙低头，这样当面笑出来就太无礼了。

"诸位乘客，下面将要播放生存游戏专辑，请大家欣赏……"

车厢里突然传来了广播通知，让徐乐很意外。

生存游戏，是孤星政府组织的守卫者考核。天鼎城有八所守卫学院，每年毕业生都要参加生存游戏，进行残酷的选拔考核，只有通过考核，才能成为精英守卫者，成为军队的中坚力量，守护孤星政府。

对于孤星政府来说，每年的生存游戏都极其重要，会搞各种宣传引导，对于社会各阶层来说，生存游戏也是他们的一场狂欢。

每当这个时候，第九动力职业中学就会停课，所有师生一起听生存游戏的广播直播。

听着广播里的人解说胜利者的战绩，也是徐乐最喜欢的一件事。

所有完成考核成为守卫者的人，都会得到英雄般的礼敬，他们的名字也会打印成册，到处宣传。

徐乐上学的时候，就拿到过两次宣传册，在老师的讲解下，徐乐也曾对守卫者异常羡慕，还萌生过去当守卫者的想法。

现实很残酷，只有一级公民才有资格报考守卫者，以徐乐的出身，永远都不可能成为守卫者。

徐乐没想到在蒸汽列车里，还能听到生存游戏，忍不住问道："张先生，生存游戏还没开始吧！"

"没有，要等年底才会举行，还有四五个月的时间呢。"张先生说道，"播放的肯定是去年的生存游戏。"

"那有什么意思……"张扬没兴趣了，生存游戏最大的刺激就在于未知，都知道结果了，再听就没劲了。

"不一样的，生存游戏专辑是经过剪辑处理的，极其精彩。和我们看过的版本不一样，值得看看。"

和张扬不同，张先生倒颇为兴奋，两眼直放光。

"看？"徐乐听出了不对，和张扬对视一眼，都聪明地没有说话，社会等级不同，接触层面不一样，这会儿就多听多看少说话。

车厢两面的车门上方，落下两台宽大黑色玻璃屏幕，光影一闪，屏幕上出现了男人的影像，他拿着圆形扩音器，一脸激昂地宣布道："第39期生存游戏正式开始，下面让我们来欢迎优秀学员出场……"

屏幕中传出的声音和影像，让徐乐和张扬顿时目瞪口呆。

张先生有些得意地介绍道："列车上的电视都是最先进的机型，画面和声音都比家用电视清晰许多。说起来电视这种技术，也是在远古文明遗迹中挖掘出来的，到现在也只有几十年的历史。"

"嗯嗯……"张扬应了两声，却没敢说话，电视他听说过，可从没见过，多说肯定要露馅。

徐乐则出神地看着电视，他长这么大，还是第一次看到电视画面，深深地为里面的画面所吸引。

电视屏幕里，两个持刀的男子正在拼命搏杀。两人势均力敌，你一刀我一刀地互相斩击，身上刀痕累累，血流满身，极其惨烈。最后，还是个头高大的男子更狠一些，用手臂强挡了对方一刀，趁势出刀捅入对方咽喉，一举解决了敌人。

男子虽然获胜，但手臂都被砍断了，失血极多，走了没几步，一头扑在地上，眼看着就没了气息。

车厢了响起了一阵压抑的惊呼，还有人在轻轻鼓掌表示赞赏。坐在徐乐对面的张先生，双颊泛红，就像喝酒了一般，似乎是很兴奋，但又强行抑制着情绪，没有表露出来。

张扬胆子小，看到两人惨死，吓得脸色有些发白，听广播讲述战斗，和看现场画面完全是两回事，带来的冲击也完全不同。

"就这么死了？"张扬忍不住嘀咕了一句。

"他们都是囚犯，是守卫者的下属，也被称作追随者。"

张先生指着电视屏幕解释道："看到了没有，他们穿的战队的作战服，臂章和肩章都是红色锁链缠绕利剑的图案，这代表着他们是服刑的重刑犯，如果他们能在生存游戏中活下来，也就能免于罪罚，释放出狱。"

徐乐默然，生存游戏这种冷血残酷的规则，在广播中可听不到，在宣传小册子中也看不到。他现在才知道，不同的社会等级，得到的信息也不一样，这让他心里很不舒服。

从小在社会底层长大，徐乐知道生命的宝贵和艰难，张先生对于两个罪犯死亡的无动于衷，更让他有些厌恶。

"根据统计，参加生存游戏的罪犯的生存率是1.2%。运气好又表现足够好，还有机会加入守卫者。但这个概率就更低了，只有0.3%……"

"1.2%的生存率，为什么只有四分之一的人才能成为守卫者？"张扬好奇地问道。

"能活下来的罪犯，也大多残疾了，还有的罪犯过于暴力，也不适合成为守卫者，筛选过后，就只有千分之三的罪犯才有这样的运气。"

张先生不以为然地道："罪犯就是罪犯，让他们担任守卫者，总有些不合适。"

他又道："不过，要没罪犯的参加，生存游戏也不会这么精彩刺激。一些奖励手段也是必要的。"

张扬听得心虚，不敢再胡乱搭茬，和徐乐一起，专心地看生存游戏。

电视里面播放的生存游戏，都是一个个片段，其中大多的罪犯被杀死的场面，颇为刺激血腥。

也有守卫者获胜的画面，配着激昂的音乐，众多乘客热血沸腾，看得难以自已。

徐乐开始的时候还有些抵触，看着看着，却看入迷了，他本就喜欢格斗，播放的战斗又大多是短兵相接的搏杀。

真实而残酷的搏杀，也让双方都竭尽全力，没人敢有所保留，战斗异常激烈，也异常惨烈。

徐乐暗自比较，觉得这些人战斗力很强，但他也有一拼之力，只是并不占多少优势。那些真正的守卫者，则个个都是高手，不论体力还是技术，都有着明显的优势。

徐乐也是看得头皮发麻，他格斗技术并不差，但在体力上无法和对方相比，对于各种武器的运用，包括战术配合等方面，也差得太远了。

"快看，蒸汽机械战甲，个人能驾驭的终极武器！"

张先生突然兴奋起来，指着电视画面大声地说道。

车厢里的其他乘客也大多如此，不少男人都嗷嗷地怪叫起来。

男人都崇拜武力，都喜爱蒸汽机械的精密和金属美感。蒸汽机械战甲把武力和蒸汽机械的精密、强硬集于一身，是孤星政府中最强的个人武器，强大的士兵穿上它之后，甚至能干翻蒸汽坦克。

可以这么说，蒸汽机械战甲对任何一个真正的男人来说，都有无可抗拒的诱惑。

电视屏幕上，一个高大战士穿着黑色钢铁战甲，大步向前行进，屏幕上的钢铁战甲，也呈现出了更多细节。

徐乐曾在广播中听说过蒸汽战甲，对战甲的样子却没有多少概念。他以前一直无法理解，蒸汽推动的机械都极其庞大，究竟是怎么做成战甲穿在身上的。

直到这会儿，他才看清楚蒸汽机械战甲的样子。

蒸汽机械战甲看起来就像是古代的骑士盔甲，一块块金属连接成整体，套在战士的身上，显得厚重而强悍。

从正面看，盔甲的每个铆钉都焊接得异常精致，整体构造异常精密复杂。蒸汽机械战甲的真正动力核心，是战甲背上的方形背包状蒸汽机。

老实说，以徐乐所学的知识，无法理解蒸汽机械战甲的运转原理。只是背包大小的微型蒸汽机，就超乎了他的想象。他更无法想象，小小的机械战甲内部，蒸汽动力该如何传递、控制。

张扬在机械维修技术上比徐乐强多了，但他也是同样的一脸发蒙，亲眼见到蒸汽机械战甲的样子，他也是完全无法理解其运转原理。

好在车厢内的男人们都处于狂热兴奋的状态，也没人在意两个少年的失态。就是看到了，也不会多想什么，而看到强大的蒸汽机械战甲，有些失态也是很正常的。

电视画面上，大步行走的战士似乎发现了目标，他迅速扳动蒸汽背包上阀门把手上下压动，用外力启动背后微型蒸汽机。

十多秒钟后，背包中的蒸汽机发出低沉的活塞轰鸣，一丝丝白气从泄压阀门中泄露出来。

战士用力地深吸了口气，猛然迈开大步向前跑去，开始的步伐还很正常，几步之后，战士就像一个狂奔的蒸汽机车，速度陡然提升到了人类不可能达到的层次。

黑色蒸汽机械战甲很沉重，狂奔状态下，战士一脚踩下去，地面就会爆出一个深坑，在他身后，飞扬的尘灰扬汇聚成一条滚滚的灰色长龙。

对面的敌人也做出了反应，另一个穿着蒸汽机械战甲的战士也跑出来。两个战士几乎是正面对撞在了一起。

金属强硬的碰撞，不知撞碎了多少金属零件，崩飞了多少齿轮、铆钉。

主动出击的战士，技巧更高明，也掌握着主动，看似两败俱伤的野蛮冲撞，却把对手撞飞出十多米，蒸汽机械战甲也撞碎大半，露出血肉模糊的胸腹。

出击的战士却大体保持完整，只有肩膀部位的战甲变形扭曲。

其他几个敌人见状都是大惊失色，再没有战意，急忙四散而逃。战士毫不客气，仗着蒸汽机械战甲，几乎不用防御，一拳砸下去敌人就变成一团烂肉，凶残无比。他杀人如同割草一般容易，整个战斗过程简单而轻松，完全是一面倒的屠杀。

第一次见识蒸汽机械战甲的威力，胆子大性子野的徐乐，也被吓住了。格斗术再高明，遇到蒸汽机械战甲也是死路一条。徐乐也彻底被蒸汽机械战甲迷住了。

长途旅行，对人的身心是一种折磨，蒸汽火车的封闭空间内，更容易让人感到疲惫。

荒野景色差不多都一样，不到一天的时间，徐乐就看腻了，电视上播放的生存游戏倒是很好看，可惜，一天也只播放两个小时。

剩下的无聊时间，就需要每个乘客自己想办法解决了，徐乐也理解了张先生的喋喋不休——长途旅行太无聊，闲聊显然是个打发时间的好办法。

张扬显然也是个好听众，不但善于倾听，还能及时配合，从表情到语言，都做得特别到位，让张先生的倾诉欲望得到充分的释放。

张先生也的确见多识广，上到国家大事，下到市井民情，没有他不知道的。徐乐在旁边安静地听了几天，也长了许多见识。不过，张先生夸夸其谈的样子，总让人觉得不太可信。

蒸汽火车的无聊旅途中，最让徐乐欣慰的是免费食物，量很足而且味道特别好，关键是每顿都有肉！

火腿肠、肉肠、卤肉、腌肉等等，徐乐第一次发现肉有这么多种做法，每种做法都特别香。每次吃肉的时候，徐乐总是会想：火车旅行其实也挺好的！

到了睡觉的时候，徐乐对于蒸汽火车的好感就都没了。座椅很小，只能让两人并排同坐，不论什么坐姿睡觉都不舒服。对面的张先生倒是一个人占了两个座，睡觉的时候可以蜷缩在上面，姿势虽然狼狈，却至少能横躺着。

按照张先生的说法，他曾经获得过荣誉奖章，这是政府给他的特殊待遇。对此，徐乐和张扬只能表示羡慕。以他们的公民等级，要不是杨万里帮着伪造 ID 卡和通行证，只怕这辈子都没机会坐蒸汽火车，更别说享受特殊优待了。

经过七天的煎熬，车厢内的所有乘客都特别疲惫，健谈的张先生也再没有精神聊天，安静下来。

"不是说今天到天鼎城么？"张扬趴在车窗口，瞪大眼睛看着外面，希望找到天鼎城的影子。

"应该快到了。"张先生有气无力地应了一句，"你看到高高的天鼎城金属管风琴列阵，就到了。"

"那个就是什么金属管风琴列阵吧？"张扬突然兴奋起来，指着窗外大叫道。

张先生很淡定地探头看了眼，"嗯，那就是了，再有一个小时就能到天鼎城了。"

徐乐忍不住凑到窗口向外看去。前方一座矮山上，隐隐能看到一大片林立的烟囱，更显眼的烟囱上方疯狂冒出的大片黑烟，自北而南滚滚而去，气势磅礴如同一道黑色天河。

远远看过去，南面天空漆黑如夜，不见一丝天光。

徐乐不禁瞪大了眼睛，高大烟囱很常见，可像这样数百根烟囱一起喷吐黑烟却是从没见过。遮天蔽地的滚滚黑烟，甚至让徐乐觉得极其壮观宏伟，有种蒸汽机械的工业美感。

相比之下，青林市漫天飘浮的烟尘，似乎都成了儿戏，完全不值一提。

"天鼎城就这样？"张扬很惊讶，这么浓密的黑烟，在里面待几天就会被熏死了吧，天鼎城的人怎么在里面生活啊！

"忘记和你们说了，黑色烟河曲，可是天鼎城很著名的景观！"

张先生颇为得意笑着道："金属管风琴列阵，建在天鼎城的北面风口，因为地形的缘故，北风从这里出去，刚好把黑烟带走，而黑烟就如同烟囱演奏出的乐曲……"

"这设计得可真妙！"徐乐由衷感叹，利用自然风力，巧妙解决燃煤黑的问题，设计师真的好厉害。

"那是当然，这可是颜弘君阁下的手笔。"颜弘君是孤星政府七位创始人之一，以天才的设计闻名于世，也是蒸汽机等精密机械技术的奠基人。说起颜弘君，张先生一脸的骄傲自豪，显然他是颜弘君的狂热崇拜者之一。

徐乐和张扬倒没什么感觉，他们的层次太低，颜弘君太过高大，难以激发他们的共鸣和认同。

张扬还忍不住挑刺，"常年北风，要是刮南风怎么办？"

"你不懂，金属管风琴列阵，本身就有引导气流的设计。就算是南风，也不会把让黑烟倒灌入天鼎城。"

张扬的质疑，让张先生有些不悦，双眉微扬，反驳的语气颇为强硬。

"我们是不懂，这才向您请教啊……"

张扬也意识到说错话了，急忙一脸讨好地说道。

"年轻人，还是要谦虚一些。"张先生脸色转晴，老气横秋地教训道。

张先生再次被挑起了聊天的兴致，从天鼎城的建立，到天鼎城现行的各种制度，滔滔不绝地说了一通，颇有几分指点江山的意味。

徐乐没在意张先生说的什么，车窗外越来越近的天鼎城，吸引了他全部的注意力。

地平线上，最引人注目的无疑是数百根参差林立的金属烟囱，每根烟囱都有一两百米高，有序地排列在一起，闪耀着漂亮的金属光泽。

徐乐很是费解，明明是排烟的烟囱，却好像精致的艺术品一般。一眼看过去，真的特别像是一台超大的管风琴，无怪乎被整座金属管风琴列阵！

金属烟囱阵列旁，天鼎城铁灰色城墙恍若是钢铁铸造一般，厚重、方正、坚硬，又充满了工业技术的精密、优雅。以一种无比傲然强大的姿态，屹立在大地上，似乎没有任何力量能够击倒它。

徐乐受到极大的震撼，天鼎城和金属烟囱列阵，把人类的机械工业力量展现得淋漓尽致，宏大又精密，强硬又优雅，有着震撼人心的强大力量。

直到蒸汽火车穿过厚重钢铁城墙在站台稳稳停好，徐乐还在发蒙。

"到站下车了！"张扬提着行李箱，用力地踢了徐乐一脚，提醒他该走人了。

"啊……"徐乐如梦方醒，从上面的行李架上拿下背包，跟着张扬下了火车。

回忆再现

　　天鼎城的车站很大，大厅里四面都有大门，人流密集，两个少年在人群中左顾右盼，有些不知所措。

　　张扬挠着油乎乎的短发道："张先生说，我们从站台出车站后，就可以找一辆出租车，直接去青云酒店就行了。"

　　徐乐个子高，四周望了一圈，指着一个方向道："出口应该在那里，下车的人都往那个方向去了……"

　　"你领路。"张扬很着急地催促道。

　　徐乐迈着两条大长腿，大步向前走去，张扬跟在他屁股后面，一个劲地倒腾着小短腿跟在后面，没一会儿黑脸上就冒汗了。

　　好在这个方向是对的，众人排着长队，有秩序地从门口离开。跟在后面的张扬有些不解，嘀咕道："还排队干什么，直接走就行了。"

　　站在前面的徐乐突然转过头低声道："门口有台小型蒸汽差分机，好像是在检查每个人的ID卡！"

　　张扬的脸色登时就变了，焦急地道："那怎么办？"

　　在青林市上车的时候只看了通行证，没有检查ID卡。两个少年都以为ID卡只是备用，正常情况下不需要检查，没想到天鼎城的车站就要检查ID卡。

　　蒸汽差分机贮存着ID卡数据，两人的ID卡都是杨万里伪造的，到底能不能骗过蒸汽差分机，两人心里都没底。

　　真要是被发现伪造ID卡，当场就会被抓起来，后半辈子也许就要待在监狱了，这可不是小事，徐乐胆子再大，这会儿也要认真考虑考虑。

"要不，我们回去吧……"张扬想到了严重的后果，就萌生了退意。

徐乐也犹豫了，但他不甘心就这样回去，杨万里说得那么肯定，不像是骗人，也没有必要骗他们。他一咬牙道："我不回去，我要试试。"

"可是，"张扬胆怯地劝道，"犯不上冒险啊，这是一辈子的大事。我们坐蒸汽火车出来转了一圈，也挺好了。"

"不用说了，我一定要试试。"徐乐很坚决，他胆子本就大，骨子里更有着强烈的冒险基因，越是危险，反而越兴奋。

想了想他又道："你等在后面，要是我没事，就证明 ID 卡能用，你再跟上来。"

张扬有些不好意思，又没勇气和徐乐一起，只能叮嘱道："那你小心一些。不行就赶紧退回来。"

徐乐点点头，拎着背包走进队伍，张扬等着徐乐身后排了十多个人，才跟着进了队伍。

检查 ID 卡的速度很快，排了没几分钟，就到徐乐了，他很平静地把脖子上的金属 ID 卡摘下来，交给了负责检查的警察。

警察身材高大，面色严肃，腰里面别着手枪，在他身后还站着一队全副武装的警察，这里又是个相对封闭的空间，前面是个只供单人进出的窄门，后面则有两个警察在守着。

巨大的蒸汽差分机在徐乐右手边，从体积上看就像是一座房子，最外面裸露着十多根金属柱，成千上万个金属齿轮在金属柱上堆积层叠，齿轮上带着润滑油光，齿合互相转动，看起来异常精密，还带着几分说不清的神秘。

徐乐的手心也在冒汗，在这里查出问题，跑都跑不了。

专门的工作人员推动阀门，蒸汽从管道导入，推动最外面的金属齿轮柱层层转动，带动一层层金属齿轮咬合、旋转，均匀有序的金属撞击声，悦耳得如同一首金属奏鸣曲。

蒸汽差分机是机械智能的极致，也是最高级的机械技术，对于只学会烧蒸汽锅炉的徐乐来说，蒸汽差分机看上去有如魔法，神秘得不可思议，完全无法理解这大家伙的运行原理。

放在传送带上的金属 ID 卡很快被蒸汽差分机吞噬。徐乐脸上神色不动，双腿肌肉却都紧绷起来，真要情况不妙，他可不会束手就缚，因为紧张，他甚至能听到自己心脏怦怦乱跳的声音。

时间，似乎也变得异常漫长。

等了一会儿，蒸汽差分机上的一个绿灯亮了，高大的警察冷漠地道："你可以走了。"

徐乐强作从容，大步走上前去，从一个工作人员手里拿回金属 ID 卡，等出了车站大门，站在巨大广场中间，徐乐才长长出了口气。

广场上人头攒动，到处都是行人，他们大多衣着整洁光鲜，带着一股大城市才有的时髦气息。一些小商贩推着小车，在人群中来回地叫卖水果、香烟、食物等东西，更多了几分热闹。

远方是一栋栋高楼大厦，巍然屹立，天空上厚厚的乌云层，似乎都被林立的大厦捅破了。高楼大厦中间，是一条条纵横连接的长街，各种外形的蒸汽汽车，在长街上排成长队，尖利的汽笛声，此起彼伏，一刻不停。

从繁复色彩到各种复杂声音，天鼎城的繁华热闹以最直接的方式，冲击着徐乐的感官，让他深刻体会到什么叫繁华。

呆了一下，徐乐才本能地调整呼吸，慢慢冷静下来。

"吓得我都快尿了……"张扬从徐乐身后冒出来，额头上黄豆大的汗珠刷刷地向外冒着，黑脸上还挂着几分余悸。虽然徐乐在前面安然通过，他还是特别紧张，真是差点尿了裤子。

"哈哈哈……"徐乐畅快地大笑起来，天鼎城的蒸汽差分机都查不出问题，证明了杨万里没骗他们，凭着伪造的 ID 卡和通行证，他们不用有任何顾虑，只管在天鼎城玩个开心。

"美女、烈酒，我来了！"被徐乐的开心情绪感染，张扬也兴奋了起来。

过往的行人都侧目以对，看到两个人没有军衔的军装和年轻的面孔，大部分人都报以理解的微笑。各地的预备役到天鼎城受训，是孤星政府的传统，这也是为了凝聚军心，保持各地军队对于政府的向心力。

也有部分人嗤之以鼻，这些人大多是天鼎城的底层居民，他们世代生活在天鼎城，把这里看成自己的家园，对于一切外来的人，都持有一种极其不屑的态度。

像徐乐和张扬这样的少年，一看就是来自偏远地区，没见过世面，更让他们看不起。

徐乐和张扬冒险过关，心情正好，就是别人的白眼都觉得很亲切。这种好心情，一直持续到他们找到出租车。

天鼎城火车站前的广场上，停着一大排黑色的蒸汽出租车。这些出租车都挂着出租的牌子，很容易辨认。

"什么，去青云酒店要两百五十块！"

张扬小黑脸涨得一片紫红，压抑不住地怒声大叫道："你们怎么不去抢啊！"

隔着车窗，出租车司机不屑地斜睨着张扬，"没钱就滚蛋，废什么话！你现在就是想坐，大爷还不拉你呢！"

张扬更生气了，恨不得用行李箱砸扁司机那张丑脸。徐乐在旁边按住张扬，"算了，我们不坐车。"

徐乐也看出来了，这个司机也许是在黑他们，但坐出租车也绝不会便宜。

青林市的普通工厂工人，辛辛苦苦一个月，也赚不到一百块。坐车就花一两百块，天鼎城的物价高得吓人。

他们两人身上加起来也只有一千块出头，更不可能奢侈地坐出租车。

徐乐拽着张扬在广场转了两圈，前后问了十多个人，大部分人都不愿意搭理他们。有两个好心的却不知道青云酒店在哪儿，有一个知道路的，说了一大串地名后，就急匆匆地走了。

"你记住了吗？"张扬有些绝望地问道。

"没有。"徐乐的记忆力也就一般，对天鼎城又不熟悉，怎么可能记住对方说的复杂路线。

"怎么办……"张扬有些无奈，他在青林市东区混得不错，可那地方他熟悉啊。来到天鼎城，他两眼一抹黑，熟悉的那些手段都用不上，就有点懵了。

"先买份地图吧。"

徐乐还算冷静，领着张扬又转了一圈，总算在一个小摊上买到了一份地图。

这是份旅游地图，重点标记着天鼎市各处重要景观。好在地图足够大，细节上也印刷得很清楚。

两人在地图上找了半天，也没能找到青云酒店，无奈之下，只能又找到卖地图的摊主，恳求了半天，又花了十块钱，对方才在地图把青云酒店标记出来，又画了从车站去青云酒店的路线。

"你们两个可以坐公共蒸汽车，价格还不算贵。"对方最后好意的提醒了一句。

徐乐看了眼地图上的线路，估计不会太远，一口回绝了，"不用，我们走着就行。"

买地图问路就花了三十块，天鼎城的消费太吓人了，徐乐决定还是节省一些。

张扬也非常赞同，他们钱不多，要花在刀刃上才行。

两人拿着行李箱、背包，信心满满地拿着地图走了。

卖地图的小贩鄙夷地撇了下嘴，"唉，小地方的人就是没见识……"

徐乐和张扬没听到这句话，听到了也不会在意。

"当当当……"不知从哪里传来的巨大闹钟声，提醒着徐乐和张扬，现在已经是晚上十点了。

两个精疲力竭的少年，坐在街边的长椅上，灰扑扑的脸上满是疲惫。

"今天晚上我们要睡大街了吧？"张扬快要哭出来了。

"也许吧。"徐乐也没了信心，有气无力地答了一句。

一个牵着狗的男人，悠闲地从两人身前走过，徐乐犹像了一卜，猛然站起来追上去，"先生，打扰一下，请问您知道青云酒店在哪里吗？"

男人上下打量了一眼徐乐，有些好笑地一指长街对面，一句话也没说就潇洒地走了。

"啥意思啊？"徐乐茫然地转过头，对面是一条商业街，五颜六色的霓虹灯招牌，在夜色中闪着妖艳的光芒。

徐乐目光左右乱扫，突然看到了"青云"两个闪耀的大字，仔细一看，招牌上果然写着青云酒店四个大字。他狂喜地指着对面大叫道："在那儿，就在那儿！"

青云酒店很大，占据了整整一栋大楼，一楼的接待大厅，铺着明亮的金色地砖，上方吊着直径十多米的巨大吊灯。

金碧辉煌的大厅，就像故事中的皇宫一般。

徐乐和张扬进入大厅后，觉得特别拘谨，步子都有些迈不开，他们真怕在明亮如镜的地面上踩出脚印来。

大厅的服务人员倒是很尽职，认真地上前询问道："两位先生需要帮助吗？"

服务人员身材笔挺，相貌英俊，身上的白色衬衫雪白得耀眼，态度也是彬彬有礼。

张扬从没见过这阵势，躲在徐乐身后不敢出声。徐乐也有些慌，但他心理素质更强，骨子里也有股生猛的劲头。他拿出通行证，对服务人员比画了一下道："我们是青林市预备役军人，来天鼎城学习培训，需要在酒店暂住一段时间。"

"请把您的通行证给我看一下……"服务人员接过通行证，领着徐乐两个人到了前台。

前台接待员也穿着白衬衫，黑色长发绾着发髻，眉目如画，肌肤白皙，居然是个少见的美女。

美女都没抬头看徐乐他们，拿着通行证和徐乐他们的金属 ID 卡，通过电话和天鼎城的数据总库核对验证了数字密码后，很痛快地给徐乐、张扬开了房间。

房间在二十层，房间很小，只有十几平方米，两张单人床占据了大半个房间，还有两张床头柜、衣架、茶壶茶杯等用品，也有独立的卫生间。

张扬累得要死，扔了行李箱，猛扑在床上。柔软有弹性的厚厚弹簧床垫，让张扬的身体在上面弹了几下才稳定下来。

"这床好软好弹，真牛死了！"

张扬满脸陶醉地在床上打着滚，"要是能一辈子睡在这张床上，该多舒服啊！"

徐乐也试着坐在床上，柔软的床垫让身体大半陷进去，这让他很不习惯，总觉得人像被包在了里面，用不上力。

但不得不说，这样柔软的床还是挺舒服的。

"太累了，洗洗睡觉，有什么事明天再说……"

两人洗漱时发现卫生间里还有热水管道，只要打开阀门，满是锈迹的粗大铁管就会从莲蓬头上喷洒出热水。

这里居然能免费热水淋浴，让两人大喜过望，他们痛快地洗了热水澡，躺在柔软的床上，都爽得要飞起来了。

张扬无比地感叹道："每天都洗热水澡，这是何等的奢侈，这就是天堂啊！"

"是啊。"徐乐记得很清楚，从他记事起，只洗过两次热水澡。

蒸汽锅炉天天在工作，热水倒是不缺，可水太贵了，洗热水澡是件很奢侈的事，对于底层的公民来说，除非是结婚这样的大事，否则不会考虑洗热水澡。

到了天鼎城才发现，被他们视作奢侈的热水澡，不过是上层公民的日常生活习惯。

两个少年忍不住又是一阵感叹，这次出门，真是大开了眼界，对于天鼎城的酒吧和美女，两个人也更多了几分期待。

聊着聊着，张扬就打起呼噜来了，先不说白天的奔波，这七天的火车旅行，就消耗了大量精神和体力，再如何兴奋，张扬也支撑不住了。

徐乐也调整呼吸，心神慢慢沉静了下来。

直到第二天中午，两人才醒过来，充足的休息，让两个少年迅速恢复了精力。

两人都是饥肠辘辘，在服务生的指点下，他们找到餐厅。巨大宽敞的餐厅，长桌上摆了数十种食物，随便取用。

张扬和徐乐战战兢兢地学着别人的样子，自己打了些饭菜，他们很快就发现，餐厅的食物真的是随便吃，没有限制。两人快要疯了，这机会可不能错过。

在餐厅关门前，两人鼓着肚子回到房间，因为吃得太多，都没吃晚饭，直到第二天早上，胃才舒服了一些。

出了一个大丑，两人都觉得不好意思，再吃饭的时候，就克制多了，至多吃个十二分饱。

住了两天，张扬很快熟悉了周围的环境，也没有了那种莫名的敬畏，他嘴巴甜，人又机灵会来事，很快就勾搭上了这层的一个女服务生。

"我问清楚了，酒店里第十层就是酒吧，只是消费很贵，进去喝一场至少要两千块……"

说起价格，张扬一脸土色，两人加起来要一千块，随便喝点酒就要两千，天鼎城真不是人待的地方。

"肯定有便宜的酒吧。"徐乐无比肯定地道。

为了找青云酒店，他们在天鼎城也转了一大圈。徐乐注意到，天鼎城同样有许多底层公民，穿着虽然干净一些，但精神气质上和他们完全一样，都是满脸的疲惫，脚步沉重。

　　天鼎城看上去很光鲜，其实和青林市没有本质的区别，只是规模更加庞大而已，青云酒店本来就是高档酒店，这里消费肯定贵。

　　而且，他们的身份也不方便在青云酒吧玩，万一出了事情，想跑都跑不掉。

　　徐乐给张扬一分析，张扬也觉得有道理，不能被天鼎城光鲜亮丽的一面给唬住了，还要深入挖掘寻找，找到最适合他们玩的地方，这也是他们来天鼎城最重要的意义。

　　等到晚上的时候，张扬满脸红光地跑过来对徐乐道："哈哈哈，我找到地方了，就离我们三条街的地方，有个疯狂齿轮酒吧，据说酒水便宜，妹子特别多，玩得特别疯！"

　　徐乐好奇地道："你是怎么知道的？"

　　"那个小妹子告诉我，天鼎城的大大小小的事情，没有出租车司机不知道的，我就跑出去找了个老司机，给了他五十块，就问到了。"

　　张扬一脸得意地道："为了防止被骗，我又找了个出租车司机打听，他们的说法都一样。"

　　"还是你聪明！"徐乐高兴地用力拍了拍张扬肩膀，疼得张扬直龇牙。

　　张扬捂着肩膀，苦着脸道："不如我们今天晚上过去，我和小丽说好了，她可以给我们带路。"

　　"小丽？"徐乐疑惑地看着张扬，这个冒出来的女孩是干什么的？

　　"就是这一层的服务生，叫杜丽。"张扬赔笑道，"圆圆的小脸，虽然不如一楼那个前台好看，也挺不错的。"

　　"我真服了你。去酒吧找妹子玩居然还要带着一个妹子。"徐乐很无语。小丽知道他们的身份，带着小丽他总觉得不方便，可又不好拒绝。

　　张扬保证道："小丽很乖的，我会看好她，绝不惹事。"

　　"好吧，你看好自己的嘴，别说漏了。"张扬都这么说了，徐乐只好同意。

　　等徐乐和张扬出了酒店大门，小丽就等在外面。就像张扬说的，她是小圆脸，皮肤略有点黑，但五官端正。虽说不上多好看，笑得挺甜，看着却挺招人喜欢的。她的白衬衫胸口高高鼓起，红色短裤下露着的两条肉乎乎的光洁大腿，个子不高，却颇有女人味。

　　徐乐没敢多看，他本来就不擅长交流，更不擅长和女孩打交道。

"徐哥。"小丽乖巧地叫了一声。

徐乐摆摆手，"你和张扬是好朋友，不用客气。"顿了下又道，"还要麻烦你带路呢。"

小丽有些羞涩地一笑："我其实也没去过，但我能找到那个街区。"

徐乐点点头，没再说话。张扬很自觉地就接过话头，和小丽火热地聊起来。

张扬和小丽走在前面，徐乐很自觉地落后两步，跟在后面。没一会儿就看到张扬的手搭在小丽的腰上，小丽似乎毫无所觉，又似乎并不在意。

徐乐也不禁佩服，他可没这么厚的脸皮。说实话，长这么大他还没摸过女孩的手，所以才想着来传说中的天鼎城酒吧，买醉狂欢，最好能趁机破了处男之身。

前面的男女越说越热乎，最后手牵手亲热地贴在一起，亲热的样子，无声地在徐乐心口插了一刀。

"到了酒吧，我也能找到漂亮妹子，比小丽漂亮得多的妹子！"徐乐在心里安慰着自己，一面转开目光，再不看前面那两个人。

天鼎城的夜晚，长街上路灯明亮，行人如织，路边到处都是小吃摊。很多人走累了就随意坐下，要两瓶啤酒，随意吃点小吃。食物的香气，嘈杂的人声，让天鼎城的夜晚热闹而悠闲，充满了生气。

与此相比，青林市的夜晚简直就是一座死城。

徐乐由衷地羡慕天鼎城的居民，生活环境如此舒适悠闲，也没有那些森严的律法规定。同样是孤星政府治下，青林市和天鼎城却有着天壤之别，这也让他觉得特别不公平。

"要是伪造的 ID 卡永久有效就好了……"徐乐原本还觉得三个月的时间足够了，现在他却改变主意，想一直留在天鼎城不走了。

水往下流，人向上走。

出于生存的本能，人都会选择更好的环境。从小生长在青林市的徐乐，对于天鼎城的繁华、舒适完全没有任何抵抗力。

徐乐甚至在考虑，实在不行就放弃金属 ID 卡，在天鼎城当个黑户，以他的力气总能混口饭吃，不管怎么样，总比回青林市烧炉子强。

他准备先玩几天，然后趁着这段时间摸清天鼎城的情况，为留下来做准备。他相信张扬也不会想回去，不过，张扬家里还有父母兄弟，不回去肯定会拖累家里人，他是不可能留下的。

所以，徐乐不会和张扬商量这件事。

徐乐是个有主意的人，他一旦做了决定就不会轻易动摇，更不会找别人出主意。

"呜呜呜……"

从远处传来的刺耳警报声，打断了徐乐的沉思。长街上悠闲吃饭、散步的人们，就像炸锅了一般，不少人都迅速向外狂奔逃走，场面一下子就乱了。

"怎么了？"张扬被吓了一跳，有些惊惶地问道。

小丽抓着张扬紧张地道："别乱动，例行的临时检查，你们有通行证，没事的。"

徐乐凑过来，低声问道："到底怎么回事？"

"天鼎城有许多没有办理通行证的人，警察每隔一段时间就会临时抽查一番，没有正当理由停留的，都会被遣返回原籍。"

小丽的圆脸上都是不忍之色，"一旦进去了，大部分人就再没机会出来了，很惨的！"

徐乐脸色不禁一变，好在周围乱哄哄一团，小丽也没注意到他的神色变化，被吓得心慌意乱的张扬，更没心思去观察徐乐。

前面长街的路口，数十余辆蒸汽警车一字排开，把路口完全封死。数百名全副武装的警察，组成十几个检查小队，挨个儿检查每个人的金属ID卡。

在长街的另一端，同样有警察组队检查，前后封堵，把长街完全封锁住。长街两旁都是店铺商家，没有躲藏的空间，被堵在里面的人，就只能认倒霉了。

警察如果发现外地金属ID的人，立即就扣留，这条长街上足有数千人，其中摆摊的大半是外地人。

不论是本地居民还是外地人，都对突然的检查很不满。有不少人聚在一起嘀咕、痛骂，表达着对警察的不满。但他们也就是嘴上说说，没人傻地去和警察对抗。

检查到一半的时候，终于出事了：一个穿着围裙的男子，拿着菜刀大叫道："我在这卖了两年肉了，我不走。"

中年男子情绪非常激动，喊着喊着，眼泪都下来了。周围人都急忙闪开，生怕男子一激动拿刀伤人。

　　一队警察围住中年男子，为首的几个警察还拿出了枪指着中年男子，一个警察很强硬地喝道："快放下刀，否则我开枪了！"

　　中年男子不为所动，"我今天就赖在这里了。"

　　一声巨大枪响，打断了男子的话。

　　中年男子不能置信地捂着胸口，想要说什么却没能说出来，眼睛一翻，仰天摔倒，昏迷在地，显然那是麻醉子弹。

　　再没有人敢表达不满，都聪明地闭上了嘴。

　　徐乐眼看着男子被打晕，心里一片冰冷，手心里都是冷汗，他本来还以为天鼎城是天堂，突然发现这里和青林市也差不多，甚至比青林市还危险。

　　等警察检查到徐乐这里时，他已经恢复了冷静，倒是一脸紧张的张扬，引起了警察的怀疑，拿着他们的通行证，反复检查了好几遍。

　　最后，实在没发现什么问题，才不客气地挥手打发了徐乐他们。

　　出了长街没多远，张扬一屁股坐在长椅上，"吓得我腿都软了，让我喘口气歇歇。"

　　说着又拽过小丽，让她在身旁坐下，"你也歇歇，太吓人了。"

　　小丽也没见过这种场面，圆脸上到现在还没恢复血色，她说话时嘴唇还在哆嗦，"经常听说警察手段狠，一有事情就抓人，可我还是第一次看到呢，真可怕！"

　　徐乐也被吓到了，但他站得笔直，一脸深沉，他可不会和别人说自己的恐惧，太丢人！

　　"我们还是回酒店吧……"张扬和徐乐商量道，经过枪击杀人，他玩的心思都被吓没了。

　　"见识了这么刺激的场面，你能睡着吗？"

　　徐乐淡然道："既然这样，还不如索性喝个痛快，一醉方休。"

　　张扬一想也是，他对小丽道："你觉得呢？"

　　"我听你们的。"小丽很会讲话，她明明喜欢徐乐的提议，却不直接表态。

　　"好，我们就去疯狂齿轮酒吧，疯狂一把，去去晦气！"

　　张扬手一挥，颇为豪气地说道。

　　在小丽的带领下，几个人又穿过两条长街，在一片漆黑幽暗的胡同中转了几圈。复杂的路线，让人分不清东南西北。

方向感最好的徐乐，也转得有点蒙，主要是胡同里没有路灯，周围的房屋建筑格局都差不多，看起来完全没区别。

"到了！"小丽指着前面闪着霓虹灯光的招牌，如释重负地说道。

说实话，她刚才也转晕了，好在终于找到了地方。

"疯狂齿轮"四个霓虹灯光组成的大字，因为几根灯管不亮了，就变成了"疯狂上车"。

他们三人站在门口，对着招牌都不禁笑起来。徐乐觉得，"疯狂上车"可比疯狂齿轮更有吸引力，意味也更深长。

酒吧的圆形大门很有特色，就像一个巨大的圆形齿轮，包括门把手，也是一个小型齿轮。大门上锈迹斑斑，就像是被废弃的大型零件，有股颓废的味道。

厚重的大门关得很严，但隔着大门还是能听到里面阵阵狂躁的音乐声。

不知怎么，徐乐犹豫了一下，张扬却忍耐不住，一把推开酒吧大门。狂野激昂的乐声猛然放大了十倍，凶猛袭来的音浪在徐乐耳朵里一下子炸开，他觉得脑子似乎都被震裂开了。

从没有过的奇异感受，让徐乐起了一身的鸡皮疙瘩，整个人不受控制地兴奋起来。

五颜六色的射灯，如同疯狂挥舞的锋利光剑，把黑暗的空间切割成一片片、一块块，男人女人们，在变幻光线的切割下都显得有些扭曲。

狂野激昂的音乐声，在明暗不定的空间中肆意放纵，把人心底的野性和躁动完全激发了出来。四处飘荡的浓烈酒气，则给一切笼罩上迷幻的气息。

从外面走进来的徐乐，立刻就看呆了，哪怕在脑子里想象过千百次，酒吧的样子还是和他想的不一样。

疯狂摇摆的男男女女，就像是群魔乱舞，那种肆无忌惮的张扬，却有着极强的感染力。徐乐的身体开始躁动，走路都本能地踩着音乐节奏，头和屁股几乎是不受控制地左右摇摆。

一个穿着白衬衫系着领结的青年，走过来彬彬有礼地招呼道："几位先生，请里面坐。"

音乐声太大了，张扬几乎听不清对方说的什么，可对方那副欢迎的姿态，已经把意思表达得很明白了。

"好，给我们找个地方坐下。"张扬装作很熟练地喊道。

白衬衫青年不着痕迹扫了一眼张扬他们几个，预备役军装有些刺眼，和酒吧的环境也很不搭调，跑到酒吧玩还不换衣服，可见对方的经济状况不怎么好，对方故作老练的样子，更骗不过他的眼睛。

"只是来尝鲜的外地少年，没有油水……"

领班没有了招呼的兴趣，摆了摆手叫来一个服务生，交代道："领他们去角落找个位置，不要卖给他们太贵的酒水。"

服务生心领神会，带着张扬他们到了靠墙的角落里，贴着张扬耳边道："几位就坐这里吧，你们要喝什么酒？"

"中间那里不是有许多空位？"张扬对服务生的安排有些不满，这个在墙角的小桌子，只能勉强坐四个人，视野极窄，感觉很不好。

"中间的位置，都是给重要客人留着的。"服务生不软不硬地道，"那里消费也很高。"

张扬立即就软了，他们是真没钱，想装也装不了，"你这有什么酒啊？"

"天鼎黑啤、白啤，都是本店最经济实惠的，尤其是白啤，大家都叫它燃烧剂，绝对够劲！"服务生介绍道。

"那就来白啤吧……"燃烧剂名号听着挺唬人，张扬就点了这个。

服务生很快下去，没一会儿就端着一小箱啤酒送了上来，还搭配了两盘小吃。

帮着起开啤酒后，服务生也不走，对着张扬露出神秘的微笑，明暗不定的射灯光芒，让服务生的笑容更多了两分说不清的诡异。

张扬被笑得有些心虚，正想说话，就看到服务生手指在捻动。他突然明白了，对方是要他付账，脸上一阵发热，他以为是喝完了再一起算账。

"多少钱？"

"四百七十五块。"

服务生报的价格，让张扬的心都在抽搐，他有些后悔，刚才为什么没问清楚酒的价格，他强作镇定从兜里取出五百块，递给对方。

"谢谢先生。"

在张扬眼巴巴地注视下，服务生很痛快地把结余的钱找给了他，等到服务生离开，张扬才松了口气。

为了掩饰自己的失态，张扬主动拿起杯子倒满酒，有些夸张的啤酒杯，一瓶下去刚好是一杯。

"来，干杯……"张扬学着别人的样子，举起酒杯大叫道，他倒是偷偷喝过两次酒，学得也有模有样。

徐乐却从没喝过酒，有些迟疑地端起啤酒杯。

杜丽端着酒杯的姿势很老练，主动和张扬、徐乐碰了一下杯，仰头就喝。

女人都这么豪气大方，徐乐也没了顾忌，张大嘴巴猛灌下去。白啤酒的口感清凉微涩，又有些辣，徐乐觉得远不如加糖的牛奶好喝。

可张扬都说干杯了，他可不能怂啊，憋着气，"咕咚咕咚"猛灌下去，一大杯啤酒就这么硬喝光了。

徐乐放下酒杯，才发现杜丽和张扬的酒杯里还剩下大半的酒，就有点尴尬了。

"其实不用一口喝掉，我们时间还长着呢……"张扬笑嘻嘻地说道。

杜丽也觉得挺好玩，像徐乐这么耿直的人可不多了。

"呃……"徐乐本想解释两句，可一张嘴就打起酒嗝，更是尴尬，上涌的酒气，也让他的脸热了起来。

"来来，倒满了。"徐乐一般都比较沉稳，很少看到他失态的样子。张扬觉得很有趣，帮徐乐倒满酒后，又举杯道："干杯！"

杜丽也凑趣地跟着举杯，"干杯！"

徐乐心里有些不高兴，张扬这么戏耍他太不讲义气了，他举起酒杯和两人碰了下，"干。"

"咕嘟咕嘟"几大口下去，一大杯啤酒又干掉了。

张扬看出徐乐的情绪，就放下酒杯，劝道："你第一次喝酒，少喝点。"

"感觉挺好的。"徐乐随口应了一句。这杯酒下去，他的脸更热了，脑子也有些晕乎乎，但意识异常清醒，他突然觉得，啤酒似乎没那么难喝了。

不等张扬动手，徐乐自己在箱子里又拿出一瓶啤酒，没用任何工具，拇指对着酒瓶盖发力一弹，瓶盖就被弹飞了出去。

杜丽在旁边看得很清楚，一脸震惊，她见过有人用牙点开启啤酒的，用手指把酒瓶盖弹开的却从没见过，这要多大的力气才行啊！

徐乐自己倒满，举起酒杯主动又和张扬他们碰了下杯，一扬脖子又是一杯灌下去。

张扬和杜丽都有些无奈，想劝又不知说什么，喝了酒的人，都容易失态，徐乐显然是有点喝多了。

徐乐自己倒没觉得，连喝了三杯白啤酒后，胃部开始像火焰般灼烧起来，酒力也跟着遍布全身，他骨子里藏着的野性，也跟着释放出来。

"你们怎么不喝酒，来来来……"

徐乐熟练地又开了一瓶啤酒，拉着张扬和杜丽又碰了一杯。

这种状态下的徐乐，生猛中带着股不容违抗的强势，张扬和徐乐的关系很好，但他对徐乐一直心存敬畏，徐乐这副样子，他心里更是畏惧，也不敢再多劝。

喝出感觉的徐乐，这会儿眼里也没别人了，咕嘟咕嘟又连喝了五杯啤酒。积蓄的酒气都顶到嗓子眼了，他才放下酒杯。

徐乐敢肯定，再喝下去他喝进去的酒就全会喷出来，他强压下酒气，对张扬邪魅一笑："我去跳舞。"

他大步走进舞池，只觉脚下软乎乎的像是踩在棉花上，轻飘得有些用不上力，好在意识很清楚，徐乐自觉还控制得住。他倒是觉得，这种醉醺醺的状态特别好。

被胃吸收的酒精，开始在徐乐的身体内燃烧释放，所有压抑本性的束缚似乎都消失了，没有了控制，他心里的猛虎蹿了出来。

跳舞的女人大多衣着暴露，裸露着大片肌肤，许多女人身上还有各种文身，戴着各种金属链子，理着奇异荒诞的发型，从上到下都充满了腐朽堕落的味道，闪耀不定五颜六色的射灯灯光，更让这些女人如鬼怪般惊悚。

徐乐脑子有些晕，但他不喜欢太诡异的外形，在舞池里转了一圈，总算找到一个看着顺眼的女孩。

这个女孩穿着黑色亮皮背心，高挺的胸口把皮衣撑出漂亮的弧度，雪白小腰露出大半截，亮皮短裤下双腿修长漂亮，齐膝的皮靴鞋跟足有十厘米左右，凸显得屁股更加挺翘。

和其他妖冶的女人相比，这个女孩打扮更内敛，充满活力又透出股野性，她的脸被垂下长发挡住了大半，更激发了徐乐的兴趣。

徐乐凑到女孩身边，也不说话，只是围着女孩乱转，他倒不是害怕，就是不知道说什么。

女孩也发现了徐乐，瞄了眼他没有军衔的军装，翻了个白眼，对他摇了摇手指，示意对徐乐没有兴趣。

平时的徐乐，肯定会知难而退，可现在他喝多了，燃烧的酒精把他骨子里的野性全部释放了出来。他就像寻找猎物的猛虎，绝不会因为猎物的拒绝就退缩。

徐乐又凑近了两步，人几乎就要贴到女孩身上，直视着女孩的大眼睛说道："我喜欢你！"

女孩有些好笑地不屑摇头，探头凑到徐乐耳边咬耳朵道："喜欢我的人多了，你算老几！"

"我不是老几，我是老虎。"徐乐一本正经地答道。

女孩还想取笑，可被徐乐黑亮眼眸盯着，心里就有些发虚，本能地避开对方咄咄逼人的眼神，再也笑不出来。

她又觉得有些丢脸，不屑地对徐乐哼了一声，转身出了舞池。

徐乐的目光追着女孩的背影，人却没动，酒精只是释放了他的野性，可没让他的脸皮变厚，他也没兴趣死缠烂打。

"你这样可不行……"张扬笑嘻嘻地跑过来，大声传授着经验，"撩妹可不是打架，不能直接硬上。一定要风骚淫浪，脸厚嘴甜！"

徐乐无所谓地"哦"了一声，张扬说得也许有道理，可性格上的差异，让他永远无法像张扬那样去泡妞。

张扬知道徐乐性子执拗，他不想做的事怎么说也没用，摇摇头道："那你继续吧，我和小丽跳舞。"

张扬搂着杜丽，亲热地贴在一起，就像两条蛇般扭来扭去，一脸的陶醉。杜丽也喝得有些兴奋，用力搂着张扬，小屁股摇得正高兴。

徐乐不耐烦看他俩亲热，对张扬比画了个手势，示意他去别的地方转转。

舞池其实不是很大，总共也就一百多人在那乱跳狂舞。徐乐转来转去，再没看到喜欢的类型。

他也不失望，酒吧是挺好玩的，一切都很新奇有趣，苦闷刻板的现实，森严的法律，都被疯狂和迷幻取代，让人能尽情宣泄心里的烦躁和压抑。

徐乐没找到喜欢的妹子，却有人主动和他搭讪了。

"帅哥，一起跳舞啊……"

不知从哪儿来了个女人突然拦住徐乐，对他勾着手指媚笑道。

女人脸色苍白，大大的黑眼圈，紫黑嘴唇，鼻子上挂着个银色鼻环，耳朵上钉着一大串耳钉，剃光的脑袋在灯光下很是夺目，她穿得很清凉，绿色小背心在胸口下随意地扎着，腰部完全裸露了出来。

随着她扭曲摇摆的动作，绿色小背心内的两只小白兔似乎随时都可能跳出来。她五官不算漂亮，可身上散发出的放荡妖媚气息却特别吸引人。

徐乐目光本能地落在对方胸口上，只觉口干舌燥，一时竟说不出话来。

徐乐的生涩更激发了女人的兴趣，她抓着徐乐的领子把他拽到近前，紫黑嘴唇贴在徐乐嘴边低喃道："你还怕啊！姐姐不吃人……"

说着，女人的目光向下一滑落在徐乐双腿之间，她伸出粉红舌头在嘴唇上舔了一圈，魅惑而妖冶地道："姐姐只喜欢吃这个！"

徐乐隐隐明白了对方的意思，对方嘴里吐出的酒气和香水气息，就像毒药一般，让他浑身燥热，血似乎都要燃烧起来。

少年眼中的熊熊欲望火焰，让光头女人异常得意，她抓着徐乐的手，放在自己赤裸纤细的腰上，带着徐乐一起摇摆共舞。

女人的双手从徐乐衣襟下面伸上去，在徐乐的身体上随意游走。徐乐看着有些瘦，身体却异常精壮，浑身上下没有任何赘肉。

摸着徐乐强壮有力的胸肌、腹肌，光头美女眼中媚意更浓。她在酒吧不知钓过多少男人，却是第一次遇到这么强壮精悍的身体，不由得暗自为自己的眼光得意。

徐乐外表看起来不英俊，但他眉宇间有股特别的刚毅，身材修长强壮，浑身上下都透着强烈的男人气息，偏偏还带着股少年的生涩，更能激发起她的兴趣。

想到可以尽情品尝这样的美味少年，光头女人口水都要流出来了。

徐乐也被女人的小手摸得浑身寒毛直竖，男人的本性都激发了出来。这个装扮夸张的女子，好像浑身上下都散发着诱人香气，他恨不能一口就吞掉对方。

"姐姐带你去个好地方，玩点好玩的游戏……"女人看时机差不多了，抓住徐乐的手奇向外面走去。

徐乐不禁咽了几口吐沫，对方柔软的小手似乎比大型蒸汽机更有力量，他不受控制地就跟上了对方。

他们走出没几步，舞池里狂舞的人突然散开，隐隐听到有人在大骂吼叫。

徐乐一惊，急忙回头去看。

光头女人却不在意，她踮起脚尖趴在徐乐的肩膀上，轻轻舔了舔他的耳垂，低笑道："看别人打架哪有自己打架有意思呢！"

不用谁教，徐乐就明白女人所说的"打架"是什么意思。他心跳得更快了，理智似乎一下子被凶猛爆发的欲望所吞没，再没心思去看热闹，主动搂着女人向外面走去。

可没走几步，徐乐就隐隐听到了有人在叫他的名字，那声音很尖利，穿透了狂野的音乐和各种嘈杂的声音，传到了他的耳中。

徐乐欲火焚身，一心就想着和光头女人出去打架，觉得自己可能是听错了，他脚步不停，搂着光头女人径直出了大门。

金属齿轮状的大门自动关闭，狂野的音乐和人群喧嚣，都被隔绝在里面。黑暗的长街冷静沉寂，只有清冷的夜风在夜色中孤独地漫游。

被冷风一吹，徐乐也清醒了不少，熊熊燃烧的欲火也退了几分。他用力地搓了搓脸，一狠心对光头女人说道："你等我一下，我进去拿东西。"

不等光头女人说话，徐乐掉头就冲进了酒吧。

舞池中间的人围成一圈，都在看热闹。徐乐毫不客气地挤进去，被推搡的人都很不高兴，可看徐乐精悍的样子，也没人敢说话。

徐乐挤到最里面，一眼就看到被人抓着领子提起来的张扬，对方是个高大壮汉，提着张扬就像抓只小鸡一般。

蒲扇大的手掌来回甩着耳光，打得张扬小黑脸肿胀像猪头一般，满脸满身的血迹。垂着个脑袋，眼神无光，好像都被打傻了。在大汉身边，还站着四五个满脸横肉的家伙，加上几个女人，一伙人气势汹汹，一看就不是善辈。

杜丽也在旁边，被一个大汉抓住手臂，她被吓坏了，小脸一片苍白，在那小声抽泣着，小身板瑟瑟发抖，看着特别可怜。

对方人多势众，摆明了是在欺负张扬他们，徐乐顿时大怒，他回来主要是为了确认一下，没想到张扬他们真是出事了。

"把人放下。"徐乐一个箭步蹿到大汉身前，一拳向着对方的咽喉打过去。他突然跳进来，出拳凶狠凌厉，大汉吓了一大跳，急忙扔下张扬，侧身抬手做防护姿态。

徐乐只是虚晃一拳，趁着大汉退避的机会，一把抱住了张扬。

"张扬，你怎么样？"徐乐把张扬放在地上，看他摇摇晃晃的样子，不禁有些担心。

"我头好疼……"张扬捂着脑袋满脸痛苦地答道，大概是嘴都被打肿了，说话有些含混不清。

徐乐还想再问问为什么冲突，对方那个为首的大汉却不干了，大骂道："你是哪儿冒出来的，找死是吧！"

大汉脾气很暴躁，嘴里一边骂着，一边扬起手掌照着徐乐脸上扇过来。

伸手打人耳光，看着威猛，可手臂扬得那么高，从胸到脸都完全敞开，脚下也因为发力要站得特别死，对格斗来说，这样抬手就是找打。

徐乐没客气，一个高劈腿，长腿高高举起如战斧一般凶猛地劈下。

叫嚣的大汉看到不妙，再想躲就晚了，徐乐由上而下一脚，正劈在大汉脸上，他脸猛地一歪，砰的一声，人被拍在地上，当场就昏了过去。

谁也没想到徐乐会这么凶猛，都吓了一跳，酒吧狂野的音乐，这会也停了。

喧嚣热闹的舞池，安静得有些诡异。

站在舞池中心的徐乐，身材挺拔四肢修长，一身的深蓝军装，更衬托出他的干练英武。

闪烁不定的射灯光芒照耀下，徐乐年轻的面容一片沉稳，眼神犀利。站在那自有一股如猛虎般强大的气势。

徐乐看起来虽然只是个预备役士官，可那副沉稳样子，却让周围的人都摸不清深浅。

被踢昏的大汉同伙，也都有些心虚，打了人还不跑，反而气势汹汹要找人算账的架势，谁知道这小子是什么来历！天鼎城的水太深了，也许一个无名小子就是大人物的亲戚。

徐乐也想跑，可周围人这么多，张扬都快被打傻了，杜丽也还在对方手里，他不能就这么跑了，只能硬撑着。

"小子，混哪儿的？"一个男人从人群中走出来，斜睨着徐乐颇为轻佻地问道。

说话的男人梳着油亮大背头，手里夹着根粗长的雪茄，肥大的花衬衫上挂着长长的金链子，显得花哨而浮夸。在他身后还跟着位火辣的黑色皮衣美女。赫然正是拒绝徐乐搭讪的那位。

这人一出来，周围就有不少人主动问好打招呼。

"宋爷来了！"

"宋爷好。"

"宋爷……"

被称作宋爷的大模大样地微微点了下头，算是对众人招呼的回应，他的目光却一直没离开过徐乐。

刚才他站在后面，看得不太清楚，但能一脚踢昏他的保镖，这个少年身手真不错，也许是谁重点培养的精英。军方的实力强大，派系错综复杂。他虽然嚣张，也不敢太大意。

徐乐对天鼎城的势力一无所知，哪敢乱说，只能强硬地道："你是什么人？为什么打我朋友！"

宋爷眯了下眼睛，对方一句话就把底露得差不多，对方的口音明显是外地人，跑到疯狂齿轮这居然不知道他的名头，这就更有问题了，再看对方的穿着打扮，没有一点特殊之处。

宋爷几乎敢肯定，对方没什么来头。他懒得和小人物废话，抽了口雪茄，慢悠悠地吐出烟圈，"小子，你要是现在跪地磕头，我还能放你们一马……"

徐乐没说话，对方人多势众，摆明了要欺负人，说什么都没用。在青林市打拳的时候，他见多了这种场面。一般来说，就是放手一战，全打趴下完事，但在天鼎城里，他还是有所顾忌。

可对方咄咄逼人，想退让也无处可退。

徐乐很小的时候，他父亲就告诉他：男儿膝下有黄金。他宁愿死，也不会给敌人屈膝。他心思转动，已经打定了主意。

"跪地求饶就能放过我们？"徐乐走上前两步，一脸怀疑地问道。

"你没资格讲条件……"宋爷不屑地说道。

徐乐不动声色地又向前走了两步，脚下猛然发力，如猛虎般向着宋爷扑过去，只要能抓着当头的，其他人就容易解决了。

宋爷没想到徐乐还敢动手，但他反应很快，一闪身就退到了一旁。他身后站着的黑色皮衣美女，快跑两步后转身出腿，猛地踹向徐乐的胸口。

皮衣美女明显精通格斗，转身出腿的时机恰到好处，她穿着皮靴上的细长高跟，和锥子也没区别，要是被她一脚踢中，胸口肯定会多个血洞。

这女人看着漂亮，出手却很凶残！

徐乐的扑击看似凶猛，却留有余力。皮衣美女刚一转身，腰、肩、腿等部位的细微动作，让他立即判断出了对方是要出腿。

能做出如此精准的判断，固然是徐乐的战斗经验丰富，更多的还是他战斗感觉敏锐，天赋超强，在战斗中通过一些极其细微的动作，就能不假思索地判断出对手的意图。

皮衣美女的腿才抬起来，徐乐手也挡到了，在对方脚踝的位置一推，皮衣美女的重心就被带偏了。美女反应绝快，腰部发力，人借势转过来，另一只腿也高高抡起扫向徐乐的头部。

旁边有人禁不住喝彩欢呼，皮衣美女一腿接一腿，动作优美流畅又凌厉，看起来真是赏心悦目。

徐乐也承认，皮衣美女腿法不错，动作更是花哨。可腾空连环出腿，在格斗中本就是大忌。

不等美女另一只腿踢过来，徐乐身体向前，双臂十字交叉挡在身前，就像举着一个固定的架子，猛撞在美女胸腹中间。腿法再漂亮，没有足够的距离也用不上力，徐乐对于战斗时机的精妙把握，让他抓住了对方的破绽。

人在半空的皮衣美女，没有任何还手之力，直接被撞得向后飞出很远。后面几个没有准备的大汉，被横空飞来的美女撞得东倒西歪，乱成一团。

周围的喝彩声戛然而止，被推到旁边的宋爷也呆住了。小蛮是他的贴身保镖，凌厉的腿法替他解决过许多麻烦。这样一个高手，照面就被干净利索地解决了？

宋爷突然发现，他有些太小看对面那个少年了。

徐乐可没那么多想法，解决了皮衣美女后，又张开双手向宋爷猛冲过去，对方人太多了，宋爷看起来也不简单，必须速战速决。

宋爷的后面都是看热闹的人，一群手下又被皮衣美女撞翻了，其他人也都被拦住，他眼中冷光一闪，对方太嚣张了，真以为吃定他了！

他接受过最严格的训练，精通枪械、格斗等是各种杀人术，论真实战斗力，比小蛮可强太多了。

看准徐乐扑击的空隙，宋爷双臂横架，把他双手架住，右腿诡异由下而上，直踹徐乐的下巴。

宋爷出腿时双肩完全不动，攻击隐秘而迅疾，封架的双手几乎把徐乐的视线完全封死，这一腿踢中，足以把徐乐的下巴踢碎。

让宋爷意外的是，徐乐双臂柔韧滑溜，贴着他手臂如蛇般一转，就绕过他的封架，十指分别扣在他的手肘上。

徐乐十指修长有力，如同铁钳一般，位置又找得无比精准，一下就扣住了宋爷手肘后的软筋。

宋爷双臂发麻，右腿都受到了影响，慢了一拍。徐乐却借着双手上的力量，双腿腾空而起，锁在宋爷的腰部。

综合格斗操，可以锻炼全身每一部分的肌肉，徐乐在这方面有超凡的天赋，从小又就刻苦练习，一身肌肉筋骨异常有力也异常灵活。

双腿锁住宋爷腰部发力一绞，差点把宋爷的脊椎给勒断。

人体的结构，决定了人最重要的骨头脊椎，所有力量都是先从脊椎而来的。所以，脊椎受创人就会四肢瘫痪，再强的格斗高手也无法违背人体结构的限制。

宋爷的格斗术很强，身体瘦削却精悍，但被徐乐双腿绞住腰部，一身的力量都用不出来。他从没遇到徐乐这样的对手，出手没有套路，变化不拘一格，稍有不慎就吃了大亏。

宋爷自然不甘受制，徐乐双腿再有力，也不可能完全锁死他，正要发力挣脱，徐乐双臂外张翻动带开宋爷双臂后，双手握拳猛轰宋爷耳门。

人的耳朵是一个小小的空洞，里面神经众多，更有控制身体平衡的平衡管。徐乐的凶猛拳力，瞬间破坏平衡管的感应，巨大的震荡力量，也让宋爷头部众多神经受到了剧烈的冲击。

宋爷虽是格斗高手，耳门结结实实被砸了两拳，也超乎了他的承受极限，人瞬间就失去了意识，也失去了对身体的控制。

徐乐轻巧落地，用手臂一下子勒住宋爷的脖子，沉声道："宋爷，我们需要好好聊聊。"

宋爷浑身虚弱无力，脑子里又像糨糊一样乱成一团，意识都不清醒，又被徐乐勒着脖子，脚悬在空中，没办法喘气，原本苍白的脸立即被憋得发红。

宋爷的手下都知道宋爷的强悍，徐乐照面就把宋爷擒住，也大大超乎众人的意料。等他们看出不妙，宋爷已经落在徐乐手里，都急忙冲上来，想要围攻徐乐。

"再动我就弄死他。"徐乐从后腰拔出一柄锋利匕首，横在宋爷的脖子上冷然说道。

他神色阴沉，目光冷厉，声音虽然不大，却有股杀人不眨眼的冷酷气势。

一群大汉都不敢动了，有人急忙劝道："别冲动兄弟，有话好好说，什么事情都可以商量。"

"都退远点。"徐乐威胁道，"我一紧张就说不好会干什么了。"

围着徐乐的几个大汉都举起双手，赶紧后退。

皮衣美女小蛮这会儿也站起来了，她有些焦急地道："你先把宋爷放下，快放下……"

被徐乐勒住脖子的宋爷，这会儿脸都紫了，眼睛也开始翻白，眼看就要被徐乐活生生给勒死。

徐乐发现不对劲，忙松开紧紧勒着的胳膊，宋爷这才透过气来，却因为吸气太过着急，呛到了气管，咳嗽起来。

"小子，咳咳咳，你玩大了，咳咳……"宋爷久经风浪，在众人围观下更不能丢了面子，他一面咳嗽一面阴沉地威胁着徐乐，但横在脖子上的锋利匕首让他也不敢妄动。

不等宋爷说完，徐乐胳膊发力，把他后面的话全勒了回去，他没理宋爷，这种家伙宁死不会服软，对小蛮喝道："把那女孩放开。"

小蛮有些担心地看了眼宋爷，看他一脸痛苦的样子，不敢再玩花样，命令道："放了她。"

夹持杜丽的大汉这才松开手。杜丽有些胆怯地四处张望，没敢乱动。

"你来这边。"徐乐微微摆头示意，让杜丽站到他身边来，谨慎起见，他没喊杜丽的名字。

杜丽试探着迈出步子，走了两步没人阻挡，于是她急忙加快速度，跑到徐乐身旁。

徐乐带着宋爷横挪了两步，抬腿给了一直在发蒙的张扬一脚，"你带着她先走。"

徐乐踢的是张扬小腿迎面骨，那里肉最少，疼得张扬大叫，人也从迷蒙的状态中清醒过来。

"听到没有，你们先走。"徐乐没时间和张扬解释，语气严厉地命令道。

张扬脑子虽然还有些不清醒，却知道这里是险地，不能多待。他抓起满脸惊惶的杜丽的小手，分开人群向外面跑出去。

宋爷一群手下眼露凶光，有人忍不住想要偷偷跟上去。

徐乐喝道："谁也不许动，有一个人乱来我就不客气。"

小蛮抬起手示意道："大家都别乱动，宋爷要紧，其他的都是小事。"

众人心领神会，只要宋爷没事，几个人绝对逃不掉。

徐乐没说话，说得越多越容易出错，反正他已打定主意，回去就立即拉着张扬返回青林市。

只要离开了天鼎城，宋爷就是有通天的手段，也找不到他们头上。

不过，酒吧的环境封闭，人员复杂，不可控的因素太多了。徐乐等了有十分钟，估计张扬他们早就走远了，他就带着宋爷向外走。

小蛮他们不敢动手，就在后面紧紧跟着。

徐乐出了酒吧，呼吸到外面的清冷空气，他的心情也轻松了许多。幽深的夜色，足以掩护他的行踪，这里四通八达，往哪儿跑都行。

"你们都在里面不要出来，谁敢乱动，后果自负。"

徐乐威胁了一句，才带着宋爷来到街对面，他估计了下距离，觉得差不多了，这才松开宋爷。

宋爷捂着脖子，转过身对徐乐道："我们很快会再见面的。"

"没机会了。"徐乐很厌恶宋爷那副高高在上的样子，似乎所有的事情都要按照他的心意运转，他真想给宋爷一刀，狠狠地给他一个教训。

"你想杀我？"宋爷看出徐乐眼中的凶光，他哈哈地笑起来，"可你敢吗？"

徐乐有些生气，"杀你也许不敢，揍得连你妈都不认识你却不难，你要不要试试？"

宋爷这会儿反倒没脾气了，他举起双手示意自己毫无恶意，微笑道："年轻人，我就是开个玩笑。说实话，我很欣赏你的胆色和实力，很想和你交个朋友……"

徐乐倒是有些心动，他和宋爷并没有什么解不开的仇恨，大家不过是喝多了发生一点冲突，如果能和平解决，他们还可以在天鼎城玩几天。

但他还是信不过对方，犹豫了下道："算了，我们还是各走各的路，永不见面的好。"

宋爷叹了口气道："那太遗憾了。"

徐乐看不透宋爷的真正想法，但直觉告诉他对方没什么好心思。正想着要不要现在就走人时，有几个黑衣人围了过来。

为首的一个黑衣人喝道："跪下，别乱动！"

徐乐很生气，不用说这是宋爷叫来的人，他握紧拳头，盯着宋爷的下巴在想：这一拳下去不知能打飞他几颗牙？

可没等徐乐动手，围过来的黑衣人已经从后腰拔出银色左轮手枪，一起指着徐乐，"快跪下，举起手，不然开枪了！"

被几支手枪指着，徐乐也怕了，他格斗术再高明，也挡不住手枪，何况对方有四支。徐乐很明智地放弃了挣扎，扔下匕首，举起手慢慢跪在地上。

宋爷得意地笑着，徐乐的矫健和勇猛，让他印象无比深刻，可他再能打又如何，还能斗得过枪吗！

几个黑衣人也很谨慎，从四面把徐乐围住，一个人用枪顶着他的脑袋，另外三个人粗暴地扭着徐乐双臂，用钢制的手铐铐住。

宋爷大摇大摆走过来，对徐乐笑道："我们又见面了。"

徐乐沉默不语，宋爷也不需要徐乐说话，他继续说道："我已经报了警，你不用急，我很快就会找到你的朋友，送你们几个一起去西山煤矿挖煤！"

西山煤矿是天鼎城附近最大的一座煤矿，天鼎城的犯人有九成都被送到了那里，进去的人几乎没有活着离开的。

宋爷在这一片也是鼎鼎大名的人物，却在疯狂齿轮酒吧当众丢人，对徐乐是恨之入骨，直接杀了徐乐太便宜他了，送到西山煤矿让他受尽折磨，在痛苦无奈中死去，才能出了他心中这口恶气。

"你不是挺厉害的吗？怎么不蹦跶了！"

赶过来的美女小蛮，看到徐乐被抓起来，也是异常的兴奋，脸上笑得特别灿烂。

"你的腿法很烂。"徐乐淡然说了一句。

小蛮脸上的笑容一下凝固住了，她本来对自己的腿法很自豪，却被徐乐当众轻易打倒，面子都丢光了。现在徐乐又这样讥讽她，她都快气疯了。

"行了，不用管他，你带人去找他的那两个朋友。一起带回来。"

宋爷亲热地捏了捏小蛮的脸蛋，笑着交代道。

徐乐恨恨地看着宋爷，有点后悔刚才太仁慈了。他也是想的太多了，又被宋爷所骗，这才会被几个警察堵住。

"不甘心吗？"宋爷不屑地道，"你很能打，是我见过最会打架的家伙！可惜，没有脑子。在天鼎城，我一句话就能让你死无葬身之地。你们这些低级公民啊，就是没有自知之明……"

天鼎城远方的金属管风琴烟囱列阵还在运转，蒸汽的低沉轰鸣如同天鼎城的心脏，永不停止地在脉动。

少有的逆向南风，卷着黑色烟河倒流而来，夜色中无数的黑色烟尘如雪般簌簌落下，天空晦暗得如同漆黑墨水。

反常的天气，让徐乐觉得这一切像是天意。

宋爷嚣张的话像一把刀般直刺到徐乐心里，他不得不承认，宋爷说得没错。

不同的社会等级，决定两人在社会资源上的不平等，徐乐想来天鼎城，还要找人弄虚作假才行，宋爷只需要一句话，就能调动下面的人为他做事，两者之间的差距太大，完全没有可比性。

个人武力再强，也斗不过强大的社会规则，这个认识让徐乐更加难过。他想了下说道："是我把你打伤了，和我朋友没关系，你何必为难一个小人物呢……"

事已至此，徐乐不想再把张扬牵扯进来。

"我本来只想打他一顿出出气，可你却冒出来，把事情闹大了！"

宋爷冷笑道："你朋友落到这个结局，都是因为你逞强出头，你知道吗？"

"你要怎么才能放过他？"徐乐问道。

宋爷摸着下巴上的胡子茬，装模作样地想了一下道："你这么讲义气，我就给你个机会。"

他看了眼自己的尖头皮鞋，"你看，皮鞋都被你踩脏了，你把皮鞋舔干净，我们再说你朋友的事。"

徐乐脸上怒色一闪，宋爷完全是在侮辱他，没有任何诚意。他压抑着怒气，"宋爷，你说话算数吗？"

"我一诺千金，黑铁区的人谁不知道。"宋爷淡然道，"你要是舍不得面子，就不用勉强。"

徐乐似乎被激怒了，猛地站起来。后面的一个打手觉得徐乐太嚣张了，被他们围着还敢反抗，不假思索地用手枪枪柄去砸徐乐的后脑。

银色左轮手枪的枪柄是纯钢铸的，沉重坚硬，和铁榔头差不多。

徐乐不用回头，只用眼角余光就扫到了打手的动作，他猛地侧身曲肘，猛然撞击身后的打手。

他侧身的动作，完美地避开了砸向脑袋的枪柄。通过腰部转动，脚、腿、腰、肩的肌肉力量都被调动起来，通过肘尖突然释放出去。

十多年的刻苦训练，徐乐能轻易调动浑身各部位的肌肉。受限于身高体重的身体条件，他的绝对力量不算太强，肌肉短时间的爆发力却无比惊人。

徐乐距离身后的打手还不到一臂的距离，他一肘撞过去，那打手手一抖枪就掉到地上，人直接惨叫着飞了出去，把他身后的同事也一起撞翻了。

突然的惊变，也让其他两名打手有些措手不及。徐乐被扣上手铐后，他们几个人就把枪都收起来了，一个小孩子，他们谁都没太在意。

徐乐暴起出手，两人这才急忙去拔枪。徐乐却不给他们机会，人在地上灵活无比一转，有力的长腿扫在他们的小腿上，把他们一起扫倒。

他人再趁势翻身一滚，双腿蜷缩，拷在背后的双手就挪到了身前。

徐乐这一连串的动作灵活流畅，似乎排练过了千百次一样，轻易地就摆脱了控制。

宋爷大感意外，他觉得徐乐简直是疯了，被枪指着脑袋还敢反抗。因此，他反应就慢了一拍。眼看徐乐就要逃走，他急忙大步冲上去就想动手。

可他才迈出一步，人就猛停下来。

徐乐手里不知什么时候多了把手枪，银色枪管正指着宋爷的脑袋。两人距离不过两三米，宋爷明知对方的手枪没开保险，可也不敢乱动。

宋爷心里一紧，张开双手放缓声音道："不过是打架，何必动枪。此事到此为止，你现在就可以离开，我保证绝不追究……"

"你不是很牛吗？要送我去西山挖煤挖到死！"

徐乐说着拇指一动，打开了手枪的保险，左轮转轮弹舱转动金属声，在安静的夜里十分清晰。

宋爷一下子就紧张起来，对方年纪不大，很容易冲动开枪。他有些后悔，刚才太拖沓了，又说了许多废话。

"别冲动，杀人可是死罪，没必要为了一时意气，把自己的命也搭上。"

宋爷的脸上冷汗都下来了，因为紧张说话声音都有些干涩，想了下他又急忙道："我刚才可能过于狂妄无礼了，我愿意为我说的话道歉。"

"别动！"徐乐枪口一转，指着几名躺在地上的打手，森然警告道。小时候他和父亲学过开枪，对枪并不陌生，而且左轮手枪结构简单，操作容易，小孩子都会用。

有个打手还不信徐乐敢开枪，伸手就想拔枪。只听"砰"的一声巨大枪响，在众人耳边猛然回荡起来。

伸手要拔枪的打手，正对着枪口，眼看着火色枪焰喷薄而出，以为自己死定了，整个人都蒙了！

"再乱动我就真不客气了。"徐乐冷冷地说道。

那人这才发现，那一枪是从他耳边擦过，他并没有中枪，不由既欢喜又后怕，对方那一枪再歪点，他的脑袋就被打爆了。

这一枪也证明徐乐会用枪，而且枪法还不错。其他几个人被震慑住了，他们枪虽然都在腰间，可没人敢当着一名熟练枪手去拔枪，那可太危险了。

徐乐又对宋爷道："你的道歉太没诚意了，我不接受。"

被枪口指着的宋爷，甚至能闻到枪口散发出的一丝丝火药残留的气息。强烈的恐惧，让他脑子一阵阵眩晕，他竭力保持镇定，声音却不受控制地颤抖起来，"你想怎么样？"

"你不是喜欢人跪着道歉吗？我也喜欢。"

徐乐强硬地道："要不，我就给你一枪，不管死活，我们的过节都一笔勾销。"

宋爷脸色铁青，他堂堂一级公民，家世不凡，在天鼎城都算得上有名有姓的人物，一个低级的贱民，竟然敢威胁他。

幽暗之中，宋爷看不清徐乐的表情，却能看到他眼眸中闪耀的桀骜凶猛的光芒，就像准备扑杀猎物的猛兽一般。这让宋爷心里一片冰冷，涌起的怒气也瞬间不翼而飞。

激动的情绪冷静下来，理智就占据了上风，这个时候没必要和一个疯子斗气，大丈夫能忍一时之辱。宋爷犹豫了一下，慢慢双膝跪地，深深地低头道："我错了，请原谅我。"

徐乐撇撇嘴，宋爷的屈膝道歉，让他突然醒悟了一个道理，高高在上的高级公民，去掉那些外在的东西，本质上和他们没有任何差别。同样的血肉之躯，同样的心思歹毒，同样的贪生怕死。什么荣誉、智慧，都是骗人的！

徐乐很想一枪打死宋爷，让他尝尝被戏耍的滋味，但打死一个高级公民，事情就会闹大，他虽然极其厌恶对方的嘴脸，也不想为了一时意气，把自己的人生都搭进去。

徐乐用枪对几个打手比画了一下，警告他们不要乱动，然后迅速向后退去。

在几个人的目送下，徐乐的身影很快消失在黑暗中。银色手枪也被徐乐扔了出来，在水泥地面上砸出一溜的火星。

两个打手急忙跑过去把枪捡起来，两人追了一阵子，没发现徐乐的踪影，才沮丧地返回。

"人跑了……"

宋爷目光阴冷地扫过几个打手，要不是几个人太无能，他也不会被枪逼着下跪。他真想把这几个人都灭口。可人太多了，他虽然背景深厚，可也不能乱来。

几个打手都意识到不对，脸上虽然都带着讨好，眼神却都隐隐带着戒备。宋爷丢了这么大的脸，情绪冲动下没准想要杀人灭口，不得不防。

被徐乐一肘撞飞的打手，捂着胸口呻吟起来："坏了，我这肋骨好像断了……"

徐乐的撞击很凶猛，要不是收着力量，这一下就能把人打死。就是这样，众人也绝不好受，刚才是情况太紧张，他还没多少感觉，现在就有些痛得受不住了。

"别乱动，我去找车。"有个伙伴反应很快，急忙起身去外面找车。

宋爷的目光转了转，拦住了那个人，"我这有车，让人送他去医院。"

这里是宋爷的地盘，他吩咐一句，很快就有人开车过来，把受伤的人送走，还有一个不放心，陪着一起走了。

宋爷心里虽然有些不甘，也断了灭口的心思。人多嘴杂，为了这点小事不值得杀人。

留下的两个打手也很聪明，都和宋爷表示，绝不会乱说。

"一定要找到那个小子，我要活撕了他！"宋爷发狠道。

"我们肯定能抓到他。"为首的打手信誓旦旦地保证道，"这次他死定了，谁也救不了他。"

另一个打手分析道："看样子他应该是预备役培训士官，年纪不到二十，身高一米八五左右，体重八十公斤上下，来自边远城市。我们去调一下资料，很容易就能把他筛选出来。"

"好，这件事交给你们了。"宋爷道，"有消息先通知我。"

青云酒店，徐乐和张扬对面坐着。因为不敢开灯，房间里特别黑暗。

"怎么办？"张扬胆怯地问道，"那群人似乎势力很大，要不我们别待这里了，回家吧。"

　　"嗯，回家。"徐乐果断道，"天亮我们就去火车站，尽快离开。"

　　宋爷能叫来那么多人，势力很雄厚，这次又彻底激怒了对方，他一定不会善罢甘休，他还报了警，警察只怕也不肯放过他。

　　徐乐没和张扬说他逼着宋爷下跪道歉，事情已经做了，他觉得很痛快，没什么可后悔的，可张扬胆子小，和他说了只会让他更害怕，反而会误事。

　　简单收拾了行礼，两人再无事可做，徐乐折腾了一晚上，身心俱疲，躺在床上很快睡着了。

　　张扬胆子小，心事也重，躺在床上翻来覆去地睡不着。

　　等到天色一亮，张扬就迫不及待地喊醒徐乐，"天亮了，我们走吧。"

　　徐乐还没睡好，打个哈欠道："不用那么急，天鼎城太大了，对方又不是神仙，不会那么快找上来的。"

　　他说着脱掉外衣，"我先去洗个澡，等会儿咱们再去餐厅大吃一顿。"

　　张扬虽然着急，也没办法，只能耐着性子等着徐乐。

　　痛快地洗完了澡，徐乐只觉神清气爽，昨天晚上的倒霉事，似乎都被热水冲洗干净了，他甚至改变了主意，觉得再住几天也是好的。

　　热水澡、柔软的床、美味管饱的食物，他还真舍不得离开，至于宋爷，好像也不用太在意。

　　这个念头在徐乐的脑子里转了几圈，还是被他用最大毅力压了下去。他自己倒没什么，孤身一个，怎么折腾都不怕。可张扬不行，胆子又小，家里还有父母姐妹，不能带着他一起冒险，太不负责了。

　　在餐厅狂吃了一通，徐乐和张扬背着行李离开了青云酒店。

　　徐乐的方向感特别好，记忆力也好，昨天晚上摸黑去的疯狂齿轮酒吧，只走了一遍，他就记住路了，从火车站到青云酒店的路线，他更是记得很清楚。

　　不到中午，徐乐和张扬就到了火车站。张扬跑去打听了一下，下午三点就有一趟去青林市的火车，他用两人的金属 ID 卡订了车票。

　　接下来，就是无聊的等待。

　　候车厅的合金椅子都带有扶手，椅子很硬，徐乐怎么坐都不舒服，更没办法横躺睡觉。经历了昨夜的惊变，张扬心有余悸，也没心思聊天，徐乐百无聊赖，在车站里乱转打发时间。

天鼎城的候车大厅很大，共分独立候车区，每个候车区的座椅就有几百个座位。穹顶是透明玻璃，墙壁和地上铺着的大理石板亮可鉴人，配套有餐厅、商店、洗手间等等，比青云酒店大厅还要气派，也更明亮整洁，在晦暗的天空笼罩下，这样的建筑风格如同一抹亮色，让人更加放松。

徐乐转来转去，就到了第一候车区的巨大落地窗前，从这里可以俯览站前广场的热闹场景。

广场上人来人往，人潮汹涌，徐乐大概估计了一下，足有几万人在广场上活动，有上车的，有下车的，有送人的，有接人的，还有各种商贩、小偷等等，热闹至极。

"真是好地方……"徐乐真心喜欢天鼎城，到处都充满了生气，也充满了机会。可惜他不得不离开这里，以后估计也没机会再来了。

正感慨着，徐乐突然看到几辆黑白相间的蒸汽警车冲入广场，因为广场人太多了，警车虽然在鸣笛警示，速度也快不起来。

徐乐心里一沉，他几乎敢肯定，这拨警察是来找他的，和普通人不同，徐乐越紧张的时候脑子反而越清醒。

"不用急，警察人不多，没办法控制所有出口。"

徐乐想到候车大厅还有侧门，可以直接从那里离开；不过，张扬还在里面怎么办？他只是打架，被抓住也没事的……

犹豫了一下，徐乐还是没办法说服自己扔下张扬，急忙转身狂奔，到了他们待着的候车区入口，他远远就看到有两个车站的警察抓住了张扬，正在询问什么。

张扬吓得鼻涕眼泪直流，人都吓瘫了。要不是两个警察抓着他，早就趴地上了。

"坏了！"徐乐的心一下沉到了底，火车站守卫森严，还有一批警察正在赶过来，他救不了张扬。

徐乐心里很清楚：他留下只会把自己搭进去，转身就走才明智，可双脚却沉重得如同灌了铅，怎么也挪不动。

急促的脚步声在身后传了过来，徐乐不用回头，也知道是那拨警察到了。他犹豫了一下，几步走进商店的入口处，借着货架隐蔽起来。

十多名警察并没有看徐乐，一群人急急忙忙冲进候车区，把张扬团团围住。

距离虽远，徐乐也听到众人大声喝问，张扬估计被吓傻了，听不到他的声音。

隔着人群的空隙，徐乐隐隐能看到张扬瘫软得像一团泥。

徐乐心里一阵不忍，张扬的小身体太瘦弱，他吃不了这些的。

徐乐狠狠地骂了一句，大步走过去，"别打了，我在这呢。"

一群警察围着张扬，谁也没注意到徐乐过来，更没有人能想到，徐乐敢主动凑过来。

"快抓住他！"为首的警官大喜，指着徐乐大叫道。

一群警察这才反应过来，站在他们面前的淡定少年，正是他们要找的正主。

几个人猛冲过来，抓头发、扭手臂，七手八脚地死死按住徐乐。

瘫倒在地上的张扬，似笑似哭地嘟囔道："你回来干什么……"

"我讲义气啊……"徐乐有些得意地大叫道。

"傻瓜！"张扬低声骂了一句，眼泪却止不住地流出来。

为首的警官也有些动容，突然觉得大老远跑来抓两个小孩挺没劲，有些索然地道："都带走吧……"

"哐当……"

满是铁锈的沉重铁门在蒸汽阀门的控制下，猛然合拢关闭。低沉而强硬的金属碰撞，在三平方米的狭小空间内反复回鸣，震得徐乐头昏眼花，说不出的难受。

徐乐慢慢举起手，轻轻按了两下耳孔，他手上戴着十几公斤的铁铐。而且，手铐还和沉重的脚铐连着，极大地限制了他的行动。

房间里没有灯，只有铁门上有个扁平的小窗口，能透进一点光亮。灰色的水泥四壁，挂着许多乌黑血渍。就是白天的时候，也显得异常昏暗、阴冷、压抑。

房间的陈设也异常简单，一张钢丝床，一个没有盖子的抽水马桶。钢丝床上连被褥都没有。

徐乐坐在钢丝床上，心里莫名就觉得烦躁。监狱比他想象的要可怕。连个说话的活人都没有。狭小的空间，压得他快喘不上气了。

徐乐努力地调整呼吸，慢慢侧身躺下。冰冷的钢丝床很不舒服，沉重的手铐、脚铐更不舒服。冰冷残酷的现实，让他体内义气热血慢慢消退下去。他突然觉得自己有点傻。原本只是一件小事，最终闹得不可收拾。不仅害了自己，也害了张扬。

可宋爷那副可恶嘴脸，不教训他又心里不痛快。

徐乐猜测，他被关在单独的房间里，应该就是宋爷在报复他，按照他父亲的说法，单独房间的囚禁是禁闭。

狭小的空间安静、冰冷，没有正常的交流，人的所有感官都被压抑。禁闭主要针对人的精神，是一种极其残酷的刑罚，这种状态下，普通人坚持不了四十八个小时就会崩溃。

听父亲说的时候，徐乐还不怎么在意，他觉得单独被关在一个房间也没什么。没想到就在几年之后，他有机会品尝了禁闭的滋味，这也让他明白了，父亲的智慧不容置疑。

"狗娘养的！"徐乐忍不住骂了一句，举起手铐在墙壁上猛砸了一下，水泥墙壁只崩掉了点碎屑，他的手腕却被磕出血了。

痛苦也让徐乐老实了不少。这地方撒野也没用，只能是自己吃苦。

苦苦熬到晚上，徐乐饿得前心贴后背，胃里冒的酸水似乎成了堆积成了酸海，都要把他自己给融掉了。

比饥饿更可怕的是没水！一天没喝水，他嘴唇干得裂开，嗓子里着火了一般，似乎所有的水分都被烤干了，整个人都成了肉干。

不吃饭只是胃酸抽搐，还能顶个几天没事，不喝水却不行。

徐乐渴得实在受不了，目光就落在了没盖的马桶上，这种马桶没有蓄水箱，直接由镶嵌在墙壁里的水管供水冲洗，很显然，冲洗也是不受控制的。

马桶里有一点点腥臭泛黄的水，也不知是水锈还是更恶心的东西。

徐乐生活很艰苦，吃不好喝不好，却至少能保证基本的温饱，虽然要渴死了，马桶里的水还是下不去口。

强忍着嗓子火灼般的痛苦，徐乐在钢丝床上翻来覆去，不知折腾了多久，才在饥渴疲惫中沉沉睡去。

没睡几个小时，徐乐就被抽搐的胃痛惊醒，走廊昏暗没有灯光，在铁门窗口上投射出一小片微弱亮光，这也是房间里唯一的光源。

徐乐盯着光源出了会儿神，他现在特别怀念家，虽然很破旧，至少有水。

他舔了舔嘴唇，舌头也干得没有任何水分，甚至连吐沫都难以分泌。

徐乐胡思乱想了许久，身体却始终在发出强烈的饥渴信号，刺激着他的神经，怎么也睡不着。

每一秒都是煎熬，每一秒都是痛苦，徐乐突然觉得，人活着真是种折磨，他也曾试着用呼吸法调整呼吸，进入冥想状态。

但他心烦意乱，就算勉强调整呼吸进入冥想，也坚持不了几分钟。

综合格斗操的呼吸法，也只是调整呼吸，提升对身体的控制，可没有摄入足够的水和食物，就像蒸汽机没有燃煤，再怎么调节阀门也无法运转。

"姓宋的，老子出去一定弄死你！"徐乐被痛苦折磨得咬牙切齿地发狠，想着出去之后怎么报复宋爷，强烈的仇恨情绪，倒是冲淡了他身体上的种种生理反应。

徐乐很快就发现了这一点，虽然无助于改变现状，但强烈的仇恨却能调整他的情绪，提升他的专注和意志力。

简单点说，有了一个强烈的仇恨目标，徐乐就能转移注意力，自己欺骗自己，不再去关注身体上的反应。

禁闭室外，晦暗空旷的走廊里，两个警察正在交接班。

"两天了，里面那家伙怎么样了？"接班的警察问道。

"没动静，很诡异。"交班的胖警察摇着头，一副不可思议的样子。

他在禁闭室待了两年，还从没见过有人能在里面坚持两天还不崩溃的。这次的少年也不知得罪了哪个大人物，连水和食物都没有，可两天下来，少年还保持着很清醒很平静的状态，他真的百思不得其解。

"他没死吧！"接班的警察有些担心地问道，禁闭室的犯人要是死了，他是要扣钱的，还要写报告，很麻烦。

"没死，但他也支撑不了多久了。"胖警察摇着头，"希望你运气够好，这家伙熬到明天就没你的事了。"

胖警察一脸开心地走了，因为他终于交班了，徐乐就是死了也和他没关系。

等胖警察离开，接班的警察关上走廊的大门。厚重的铁门，把禁闭区和外面的看守区完全隔绝开来。

接班的警察慢悠悠地走到了一号禁闭室门前，拉下阀门，打开了铁门上半部分的挡板。透过栅栏，他能清楚地看到禁闭室内的情况。

警察用警棍用力地敲了两下铁门，"徐乐……"

躺在钢丝床上的徐乐，从半昏迷中清醒过来。警察蛮横的敲门声，对他来说却如同仙乐，外界的声音，让他恍然意识到自己还活着，还能和外界联系。

徐乐慢慢坐起来，想说话却连嘴都张不开了。两天没喝水，嘴唇似乎都粘在一起了，嗓子也似乎塞着一把沙子，根本无法发声。

"给你。"警察隔着窗口看了眼徐乐，确定他还活着，从兜里取出一个扁平的黑铁酒壶，从窗口扔到牢房里。

徐乐虽然浑身无力，看到地上那个酒壶后却双眼放光。用最快的速度滚下钢丝床，一把抓起黑铁酒壶晃荡了一下。毫无疑问，里面装满了液体。也许是酒，也许是水。

酒壶的盖子有些紧，徐乐用了吃奶的力气，好容易才拧开，他迫不及待举起酒壶向嘴里倒去。

哪怕里面装的是毒药，徐乐都会喝下去。对方再晚来一会儿，他真的要去喝马桶里面的水了。

酒壶里装的不是水，也不是酒，更不是毒药。而是一壶温热的肉汤。醇厚的香气迅速从舌头扩张到胃部，很快遍布徐乐的全身，让他整个人都活了过来。

徐乐敢用他老爸的名义发誓，他一辈子没喝过这么香浓的肉汤，他贪婪无比地吮吸着酒壶口，只恨酒壶太小，没办法把里面舔个干净。

"酒壶不能吃，你可以还给我了。"外面的警察看不下去了，提醒徐乐吃相没必要那么难看。

徐乐人都要死了，哪会在意小小的讥讽，他又用力倒了两下，确认一滴肉汤都没剩下，这才拧上瓶盖，慢慢走到门前，极其不舍地把酒壶还给了警察。

"谢谢。"徐乐不知对方为什么帮忙，却是发自内心的感谢。

警察有些嫌弃地接过酒壶，拿出兜里的棉布手绢，里里外外把酒壶擦干净，这才把酒壶收起来。

"我叫王朗，是来帮你的。"警察慢条斯理地说道。

徐乐歪着头看了眼王朗，他大概三十多岁，戴着黑边眼镜，长得白皙文静，看起来很像是学校老师，或者是政府办公室的工作人员。

"帮我？"徐乐很奇怪，他在天鼎城无亲无故，只有一个高级公民仇人，怎么会有人来帮他。

"是的，我是专门来帮你的。"

王朗没急着解释，他摘下眼镜，又取出一条白色手绢，细心地擦着镜片，不时还呵一口气。等眼镜被擦得一尘不染，他才又戴上眼镜，说道："你知道他们用什么罪名起诉你吗？"

徐乐摇头，他只是个初级职业中学的毕业生，除了打架就会烧炉子，哪懂得法律上的事。

"打架斗殴，严重扰乱社会治安；破坏他人财物；伤害他人，致人重伤，还有……"

王朗竖起一根手指道："其中一项最轻的罪名，也够判刑十年，任意两项罪名成立，就是死罪。"

徐乐想了下有些无所谓地点点头，"嗯。"

王朗愕然，徐乐的反应和他想的完全不一样，这孩子是不是吓傻了！

"你就没话想说吗？"

"姓宋的要弄死我，还有什么可说的。"徐乐倒是想得很明白，"反正就是一死，什么罪名都不重要。"

这个逻辑简单而强大，王朗发现他竟无言以对。

王朗有些尴尬地干咳了一声，话锋一转："没有意外的话，你是死定了。但是，我们愿意帮助你。"

徐乐点点头，"谢谢。"

王朗很诧异，徐乐太平静了，似乎对有人帮忙并不是很在意，"你好像不太在意自己死活？"

"我很激动，只是没力气表现出来。"徐乐有气无力地说道。

王朗忍不住深深看了眼徐乐，对方脸色枯黄，嘴角干裂，头发胡乱卷曲着，肮脏而没有任何生气，就像街头倒毙的流浪汉尸体。

不过，徐乐的眼神深幽黑亮，透出一股难言的危险。

徐乐的状态让王朗有些惊讶，但又很快释然。两天的禁闭，对于人的精神和身体都是残酷的折磨，徐乐的情绪状态肯定不正常。

"你肯定有怨气，但我的排班就在今天，没办法早点进来。"

王朗想到徐乐年纪不大，生怕他想歪了，解释了一句。

徐乐倒是看出来了，对方似乎很重视他，这更让他感到疑惑。他一无所有，对方到底看中了他哪里？

"你的罪名很多，这样的案件警察局和法院都会重视，没有运作的空间。"王朗道，"现在，只有一个办法能让你活着离开羁押局。"

"什么办法？"对方并不是一个好说客，可事关自己的小命，由不得徐乐不认真。

"参加生存游戏。"

王朗顿了下解释道："只有如此，你才有活路。只要在生存游戏中获得胜利，你就能洗白自己，甚至可以成为守护者，一跃成为一级公民。"

徐乐恍然大悟，参加生存游戏，这的确是个好办法。当然，他还清楚地记得，火车上有人说过，参加生存游戏的罪犯只有1.2%的人能活下来，成为守护者的概率只有0.3%。

"参加生存游戏的幸存概率只有百分之一，这就算是帮我？"徐乐反问道。

王朗正色道："没有我们，你连参加生存游戏的机会都没有，没有我们，你在生存游戏中的幸存概率是零。"

徐乐默然，他对生存游戏的机制完全不熟悉，王朗说得底气十足，他也只能信了。

"我有个问题，你为什么要帮我？"徐乐看王朗的性格不错，忍不住问了一句。

"这个你不问我也会说的。"王朗很郑重地问道，"你……还记得流亡者吗？"

徐乐神色一动，他怎么可能不记得，要不是神秘的杨万里帮忙，他也没机会来天鼎城，更不可能闹出这大的事。

"你和杨万里是一伙的？"徐乐突然觉得，他可能是被这伙人给算计了，语气就多了几分不满和质问。

"不错，我们都是流亡者。"

王朗察觉到了徐乐情绪的变化，他解释道："你不要想多了，杨先生也是看到你有潜力，想帮你一把。你在天鼎城闹出这么多的事情，有哪件事是我们引导或者指使的？"

徐乐被问得哑口无言，极其羞愧。的确，闹出这么多事情，都是他自己惹的祸，怪不到别人头上。

"对不起，我有些太激动了，脑子也不清醒。"徐乐急忙道歉。

王朗轻哼了一声，徐乐年纪小不懂事，他也不好太过计较，"你只需要做一件事，就是参加最终祭典的时候，在遗迹里帮我们拿一件东西。"

对方的条件听起来很简单，徐乐不放心地问了一句："就是这样？"

"就是这样。"王朗肯定无比地道。

徐乐觉得事情不会这么简单。从青林市到天鼎城，才警察局到政府部分，到处都有"流亡者"的人。这样一个实力强大体系严密的组织，怎么会让他做一件简单的小事！

可到了这一步，拒绝流亡者的帮助，等于自寻死路，他已经没得选了。

"好，一言为定。"徐乐痛快地应道。

王朗满意地点点头道："所有参赛者的资质都要单独审核一遍，你还要受几天苦，一定要坚持住。"

徐乐只能点头，有王朗帮忙，怎么也能撑下去。想了下他问道："我想问一下，张扬怎么样了？"

"他就是打架而已，按照治安条例需要羁押两个月。"王朗道，"也没人在意他，过几天我会找个理由，放他出去。"

"对了，我们的 ID 卡不是伪造的？不会被发现吧？"

徐乐对这个问题很关心，金属 ID 卡要是暴露，只怕张扬挺不住，会把流亡者的事情说出去，那就坏了。

"放心吧，短时间内不会有事的。"

王朗安慰道："青林市的预备役士官名额，早就被军方卖掉了，这里面的水深得很，没人会查，也没人敢查。等你获得参加生存游戏的名额，金属 ID 卡会重新设置，以前的资料清空，这些更不是问题。"

王朗解释得很明白，也让徐乐对流亡者多了几分信任，对方实力雄厚，也没必要骗他一个少年。

"你还有什么问题尽管问，我知道的都可以告诉你。"王朗很大方地说道。

徐乐想了下忍不住问道："宋爷是干什么的？"

王朗有些好笑，徐乐还真是小孩子，不问事关自己生死的大事，反而去关心别人的身份。

"宋爷本名宋云峰，是孤星政府执政七家族之一的宋家子弟。"

王朗又强调了一句："旁系子弟。"

徐乐目瞪口呆，执政七家族的宋家，绝对是整个社会最顶级的阶层。宋云峰就算是个旁系子弟，也是了不得的大人物。他就是仰着头，也够不到对方的鞋底，双方的差距实在是太大了。

"就算成为守护者，也斗不过宋云峰啊！"

徐乐耷拉着眉头，有些沮丧地说道。

"守卫者权限很高，也不用怕宋家的旁系子弟。"

王朗微笑道："何况，宋云峰作为这一代少有的战斗人才，今年的生存游戏他已经报名参加了，是宋家精英守卫者的重要助手，你要是运气好，还能在游戏中遇到他！"

"那太好了，我正想找他算账。"

徐乐自信地道："在生存游戏中，我可以名正言顺地杀了他！"

"生存游戏没你想的那么简单。"

王朗提醒道："你不要想得太美了，你们只能作为随从参战，定位就是猎物，宋云峰他们，都是猎人。"

"就凭宋云峰，我一只手打他两个。"宋云峰家世厉害，但要说战斗能力就差多了，徐乐可不在乎他。

"生存游戏没那么简单。"

王朗摇摇头，徐乐还是出身太低，对于生存游戏缺少基本的了解。

他说道："我和你说说生存游戏的规则吧，生存游戏里面有许多强大武器，如磁暴射电弓、蒸汽动力机甲，这些武器装备都需要生存点数来换，而生存点数则需要你们自己去赚……"

回忆戛然而止，徐乐望着满天繁星自语道："如今，一切就只能靠自己了。"

　　每年的生存游戏，都是孤星政府最为重视的项目之一。

　　饱食终日的荣誉公民们，为什么要消耗巨大 人力物力折腾出这个项目，却没人说得清原因。

　　说什么的都有，许多人都认为这就像是大型的斗兽场，高级公民们看着这些亡命者杀戮来取乐；也有人认为这是一种考试，通过残酷的战斗来筛选最强大的战士；也有人说是为了缓解阶级矛盾，通过残酷的战斗来释放社会公民的压力。

　　可八所守护者学院的最优秀毕业生，也同样要参加这样的杀戮战斗，这些说法就很难说得通了。

　　守护者大多是荣誉公民的后代，生来就享有各种特权，是社会的最高阶层。这样的精英，为什么要冒着生命危险来参与残酷战斗？要知道在生存游戏中，就算是守护者也有一定的死亡率。

　　每一名守护者，还可以携带两名追随者，这两名追随者一般也都是一级公民，身份地位都不寻常。他们在生存游戏中虽然不像亡命者那样完全是炮灰，但仍然有大半会在生存游戏中死亡。

　　如此残酷的厮杀，年复一年地进行，没有任何高层反对，一定有其深刻的原因。可惜，对于社会底层公民来说，这些都是他们永远没资格触及的秘密。

　　徐乐坐在运兵车上，听着蒸汽机轰隆的巨响，脑子里却一直在考虑这个问题。流亡者和孤星政府，都对生存游戏特别地重视，这里面一定有惊天的大秘密，可惜，他想得头昏脑涨也没有任何思路。

生存游戏的战斗区域，就在东镇山脉中心区域。山路崎岖难行，六对轮子的蒸汽运兵车也摇摇晃晃走了许久，才到达另一座基地。

"亡命者们，从现在开始，你们将会分为八个大队，每个大队包含三个小队，每个小队包含三个小组。"

"你们将会被飞艇空投，随机降落在战场的各个位置。不同大队的成员在出发前将会获得你们指挥官的坐标，你们要尽快与指挥官会合，在规定时限内未能完成会合的，就视为潜逃，就地射杀。"

"在向指挥官靠拢的过程中，你们很有可能遭遇战友或者敌人。如果提前遇到的是战友，那么恭喜你们的运气不错。几支小队同行，顺利抵达目的地的概率就会提高许多。"

"……但如果你们遇到的是敌人……那我相信经过了两个月严格训练的你们，应该明白这意味着一场血腥的杀戮。"

"生存游戏之中，最关键的就是守护者，如果在游戏过程中，有守护者被杀，那么他率领的小队就立刻判负。失败的亡命者们，全都就地格杀，绝对没有逃脱的机会，你们不要有什么侥幸心理。"

宪兵们冷酷无情地宣布着生存游戏的规则，他们比教官更加面无表情，看向亡命者们的眼神就像是看军械，而不是在看人。

"该死！只有这些守护者算人，我们都是炮灰吗？"杨斌恼怒，眼镜上蒸腾起一片雾气，整张脸涨得通红，"这种规则，分明就是要我们不惜生命去保护守护者。"

朱菲脸上显露出厌恶之色，抿紧了嘴唇，但终于还是一言未发。

她一向对森严的社会秩序深恶痛绝，没想到在残酷的生存游戏中，他们还是要遵循严格的阶级秩序。

徐乐的思路却和其他人不同，他考虑的是战术问题，"只要杀了守护者，就能解决一支队伍，这规则其实也不错。"

朱菲也是眼睛一亮，在别人抱怨的时候，徐乐已经想着怎么利用规则去获胜，从他的话里就能听得出来，徐乐更有进取心，也更强势。

杨斌也不抱怨了，他自觉知识渊博，可和冷静强悍的徐乐相比，却总是差了许多，这让他有些惭愧。

像徐乐这样的人毕竟只是极少数，其他亡命者，也大多在抱怨，但无论他们如何愤怒不甘，也改变不了规则。

社会从来都不是公平的，高级公民就是比低级公民占有更多的资源，生存游戏，也不过是整个社会的缩影。

守护者直接就可以选择一件高级武器，还可以携带充足的生活资料，并拥有据点。追随者紧跟着守护者，他们也可以一人选择一件中级武器，并受到守护者的保护。

只有亡命者，从一进入战场开始，就要用最低级的武器进行无止境的厮杀，在最危险的情况下，还得用生命去守护别人，也怪不得生还率只有可怜的 1.2%。

在众多亡命者抱怨的时候，徐乐拉着杨斌，开始研究生存游戏的规则列表。

事实上，生存游戏的规则很复杂。宪兵念的只是几条最基本的游戏规则。

生存游戏总共有八支队伍，每名精英守护者率领两名追随者和三个小队亡命者。

三个小队亡命者有九个小组，共计二十七人的亡命者。加上守护者和两名追随者，每支队伍共计三十人。八支队伍互相厮杀，直到剩下最后两支队伍成为胜利者。

杀死亡命者、追随者或守护者，都可以获得生存点数。这些生存点数是在战场中兑换获取物资的主要渠道，生存点数存放在每个人的金属 ID 卡上，夺取敌对成员金属 ID 卡，不但能获得其中的存放生存点，熔化金属 ID 卡，还能获得此 ID 卡所属身份的基本生存点。

需要注意的一点是，金属 ID 卡被熔化后，持卡人自动被视作死亡。

生存游戏的战场上，也就是所谓的巨大史前遗迹中，也有可以获得武器、弹药、物资和讯息的地方，但这些都需要碰运气。大部分的补给，需要通过设立遗迹内部的补给点来实现。

只要拥有生存点数，就可以在补给点兑换各种武器物资。人手一张的地图上，详细标记了这些补给点的位置，而地图也是生存游戏中为数不多的免费东西。

众人在训练营获得的生存点都存在每个人的金属 ID 卡上，进入生存游戏前，他们可以在基地先行兑换所需的物资，带入战场。

"我们的生存点数太有限，连生活资料都不太够。"徐乐精打细算地排列着必需品。五百点都买不到足够的食物、清水还有其他必需物资，更买不起任何低级武器。

看到这兑换表，杨斌更是气不打一处来，"每天一人份的清水都要十个生存点，这怎么不去抢？食品一份五个生存点，我要是一天三顿就得十五个生存点。只是食物和清水，我们三个一天就得七十五个生存点，五百点够什么用？"

朱菲微微蹙眉道："是我拖累你们，我只需要一天的食物和水就够了。"

杨斌有些尴尬，讪讪道："你知道我不是这个意思，两天的分量怎么够。生存游戏要两周时间，我们要做好充分准备。"

朱菲固执地摇头，"我只是一天的分量就够了。"

徐乐挥手打断了他们的争论，他拟出了一开始准备兑换的东西，问道："我也觉得不需要兑换太多的食物和水。"

一套军装、军靴、背包、水壶、指南针和一张地图，这是生存游戏配发的标准装备，其他东西都需要用生存点数兑换，初期如何选择配套物资，就看小组如何制定策略了。

杨斌吃惊道："徐乐你怎么也这么想？人不吃饭还能坚持，不喝水那是必死无疑，要是没水，不用打我们就死定了。"

野外有可能取到未被污染的水源，但是在史前遗迹范围内，安全性无法得到保障，如果只是不干净也就算了，要是喝了被辐射污染的水，那可会死得苦不堪言。

徐乐不以为然道："我们如果兑换了许多生活资料，就无法兑换武器，在战场上只能任人宰割。我建议兑换武器，只留一天的食物和水，就赌一天内能遇到敌人。"

生存点数充足的小队，一定会兑换食物和清水，只要能够抓住机会，将敌对方的小组击溃，就能抢到物资。

徐乐相信，这也是生存游戏设置会合环节的目的。

"那很难吧？"杨斌将信将疑道，"史前遗迹的覆盖范围差不多是三十平方公里，全部投入战斗的人员是两百四十人，地广人稀，我们未必能很快碰到别人。"

地图就摊在三人面前的桌子上，除了战场中央的红色区域，整张地图可以分成八个方块，指挥官的位置就分属于不同的八个方块中。

只有两百多人，在这么大的区域中行动，撞上的概率确实不大。

徐乐摇头，"不管生存游戏出于什么目的，你都应该很清楚，每一次生存游戏都很惨烈，死亡率相当高。我相信生存游戏的主办方，一定会想办法鼓励几支小队遭遇，这在空投和路径安排上就可以做出调整。"

只要空投地点接近，各方又都在会合的必经之路上，那么见面冲突就在所难免。

顿了一下徐乐又道："如果一天内还遇不到敌人，就是我们命苦，无话可说。"

杨斌的面色凝重起来，徐乐的决定太冒险了，但他认真考虑了一番，觉得还是很有道理，在战场上只有食物和水，只能充当猎物，还不如赌一把。

他忍不住问道："那你打算兑换什么？"

五百点，可以兑换的东西实在太少。

"这个。"徐乐没怎么犹豫，手指向武器类别中的前几列。杨斌"咦"了一声，他倒是没有想到徐乐竟然会做出这样的选择。

徐乐选择的是一把有效射程为六十米的机械滑轮弓，配二十支锋锐的箭矢，价值四百生存点。这个价格不高也不低，但意味着剩下可怜的一百点生存点数根本不足以购买别的武器了。

徐乐不擅长用弓，只有朱菲，在弓箭上表现出超凡的天赋。可朱菲现在的状态很差，她真的能承担这个重任吗？

朱菲也有些惊愕，她眼睛转了转，神色复杂地说道："你不必这样，还是选你最趁手的武器。"

徐乐正色地摆手道："近身格斗，有没有武器对我来说关系不大，杨斌一个双科博士，我也不指望着他在前线奋战。"

"这把弓，可以让我们有拥有远程战斗力，是我们能选择的最好武器。否则，遇到远程压制，我格斗再强也没用。"

徐乐不是军人，也没学习过正规战术，但对于战斗他有种天生的敏锐感觉，在训练营的两个月，对于小规模的战斗更有了深刻认识。

生存游戏战斗的远古遗迹，面积巨大地形复杂，一支队伍必须有远程武器，才能执行最基本的战术。

现在他们连压缩铁弹步枪都兑换不起，只能兑换相对原始的箭矢，这滑轮弓的射击距离与杀伤力，并不在压缩步枪之下，只是使用起来更复杂，对技巧的要求也更高。

朱菲在使用弓上已经展现出超凡天赋，四百生存点为她换一把弓，哪怕只是低级武器，也有着巨大的价值。

徐乐简单解释了两句，立即获得杨斌的支持。他连忙点头附和道："朱菲小姐，徐乐说得对，那我们前期就得靠你了！"

朱菲身子一颤，她犯了那么大的错，把全组的人都拖入绝境，没想到徐乐和杨斌不但没有心藏不满，反而给予了她绝对的信任，这让她感觉到了巨大的压力。

和普通人不同的是，朱菲性格也是坚韧要强，压力越大，她反倒生出了强烈斗志。

一定要和这些战友，一起活下去！朱菲只觉浑身热血涌动，把心底的沮丧阴郁一扫而空。她没有再多说什么，只是无比坚定地点了点头。

第二天，生存游戏正式开始，从基地远远望去，就能看到八架高级飞艇分别停在八个方位。

这应该是八个守护者乘坐的飞艇，他们会带着追随者和一支小队同行。飞艇内也有着充足的物资和各种武器，他们会在第一时间到达指定地点，拥有充裕的时间去建立据点，不用担心小股亡命者的突袭。

等他们站稳脚跟，就开始发出讯号，招募自己的亡命者队伍，越快集合完毕，就能越快开始下一步的动作。

"好羡慕，要是能被守护者选中，就能直接跟着飞艇走了，不但安全，而且舒服……"

杨斌看着天上的战鲨飞艇，极其羡慕地说道。

守护者作为指挥官，是可以直接挑选三支小组组成亲卫小队。如果没有朱菲的事情，以徐乐他们的成绩来说，很有机会被选入亲卫小队。现在他们积分那么低，当然没他们什么事了。

杨斌虽然不会因为朱菲的事情耿耿于怀，对亲卫小队还是免不了羡慕嫉妒。

徐乐环顾一周，指着西南方向一艘飞艇问道："咱们的指挥官就在这艘飞艇上吧？"

"嗯，看上面的蓝色莲花标记，是第二守护学院的标记。据说我们的指挥官叫颜落，是个大美女。"

杨斌说着还有些抑制不住的兴奋，"就是不知道有没有朱菲好看？"

徐乐瞥了杨斌一眼，他对这个话题没有任何兴趣，他只关心指挥官的性格和能力，是男是女有什么关系！

可惜，距离太远了。哪怕他视力超强，也看不清飞艇上的人。

徐乐观察战艇的同时，战艇上的守护者颜落也在注视监视画面上徐乐的一举一动。

巨大的监视画面，使用的是高清屏幕，甚至能看清徐乐脸上的一根根毫毛。

"这个徐乐还是很有能力的。"追随者韦绝提醒颜落道。

颜落绝美的容颜上冷漠如冰，不见任何情绪波动，淡漠地道："为了一个女人放弃生存点，这样的蠢货只能当炮灰，不用理会。"

翻看过所有亡命者的资料后，颜落觉得徐乐太过愚蠢，生存点又低，她可没兴趣带个蠢货在身边，格斗能力再强，也挡不住一发子弹。

颜落逐个儿小队看了一遍后，就没兴趣再关注了。这些小队都注定是炮灰，唯一的用处就是牵扯和消耗其他队伍的力量。

时间一到，八艘飞艇按照预先的计划，向着不同方向飞去。

指挥官们有高级飞艇可以搭乘，亡命者们就没那么幸运了，他们搭乘的是简陋的滑翔机，从山崖的一边起飞，需要使用降落伞降落，如果运气不好，直接摔死也不是没有可能。

老式的螺旋翼滑翔机，外壳是木质的，发动机运转起来的时候，一阵阵黑烟弥漫着。

多架滑翔机一起出现在天空，黑压压的一片，如同迅速移动的乌云。

徐乐换上军装，带上装备，和朱菲他们领了自己的金属 ID 卡，兑换好武器后，就上了一架滑翔机。

漆成了黑色的滑翔机，在空中盘旋了二十几分钟之后，驾驶员才通知三个人准备跳伞。

"注意控制落点！我们三人不能分开太远！"

徐乐看着脚下的苍茫山林，大声叮嘱道。打开的机舱寒风凛冽，不用力喊根本就听不清楚。

他们的跳伞课程非常有限，三人之中，徐乐和朱菲的身体协调性特别好，能娴熟地掌握跳伞技能。杨斌就有些惨，他身体有些僵硬，只是勉强学会了跳伞技术，跳到哪里全凭运气。

杨斌面色苍白，跳出机舱后在空中翻滚了几圈后，身体似乎失去了控制，这让后面的徐乐和朱菲都很着急。好在杨斌还没昏头，危急时刻打开降落伞，巨大的白色伞花托着杨斌，顺着风向东飘落。

徐乐和朱菲都刻意控制方向，跟在杨斌身后打开降落伞。在两个人的娴熟控制下，三人降落到了一片小树林里，彼此的距离非常近。

徐乐的降落伞挂在一棵大树上，他用伞刀割断伞绳，跳了下来，很快和杨斌、朱菲会合到了一起，叮嘱道："你们没事吧？"

朱菲摸了摸背在身后的长弓，摇了摇头，示意无事。

杨斌抱着腿乱叫，好像扭到了脚。徐乐简单检查了一下，幸好不是很严重，只是肌肉扭伤，骨头没事，并不影响行动。

"我们落下的位置，大概在这儿。"徐乐在地图上做了个标记。

他们身穿蓝色守护者军服，但臂章、肩章上都是红色锁链缠绕利剑的图案，这表示了他们是参与生存游戏的死刑犯。

地图上的蓝色区域，也就是徐乐三人需要赶赴的地点，位于地图的东北角。而他们则处于地图的南方，必须要通过三块敌对区域，运气并不算太好。

徐乐研究了一下路线，皱了皱眉头问道："杨斌，我们有没有可能从中间区域穿行？"

中间区域是八位指挥官的必争之地，这里有史前遗迹的最核心区域，里面放着代表胜利的孤星政府军旗。

按照规则，只要夺得军旗，并在游戏时限结束之前一直持有，就能获得胜利。

但是，夺得旗帜必然会成为众矢之的，遭遇到其他队伍的残酷狙击。何时夺旗，如何夺旗，都需要精心计划。中央区域也是禁地，没人敢随便靠近。

杨斌研究了一番，摇头道："基本上不可能，中央区域环境特殊，而且遍布变异猛兽，凭我们现在的装备，碰到变异兽类基本上就是找死。"

这也是选择夺旗凶险之一，史前遗迹的中央区域被变异猛兽所占据，除了遗迹中央区域奇特的磁场能够对他们有所压制，普通人遇到几乎是必死无疑，亡命者虽都受过训练，全副武装，碰上变异猛兽也未必能占到便宜。

徐乐想要抄近路，可从现在的情况来看，变异猛兽要比那些敌人更可怕。谨慎起见，还是要远离中心区域。

他们正商量的时候，就听到前面小树林中一阵嘈杂，似乎又有人跳伞降落了。

徐乐猫下腰，蹑手蹑脚地向前方走去。

他居高临下一望，小溪流经的灌木丛旁，坐着一组红色军服的敌人。徐乐不认识他们，说明这几人与他们出自不同的训练营。

亡命者能够得到的信息很少，也并不系统。他们只是被安排参与游戏的工具，徐乐也是从各种零散的消息中总结得出大概的轮廓。

生存游戏的组织建制很简单，三人为一组，三组为一小队，三个小队为一大队。八个守护者带领八支大队，包括守护者和追随者在内，参加生存游戏的总人数是二百四十人。亡命者的总人数为二百一十六人。

徐乐三人所在的训练营里，达到标准的亡命者只有三十九人，这意味着大部分亡命者都来自其他训练营。

杨斌凑到徐乐的身边，悄声道："我们要不要……"

他手掌下压，做了一个攻击的手势。

生存游戏之中，只要与自己的军服颜色不同，就全是敌人，只要杀死他们就可以得到生存点数和物资。

按照游戏的规则，鼓励主动攻击和杀戮。就算你不想战斗，别人也会主动攻击你。对亡命者而言，在生存游戏中要么杀人，要么被杀，除此之外，再没有别的选择。

徐乐三人只兑换了一天分量的清水和食物，他们拟定的战术就是主动攻击，如今迎头撞上，杨斌虽然胆子小，也明白必须得果断出手。

"我们再观察一下。"

徐乐却不着急，经过两个月的集训，见识了那么多人心鬼蜮之后，他的心肠硬了许多。尽管在战斗中毫不留情，本质上他却不是一个残忍的人。

何况螳螂捕蝉，黄雀在后，在不确定周围情势和对手实力的前提之下，贸然发动攻击绝对不能说是明智。

事实上徐乐的决策是正确的，他们等待的时间没有超过五分钟，斜刺里就有一支队伍杀出来对在小溪边休息的红色小队发动了攻击。

这两支队伍情况也不太好，都只有初级武器。

红色小队为首的壮汉手持一柄消防斧，挥舞得呼呼作响，气势看着很足。发动攻击的是黑色小队，他们三人都使用厚背砍刀，看起来刀法都很娴熟，配合也非常默契。

持斧壮汉的力量很大，动作却显得有些迟钝，被三人奇袭之下，还没过两招，大腿和腰背就中了好几刀，虽然刀口比较浅，但鲜血还是很快浸透了军装。

"周哥小心！这里的重力好像有问题！"他的同伴大惊，扛着一面防弹盾牌猛冲上来，努力挤开对手，为大汉提供保护。

红色小队一名成员的身体更为瘦弱，他向后退拉开距离，用一副强力弹簧弹弓向黑色小队发动攻击。可不知受了什么影响，弹射的弹丸软弱无力，速度也很慢，更没有准头。虽然打在对方身上，也没能真正伤害到对方。

"这里的重力有些反常，空气密度也更高。"

杨斌进入战场后就觉得身体发沉，只是还没来得及测试，黑红双方有些笨拙的战斗，让他意识到了这片区域的确有问题。

持刀的黑色小队武器轻便，受到的影响也更小。三人配合得又好，很快就占据了上风。红色小组中拿盾牌的人，因为盾牌沉重，舞动没几下就气喘吁吁，没什么力气了。拿消防斧的大汉没人掩护，又连中数刀。使用弹弓的则没有任何威胁，他似乎有些怕了，不断向外退去。

红色小队的情况岌岌可危，眼看着用不了一会儿就要被灭。

"太奇怪了！"杨斌不解，他的研究欲发作，皱眉心算，"同样是孤星的环境，重力怎么会产生变化？难道这就是史前遗迹的神秘力量？"

史前遗迹可以说是孤星各种黑科技的来源，大家都知道探索遗迹有可能获得极大的好处，但即使如此，乾商征服派出的探险队仍然为数极少。

一方面是因为遗迹的数量不足，对它的研究和探索还处于初步阶段，政府害怕大规模的开发会造成不可逆的损害。

另一方面，也是因为遗迹之中危机四伏，即使是最精英的探险队生存率都很低，政府也没有那么多的人力资源可以挥霍。

作为生存游戏战场的史前遗迹，是孤星上规模最大，开发度也最高的一处遗迹。

传言孤星政府在这里获得了大量的技术资料和讯息，只是因为保密原则，一般民众无从知晓而已。

遗迹之中重力和环境会发生变化，这就是其中的一条绝密讯息，就连检索过中央索引图书库的杨斌都一无所知。

"这是什么原因造成的？"

徐乐确实发现进入战场之后，身体变得更加沉重，呼吸也有些不顺畅。他原以为可能是因为自己过于兴奋和激动才导致这些现象，没想到是因为重力环境的改变。

杨斌皱眉苦苦思索，迟疑着道："海拔变化和地理因素可能会引起空气成分变化，但是重力改变就有些奇怪了，难道地下有强大的磁场？"

他举目远眺，附近的环境与外界略有差别，生长的植物更接近于热带，叶子宽大，枝干多刺，至少平时他很少见到。

这个时候，山下两个小队的战斗已经分出了胜负。

黑色小队两个人挥舞砍刀，一前一后狠狠砍在持斧男子的身上。男子也异常剽悍，重伤后反而爆发了，手里的消防斧猛然抢飞出去，正砸在第三个人得脑袋上。沉重的消防斧下，那人的脑袋当即变形瘪塌，甚至没来得及惨叫，就当场毙命。

黑色小队两人大怒，挥刀狂砍十多刀。持斧男子砍的浑身鲜血迸溅，再也撑不住，仰天倒毙。

最勇猛的首脑一死，另外两名队友完全失去了斗志。拿弹弓的首先被追上，被刀子捅穿心脏而死。拿盾牌的男人也吓坏了，扔下盾牌想跑，却被黑色小队两个人围上，左右夹击，很快就把他乱刀砍死。

黑色小队剩下的两个刀手，也都消耗了极大的体力，站在那呼哧呼哧喘了一阵粗气，才算勉强喘匀了呼吸。两人也没管死去的同伴，恢复点力气后就急忙抢下对方脖子上挂着的金属 ID 卡，然后又搜查对方的物资。他们把背包里的东西一一倒出来查看，但好像没什么特别的收获。

"真是穷鬼，什么都没捞到！"一名刀手抱怨道，"倒是折了小田，真倒霉！"

另一名刀手这才抽空看了眼死去的同伴，轻轻地叹息了一声。

他们原本就是一起犯罪的团伙，在进入训练营之后也没有分开，所以配合得特别默契，原以为在生存游戏中能够有一番作为，没想到一上来就死了一个同伴。

山上杨斌向徐乐解释道："听说有训练营对团伙犯罪最为青睐，不会轻易把他们拆开，看来这几个就是。"

朱菲皱了皱眉，面现厌恶之色，缓缓从背上摘下机械滑轮弓，抽出一支箭矢，从枝叶的间隙中瞄准，眯起一只眼睛，对着为首的刀客就是一箭。

两人原本在战斗中消耗就很大，更因为死了兄弟，心神大乱，根本没想到附近还藏有敌人，也没有任何的防备。

精准的一箭，正中为首的刀客心口。他愕然惊叫了一声，却无力再做其他反应，眼前发黑一头栽倒在地。

另一个刀客警觉不对劲，急忙就地一滚，躲到了一块巨石后面。

"我去解决他！"

徐乐从山坡上急奔而下，赤手空拳朝着那最后一人飞奔。黑色小队的刀客只剩下一人，心中惊慌，原本想要立即逃走，没想到跑过来的敌人居然空着双手，他不免又起了心思。

因为害怕对方小队的神箭手，他小心躲藏身体，打算暴起攻击干掉徐乐，再想办法脱身，否则对方有人缠住自己，想跑都难。

这刀客的身形瘦削，动作相当灵活，原本就擅长格斗，最喜欢心狠手辣下黑手，刀法又快又狠，在罪犯中也小有名气。

徐乐外表年轻，身体也没有多健壮，他觉得应该是个容易对付的目标。

山坡上的朱菲放下长弓，神色淡然地看着徐乐的背影，看起来似乎不打算再出手了。杨斌大急，"那个人挺厉害的，要是徐乐抵挡不住，你还得射箭接应。"

朱菲轻轻摇头道："训练了这么久，你还不知道徐乐的本事？他能轻易地拿下对手。我射箭准头还不够，刚才一箭本来是想封喉的，却落在对方胸口。两人一动手，我更没把握射中对方，现在还是老实看着比较稳妥。"

杨斌愕然，他本来还对朱菲的神准箭法极其佩服，没想到她那一箭居然是碰运气。

两人说话间徐乐已经奔到那刀客不远处，刀客当机立断，毫不犹豫地贴地扑出，一刀刺向徐乐的腰眼。

徐乐侧身一让，伸出右手叼住了对方的手腕，只是轻轻一抖，那人就觉得好像被铁钳夹住，不但右手酥麻无力，半边身体都被抖得发软，砍刀也脱手掉落。

对方中门大开之际，徐乐右拳趁势一拳击在对方咽喉上。刚猛有力的拳头，立即击碎了男子的喉骨。猛烈的打击，让男子双眼翻白，完全失去了意识。

徐乐右手再一探，一把抄起对方掉落的砍刀，反手一刀刺入对方心口。喉骨被打碎后，呼吸断绝，对方会被活活憋死。徐乐彻底杀死对方，并不是残忍，而是免得他多受痛苦。

两人的交手兔起鹘落，干净利落，一个照面就决出了胜负。近身搏杀就是这样残酷，对方的格斗水平和徐乐差距太大，对上徐乐完全没有还手之力。

徐乐看着倒下的尸体，眼中露出一抹同情，但等到朱菲和杨斌过来后，他立即恢复了坚毅沉静的样子。在生存游戏中，怜悯和同情太过奢侈了。他也不想让两个队友感受到他的软弱。

朱菲与杨斌都很警惕地四处打量，没人注意到徐乐的异常。确认周围没什么异动，杨斌开始在两队死人的身上搜寻物品。

红色小队的物品大多已经被黑色小队翻出来了，主要有一柄消防斧、一面盾牌和一个强力弹簧弹弓。

这三样东西徐乐在兑换列表上看到过，比他兑换给朱菲的机械滑轮弓稍微便宜一点，大约在三百生存点左右，对方换了三件武器，还有部分食水。

徐乐毫不客气地将消防斧与盾牌都留给自己使用，这样他在冲锋陷阵的时候能减少一些后顾之忧。

弹弓交给了杨斌，聊胜于无，让这位双科博士也能有一些攻击手段。

黑色小队的物资同样不多，他们的厚背砍刀是精钢锻制，背厚刃薄，锋利又凶狠。徐乐他们每人分了一把，除此之外，食水也只有三天的分量，并不算太多。

六个金属 ID 卡，都带着一些血迹，没有小型差分机，就是杨斌也看不出金属 ID 卡里面到底存放了多少生存点。依照常理估计，这两组人应该把自有的生存点都用掉了，好在熔化金属 ID 卡，都能获得一千基本生存点。

"不过我们也足够了。"

徐乐计算了一下路程，战场的环境虽然有些不同，但外围区域的差距到底没那么大，实际上抵达会合点的直线距离还不到二十公里。

考虑到路上可能遇到的危险与遭遇战，两三天之内抵达应该是比较富余的计划，食水应该是够的。

抵达会合点之后，干掉两支小队攒下的生存点数，上缴后应该还能换取一批物资。

生存游戏的开局算是完美，得到的食物和清水解决了徐乐他们的燃眉之急，也让他们能从容地进行下一步计划。

"红色小队是黑色小队杀的，黑色小队也有一人被红色小队那个胖子杀掉，这部分的生存点也是归我们的吗？"朱菲向杨斌询问。

杨斌连连点头，涉及数据和算法的东西，他几乎全部精通。他给朱菲解释道："生存游戏的规则，是杀死每个亡命者获得一千生存点，杀死每个追随者获得五千生存点，杀死守护者的话，就可以得到他所有属下的生存点数之和。"

守护者一旦被杀，整支队伍就被判负，包含两名追随者在内的所有队伍成员，全都会被立即执行死刑。

这也意味着队伍中的所有成员，都必须以守护者的生命为重，甚至要比自己的生命看得更重要。

而如果杀死一名拥有尚未兑换生存点数的亡命者，他未曾消耗的生存点数，也会同样转移给杀人者。

就比如实际上刚才朱菲和徐乐只杀死了两人，但他们小组却获得了六千生存点。

"这么说起来，生存点还是比较容易攒的。"朱菲突然乐观起来，"我们刚进游戏，就已经得了六千点，只要再重复两三次，就可以兑换最强的蒸汽动力战甲，我们……也许能坚持到最后！"

她的眼中燃烧起希望的光芒，如果能够获胜，就算得不到守护者的资格，活下来的亡命者也会得到真正的特赦，还能得到一大笔现金奖励，并且被军方吸纳，至少提升为二级公民。

这样的话，朱菲就有钱给她妈治病了。这是她的动力所在。

徐乐也不忍心打击她，杨斌却是个严谨的人，他忍不住纠正道："话虽然是这么说，但我们这次能够渔翁得利也是运气。如果正面硬攻，光凭着你的箭矢，我们没有可能获得那么大的成果，甚至有可能出现损伤。"

刚好两支队伍狭路相逢，他们只是捡了便宜，如果黑色小队来得晚一点，徐乐三人先动手的话，那最终的结果无法预测。

现在亡命者手上都没有什么决定性的强力武器，各个小组的实力相对接近，想要彻底歼灭一支小队，自身不付出代价不太可能。

除非现在徐乐用他们的六千生存点来进行兑换，加强自身的实力，或许能够碾压其他小队。

但是补给点的位置还远，一路过去危险重重，更为明智的选择，还是尽快返回集结点与指挥官会合。

补给点的位置相对偏僻，这可能是刻意的安排，以避免在生存游戏初期就造成巨大的装备差距。

三人经过简单的讨论，终于决定了初期的战术。

虽然六千生存点在抵达营地之后就有可能被收缴，但是为了安全，为了整个团队的胜利，优先会合绝对不能说是错误。

徐乐说服了朱菲，她也明白，凭着现在小组三人的实力，想要在战场上刷分根本不可能，一次运气不好造成损失，团队就有可能被消灭。

在这场游戏中，初期的优势根本不算什么，谁能够活到最后，谁才是最后的胜利者。

翻过这片山坡，徐乐他们就看到了几具尸体。灰绿的草丛被鲜血染红，有被拦腰砍成两截的，有被刺穿咽喉的，有整个颅骨碎裂的，有肠子流了一地的。

尸体大多满面的狰狞和痛苦，让这战场充满了戾气。浓烈刺鼻的血腥气，甚至盖住了空中的尘土腥气。

没有人会管这些亡命者，在生存游戏结束之后，大约也只会来几个工兵打扫战场，将他们就地掩埋。

杨斌和朱菲都看地头皮发麻。相比刚才六个人的死亡，这些人死得更惨烈，就像是血肉化作的地狱，赤裸裸展现出死亡的恐怖。

算起距离，这批人和他们还不到一公里，只是隔了一座山坡。如果双方再接近一些，徐乐他们也未必能逃过这场战斗。

徐乐却注意到一个问题，他皱着眉头问杨斌："按照规则，每一个守护者会带九个小组共计二十七人，但从这一开始的伤亡率来看，能够顺利抵达集结点的，最多也不过只有一半，这后期的战斗怎么进行？"

人死得有点太多了。

不只是徐乐发现了这个问题，杨斌也同样察觉到了不对劲。他迟疑道："按照这个死法，我看所有的亡命者都快死光了，不对啊！"

　　这里至少有七八具尸体，加上那面死的六个亡命者。生存游戏才刚开始，死伤就如此惨重。

　　按照概率来说，其他区域的情况也应该比较接近。这个数字乘以八倍，那整个战场区域死去的亡命者肯定超过一百。

　　按这个消耗的速度来说，没等完成集结，死伤就会超过一半。

　　"我也觉得有些问题。"朱菲一路上都观察着尸体的军服，虽然有用的装备和物资都已经被人取走，但是从死人身上仍然可以得到很多讯息。

　　"我觉得投放在战场的亡命者数量，可能远远超出我们的估计。"朱菲面色有些沉重，如果这个预测是真的，那意味着亡命者的死亡率还要更高。

　　杨斌恍然大悟，一拍脑袋道："你这么一说我就想起来，我们大学里有个专门研究生存游戏的学生组织，他们就很好奇亡命者的数量。"

　　他面色变得很难看，又皱眉道："有不少人认为，其实生存游戏中投入了大量的亡命者，是要用他们的生命和鲜血来祭祀史前遗迹。按照他们的估算，前期消耗的亡命者数量，是抵达集合点的亡命者数量三倍之多。"

　　也就是说，尽管设定了每个守护者带领九支小队，也就是两百一十六人，但实际投放的亡命者数量，可能会有八百到一千人。

　　这些人都在前期的集合战中无声无息地消耗掉了。根本找不到他们任何的记载，甚至在关于生存游戏的所有节目中都很难寻找到蛛丝马迹。

　　大学里的学生有钱有闲，才会去统计亡命者的具体行动，最后却发现数据和画面不符的迹象，但也无法得到证实。

　　现在从他们的实际体会来看，这个猜想却有可能是真的。

　　三人的面色都沉了下来，这是未曾预料到的困境。更多数量的亡命者，意味着更激烈的战斗，更残酷的竞争。最关键的是主办方居然不把这个消息透露给亡命者，让人感到了他们深深的恶意。

　　"不管怎么说，我们得尽快穿过平原，回到蓝色区域去集合。"徐乐翻开地图，用红笔做上标记，"那里至少有据点，可以放心休息。"

　　等到了集结点，见到指挥官以后，应该就能得到进一步的讯息。

　　朱菲与杨斌也都赞成这个意见，他们小心翼翼地穿越丛林，避免与他人冲突，希望能够以最快的速度回到集结点。

　　但是天不遂人愿，在他们穿过黄色区域的时候，遇到了麻烦。

　　"黄色小队的巡逻兵。"杨斌负责侦查，远远看到了好几队黄色军服的亡命者在丛林里面游荡，拦截其他小队的行进。

黄色区域位于地图的东方，正在蓝色区域的正下方，只要穿过此处，就能够回到集结点。这里丛林稀疏，视野开阔，根本不可能偷偷穿过这片区域。

"他们这是已经完成集结了？"朱菲蹙眉询问，"总共有四支小队十二人，人数太多了。又有好几把压缩步枪，我们冲不过去的。"

徐乐点点头，朱菲说得对，对方人这么多，冲过去只是送死。他格斗术再强，也扛不住压缩步枪，更可怕的是对方可能完成了集结，还有其他队伍躲在暗处。就算到了晚上，也未必能安全穿过这片区域。

"我们必须绕路。"徐乐没怎么犹豫。

"哪有路可以绕？"杨斌愁眉苦脸，"从地图上看，只有我们走的路才是安全路线，一旦进入附近的山岭中，都有变异猛兽盘踞，说不定比这四支小队更可怕。"

只要继续往北方前进两公里，就能抵达蓝色区域，偏偏在这种关键时刻被堵截，实在是让人郁闷。

杨斌拿着地图，在写写画画，愁眉不展。他智力很高，却不太擅长谋划，前面都是徐乐做决定，他只要执行徐乐的想法，尽量完善就行了。现在让他来规划路线，他压力特别大，只能靠着超强的计算能力，试图找出一条最合理最省力的路线。

可是，未知的变量太多了，不能简单考虑距离远近，杨斌苦着脸画了半天，也没找到安全路线。

朱菲不太喜欢杨斌那副不敢做主的样子，她想了想指着地图黄色区域东方的一个小黑点，说道："我们无法穿过他们的封锁去集合，那就只能先去补给点补给，你觉得怎么样？"

朱菲知道杨斌是没主意的人，最后一句问的是徐乐。徐乐年纪最小，学历最低，话也最少，但他无疑是这支小组的核心。朱菲虽然性格倔强，可不知怎么的，她就是愿意听徐乐的话，愿意跟着他走。

徐乐看着地图沉思不语，朱菲的建议很合理，但也很危险。

生存游戏中的补给点至关重要，只有通过补给点，才能使用生存点数换取各种物资和武器，才能在长时间的战斗中挺下来。

从某些方面来说，补给点就是后勤基地。

为了保证公平，每一个区域都有相应的补给点，当然即使是属于自己的区域，也并不代表着安全。

前往补给点的道路一般都需要指挥官派遣亡命者进行探索打通，然后将其完全控制起来。至少，他要确保自己队伍补给的同时，还要避免其他队伍使用补给点补给。

现在集结还没有完毕，黄色指挥官应该没有时间来打通补给线路。对徐乐他们来说，这是个很好的机会，如果能到达补给点，用生存点数来换取更强的武器和物资，将会大幅提升队伍的战斗力。

当然，这一切都只是推测，要是对方占据了补给点，几个人跑过去就是送死。

徐乐考虑了一会儿，果断地同意了朱菲的提议。杨斌觉得这还是太冒险，犹豫着想劝说徐乐，但徐乐坚决的眼神，让他很明智地放弃了劝说。

徐乐三人小心翼翼地折回，避开北面的封锁线，前往东方的补给点。

"大家都警觉一点……"

这片区域异常荒凉，到处都是一人高的剑叶草，视野严重受限。这种情况下，很可能会和其他亡命者的队伍迎头碰上，也有可能遇到变异猛兽。

"放心吧，现在还不到夜间，大多数变异猛兽的活动范围有限，攻击欲望也没那么强烈。"杨斌对于猛兽的生活习性也有一定的了解，他分析道，"按照我们的速度，天黑之前无法到达目的地，天黑后才是真的危险……"

他们空投的时间是上午，经历了一场短暂战斗，又赶了许久的路，现在已经差不多到了下午四点多。这个季节孤星的日落大约在六点，太阳一落，乌云笼罩的天空就会完全暗淡下来。

"天黑后我们先找地方休息，不要赶夜路了。"杨斌提议道，"晚上太危险了，还有可能一头扎进敌人的埋伏圈里。"

"你没有告诉我你还懂得动物学。"徐乐有些意外地说道。杨斌还真不愧是双料博士，不但博学，思虑也很缜密，作为一个参谋人员，他还是很称职的。

得到徐乐的认可，杨斌有些得意，他故作谦虚地道："也不能算是精通，只是看过一些这方面的资料。变异猛兽生活习性虽然和普通的野兽有所区别，但是大体的东西还是共通的。"

毕竟是野蛮的动物，智力低下，几乎是完全按照本能行动，夜间动物是觅食狩猎与饮水的时机，变异猛兽也同样不会例外。

不同的是，变异猛兽是辐射后发生突变的强悍生物，它们的领地意识特别强，在自己的区域内不允许其他任何变异猛兽的存在。

人类对变异猛兽来说，也算得上大型生物。变异猛兽一旦发现他们，绝对会立即发起攻击。

史前遗迹外围的变异猛兽也不少，夜间遇到变异猛兽的概率更是提高了十倍。夜间的视野受到限制，他们的战斗力也会被严重削弱，真要遇到变异猛兽，几乎没有还手之力。

天色很快就暗下来，丛林中更是一片晦暗，杨斌戴着眼镜，也只能勉强看清前面徐乐的背影，要不是徐乐给了他套了根绳子，像牵狗一样牵着他，他早就掉队了。

光线过于暗淡，杨斌都看不清脚下的路，一脚高一脚低地走着，一会儿工夫已经摔了好几次了。走了许久，也不见徐乐有停下来的意思，杨斌忍不住问道："天黑了，我们还是找个安全的地方扎营吧？"

徐乐转过头对杨斌安慰地笑了笑道："跟着我没事的。"

他话音未落，前方突然传来一阵凶猛的咆哮声。杨斌腿不由一软，急忙停下来。

"放心，有我。"

徐乐扬了扬手中的消防斧，他没有见过变异猛兽，也不知道猛兽有多厉害，但他有着强大的自信，凭着手中武器足以和变异猛兽一战。他毕竟有着超强五感，黑暗环境对他的影响很小，这是他独有的优势，只是不方便和杨斌多说。

幽暗的树林中，杨斌只能勉强看到徐乐的两排白牙，他甚至看不清对方的表情，可徐乐语气很坚决，表明他绝没有休息的意思。

杨斌自知他是个拖累，也不好再多说什么，只能勉强一笑，咬牙跟在徐乐的身后，至少在前期，他这个后勤人员的作用不大，必须要紧跟徐乐，才有存活的机会。

一颗信号弹突然划破夜色，释放出璀璨明亮的光芒。哪怕身处在丛林中，徐乐等人也都能看到信号弹的光芒。

远方咆哮的变异猛兽，似乎也被信号弹吓住了，咆哮声戛然而止。

徐乐看向信号弹的方向，神色凝重，他没猜错的话，对方应该是黄色区域的指挥官，正在通过信号弹聚集人手。

"我们要加快了……"徐乐拽着发呆的杨斌，大步向前方走去，跟在后面的朱菲，一言不发地默默跟上。

对方大模大样地发信号弹，也证明了他们有着强大的实力，不趁着夜色冲到补给点，明天可能就再没机会了。

信号弹的光芒慢慢消散，天地又重归黑暗。白童仰望着夜空最后一抹余光，明艳如花的玉颜上露出几分感叹，"光芒的刹那绽放，也能辉耀整座星空。"

白童一身纯黄色军装剪裁合体，不染一尘的黑亮齐膝皮靴，干净利落的装扮把她妖娆性感的曲线完全凸显了出来。军装的郑重严肃和性感妖娆的曲线搭配在一起，混合出一种勾魂夺魄的奇异美感，她左臂戴着一副黑色机械臂，金属的刚硬棱角，更让她多了几分强悍张扬。

这个女人站在那里，似乎浑身上下都在闪闪发光，哪怕深沉的夜色也无法遮挡她的光芒。

白童明眸一转，矜持而傲然地对身旁的追随者说道："这信号弹做得很漂亮，比过年的烟火还好看，我们信号弹还有好多吧，再拿出来放几颗。"

面目严肃的追随者微微摇头，劝道："信号弹只有十颗，我们还要留几颗备用。"追随者本来就一脸严肃，神情凝重的样子，更像是五六十岁的老人。

刚才那颗信号弹就是白童想看烟花，拿出来放着玩的。这样无谓的消耗，完全没有任何意义，白童居然还想放，追随者当然要反对。

白童有些不悦地撇了下嘴，也没再坚持，她并不是无脑，只是不屑在意这些小事。稍停，她懒洋洋地问道："人还没到齐吗？"

"是！"追随者汇报道，"目前只有四支小组报到。"

顿了下他又说道："按照历年的战损比例来估测，剩下的小组大概只有一半的人能到达集合点，足以凑齐一支大队。"

白童无所谓地摆了摆机械臂，"能通过考验的人才有价值，凑不齐也没什么，战斗打的是精锐，炮灰再多也没什么用。"

她出生于荣誉公民家庭，从小就受到最优质的教育，十四岁就加入第三守护者学院，经过八年的学习，已经成为最优秀的毕业生。

她的目标当然是继承家族的事业，成为精英守护者。她也相信，生存游戏只是她展现自己的舞台，其他几名守护者，也不过是跳梁小丑，不值一提。

"集合好的队伍，让他们去挖坑道战壕，封锁住各个要道口。"白童随口吩咐道。

在她的眼中，亡命者不过是蝼蚁，他们并没有经过专业的训练，智力和武力都很低下，天生就是低劣的人种。这些人唯一的用处就是充当消耗品。

就像在这片高坡上，没有合用的蒸汽机械，就只能依靠人力挖掘坑道，至于亡命者是否有体力完成这些工作，不在她的考虑范围。

追随者男子掏出机械怀表，一板一眼道："已经过了六个半小时，集结时间还有十七个半小时，前期集结到我们麾下的亡命者，只是因为落点太近，并没有展现出强大能力，暂时将他们作为劳力使用，符合最优化的战术逻辑。"

他顿了一顿，又委婉地提醒道："不过，守护者大人，这一次的集结厮杀很惨烈，如果这些亡命者体力消耗太大，会让我们丧失许多战斗力。人数上的劣势，会在后期的攻防中很吃亏。"

男子名叫贺子兵，他们贺家从来是追随白家的政治附庸，他是出色的战术家和格斗家，也是家族的重要人物，但生存游戏太重要了，每一年都要全力争胜。贺子兵作为贺家最出色的后辈，早在两年前就已经确定了追随者的位置，来辅助白家最重要的守护者白童。

贺子兵在军队待了十几年，做事严谨认真，有着强烈的军人作风，他觉得白童有些太大意了，这样消耗亡命者的体力，必要性不是很大。

白童对贺子兵的建议不置可否，她优雅地伸手挡住小嘴打了个哈欠，不耐烦道："这些人闲着反而会生事，让他们有点活干就没空胡思乱想了。今天拦截了几队，生存点数收缴了吗？"

贺子兵点头，"已经拦截了三队，生存点数都已经收缴完毕。"

指挥官对于亡命者有绝对处置权，收缴生存点非常正常，汇聚所有资源，这在战斗中很常见。比较宽厚的指挥官，大概会给亡命者们留下一些生存点。白童可不会在意亡命者的需求，她毫不客气地将所有的生存点数全部收归己有。

"太少了！"白童对今日的成果不太满意，"这些亡命者虽然价值不高，自身所拥有的生存点却很有价值，我们要争取多杀一些。"

她沉思了一阵，又吩咐道："等凑够生存点数，我们就立刻打通补给点的线路，兑换武器之后，准备主动出击。"

贺子兵大喜，他的性格也并不保守，遇到做事积极的指挥官，当然欣喜。

不过白童接下来的话让他无语，"现在自行索敌警戒吧，我要去洗个澡。"

贺子兵一怔，一开始以为是自己听错了，不敢置信地又问了一遍："大人，您要准备洗澡？"

"怎么了？"白童觉得他问得莫名其妙，"难道不是应该每天洗澡吗？这是一个良好的生活习惯。"

贺子兵被噎得几乎说不出话来，不过他性子沉稳，还是耐心解释道："大人，如果是平时，您当然每天需要洗澡。但是在生存游戏里面，清水的价值很高，我看过了，一日一人分的清水要用十个生存点来兑换……"

就算是在据点中，物资也不宽裕，尤其是白童兑换了一系列乱七八糟的武器，对后勤物资本来就不是很重视。

贺子兵皱眉道："据点中的清水不够，如果大人……大人真要用来洗澡，那下面那些亡命者就没水喝了……"

白童扬了扬眉毛，不理解道："他们没有水喝，和我有什么关系？我不洗澡是不行的。"

她顿了一顿，又说道："如果他们实在要喝水，可以去野外找水源，或者收集雨水，这都是他们的问题，自己想办法解决吧！"

白童甩下一句话，傲然扬长而去，只留下一个目瞪口呆的贺子兵独自叹气。

第七章　生存游戏

这一夜的风，分外的张扬，如同疯狂的摇滚歌手，鬼哭狼嚎地叫个不停。强风也吹开了天上厚厚的尘灰乌云，透过云层巨大的缝隙，透出一缕缕如的水月光。

意外的晴朗夜空，也让徐乐三人精神大振，杨斌更是激动得不停在说，这是上天对他们的垂青！

月色下的山岭，明暗的光影相映，反倒显得越发幽深危险，奇形怪状的石头，被雷劈倒的老树，不知名字的各种灌木藤蔓，在光影中扭曲变形。

看不到也就算了，偏偏月光下能看得模模糊糊，那些奇异的形状会引发人的联想。杨斌胆子最小，偏偏联想能力又最强，他看什么都像变异猛兽，看哪里都觉得不安全。

一路上疑神疑鬼，他紧紧跟着徐乐，一步都不敢落后，再没精神说什么"上天垂青"之类的话了。

走了许久也没遇到任何情况，倒让徐乐觉得有些意外，他说道："居然什么事都没有，真是古怪！"

"这里的环境本来就诡异，不要想那么多了。"朱菲摇头，一路观测着前方，"只能说我们的运气还不错，居然这么顺利地走到这里，一只变异猛兽都没有遇到。"

几个人都没有计时的机械表，只能凭着经验判断，现在应该是晚上九点左右，按照杨斌的说法，正是变异猛兽的活动高峰期。

徐乐不太相信运气的说法，他总觉得有什么问题，正想说话，就看到幽暗深处有一对绿油油的眼眸，正死死盯着他。

那双眼睛碧绿地如同宝石，晶莹中透着无情的冷酷。徐乐也是吓了一跳，浑身汗毛刷地竖了起来，他急忙握紧手中的消防斧，拉开架势准备动手。

跟在徐乐身后的杨斌也很机敏，立即就意识到情况不对，忙后退几步，手忙脚乱地去拿插在腰间的机械弹弓。黑暗中也不知道弹弓挂在了什么地方，怎么扯也拿不下来，急得杨斌满头大汗。

"让开。"朱菲冷冷说了一句，一个加速越过杨斌，肩膀一缩就把背着的机械滑轮弓拿下来，右手同时在箭囊中抽出利箭，开弓拉弦。

朱菲开弓上箭的动作如行云流水一般，流畅而舒展，让旁边的杨斌看得眼睛都直了。和朱菲相比，他还真是个无能的废物，至少在战斗层面上是这样的。

"别先动手，是一只黑豹。"徐乐一脸慎重地提醒朱菲不要妄动。他看得很清楚，对面是一只黑色豹子，身长不到两米，精瘦的身体肌肉贲张，黑色皮毛柔滑如缎面一般。它趴伏在粗大树干上一动不动，却给人一种敏捷轻盈的灵动感。

黑豹体形不算大，体重不会超过三百斤，算不上大型猛兽。但看它的样子，肯定速度极快，在地下复杂的树林中打起来，他们未必能占到便宜。

黑豹与他们对视了良久，徐乐始终站在前面，身形稳立如松，目光勇猛坚毅。大概是为徐乐的气势所慑，或者觉得徐乐这伙人太多了，僵持了一会儿，黑豹最后还是选择默默退去。

等黑豹离开后，徐乐也松了一口气，刚才虽然没动手，对峙却很消耗精气神。他掏出水壶灌了几大口水，随手摸摸嘴巴干笑道："有惊无险，应该算是好事。"

杨斌点点头，正想走上前说话，刚一提腿就发现腿都麻了，刚才对峙太过紧张，他一动不敢动，站姿别扭，血液没能很好地流通，就变成这个样子，幸好旁边朱菲扶了一把，他才没有摔倒。

看到杨斌的狼狈样子，徐乐心情也轻松了一些，"我们休息一会儿再走。"

他随意地靠在一棵大树上，说道："这里是黑豹的地盘，应该没其他的变异猛兽活动，我们走了这么久，应该也快到补给点了。"

"快到了。"

杨斌腿还很麻，说话时龇牙咧嘴一副痛苦的样子，但说得很肯定。他心算很厉害，方向感也不错，在树林中穿行了这么久，大概也能算出走了多远的距离，又有指南针指路，不可能偏得太远。

喝水、吃压缩饼干，有东西下肚子，徐乐三人都感觉恢复了许多精力。

再次出发，才翻过一座山头，三人远远就看到一座灯光闪耀的高塔，算起直线距离，也不过几百米而已，可就是这几百米，绝不能大意。

补给点属于中立场所，在高塔堡垒中有一个工作人员值班，他们会查看来访者的生存点数，并提供兑换列表。

武器与物资的价格与准备基地一样，由于有持续不断的空投，一般情况下，补给点并无资源匮乏之虞，但有些罕见的东西，可能会在短时间内断货。

"你们刚才看到黄色区域上空的飞艇了吗？"杨斌忽然想起什么，回头望了一眼，现在天空一片黑暗，只能朦朦胧胧地看到飞艇的影子，但至少可以确定离这儿并不遥远。

"黄色指挥官的据点离补给点很近，他们大概很快就会清理出路径，我们得快去快回，兑换了武器之后也得赶紧走。"

守护者就有特殊待遇，时时刻刻都有飞艇照顾。一旦他们山穷水尽，或者遭遇死亡的威胁，就可以召唤飞艇，把他们带离战斗现场。

当然，这种行为属于投降，也就意味着守护者退出了生存游戏。他手下的追随者与亡命者都会被处以死刑，对于参加生存游戏的守护者来说，投降认输也是奇耻大辱。

如果不是真的走投无路，一般人不会做出这样的选择。

在正常游戏过程中，飞艇是不能干预战斗的，也不能为守护者提供任何便利。

杨斌从黄色飞艇的位置判断，他们的据点距离补给点很近。获取后勤补给比较方便，这在后期会是一个不小的优势。

作为黄色的邻居蓝色方，他们有必要将这个讯息报告蓝色指挥官，以提前做好准备。

"先抵达补给点再说吧！"朱菲警觉地望着黑暗的四周，举着弓箭，缓缓走在前面。

徐乐超过了她，扬了扬左手的盾牌与右手的消防斧，并没有说话，但明确地表示这种事还是应该男人挡在前面。

朱菲眼神温柔地一转，默然地接受了徐乐的好意。她向后退了几步，把杨斌让到三人中间，自己则选择断后。这个队伍中杨斌最弱最废，但在某些时刻，却能发挥出至关重要的作用。

不说别的，机械滑轮弓经过他的调整，精准度大幅提升，运用起来也更顺手，这些小小的改动，看着容易，却只有杨斌能做到。

徐乐和朱菲一前一后，把杨斌放在最安全的中间，这已经成了他们的标准队形。

作为前锋和小组首脑，徐乐的脚步很沉稳，呼吸均匀，眼眸在黑暗中闪着微光，能够在黑暗中视物的能力，实在是太方便了，隐藏在黑暗中的一切，对他来说都一目了然。

这一段碎石铺成的小路，顶多只有四百米的距离，但是徐乐走得很慢，足足走了有十分钟，才抵达补给点的铁丝网栅栏外。

眼看门上的电铃触手可及，杨斌这才松了口气，笑道："可算是到了，我还怕有什么东西……"

话音未落，徐乐陡然转身，冲到他面前就是一推，杨斌身不由己地向后腾空飞出数米，在地上摔了个结实。杨斌还来不及叫痛就看到一条强壮的黑影从黑暗中扑过来，正好撞在徐乐准备好的盾牌上。

黑影的速度很快，扑击得很凶猛，撞地徐乐也是闷哼一声，向后踉跄连退数步。黑影也不好受，盾牌表面还带着一层寸许长钢刺，它不过是血肉之躯，被盾牌一撞一挂，身上顿时撕开了大片血痕。

黑影怪叫了一声，在地上打了个滚儿，翻身跃起，一双血红的眼睛狠狠瞪着徐乐。

旁边的朱菲突然开弓射箭，黑影却异常敏捷地向旁边一蹿，正好避开了怒射的箭矢。

"幻影苍狼！"

杨斌浑身冷汗，没想到居然在这地方遭遇了这样的煞星，类似这种可怕的变异猛兽，他只在书上见过。对方凶狠的样子，比书里描写的可怕百倍。

苍狼大约有一米来高，齿缝中流出腥臭的涎水，尖利的牙齿闪着森森白光。

苍狼的咬合力足有两吨，任何坚硬的骨头都经不起它的牙咬，即使是强硬的铁甲，也未必能挡住它。

当然苍狼最可怕的地方，还不是它的牙齿，而是它随着辐射变异全面提升的力量、速度。更为诡异的是，它还获得了变色龙一般的特殊力量，皮毛能随着环境光线自动变化。

在对这种生物的了解还不够的时候，有人甚至觉得它就是某种奇异的魔物。

后来发现，苍狼只是皮毛能够折射部分光线，在黑暗中几乎能完全隐匿身形，行踪神秘难测，犹如幻影一般。

不得不承认，幻影苍狼在黑暗中隐匿的本事极其可怕，让它成为了黑暗中的真正杀手。

如果不是徐乐有看破黑暗的视力，杨斌的脖子就会被苍狼扯断。

"吼……"

苍狼发出凶戾的嘶吼声，这种野兽并不喜欢正面作战，作为犬科动物，它的牙齿虽然尖利，体重也不轻，但是爪子的锋利程度以及敏捷性并不如猫科动物。

对面这几个人居然还没有狼狈逃跑，这让智力低下的苍狼更为愤怒。它想威吓对方，只要对方转首逃走，它就能随便攻击。

"幻影苍狼正面作战能力不算太强。"徐乐表现得很镇定，他缓慢移动着，不动声色地将杨斌和朱菲都挡在身后，左手持盾护住要害，右手扔掉消防斧，拔出后腰别着的厚背砍刀。

斧子太重了，单手使用很麻烦，面对体形不大的幻影苍狼，用刀才是最好的选择。

"我们不能逃跑，这时候只能拼气势。"

徐乐当然不想和幻影苍狼生死搏杀，这种残酷战斗却没有必要，生存游戏才开始，一旦与苍狼战斗中受伤，那么即使他们小组能够侥幸抵达集合点，也只会被当作炮灰消耗。

"这头幻影苍狼是母狼，而且它明显饿了。"杨斌好不容易狼狈地站起身，推了推眼镜，这时候还能冷静分析，他也算心理强大，"指望他退走不可能了，只有正面打了，或者我们能想办法退进补给点？"

他侧身挪到栅栏大门前，伸手按了几次电铃，但补给点内却没有任何反应。

"没有用的。"朱菲握紧了弓箭，背上香汗淋漓，她也是第一次近距离面对这么凶猛的变异野兽，"补给点的规则就是如果外围战斗正在进行中，他是不会开门的，以免被交战双方利用。"

杨斌气愤地跺脚骂道："混蛋，现在哪里有什么交战双方，只不过是一头野兽罢了！他们难道就不管参与者的性命吗？"

"在他们眼中，亡命者与这些畜生相比，也没什么区别。"徐乐很淡定，他甚至声线都没有起伏，他的镇定也感染了杨斌和朱菲。三人强烈的战斗意志，也让幻影苍狼感到为难。

在荒野中游走的变异猛兽，同样害怕受伤。它们一般只会捕食弱小的动物，只有迫于无奈，才会和其他变异猛兽死战。

杨斌的判断很正确，这是一头寻找食物的母狼，它的耐心有限，对峙了一会儿，终于按捺不住，后腿一蹬，再次向徐乐发起了扑击。

"来得好！"徐乐有心试一试自己的力量，他右脚使劲踩踏地面，左脚向前跨出一步，高举盾牌，弓步迎上。

苍狼的速度相当快，但徐乐的反应更快，在刹那间就以盾牌护住了头部和咽喉，幻影苍狼再一次一头撞在盾牌上，翻身后退，放声狂吠。

徐乐连退三步，感觉到手臂酸麻，说明苍狼的力量还要在他之上，但基本上还能支撑得住。

他毫不客气，趁势前冲，右手的砍刀横斩，切向苍狼的腰间。

狼这种生物就是铜头铁骨豆腐腰，腰部最为脆弱，虽然经过变异，但生理结构也不会有什么变化。

徐乐砍刀很凌厉，冷锐的刀光让幻影苍狼也有些畏惧，它几个急跳，远远地和徐乐拉开距离。

幻影苍狼突然觉得面前这些家伙并不好惹，似乎不是适宜的猎物，可就这么退走又有些不甘心。

"就是现在！"朱菲眼睛一亮，敏锐地把握战机，弯弓搭箭，趁着苍狼立足未稳，一箭钉在苍狼的前腿上。

改造过的机械滑轮弓很强，距离又近，这一箭竟然穿透了苍狼前腿的肌肉，将它钉在地上。

幻影苍狼放声嘶吼痛呼，不顾一切地拔出前爪，愤怒让它血气上涌，不顾伤痛带着箭矢再度扑击。

徐乐看它受伤，知道这是一个难得的机会，不退反进，身子一弯，盾牌在苍狼脖子上猛地一拍，把它砸落到地上。右手的砍刀猛刺，两尺上的锋利刀刃完全没入苍狼柔软的腹部。

他再趁势一拖砍刀，就在苍狼腹部划出一条长长的伤口，里面的内脏都被刀锋带出一大片来。

苍狼哀鸣一声，这时候想要逃跑已经晚了。朱菲抓住时机，再次开工，第二支箭精准地射穿了它的脖颈。

苍狼不甘地瞪着血红眼睛，躺在地上乱蹬腿，随着血液不断流失，它血红的眼睛很快失去了光芒。

"你们配合得不错！"

一场战斗打完，补给点中才传来了赞叹的声音，铁门也跟着徐徐打开。

徐乐担心夜长梦多，苍狼的血腥味很浓烈，没准会吸引来什么猛兽。他没废话，拉着杨斌与朱菲，快步闪进补给点。

铁门在他们身后徐徐关闭，院子内的高塔足有二十多米高，钢筋水泥结构让它显得异常坚实，塔身上挂着的一片灯泡，让它在夜色中异常醒目。

几个人进入院落后，高塔下的一个小门无声地滑开，露出里面明亮的大片灯光。

"你们是第一批赶来补给点的战斗人员，游戏开始不过才八个多小时，你们的动作真快。"补给点中的工作人员颇为热情。

这是个年轻的军官，穿着表示中立的白色军服，留着漂亮的髭须，言语虽然热情却有种骨子里散发出的高傲态度。

徐乐暗自揣测他可能是个一级公民，但这也无关紧要，他说道："我想查询我们拥有的生存点数，同时查看兑换列表。"

既然到了补给点，徐乐也不打算浪费时间，开门见山地提出了要求。

年轻军官点点头，等他接过徐乐递过来的几块金属 ID 卡后，脸上露出了几分意外之色，这个小组居然还杀了其他的亡命者，实力真是不容小觑啊。他走到补给点中央的操作台，把卡片逐一插入插槽，拉动了一个沉重的铁质把手。

"吱吱嘎嘎"的齿轮转动声，然后地下传来犹如呜咽的蒸汽轰鸣。

这声音徐乐很熟悉，是大型蒸汽机组运转的声响，看来这就是补给点的动力来源。

军官一直关注着齿轮差分机组的输出，很快一长条打满洞的白纸条从机械孔中吐了出来。军官信手一扯，查看打孔情况，微微点头道："你们这么快就干掉了两个预备役亡命者小队，成绩不错啊！"

"果然是预备役？"徐乐敏锐地抓住了军官特意强调的表述。

军官点头，笑道："在集合之前，所有的亡命者不过只是炮灰而已，没有指挥官的领导，他们只是预备役，杀死这些人的奖励生存点数减半，所以你们格杀两个小组的生存点奖励只有三千。"

杨斌倒吸了一口凉气，"也就是说，一条命才值五百生存点数？那得杀多少人，才能凑得齐高级武器的兑换？"

高级武器动辄得上万生存点，就算是最便宜的一万生存点也得杀六七个小队，有这本事，哪里还需要兑换强力的武器？

徐乐又问道："集合是什么情况？我们需要尽快赶到集合点吗？"

他总觉得这里才是他们前期生存的关键。

年轻军官笑了，赞许地点了点头，"你是个聪明的亡命者，知道什么才是关键，在生存游戏中，其实补给点的作用不仅仅是提供武器和物资，更重要的是可以给你各种各样的讯息。"

他顿了顿，又说："得到的信息越多，只要能够客观分析，得出的结论就会越准确。亡命者与守护者相比，在体能和智慧上其实差别并不是那么大，最大的差距就是信息不对称。你能想到向我提问，就有机会在生存游戏中弥补这一点缺憾。"

徐乐只是随口一问，并没有多想，闻言不禁有些惊喜，他又问道："那集合点是有时间限制的吗？"

年轻军官正色点头道："当然，二十四小时之内，必须要完成集结，如果二十四小时内不能赶到集结点的亡命者，全部剥夺你们的特赦，立刻执行死刑。"

虽然不知道要运用什么手段，但徐乐毫不怀疑孤星政府真的能够做到，脸色不由就沉了下来。

朱菲反问道："那如果在二十四小时之内集合的队伍超过了九支呢？"

"自然淘汰。"年轻军官的语气虽然很轻松，但是表述的意思却有说不出的残酷，"如果超过九支，那当然要淘汰掉多余的队伍，指挥官会适当筛选的。"

徐乐再一次深刻地感觉到在这些高级公民的眼中，亡命者根本不能算人，只能算是不起眼的工具，死得再多对方都不会在意。

"那我们要尽快赶到蓝色区域集合点才行。"杨斌着急了，他犹豫了下又问道，"不过要是去得太早，来的队伍太多，是不是还得打一场？"

军官哈哈大笑道："你们想得太多了，战场上杀机四伏，从历年的数据来看，能够凑齐九支队伍就算不错，要多也不过就是多一两支。"

军官顿了下又安慰道："你们组实力很不错，每个人都有自己的优势能够互补，是守护者最喜欢的那种成熟团队，怎么也不会被淘汰的。"

年轻军官说着看了眼朱菲，他说这么做可不是因为徐乐他们表现好，而是朱菲美色动人，让他起了怜爱之心。

朱菲也感受到年轻军官赤裸直接的目光，她知道现在情况危急，不能得罪对方，违心地对年轻军官轻轻笑了笑。

她本就冷艳，笑得云淡风轻，更突显自身独特的气质。年轻军官也不由地笑了，想了下又提醒道："黄色区域集结得很顺利，你们想从这里穿过去可不容易。"

黄色区域过早地聚集了人手，这是他们的运气，当然可以开始提前狙击其他区域。

尤其是最靠近黄色区域的蓝色区域，肯定会受到很大的影响，能不能凑齐九支队伍都难说。

徐乐回想一路上的情形，也只能无奈叹息。

路上的死亡率这么高，还有各种意外，现在黄色区域巡逻队堵路，他们应该担心的是怎么突破，而不是与同队战友的生死竞争。

他不再去想这些，转而询问起目前最重要的事，"现在我们有三千点生存点，能否兑换什么强的武器？"

如果生存点足够，徐乐当然毫不犹豫会兑换蒸汽动力战甲这种攻坚利器，现在只有区区三千生存点，兑换中级武器也未必够，蒸汽动力战甲根本想都不用想。

军官又笑道："三千生存点当然很尴尬，基本什么都换不到，不过谁说你们只有三千生存点？"

徐乐一怔，反问道："长官，不是你说六名预备役亡命者只三千点吗？"

年轻军官点了点头，"他们确实是三千点，不过你们击杀幻影苍狼，可以兑换一千点，四千生存点差不多可以兑换中级武器了。"

徐乐恍然大悟，刚才在补给点门口与幻影苍狼一战，虽然凶险但也获得了胜利，一定是被记录在案，可以得到一千生存点。

看来在生存游戏的战场中，获取生存点的方法不仅仅只有杀人一种，当然杀人效率最高。

对付一头幻影苍狼看似轻松，其实已经用尽了徐乐的力气，直到现在他还感觉到前臂隐隐作痛。

而且，变异猛兽很难寻找，应该也没谁会选择用变异猛兽来刷分，这条规则，也不至于破坏游戏的平衡性。

"四千点不少了！"杨斌颇为兴奋，幻影苍狼的一千点生存点绝对是意外之喜。他算道："低级武器差不多都在五百至一千五百点这个范围内，也有更便宜的，不过没什么大用。"

"中级武器则都在五千点生存点左右，我看到有很多动力装备，应该能有杀伤性，高级武器一万点起，可惜我们没能多刷点分。"

低级武器大多数是普通的冷兵器，无论是近程还是远程，都要靠自身的力量驱动，杀伤力很有限。

中级武器都有各种动力驱动，通过燃料、电磁等各种方式放大攻击力。最普通的比如空气压缩步枪、火焰喷射刀、磁场旋转飞镖等等，都有各种特殊的功效，但破坏力与高级武器相比，还要差一个层级。

看着长长的兑换列表，徐乐陷入了沉思。

想要冲过封锁，一次性对付四支甚至更多的小队，低级武器完全没有作用。

就算是中级武器，也有与低级武器同样的毛病，比如空气压缩铁弹步枪，用来偷袭杀人，效果应该不错，但是射速慢，威力弱，即使干掉个把人，也不足以改变战局，反而会暴露自身的位置，到时候想要脱身也不容易。

"换一支压缩步枪吧，这武器我们最熟悉，射程长，精准度高，应该很有用。"杨斌提议。

压缩步枪要三千生存点，算是中级武器中最便宜实用的武器，有一支压缩步枪的话，远程攻击力量就会大幅度加强。

徐乐三人知道生存游戏的残酷，都苦练过枪法，哪怕是杨斌都打得不错，这件武器可以是每个人都能用到。

"我倒是建议磁场旋转飞镖。"朱菲也有自己的想法，"你们应该注意到了，战场环境异常，重力和大气密度都不对劲，包括箭矢和压缩铁弹，都会受到影响。"

"这个磁场旋转飞镖能够自动锁定目标身上的铁器，百发百中，是偷袭的利器……"

朱菲想着要远远地陆续偷袭连续干掉四个小队，实在也觉得难度过高，但除此之外暂时也想不到什么好办法。

"我再想想。"徐乐皱眉，黄色巡逻队中那么多人占据要道，偷袭很难成功。他翻着兑换列表，忽然心中一动，问那年轻军官："长官，有没有一次性的消耗性武器？"

徐乐一直是个实用主义者，他虽然会考虑将来，但更重要的是解决目前的问题。

一次消耗性的武器虽然昂贵，但只要能解决问题，完全值得。

年轻军官露出赞许的笑容，他点头道："你一个亡命者，知道挣到的生存点数必须尽快花掉的道理，算是相当聪明了。"

"你们想要突破黄色的封锁线，一次性的武器是最好的办法。"年轻军官把兑换列表翻到最后，给徐乐指出几样威力巨大的物品。

"音爆手雷，如果比较接近的话，一个音爆手雷足够摧垮几十个人的团队。这东西抛出去之后，能发出巨大的声响，包含超声波、次声波的同步冲击，一般人就算不死，也得晕上半天。"

"动能炸弹，这是用电磁力把快速飞动的钢铁碎片约束在小型的炸弹里面，一旦拔掉安全栓，失去磁场约束，五秒之内就会爆炸。散射的钢片可以覆盖二十米范围，威力极大。"

因为朱菲的缘故，年轻军官的态度颇为亲和，甚至开始主动为徐乐介绍兑换的物品。

徐乐考虑了一下，并没有挑选年轻军官推荐的武器，由于环境的影响，这两样东西都不能发挥到极致。

丛林中动能炸弹会遭到阻挡，而音爆手雷的效果也会下降，至于其他几种大范围的爆炸性武器，都有同样的弊病。

徐乐仔细研究了兑换列表之后，终于找到了一样价值四千生存点的东西，他指给年轻军官看，年轻军官拍掌大赞。

"你选的果然很有眼光，这东西有些奢侈，用好了效果却非常好。"

他好心提醒。

徐乐摇头，"我们现在只能顾眼前，先活着到达集合点再说。"

无法集合的队伍会被抹杀，徐乐无法去想那么多的未来，他只能优先考虑现在。

这就是亡命者与高级公民的不同，并不是因为他们目光短浅，而是因为他们拥有的太少，必须得拼命挣扎才能够活下去，哪里会有办法去顾及长远？

在生存游戏中是如此，在现实生活中，同样也是如此。

每天费尽全力，尚且不能保证三餐温饱，饥肠辘辘疲惫不堪地回到家中，睡不到五六个小时，又要起床为生活奔波。

这样的人，你就算许他一个美好的未来，他哪里会去深思？他必须要考虑的，是下一顿午饭在什么地方，只有拼尽全力，才不会挨饿。

生存游戏中的表现就更为残酷，必须将一切都投入进去，才能保证明天的生存，至于明天之后，活到明天再考虑也来得及。

"我们能否在补给点停留到明天早晨？"兑换完需要的武器之后，徐乐向年轻军官询问，这里条件一般，至少可以放心休息。

年轻军官点头，"补给点同样也是安全区，只要你付出一定的生存点数，就可以在这里停留。"

停留还要付费？徐乐无语，不过他明白现在夜已经深了，几个人跋涉许久，又经历大战，现在身心俱疲，要是遭遇强大的变异猛兽，就太危险了，休息充足，存活的概率才会更高。

"但是我们身上已经没有生存点了，你也知道。"徐乐无奈地开口。

军官对着朱菲笑了笑，笑得意味深长。朱菲心里发凉，表面却强作镇定，她相信对方也不敢乱来，真要逼她干什么，徐乐也不会允许。

年轻军官没得到朱菲回应，倒也不怎么生气，他就喜欢朱菲冷傲又坚韧的气质，对方既然没意思，他也不会强求。

想了一下，终究是怜花惜玉的心思占了上风，他说道："补给点除了兑换生存点之外，还可以回收各种装备武器，你们用不到的东西可以和我兑换生存点。"

徐乐无语，他手上的盾牌用得很顺手，消防斧太重了，单手运转吃力，和盾牌也不配套，干脆上交，只留下一柄厚背砍刀就行了。朱菲的机械滑轮弓目前是他们最有效的远程输出，当然也不能退。

杨斌的弹弓没什么用处，另外留下一把厚背砍刀给他防身。徐乐问了问留宿的价格，退了弹弓和一把厚背砍刀、消防斧，换得四百生存点，不但够留宿，还剩下五十点。

年轻军官办完手续，把几个人安置好，他也觉得有些没趣，独自离开了。

留宿的房间还有蒸汽锅以及一些简单的食物。朱菲和杨斌一起动手，用豆子和肉片煮了热汤，又把干饼蒸软。

食物味道一般，好在是热食。徐乐三人饱餐了一顿，就在补给点的大厅角落靠墙眯着眼睛休息，到了第二天早上，惨白的天光从窗户中照射进来，他们这才精神抖擞地醒来。

这几百点生存点数花得值，徐乐相信大部分亡命者都不可能像他们这样睡个安稳觉。不论是在野外，还是在据点内，他们都要面对各种危机，睡觉不睁一只眼睛的家伙，估计早就死光了。

在补给点中，完全可以安心休息，完全恢复体力和精神，这一进一出，差距就很大了，足以形成不小的优势。

"我们走吧！"吃过早餐以后，徐乐带着杨斌和朱菲，向补给点的年轻军官告辞，走出了高塔堡垒。

铁丝网外的幻影苍狼尸体已经消失不见，只有淡淡的血腥味仍然留存。

"昨晚补给点外的野兽叫了一夜，应该是闻到了血肉的气息，不知道什么东西把幻影苍狼叼去吃了。"

杨斌说着就打了个寒战，荒野中的各种变异猛兽，只是想想就让他发冷。

朱菲更关心他们的计划，迟疑着问："徐乐，你真的觉得那东西有用？"

徐乐点头，"只有这东西完全不受地形影响，攻其不备的话，足以让黄色区域的警戒瘫痪几分钟，我们只要速度够快，应该来得及穿过封锁。"

他不追求杀伤，只追求控制和拖延，只要能保证他们三人顺利通过，四千生存点也就值了。

徐乐带着两人原路返回，再到封锁线附近，果然发现地面被挖出许多纵横交错的坑道，一些亡命者隐藏在坑道里面，还有两支小组，远远地互相呼应着巡逻，把方圆数公里的区域完全封锁住。

巡逻的队伍不停移动，四面视野相对开阔，用空气压缩步枪偷袭或许还有机会，就凭朱菲机械滑轮弓的射程，人还没接近就会被发现了。

"我们走！"徐乐很冷静，带着朱菲和一脸心虚的杨斌走了过去，一行人大摇大摆，就像回自己家一样从容。

黄色区域的巡逻队伍，这几天已经杀了好几组亡命者，还是第一次看到这么嚣张的家伙。不由得都有些发蒙，弄不清楚情况，也没人敢擅自动手。

最前面小队的人高声大喊道："站住，这里不许通过！再靠近就不客气了！"

游戏初始生存点数都不多，很少有人能用得起压缩步枪。在没有去补给点之前，大部分人的远程攻击武器，大都只是弓箭。

徐乐对所有低级武器都很熟悉，知道自己根本还没有走进射程内，就根本不担心，仍旧慢慢悠悠地向前走。

"站住，你听到没有？你耳朵聋啦！"

徐乐的特殊反应，更让这种巡逻队迷惑了，难道是自己来寻死不成？可看他那淡定的样子，又怎么也不像是活腻了！

这几个小队都不认识徐乐，也猜不透他到底想干什么，有人开始呼叫追随者，请示该怎么办。

徐乐越走越近，巡逻队终于有人看到他身后飘荡的青烟，感觉到情况不妙，大叫道："射箭！快射箭！不要让他过来，小心他使诈！"

好几个弓箭手一直在瞄准徐乐，闻言都不假思索地一起放箭。

徐乐早有准备，身体猛向前一扑，手里早就拔下引线的炸弹，向前猛甩过去！

"小心！"

黄色巡逻队当然知道炸弹的威力，眼看徐乐忽然甩出一个黑乎乎的东西，都吓得屁滚尿流，抱头鼠窜，尽快卧倒在地。

"轰"！

徐乐抛出的炸弹，在半空中画出半条完美的抛物线，在飞到最高点的时候，突然轰然一声就爆炸了！

白炽的强光，刺目至极，就仿佛升起了一轮朝阳，光芒四射，不可遏制，笼罩了整片黄色区域。

除了早有准备的徐乐三人之外，在场的所有人都觉得眼前一白，双眼止不住地流泪，再也看不到任何东西。

"快走！"徐乐拉着杨斌，飞似地从几个无头苍蝇般嗷嗷乱转的巡逻队身边跑过，连续越过纵横的坑道，加速向前方猛冲过去。

大部分人都被闪光弹波及，只能模糊看到几个身影狂奔过去，想要动手阻拦却怎么也来不及了。

"这是怎么回事！"

白童惊怒交集，猛地从浴缸中站起来，透过窗口遥遥看向远方。过滤干净的清澈饮用水，从她无限美好的娇躯滑落，在浴缸中激起片片水花。

她看到了下面冲天的强光，立即就知道，她那些愚蠢的手下必然吃了大亏。"这是电浆光辉炸弹，亮度能够达到十三级！谁这么奢侈，在生存游戏第一天就兑换这种东西？"

贺子兵也被惊动，他面色相当阴沉地站在白童的帐篷外，沉声道："这种电浆光辉炸弹在近距离使用，很容易造成致盲的效果，虽然不是永久失明，但是在三五天之内视力很难恢复，距离最近的几个家伙……完了。"

对于生存游戏来说，一开始瞎上三五天，那真的完全可以去死了。

白童披着一件睡衣出了浴缸，对着帐篷外怒叱道："去抓住那家伙，我要把他碎尸万段！"

她的声音清脆悦耳，却异常阴冷无情。对方居然敢突袭她的区域，这让她觉得受到了侮辱。她不在意手下的死活，却不能放过侮辱她的家伙。

贺子兵皱眉沉思，生存游戏一开始就遭到这样的损失，实在不是什么好兆头。

白童本想给自己装好蒸汽机械臂，但这套蒸汽机械臂结构很复杂，整体就像是一套衣服，在四肢、腰、胸、脊背都有金属支架，需要一定时间才能穿戴好。

她放弃了追击的打算，慢慢坐在椅子上。既然追不上了，也不必过于着急，她吩咐道："致盲的巡逻兵，不用给他们治疗，让他们立刻去补给点趟路。"

贺子兵犹豫了下点头称是，残废的亡命者也不能浪费，去开拓通道可以把他们最后的价值都压榨出来，这样做很无情，但很合理。

生存游戏的第一个二十四小时里，到处都是战斗、杀戮、惊恐、死亡。

投入战场的数百名亡命者，超过一半的人在第一天的惨烈战斗中被杀。剩下的三百多人，分别赶往自己的区域集合点，争取一张活命的门票。

徐乐抵达蓝色区域集合点的时候，这里据点的营地已经建立起来了。

营地背靠一座断崖，数十顶帐篷有序围成一片。外围有一群人在疯狂地挖掘坑道，竖立铁丝网，建造警戒圈。断崖上方警卫放哨。整座营地布置简单，虽然还没完工，却井然有序。

徐乐他们是第八支集合的队伍，负责管理队伍的追随者韦绝，检查了几个人的金属 ID 卡，又比照了众人资料，确认了他们的身份。

韦绝审核过身份，脸色也难看起来。徐乐他们的金属 ID 卡上，只有几十个生存点。

"来得这么晚？身上还没有生存点！你们能干点什么！"

韦绝天生一头白发，面容却很年轻英俊。鄙夷冷笑的样子，更给人一种高高在上的感觉。

他是世家子弟，精通格斗，今年不过才二十岁，与其他的追随者一样，他的家族和守护者家族是休戚与共的利益共同体。为了维护家族的利益，他必须参加生存游戏。

不过，和别人稍有不同的是，他对指挥官颜落异常崇拜喜爱。比起其他的追随者，他更希望表现，更希望获得胜利，获得颜落的欣赏，所以做事也异常卖力。

对于只有粗陋武器的徐乐这一组人，韦绝当然是特别看不惯。好在他知道徐乐的格斗术不错，勉强压下不快，安排了几个人去见颜落。

在中心的行军帐篷内，徐乐第一次看到了他们大队的指挥官：颜落。

在青林城的时候，徐乐没见过什么漂亮的女孩子。在天鼎城的短短几天，他接触了不少美女。但和朱菲相比，那些女人就成了庸脂俗粉。

可在明艳无比的颜落面前，朱菲就显得黯然失色，从各个方面被完全压制。

如果说朱菲是傲雪梅花，孤傲清丽。那么颜落就是山之巅的神花，清冷胜雪，明净如玉，汇聚了世上灵秀。由上而下由内而外，无一不美。一身简单的蓝色军装，穿在她身上就像会发光一样，散发出难以形容的光彩。昏暗简陋的行军帐篷，似乎都被她的明艳容光照得通亮。

杨斌进入帐篷后，就为颜落的容光所摄，张大嘴巴怎么也合不拢，就像是个傻小子一样。

朱菲也感觉到了巨大压力，几次想挺起胸膛和颜落别别苗头。可一看到对方的无瑕容颜，都不由得自惭形秽，本能地低头垂眸不敢再多看。

三人中唯有徐乐最镇定，也表现得最为平静。颜落是美艳无匹，但她琥珀色的眼睛明净的没有任何情绪。看他们的眼神，就像神祇俯视蝼蚁，淡漠、冰冷、无情。

徐乐很不喜欢这样的眼神。相比之下，韦绝虽然一脸的鄙夷不屑，却至少是有着正常情感的人。这位美女，却像没有感情的机器人。容貌再美，也缺少生气和活力，让他喜欢不起来。

颜落根本没说话，只是简单地扫了三人一眼，就摆手示意他们可以离开了。

等徐乐三人离去之后，颜落面无表情地随手拿起铅笔，在地图上画着各种线路，构思团队的初期战术。

另一个追随者张大方劝慰道："现在的亡命者就是这种素质了，我们这边固然不好，其他地方肯定也不会好的。生存游戏，亡命者的作用本来就只是炮灰，小姐不用太在意。"

颜落漫不经心地点了点头，"我没在担心这个。一群乌合之众，我也能把他们捏合起来。"

她是非常理智的指挥官，从幼年开始，她就以最严格的标准来要求自己。手下的士兵不出色，有她在一样可以获得胜利。

正如谚语所说，一头狮子率领的一群绵羊，可以击败一只绵羊率领的一群狮子。颜落对自己有着绝对的自信，从不担心自己会失败。

"小姐也不要太乐观，当务之急还是赢得生存游戏的胜利。"

张大方苦笑，他当然爱慕颜落的容颜，但是与这个不过二十二岁的年轻女孩相处，他却总觉得有一种面前是颜元帅的错觉。

颜落的瞳孔是琥珀色的，与她那位战功彪炳的父亲很像，而她说话的口气，强势的行事的风格也越来越像她父亲。

颜落点点头转而问道："到中午之前，我们能够凑齐九支小队吗？"

张大方微笑道："白童在南面设立封锁线，不让我们的人过来，我本打算上午派人去捣乱，但那边早上突然出了乱子。现在又调走了许多人，已经没办法再封锁我们。"

他又分析道："那个徐乐，可能就是趁乱穿过了封锁线。但这是好事，没有了封锁，后续集合的队伍会越来越多。"

颜落淡然无波地道："这些人本来就不堪大用，不用在意。不过，韦绝说徐乐颇有实力，我倒有些好奇，他们有多少本事。补给点的道路还没打通，你派他们去看看……"

补给点的通道极其危险，本来需要一个小队的人去探查。但现在人手紧张，只能先派徐乐这一组去试试。成了固然好，不成也只是消耗了一组炮灰。

一将功成万骨枯。作为带兵的统帅，第一追求的是胜利，而不是考虑伤亡。战斗不是儿戏，岂有不死人的。只要能获得胜利，士兵的牺牲就有价值。

何况，亡命者都是亡命之徒，本来就死有余辜，对他们不必有任何怜悯之心。

颜落回想起父亲严厉的教诲，神色越发淡漠幽冷。

张大方领命出来，把徐乐三人叫来，重新布置了任务。原本他们三个就是待命巡逻的状态，有新任务下来，一点也不奇怪。

听说又是探查补给点，徐乐他们三人面色都有些古怪。

张大方以为他们是害怕，面色一沉道："你们作为亡命者，最大的天职就是服从！既然是指挥官的命令，就要不折不扣地执行！"

"是！"徐乐懒得与他解释，敬了个礼就算接受了任务。

反正调查补给点算是轻车熟路，在黄色区域也做过一次，在白天行动的话，不大可能遇到变异猛兽，在自己的区域中，暂时也不怕受到攻击。

徐乐本来没觉得有什么问题。中午吃饭的时候，他发现其他小组都是一副幸灾乐祸的样子，这才琢磨出不对劲。

"他们是不是觉得我们没有生存点，特别没用，所以安排我们去送死？"杨斌原本对颜落惊为天人，没想到颜落居然这样小看他们，这让他异常愤怒。

"也不能说是送死，现在三人小组单独行动的任务，都有一定的危险性。有可能会遇上变异猛兽，也有可能会遇上敌人的跨境突袭。"朱菲还是很冷静，虽然不喜欢危险的任务，却不会像杨斌那么愤怒。

"也许是重视我们也说不定。"

徐乐倒没那么悲观，人手有限，指挥官也不会随意地浪费人力。他也不想费心去揣摩颜落的心思，低头研究着地图，"其他倒没什么，我们所在区域的补给点比较远，在据点的对角位置。"

他在地图上画了一道红线，又说道："直线过去倒是简单，就是不知道中间的大片区域是否有变异猛兽……"

史前遗迹所在的区域，除了敌人之外，最可怕的就是各种变异猛兽。为了防止意外，探索道路往往需要数个小组配合。这次探索只有他们一组人，又没有配发武器，他们还是谨慎点好。

吃过午饭，十二点整的时候，徐乐就看到一艘战鲨飞艇从头顶上空掠过。黑色飞艇总给他一种杀气腾腾的感觉。

"可能是去处决没有抵达集合点的亡命者队伍的……"杨斌心有戚戚地说道。他们要不是运气好兑换到了光辉电浆炸弹，这会儿也许就在被处决之列了。

徐乐沉默地看着飞艇不断下降，很快在他的视野中消失。没过多久，就听到一阵沉闷的枪声从远处传来。

集合点中的所有亡命者，都站起身望向枪声的方向。大部分人都猜到了是在处决亡命者。亡命者们都是异常的沉默。

集合令到期，所有尚未抵达集合点的亡命者全部被射杀，无一例外。从这一刻起，生存游戏才算正式开始。

也许是为了安抚亡命者，颜落亲自现身，对亡命者们简单讲述了团队战略。他们的策略很简单，就是立足据点，稳固防御，等待时机，做好打持久战的打算。

这种策略当然有些保守，却更为稳妥，不会犯错。

徐乐没有大型团队指挥的经验，但他觉得这战略还算靠谱。八支团队混战，情况极其复杂，过于积极强势的团队，也要承受相应的战损。当然，要是能获得海量生存点，人手一把高级武器，就能占据巨大的优势。

生存游戏只能有两个胜利者。除了守护者外，所有失败者都得付出生命的代价。亡命者往往比守护者更加渴望胜利。

稳守的保守策略，可不是所有人都喜欢，不少亡命者就露出不以为然的样子。但守护者拥有绝对权威，不容任何置疑，也没人敢出声反对。

颜落很快就离开了，她基本不参与具体的执行。所有工作都交给韦绝和张大方来做。

韦绝负责指挥战斗，张大方负责统筹安排。两人的分工还是很明确的。

飞艇正在四处消灭没能集合的亡命者，为了避免误伤，这种时候每个团队都不会妄动。张大方觉得现在正是好机会，叫来徐乐，命令他们立即出发。

事关自己团队的前途，徐乐也非常积极，立即带着朱菲一起出发了。杨斌被他留在了据点。杨斌有些不安，一直以来他都没能给团队做出什么贡献，都是徐乐和朱菲照顾他。但这的确是最明智的选择，他要是强行跟过去，反而会拖累徐乐和朱菲。

蓝色区域的面积不大，地形却很复杂。中心的大片区域是两座矮山，两山中间是一座开阔的峡谷。按照地图上的标示，只要穿过这条峡谷，就能直接到达补给点。

徐乐却没轻举妄动，他拉着朱菲在外面观察了许久，没发现什么异常。他却怎么也不放心。

按照组织者的套路，肯定会安排各种难关为难各支队伍。他让朱菲射杀了一只路过的兔子，把兔子扔到了峡谷入口处。

没过多久，就有一群变异的鬣狗冲了出来。看到数十只鬣狗群，徐乐和朱菲都是脸色大变。这么多变异鬣狗，他们手里就是有压缩步枪，正面遇上也是凶多吉少。

峡谷有鬣狗群盘踞，徐乐和朱菲只能绕行。两人一个强一个快，一个近一个远，一个冷静一个细腻，互相配合默契。一路排除各种险阻，有惊无险地来到了补给点。

守卫补给点的也是一个年轻的军官，他的态度也很热情。徐乐他们没有生存点，没办法兑换物资武器。向守卫军官询问了一些消息后，很快就离开了。

有了前面的经验，徐乐和朱菲顺利返回据点，向颜落报告了补给点的情况，并画出了安全路线，并对沿途的各种情况做出了详细的标记。

徐乐他们任务完成得很漂亮，也出乎了颜落的意料。她按照一个优秀将帅的做派，公平而温和地勉励了他们，还奖赏他们三个一小笔生存点数，让他们自行兑换生活必需品。

颜落的公开奖赏，也引起了其他亡命者的嫉妒，大部分人都认为徐乐他们完全是走了狗屎运。

"调查补给点算什么，只要运气好，什么东西都碰不着。"

"我们的据点离补给点远，我记得谁说过，补给点越远，危险就越少，这是生存游戏的一种平衡。"

"早知道我们就去了，平白让这小子占了个大便宜！"

徐乐也不反驳，他不喜欢用言语争吵，更喜欢动手。但周围的人都算是他的队友，再怎么看不惯也不能动手。这种闲言碎语，徐乐也不在意。

倒是杨斌颇为气愤，脸红脖子粗地和别人解释。他那副气急败坏的样子，却更没说服力，反倒让更多人怀疑他们的能力。

接下来的几天里，不知道是出于运气，还是三人的配合越发默契，分配给他们的任务都顺利完成了。

尤其是对黄色区域和棕色区域的调查，徐乐带回来了相当重要的情报，让颜落掌握了两方的很多情报。

出色完成任务，徐乐他们当然又受到了表彰，这也让其他人越发嫉妒。颜落倒是没什么偏见，徐乐他们既然展现出了能力，她当然也给予相应的待遇。

这两天颜落一直稳守不动，哪怕周围区域打得热闹，也能安然不动。据点的防御严密，也没队伍敢过来强攻。龟缩稳守的战术，让颜落手上战力保持得很完整。

生存游戏第三天的下午，颜落再度召见徐乐。

"你很有能力，也很有想法，我很欣赏。"颜落由衷地夸赞道。

"谢谢大人！"徐乐并没有抬头，他知道颜落肯定又有任务要交给他。

"你们多次执行侦查任务，对周边的区域已经非常了解。现在我需要你们进入中央区域，侦查那里的情况。"颜落没有多客套，直接对徐乐下达了命令。

徐乐心中一动，猜到了颜落是在为夺旗做准备。的确，他们固守在这里是保存了实力，却没办法获得生存点。只有夺得军旗，才能获得最后的胜利。

徐乐对此倒是很赞同，但派他去最危险的中央区域，他就不怎么愿意了。

可军令如山，颜落可不是在和他商量，他没有拒绝的余地。

徐乐不敢违抗军令，但做这么危险的事情，总要讲讲条件要些好处。他老实不客气地道："我听说中央区域环境很特殊，也极其危险，大人要提供相关装备，我们才有可能完成任务。"

颜落清冷如冰的眼眸中闪过异色，"以你的学历，居然还懂得这么多，真的很不容易。"

颜落顿了一下保证道："放心，我会给你提供全套增压和呼吸装备，你们一定要深入中心区域，得到军旗的详细情报。"

她想了想，又继续道："你要能活着回来，我会为你申请特赦，并申请给你二级公民权限，即使你自己享受不到，也可以转移给你最亲近的亲属。"

颜落为了激励徐乐，也是许下了重赏。特赦和二级公民，是亡命者无法抗拒的诱惑。

徐乐心里很清楚，颜落的许诺很动人，只要队伍获得最后的胜利，哪怕他死了，二级公民的名额也能兑现。他犹豫了下道："大人，我有个请求，这个奖励我想转给朱菲，可以吗？"

颜落深深地看了眼徐乐，沉默了一下道："可以。"

第 八 章

迈入禁地

　　晦暗的层层乌云，犹如电镀在天空的铅色涂层，永远都不会褪色。

　　一团巨大的淡黄光团，静静地横躺在荒芜苍凉的大地上，成为晦涩天地间最为鲜活明亮的颜色，光团也不知存在了多久，那样子似乎能永远存在下去。

　　"这是什么？"杨斌不能置信地扶着黑框大眼镜，满脸震惊地失声喊道。

　　作为双科博士，杨斌见识最为广博，可眼前这团巨大光芒就像是神祇降下的神迹，那么违反常理地横在大地上，和周围的一切都是那么格格不入。

　　徐乐小时候吃过鸡蛋，他觉得那团光芒就像是放大千万倍的鸡蛋黄，只是没有鸡蛋黄那诱人的浓稠。

　　朱菲目光闪动，她也是异常震撼，虽然早知道史前遗迹的核心区域不简单，但这超乎现实的一幕还是让她异常震撼。

　　"走吧，进去看看。"徐乐是行动派，也不会有那么多敏感的心思。对他来说，光团很巨大很好看，但也就仅此而已。再没有任何其他意义。

　　杨斌也清醒过来，他快步凑到徐乐身边说道："这一定是远古留下的高科技，现代的技术，绝对无法制造出这样的巨大光团。"

　　"嗯。"徐乐无所谓地应了一声后，就再没反应了。

　　杨斌对徐乐的反应有些不满，提高声音说道："这样的科技太伟大了，要是能解析其中的技术，能让我们社会向前迈进。"

　　"这团光有什么用？看起来和电灯也差不了多少……"徐乐难以理解杨斌的激动，他并不觉得这有什么。

　　"那怎么一样，这样巨大的光团所需要消耗的能源是可怕的，如果使用蒸汽机作为动力，那需要数十台最高功率的大型蒸汽机，这里却如此安静，明显不是使用蒸汽机……"

　　杨斌连连摇头感叹，对徐乐的无知非常痛心。

　　"你想得太远了，我们还先顾眼前吧。"

　　徐乐年纪比杨斌小，但他要比杨斌更成熟，或者说更现实。他不关心光团有什么科学意义，他只关心核心区域内的情况。

　　走到光团前方，三人才发现这是一片被撑起的巨大光膜，高足有数百米，笼罩方圆十多平方公里的范围。

　　透过光膜，能看到里面是一个巨大的天坑。周围的淡黄光芒，却无法照亮深不见底的天坑，只能隐隐看到天坑里纵横交错的溶洞和外形千奇百怪的岩溶石，让三人都是看得心里发虚。

　　"裸露型石灰岩岩溶地貌。"

　　杨斌说了一句非常专业的地理用语。徐乐听得一脸茫然，他能听懂每个字，但组合起来就不明白是什么意思了。

　　杨斌知道徐乐学历低，不太可能知道这些，继续解释道："简单点说，这里原本是石灰岩结构，被流水冲刷、溶蚀后，变成了现在的样子。这种地貌的形态都是千奇百怪，会有数不清的溶洞，各种形态的石灰岩，简直就是天然的迷宫。当然，从欣赏的角度来说，这种地貌往往能展示出自然的伟大变化，有着震撼人心的美感……"

　　"先进去再说，这里很容易碰到别的人。"

　　徐乐可不觉得哪美，他打断了杨斌，当先从背囊中取出呼吸面罩戴上。

　　这是一种半遮面式的黑色过滤罩，轻薄柔软，挂在脸上就像戴着一个口罩。这个呼吸过滤面罩材质很特殊，不但能过滤毒气、辐射，还能自动吸收氧气储存，是军方使用的最高等级的呼吸面罩，这也是颜落配发给他们的最高级装备。

　　等朱菲和杨斌都戴好面罩，徐乐第一个迈步进入光膜。淡淡的光膜就像流水一般，有种明显的滞涩感，徐乐用了点力气，才穿透光膜。

　　光膜笼罩的空间，和外面有着明显的不同。徐乐才一进来，就觉得脚下发飘。似乎稍一用力，人就能飞起来一般。

　　"重力远低于外面，空气浓度也下降了。"杨斌提醒道。

站在光膜里面，他看得更清楚了，天坑里面千疮百孔，不知有多少个溶洞，各种奇形怪状的熔岩，胡乱无序地分布着。

徐乐头皮发麻，这么复杂的地形要找到军旗可不容易。好在里面重力很低，让人身体变得轻盈，就算是杨斌，轻轻一跃都能跳出六七米，可以轻易跨越各种障碍。

在这古怪的地方，居然还有各种植物，岩溶石上的粗大藤蔓，由于在低重力的特殊状态下，朝着中央斜向四十五度往上生长，粗如水桶的枝干上覆盖着黑色的苔藓，说不出的诡异。

一路向下，走了没多久，最前面的徐乐就竖起手掌，做出警戒的手势。

杨斌和朱菲都紧张起来，在这个重力异常的环境中，他们都很不适应。真要动手战斗，情况很不乐观。

一只巨大的黑色猛虎踏着雍容的步子，正在懒洋洋地从一处凹陷的溶洞中走出来。

这只变异的猛虎，四肢着地时身高就比徐乐还高，黑亮的皮毛下肌肉贲张，显示出可怕的力量。

它距离徐乐三人大概二十米左右，猛虎也发现了徐乐他们，它不屑地瞥了他们一眼，几个轻轻纵跃，很快就从几个人的视野中消失。

"它应该是吃饱了。"朱菲看黑虎远远离开，呼了一口气才开口，她刚刚握紧了弓，掌心全是汗，心有余悸。

"我们快走。"徐乐也是心里发虚，带着朱菲和杨斌迅速离开。

随着三人不断深入天坑，上方光源散发的光芒也在不断削弱，下面环境也越发复杂。有的岩溶石上长满了带刺的荆棘，就像是一个特大号的刺猬，还有像蛇一样到处游走飘飞的藤蔓。有的岩溶石酥脆如面，杨斌一个不小心，就踩碎了岩石掉到深洞里，要不是三人之间都有绳子互相连接，他也不知会掉到哪去。

"长满植物、重力低下，空气稀薄，这里真是孤星吗？"他嘟囔着抱怨，"史前遗迹的环境太诡异了，怪不得有学者认为，史前遗迹有可能是链接异空间的通道……"

"链接异空间的通道？"虽然杨斌只是随口一说，徐乐却很有兴趣，"异空间？你觉得可能性大吗？"

徐乐的知识面太窄，但他看过一些幻想小说，对于异空间之类的超现实存在还是很有兴趣。

杨斌一怔，苦笑道："你还真当真啊，以前有一种观点，认为生存游戏是为了培养更强的战士去和异空间的敌人作战，不过这种说法太虚幻了，没有任何的现实依据。"

他顿了顿皱眉道："以前我绝不相信的，看这里的情况，也不是一点可能性都没有……"

杨斌只相信科学，以他的知识积累，也无法解释核心区域的种种异常，如果说这里是异空间，倒是能解释得通。

不过，作为一个严谨的学者，杨斌可不会随意做出结论，只能说有这样的可能。

朱菲拿出转个不停的指南针，对杨斌晃了下说道："我更关心这东西还能用吗？"

"指南针靠着孤星磁场指示方向，这里磁场异常，没用的。"杨斌打量周围道，"我们只要确保一直向下走就行了，倒也不需要指南针。"

"应该快到了，大家小心一些。"徐乐提醒了一句。天坑很大，但他们走了这么久，应该距离最中心的区域没多远了。

三人穿过一个数十米长的溶洞后，迎面就看到一道白色光柱冲天而起，就像是竖立着的巨大白炽灯管。

以白色光柱为中心，周围遍布了数十根高低不同的粗大黑色石柱。光柱中心有两面旗帜静静悬浮在那里，蓝底金边的孤星政府军旗，上面是绣着七柄交叉的黑色利剑。

按照生存游戏的规则，得到任意一面军旗，并保留到生存游戏结束，就能够获得游戏的胜利。

从往年的生存游戏情况来看，靠保留旗帜获得胜利的情况极其少见。大部分人还是选择互相厮杀，直接决出最后的胜者。

"军旗所在的区域，石块等杂物都飘浮着。那里应该没有重力。"

杨斌满脸的疑惑不解，"无重力区域，这究竟是怎么做到的？"

"记录坐标信息，我们准备撤退。"杨斌都不明白，徐乐就更不明白了。但他也不需要明白，确认了两面旗帜的位置以及行进路线，他的任务就完成了。

"军旗就在这儿，我们拿走一面，找个地方一躲不就赢了？"朱菲却不想走，她眼睛熠熠生辉，显得极其兴奋。

天坑内部地形复杂，到处都是岩壁、洞穴，还有奇形怪状的植被，想要找个隐蔽的地方躲起来真的不难。

朱菲不喜欢生存游戏，也不喜欢颜落。但她无比渴望胜利，渴望能回家救治母亲，眼看着胜利就在眼前，她真的忍不住了。

徐乐面色凝重，事情绝不会这么简单。聪明人多了，这种好事哪里还轮得到他们。杨斌倒是有些激动，但他也觉得有问题。何况，他本身是没有主意的人。这会儿也不敢乱表态。

朱菲对徐乐两人的犹豫有些不满，"那我进去看看，不行再出来……"

说着，朱菲就想进入无重力区域，却被徐乐一把拽住。他修长有力的五指如同铁钳，死死扣住朱菲，"我们都想赢，但不能着急，胜利绝不会这么简单的！"

朱菲不服气，还想争辩，却被远方传来的呼救声打断了。

"救命，救命！"

声音凄厉而尖细，在稀薄的空气中更显得虚弱无力。

徐乐三人都是神色一紧，各自拿出武器。三人循着声音向前走了几十米，就看到一个身着绿色军装的男人，身体被一圈圈黑色藤蔓勒得都变形了，脸涨得紫红，眼睛向外鼓起来，似乎快被勒断气了。

"这里还有其他人！"杨斌第一反应是紧张地环视四周，生怕周围还有别人。

"快救我……"穿着绿色军装的男人也看到了徐乐他们，他眼中露出狂喜之色，竭尽所有力量再次呼叫。

"是敌对方的人，没有必要救他吧？"朱菲拿着机械滑轮弓，谨慎地打量着四周，一面有些不以为然地说道。经历了一场场血战，她的心也变得刚硬冷酷，不趁机动手杀人已经算厚道，怎么可能再去救人。

"先看看……"

对方的样子不像是陷阱，徐乐还是想看看情况再说。

"求求你们，快救救我，我愿意交出自己的金属 ID 卡……"对方也听到了徐乐他们的对话，他也知道没人会解救敌人，急忙表示愿意交出一切投降。

没有金属 ID 卡，就已经如同死亡，即使活了下来，等生存游戏结束也会被处死。但人就是如此，宁可苟延残喘，也不想立即被勒死。

徐乐叹了口气，这人被吓破胆了。但在生存游戏中，当好人的代价太沉重了，他和队友的生命都无法保证，哪有资格当好人救别人。

"等你死了，金属 ID 卡我自己拿就行了。"

绿色军装男子快坚持不住了，用尽最大力气问道："那你想要什么？"

"你要是能说出一些有用的情报，我可以考虑救你。"

徐乐不紧不慢地说道，救人，也要救得有价值，为了个金属 ID 卡救人，那就太不值了，不能怪他功利，生存游戏本就这样残酷。

"我知道……许多机密的……情报……"

那男子快要被勒断气了，话说得断断续续，声音越来越低，眼看着就要断气了。

徐乐拔刀猛斩，勒着男子胸口上方的一根藤蔓被轻易斩断。男子呼吸一畅，急忙贪婪地大口呼吸着空气，隔着呼吸过滤面罩，都能听到他的吸气声。

喘了好一会儿，男子才算恢复过来，借着这个时间，他也在偷偷观察徐乐他们三人。三人中明显徐乐做主，看着年纪不大，身材瘦削，但眉宇间那股坚毅，让人印象特别深刻——一看就不是好糊弄的人。

"说说吧，你都知道什么……"徐乐淡然问道。对方如果敢骗他，他不介意亲自动手杀人。

"你们想知道什么？"男子讨好地赔笑着，"只要是我知道的，一定不敢有任何隐瞒。"

"说说军旗的情况。"朱菲忍不住问道，她对这个最为关心。

"军旗？"男子看出来了，这几个人对于军旗的事情应该一无所知。他眼睛转了转，就看到徐乐森然冷酷的眼神，顿时一凛，再不敢乱看。

"怎么没人拿军旗，难道有什么限制？"朱菲不耐地再次问道。

男子这会儿不敢迟疑了，忙答道："军旗是有限制的，无法离开无重力区域，拿着军旗就只能待在无重力区，想躲都无处可躲。"

顿了下他又说道："而且，一旦有人拿到军旗，所有守护者就会得到通知。"

朱菲俏脸一白，刚才她要是动了军旗，那麻烦就大了。她又禁不住生气，颜落肯定知道其中的关键，却没和他们说过一句。

徐乐早就知道事情不简单，听男子说得很合理，问道："你们来了多久了？有几个人？"

性命都在对方手里，男子也不敢说假话，其他人的死活他也不在意，当下老老实实地说道："我们有三个人，也是过来侦查中央区域的情况，半路发现了一处隐蔽的秘密建筑，还没等探查，就遇到了一只变异老虎。他们俩都被杀了。我拼命逃跑，一个没注意就被吸血藤缠住……"

男子说起来一脸的苦色，他的运气实在太差了，发现隐蔽秘密建筑本来是好事，却遇到变异老虎，好不容易虎口逃生，又被吸血藤捆住。要不是遇到徐乐，他很快就会被吸血藤活活勒死，血肉都会变成吸血藤的养分。

"发达了！"

杨斌却是大喜过望，他知道徐乐不太了解这些情况，解释道："史前遗迹中有许多隐秘的机关、秘密建筑，运气好能在里面找到好东西，回去上报，还能得到一笔生存点数的奖励！"

杨斌按捺不住兴奋，史前遗迹的秘密建筑都成了传说，能找到这些秘密建筑都需要逆天的运气，完成侦察任务，不会有多少生存点奖励，找到秘密建筑就完全不一样了。

前面几天平安度过，接下来必然连场血战，有一件高级武器，就能大幅提升生存概率。

徐乐点了点头，沉吟了下道："你带我们去秘密建筑，我可以放你一条生路。"

男子哪敢拒绝，连忙点头答应。

徐乐挥刀斩断他身上的吸血藤，把男子放下来，他被勒得全身血液流通不畅，浑身发麻，坐在地上休息了一会才勉强缓了过来。

男子倒也干脆，很自觉地走在最前面。

徐乐三人跟在后面，朱菲手里拿着机械滑轮弓，只要对方稍有异动就会动手。杨斌最弱，为了防止意外，只能跟在最后面。

男子在前面带路，在千奇百变的溶洞中左转右绕，最终进入了一个曲折溶洞。溶洞入口很狭小，位置又低，身材最高的徐乐勉强爬进去，好在里面空间宽阔，溶洞四壁发着碧绿微光，环境还算明亮。

溶洞内的多条贯通的通道，也不知都是通向哪里。显然，那个狭小低矮的洞口并非是唯一的入口，溶洞最深处，徐乐他们看到一扇厚重的金属大门。

史前遗迹中到底是从何而来，一直是众说纷纭，有人说是远古文明的产物，也有人说是外星文明留下的文明遗迹。时间太过久远，哪种说法都无从考证。

孤星政府一直很积极地挖掘史前遗迹，但不知为什么，这片区域似乎始终没有全面开发，只是每年的生存游戏中，偶尔发现一些遗迹文明。

"就是这里。"男子指着金属大门道，"我们还没来得及进去，那只变异猛虎就跳出来了。"说着他走上前几步，费力地拉开金属大门。

不知关闭了多久的金属大门，发出刺耳的金属嘶鸣，在溶洞中回荡不休。

男子拉开大门后没敢乱动，侧身站在一旁，似乎等着徐乐先进。

徐乐慢悠悠地从他身边走过，那人微微低垂的眼眸中突然闪出凶光，右手一动从腰间拔出匕首，直刺徐乐的腰间。

和徐乐三人待了这么久，男子早就看出来了，徐乐不但最危险，也是小组的首脑，那个女的拿着机械滑轮弓，在近距离内也没多少威胁。

只要先杀了徐乐，其他两个人必然惊慌失措。

徐乐对此却早有准备，他向左横跨后转身，右臂在对方持刃的手上一别，顺势一拳打在对方腋窝下。这里是人的软肋，风吹不到，雨淋不到，连光都见不到，最是柔软。

一拳下去，男子痛的脸都抽搐成一团，整个手臂酸麻无力，匕首脱手掉落。

徐乐左右手交叉卡住他的脖子，干脆利索地发力一扭，就听"咔嚓"一声，那人顿时没了动静。

"徐乐，没事吧？"

朱菲正在打量金属大门后的情况，一个走神，根本来不及出手。突然的惊变，让她惊出一身冷汗。

徐乐随手放开那男子，摇头道："没事。"

他脸上带着几分低落，虽然必须杀死敌人，但他还是感觉到悲哀和索然无味。

杨斌也看出徐乐的低沉，拍拍他的肩膀。

朱菲犹豫了一下，恶狠狠地俯身把死去男子的金属ID卡拽下来，"是他自己找死，也怪不得我们无情。"

"我们进去看看吧。"

徐乐招呼一声，三人迈步走进去，迎面就是一条银色金属通道，墙壁内部透出淡淡的光芒，把通道照得一片通明。

单是这条通道，就显出一种难以言说的科技感。徐乐也禁不住感叹，不愧是远古文明遗迹。

"可能是利用电离惰性气体发光，只需要微弱的能源供应，就能保持很长时间。"

杨斌也同样感慨，对于他来说，这里的先进技术实在让他惊叹。

"这在天鼎城还是实验室里面的技术，极其不成熟，这里的科技水平和我们完全不是一个时代啊……"

"这地方以前应该没人来过。"

朱菲注意到，银色金属走廊异常干净，连一点灰尘都没有。如果有人来过，不可能一点痕迹都不留下。

杨斌也很兴奋，"这里位置异常隐蔽，没被发现也很正常。"

从没被发现的遗址秘密建筑，不知会藏着什么好东西。徐乐也不禁加快了脚步。

金属甬道其实很短，走了几十米之后，面前有一个圆盘状的大门，在三人贴近的时候突然旋转收缩，露出了里面小小的一个舱室。

"发达了！"杨斌大叫，他虽然近视，但是眼睛很尖，第一眼就看到挂在舱壁上的磁暴射电弓！

秘密建筑里共有两件武器，还有一些复杂的仪器，以及各种奇异药品，就是杨斌都不认识这些仪器是干什么用的。

发现秘密建筑，他们小组可以获得生存点奖励，但因为探索获得的这些生存点最终都属于团队指挥官，也就是守护者颜落。

这是生存游戏的规则，徐乐他们虽然不情愿，也没办法改变。

徐乐没有在这里多耽搁，取走武器后，立刻以最快的速度返回据点，徐乐行动时都是选择夜晚，他敏锐的五感总能让他提前发现危险，虽然背着沉重的武器，回去的路程还颇为顺利。

由于发现了秘密建筑，颜落非常重视，同时召见他们三人。

看到磁暴射电弓，就连颜落都不禁眼睛亮了亮，不过她性子沉稳，淡淡问道："这弓的威力很大，对使用者要求非常高，你们小组有人能用吗？"

徐乐当然要为朱菲争取，坚定点头道："我的同伴在训练中射箭相当出色，她在磁暴射电弓考核中得到 97 分。"

"97 分？"颜落对朱菲也不禁刮目相看，点头道，"那这就暂时交给她使用。"

徐乐这一组表现抢眼，安排的任务都完成得很出色，这次不但探明了中央区域的情况，还找到了一座秘密建筑，功劳极大。

这张磁暴射电弓又是他们自己得到的，心高气傲的颜落也不愿意占这个便宜，既然朱菲能用，索性就大方一点。

徐乐松了一口气，拿到磁暴射电弓，不只是提升了他们小组的战斗力，更意味着颜落对他们的重视，至少，他们不会沦为炮灰。

毕竟，谁也不舍得用一万八千个生存点去做炮灰！

"至于这东西……"颜落看着徐乐扛来的另一件武器，有些好笑地道，"这是巨型冲击战斧，是蒸汽动力战甲的配套武器。"

颜落没有兑换蒸汽动力战甲，巨型冲击战斧柄的粗刃很重，重量达到四十公斤，拿起来不难，想要当武器来运用就太难了。

徐乐的力量虽强，使用这样沉重的武器也很勉强，但徐乐觉得这东西很霸道，也许会有用处，点头道："正面攻坚，我应该能用得上。"

"那好吧。"颜落不想多讨论，"你可以带着它，行军时可以放在蒸汽摩托上运输。"

"从今天开始，你们三人就跟在我身边，和亲卫小队同样待遇。"最后，颜落才轻描淡写地宣布了奖励。

徐乐呼出一口气，颜落身边肯定是最安全的地方，如果轮到他们拼命，就证明局势危急，想不拼命也不行了。

颜落原本就准备出击，徐乐他们发现了秘密建筑，向上报告后换来了三万生存点。这一大笔意外收入，足以换两件高级武器，加上朱菲的磁暴射电弓，已经是极其巨大的优势了。

等徐乐他们离开，颜落立即召集两位追随者开会。

"晚饭过后，集体拔营，准备在夜间突袭白童所带的大队，力求全歼对方。"

颜落的语气很平静，追随者张大方和韦绝却很惊讶。韦绝急忙劝道："大人，这只是游戏开始第五天，我们不用这么着急。"

"歼灭战。"颜落深深地看了眼韦绝，又冷然重复强调了一遍。

颜落不容置疑的坚决，让韦绝悚然一惊，急忙闭嘴。

"白童性子狂妄好战，这一天不断袭击各支队伍、掠取生存点。她收益不小，可损失也大，她也绝对想不到，我们会放弃铜墙铁壁的据点主动出击。"

颜落断然说道："攻其不备出其不意，只此一条，我们就占据绝对优势。只要全歼白童，就能夺下她所有的生存点。在黄区就地兑换，足以让队伍装备升级。休整后进入中央区域，等到时机合适就夺取军旗，一举奠定胜局。"

两位追随者毕竟很重要，颜落心中不满，但也要给两人解释清楚她的战略。

前面修筑营地据点，故意做出稳守姿态，也是为了麻痹周围的几支队伍。现在时机成熟，她就毫不犹豫地冒险出击。从稳固防守到断然出击，这种战术风格的突变，也会让周围队伍措手不及。

当然，全员突击的战术极其冒险。一个弄不好，也许就是全军覆没的下场。但在生存游戏中，哪有万全之策。

"是。"颜落既然主意已定，并有全盘的战略计划，韦绝也无话可说。

成熟稳重的张大方，虽觉得计划很冒险，成功的机会也大，他沉吟了一下，也立即表示了赞同。

天黑之后，颜落指挥队伍秘密集结。所有人不得开口说话，不得发出声响，违者立杀。队伍悄然准备完毕，趁着夜色向白童所在的据点出发。

今天阴云密布，根据对大气湿度和压强的分析，很有可能会下雨，也是个偷袭的好天气。

浓郁夜色中，徐乐能清楚地看到扭曲虬节的树木胡乱摆放着，四面的灌木丛很明显有被砍伐焚烧的痕迹，白童一方明显对这里进行过清理。

很显然，白童对颜落也是有所提防的。所以才会清理这里，避免被人潜伏进来。

进入这个区域后，所有人都趴伏在地上。前方有人先行潜入接应，他们在这里等待攻击的信号。

颜落的容貌明艳无瑕，却没有美丽女人的娇气。和所有人一样趴伏在地上，不搞任何特殊。

"上来就打这种仗，会不会太冲动？"

杨斌他们距离颜落比较远，夜里风声又大，杨斌忍不住跟徐乐小声地嘀咕起来："颜落漂亮是漂亮，可到底行不行啊？"他总觉得全员出击太冒险了。一旦输了，就再也没翻身的机会。

"人家是八大守护者学院的优秀毕业生，专门学的就是各种战术战略，比你强多了，可不用你乱操心……"朱菲颇为不屑，杨斌是很博学，可说到战斗就差得远了，她觉得颜落这次出击很让人意外，也很漂亮。

朱菲想了下，又忍不住"八卦"道："就是不知道她用什么高级武器？"

他们见过颜落许多次，从没见过颜落佩带武器。以她的身份，必然要配备一件高级武器。

高级武器不论是性能还是威力，都比中级武器高一个时代。一把高级武器，如果能合理有效地使用，可以轻易碾压使用中级武器的敌人。

从生存游戏的标价就可以看得出来，一个亡命者就值一千点，一把高级武器至少要一万五千点，顶得上十五个亡命者。

就像朱菲手上的磁暴射电弓，以电磁驱动箭矢，射程足有两千米，找一个合适的地形，箭法神准的朱菲，一个人就能全歼一个大队。

高级武器的威力强大，所以朱菲对颜落的武器很好奇。可惜，颜落隐忍深沉，从来也没显露过她的武器。

前方很快传来消息，队伍再次悄然前进。走了没多久，徐乐就在路边发现了两个穿着黄色军装的尸体。他本来还在奇怪，敌人怎么一点警戒都没有。原来是哨兵都被杀掉了。

徐乐也有些惊讶，这个颜落不但长得漂亮，做事也很有能力，这么干脆利索地拔掉对方哨兵，一定是预先就做好了安排。

一队人安静无声地来到黄方据点外，这里据点比较大，外面都拉起了铁丝网，还有一条条坑道。坑道拦不住人，但里面很可能藏着哨兵，这就很麻烦了。

徐乐的目力很好，能看到几个立在高坡上的帐篷，明显更大更豪华。显然，白童和追随者就住在那里。

"准备攻击。"

颜落拿出一个夜视望远镜，来回观察了一会儿，对徐乐吩咐道："我会先轰炸对方营地，趁着对方混乱之机，让朱菲用磁暴射电弓狙杀白童，如果白童没出现，就杀现场指挥官。"

颜落看了眼徐乐，"不要让我失望。"

既然要用磁暴射电弓，就要表现出相应的能力，否则就没资格使用。徐乐力荐朱菲，要是所推非人，他也要承担责任。

徐乐明白颜落的意思，正色点头应是，他对朱菲有着极强的信心。

朱菲在旁边也听得很清楚，但她不想保证承诺什么，和徐乐在一起，她学会了一个道理，说得再多也不如行动有力。

她默默地摘下了背在肩上的弓。磁暴射电弓外形和普通的弓大不相同，它的弓身完全是直的，更像是一根黑色的棍子，上面缠满了密集的线圈，弓弦则是绷紧的合金钢丝，锋利得好似刀刃，每次开弓都需要特制的防护手套。

如果技巧不够，开弓者的手很容易被强烈的电流灼伤。

高级武器的问题在于射速比较慢，比如磁暴射电弓，射一箭之后至少要充电六分钟才能再度使用，这还没有计算弓弦的冷却时间，以及使用者受到的电流反噬。

徐乐走到朱菲身边低声道："不要有压力，没什么大不了的。"

朱菲看了眼徐乐，这个坚毅剽悍的少年，有时候却很细腻，一句话就让她心里暖洋洋的。但她不想表现得太善感，故意冷着脸道："我练习了几次，这把磁暴射电弓的功率比训练营的更高，只要对方不穿着蒸汽装甲，绝对没有问题。"

她倒不是吹牛，在弓箭上她有着与生俱来的天赋，之前的机械滑轮弓也培养了她的手感，磁暴射电弓的威力更大，她使用起来得心应手。

徐乐点点头，朱菲能有这样的心气就差不了。他转头看向颜落，还在和张大方布置任务。

"先用压缩步枪攻击，惊动对方，然后弹射火箭炮，尽量歼灭对方的有生力量。"颜落说道。

张大方小心翼翼地提出意见道："大人，我们只有一件大范围攻击的高级武器，是不是慎一些……"

"不用。"

颜落打断了张大方，干脆地道："此战是关键，务必全力求胜。"

既然要全力突袭了，就不能再瞻前顾后。张大方做事谨慎周密，却少了锐气。残酷的战斗，要白刃见血，可容不得一丝犹豫。颜落深知此中的道理，态度也异常坚决强硬。

"攻击！"颜落断然下令。

几个拿着压缩步枪的亡命者，各自瞄准目标开枪。距离有些远，又没有灯火照明，压缩步枪的威胁很小。实际上，除了轰鸣的枪声惊醒了对方，并没有伤到任何人。

对面的营地立即就炸了，不知是哪里发出尖锐的警哨声，各个帐篷里都有人影跑出来。白童这支队伍连续征战，战斗经验已经非常丰富，每个人都能找到自己的位置，一副训练有素的样子。

颜落不禁点头，经过几天的磨炼，白童这群手下隐隐有了几分精锐的样子，但也就是样子而已，到底只是一群亡命者，没有经过系统的训练，战术水平都很有限。

她对张大方一摆手，"发射。"

把弹射火箭炮在地上架设好之后，张大方应命发射。一枚火箭弹飞射升空，在尖锐的呼啸声中，在空中如开花般分化成五个更小的弹头，极其优雅地向下方扎落。

"轰轰轰……"

五枚小型火箭弹连续爆炸，压缩的空气爆炸后推动金属碎片，四面开花散射，切割着所遇到的一切。

白童手下亡命者反应很快，听到火箭弹发生的声音，就有人大叫"趴下"。但五枚小型火箭弹笼罩的范围很大，几乎把整个营地都笼罩了进去，趴下也未必能避开，何况有些人反应慢了一拍，还没来得及躲避。

四方散射的千百金属碎片，翻滚着穿透人体后，带起一片片血雾。这种伤害比压缩步枪的弹丸更可怕，只要落在身上就会留下一个巨大的血洞。至少有五六个亡命者当场丧命，还有十多个人重伤。

一枚弹射火箭弹，几乎摧毁了对方过半的战力。

颜落通过望远镜观察了战场，对战果还是非常满意的。

生存游戏比的是指挥官的综合能力，而不是比拼谁的武器强大。在武器方面，生存游戏做了许多的限制。弹射火箭筒已经是威力最大的覆盖性高级武器。

对方也被弹射火箭筒的威力打蒙了，都趴在地上不敢乱动。这时有人站起来厉声大喝，催促众人拿武器进入坑道反击。

"就是他了！"徐乐不知道谁是追随者，但看对方发号施令的样子，就知道没错了。

朱菲深吸了一口气，双脚前后分开，腰背挺直，右手握着磁暴射电弓高高提起，左手三根手指勾着弓弦，眯着眼睛，低头瞄准据点中的追随者。

从这个距离看过去，对方只是一个巴掌高的模糊黑影，说是瞄准其实有些牵强，更多的是一种感觉上的调整。

弓弦缓缓拉开，在朱菲白色的绝缘防护手套前绽放着蓝色的火花，发出噼里啪啦的脆响，她的长发在静电场中悬浮飘散，浑身上下好像笼罩着一层蓝色的光晕。

徐乐站得近，觉得浑身的汗毛也痒痒得竖了起来。朱菲矫健挺拔的身姿，让他觉得异常美丽。心不知怎么的，突然急跳了几下。

"嗖！"箭带着一抹火星，在电磁场的激发下飞射而出，在夜色中留下一道漂亮的橘黄光痕。

磁暴射电弓射出的箭经过电磁加速，速度能够达到每秒两千米，远远超出了音速，刚见弓弦抖动，对面的追随者就应声而倒，胸口炸开一片炽烈的电光。

在高速箭矢下，人类的血肉之躯无比脆弱，就算是普通的钢板防弹甲，在箭矢下也和薄纸没有区别。

朱菲惊艳无比的一箭，从超远距离狙击了白童的追随者，也让对方失去了战场指挥官。对方一下就乱了起来。

这种骚乱，完全是出于人的本能。一旦爆发就无法再控制。

"全面进攻。"颜落冷静地下达命令。

机不可失，对方已经乱了，现在没有任何抵抗力。此时正好乘胜追击，一举击溃对方。

韦绝大声应命，指挥两个小队的亡命者，向前冲锋。

颜落看了眼旁边的亲卫，对他说道："你们也都上去，我不用人守着。"

说着看了眼朱菲，她又道："她和徐乐、杨斌留下。"

这个女射手很不一般，距离一千多米都能一箭命中，是个人才，以后还有大用，必须要保护起来；杨斌是技术人才，也不能用来冲锋陷阵；徐乐是他们一组的，配合默契。

颜落也要考虑自身的安全，有一个小团队在身边还是有必要的。

众多亲卫虽有些嫉妒徐乐他们的待遇，这会儿也不敢多说，都急忙领命而去。

深深的夜色中，韦绝和张大方指挥二十多名亡命者，对白童一方的人追击围剿。对方全无斗志，一触即溃，很快就又丢下五六具尸体，剩下的人一哄而散。

其间朱菲又张弓开箭，杀了对方一个高手，彻底奠定了胜局。

颜落通过夜视望远镜观战，对韦绝、张大方等人的表现还算满意。眼见众人踏破高坡上的最后一顶帐篷，也不见白童的踪影，她也有些奇怪。难道对方根本就没在营地？

不过，白童就剩下一个人，也掀不起什么风浪来，跑就跑了，真要在战场上杀了白童，反而麻烦。

颜落目送众人追过高坡，知道胜局已定，心里也轻松了许多。她随口叫来朱菲，转身正想说话，左侧突然有一团模糊的黄影猛扑而来。

颜落一惊，她还没完成转身的动作，仓促间也无法发力。明知不对，也无法躲避。只能尽量缩肩收颈，双手环抱胸口，减少被攻击的面积。

虽然做出了应变准备，颜落的心却早已沉到谷底。来人扑击得如此凶猛凌厉，肯定是穿戴着蒸汽机械臂的白童。这个女人战术不怎么样，近身格斗却极其厉害。配合蒸汽机械臂，只有装备了蒸汽装甲才能和她一战。

白童隐忍了这么久，好不容易等到了机会，绝不会失手。

颜落心思如电转，立即就想通了一切，可惜，这时候就是有万般主意也是无计可施。想到即将到来的死亡，她反倒平静下来，作为一个军人，她觉得战死很正常，虽然被偷袭杀死有些丢人。

朱菲正好走过来，眼看有人袭击，不假思索地向前一扑，推开了颜落。她却结实地挨了那人一击，巨大的冲击力量让她整个人直接侧飞出去，人在半空时就控制不住地鲜血狂喷。

"白痴！"

那袭击者一击不中，忍不住痛骂了一声。眼看着颜落一个翻滚，已经和她拉开了距离。白童犹豫了一下，当机立断，放弃了追击的想法，转身就走。蒸汽机械臂微型蒸汽动力，从手臂一直传导到腰、腿，她的双腿就像装了弹簧一般，一发力就跃出很远，几个纵跃，人就消失在丛林中。

一连串的惊变，快得让人来不及反应。强如徐乐，也因为距离有些远，等他疾奔过来的时候，战斗就已经结束了。

看到在地上翻滚出去的朱菲，徐乐脸色大变，他没管颜落，急忙跑到朱菲身旁，看到她眼神很清明，心里这才松了口气。还好，还活着……

但也只是还活着，徐乐很清楚，刚才那一击太凶猛了，蒸汽机械推动下，释放的动能极其可怕，不是血肉之躯能抵挡的。他轻轻拂过朱菲的肋下，那里深深塌陷出了个坑，肋骨至少断了好几根，也不知道有没有伤到内脏。

颜落这会儿也恢复了冷静，走过来查看了一下，轻轻叹了声："没救了，带上她的武器和金属 ID 卡，我们去和前面队伍会合。"

被伏击过一次，颜落可不想被伏击第二次，现在要尽快和追击队伍会合。至于朱菲，只能让她留在这慢慢等死了。

徐乐愕然道："长官，刚才是她救了你！"

要不是朱菲奋不顾身救了颜落，颜落这会儿都变成尸体了，现在居然见死不救，要把朱菲自己扔在这等死。

徐乐怀疑自己的耳朵是不是听错了。

颜落明锐的眼神中闪过一抹不悦，"她是救了我，但我没办法救她。我唯一能做的，就是让她安静地死去。"

徐乐脸沉如水，也许颜落说得没错，但这么无情的理智决定，是他不能接受的。他可以理智，但不能无情。

杨斌哭丧着脸，"长官，她也许还有救，我们至少把她搬到营地去……"

"没有这个必要，也没有时间。"颜落冷漠地拒绝了，"我们也没时间休整，更不会去找营地驻扎。"

颜落相信自己的判断，也没心情再多解释，她也不愿意看着朱菲死，但现实就是如此，换作任何人躺在那里，她都会做出同样的决定，这无关感情，只是最理智的抉择。

被颜落冷冷看了眼，杨斌默默跟在颜落身后，不敢再说话。他心里也痛苦，但他知道生存游戏的规则，也不敢违抗颜落的命令。

"我不走，我要留下来陪朱菲。"徐乐看着颜落，无比坚决地说道。

"徐乐！你别犯糊涂！"

杨斌急得眼泪都冒出来了，他舍不得朱菲，但现实就是这么残酷。朱菲的伤势太重了，在生存游戏中谁也救不了她。徐乐留下来也没有任何用处。

触怒了颜落，很可能被这个强势守护者当场执行军法。

徐乐当然知道其中的危险，但他既然做出了决定，就不会后悔。他直视着颜落，目光冷静坚毅，没有一丝畏惧。

哪怕颜落当场杀了他，他也不会改变自己的决定。

颜落淡漠地看了徐乐一会儿，才把目光转向朱菲。

朱菲受的伤太重，已经陷入半昏迷的状态。随着微微的喘息，曲线玲珑的胸膛不断起伏，毫无血色的脸异常惨白柔弱，有一种凄婉的美丽。

颜落蹙眉沉吟了下道："你这么做毫无意义，你只能陪着她一起死。"

"我明白。"徐乐说道："相比于放弃同伴，我宁愿死。"

不知怎么的，颜落突然有些嫉妒朱菲了。她也不再劝说，对杨斌道："留给他们三天分量的食物和清水，还有那小子的巨型冲击战斧。其余的东西，全部带走。"

人可以丢在这里，武器绝对不能留着，巨型冲击战斧谁也不能用，带着还是累赘，干脆留给徐乐，食物和清水，算是给她的小小补偿。

徐乐犹豫了下，还是说了句"谢谢"。颜落虽然无情，却算不上坏，给他们清水和食物，更说得上慷慨，他不喜欢颜落，还是要感谢。

听到这一声谢谢，颜落眉宇间流露出一抹异色，但她没说话。转身迅速走了。

杨斌犹豫地跟在颜落的身后，又频频回头张望。他在等待徐乐的召唤，或者徐乐改变主意，不论哪种都好，他都能接受。

可惜，徐乐只是对他挥了挥手，再没说任何话。

杨斌觉得很委屈，却终究鼓不起勇气甩脱颜落。就这么神思不属地跟在颜落身后，渐行渐远。

徐乐守在朱菲身边，小心翼翼摸索着断骨，希望能够慢慢地帮朱菲接上。朱菲的胸部温软滑腻，由于断骨的剧痛，她皮肤上冒出了一层薄薄的香汗。

这种时候，徐乐当然没有什么邪念，他神情专注，稳定地推动着断骨，尽最大可能让它们连在一处。

他也就是在训练营学过简单的急救接骨，这是第一次真正给人接骨，手法粗糙力气也不小。

接最下面两根小肋骨的时候，可能是用力过猛，朱菲嘤咛一声，被硬生生地痛醒了。

她发现上身清凉，眼眸一垂就看到挺拔秀美的乳房暴露在外，但看到面前的人是徐乐，她立刻放松下来，脸上甚至多了几分羞涩。

朱菲很快察觉到了不对劲，强忍痛楚地问道："你怎么留下来了？"以她的智商，当然能猜到发生了什么。

其实，受了重伤后，朱菲就知道她完了，再也不可能活着离开生存游戏了。昏迷的时候，她没有想起母亲，反倒是在想着徐乐。没人和他并肩战斗，没人帮他狙杀强敌，他还能赢吗？没想到醒来的时候，还能看到徐乐。那一刻她心中真是充满了无尽的喜悦。身上的剧痛，似乎也不是不能忍受了。

"别说话。"徐乐认真地在接最后一排断骨，"待会儿我找东西给你固定住骨头，就应该可以移动了，我们得找个地方躲起来。"

徐乐刚才也在考虑对策，唯一活下来的可能，就是找个地方躲起来不让任何人发现。只要颜落能赢，他们就能活下去了。

这一战颜落奠定了巨大的优势，只要后面不犯大错，获得最后胜利的概率还是很高的。

倒是躲在哪里，让徐乐很为难。到处都有变异猛兽，到处都有人在厮杀。想找个安全地方躲避，可没那么容易。关键是朱菲伤势很重，想要妥善安置她都是大问题。

"其实你不用管我的。只希望你出去后，能替我看看我母亲。"

朱菲虽然感动，却不想拖累徐乐。徐乐这么勇猛善战，他和颜落在一起，有很大机会赢得最后的胜利。

"我不认识伯母，还是你来介绍认识比较好。"徐乐正色说道。

明明是同生共死，徐乐却说地很简单。朱菲又是一阵激动，眼泪差点脱眶而出。她强忍着眼泪，故作淡然地道："好啊，那等我们出去，我带你去看她……"

朱菲精神不济，徐乐让她不要再说话了。帮她接完断骨，又砍了许多树枝，细心削去皮和尖刺，在断骨处做了简单的固定。

徐乐用树枝编了一个担架，勉强能拖着朱菲和巨型冲击战斧行进。这样行进的速度当然很慢，花了三四个小时，他们总共也不过挪动了一千多米。好在徐乐找到一处山壁夹角，空间狭小稳固，倒勉强能够容身。

丛林里不时传来一声变异猛兽的号叫，徐乐也不敢大意，冲击战斧就放在手边，厚背砍刀横放在腿上，眯着眼睛小憩。他布置了几个简单的陷阱，虽拦不住变异猛兽，却能起到警示的作用。

可祸不单行，差不多到凌晨一点的时候，酝酿了一整天的雨，终于下来了。

雨水带着一股浓烈的硫磺味道，落在皮肤上会有种轻微的灼痛。几分钟之后雨越下越大，在无星无月的夜晚，就像是有人在天上向下倾斜化工污水一样。

朱菲身体表面还有许多破裂的伤口，滴水后肯定会被感染。徐乐把朱菲挪到最里面的角落，这里是岩壁下的死角，绝对不会被雨水淋到。但地方狭窄，勉强只能容下一个人，他站外面一定就不可避免地被迸溅的雨水淋到。

没过多久，他从头到脚就湿透了。整个人就像是泡在臭水沟里面一样，黏糊糊臭烘烘。

一直到第二天早上，黑沉沉的东方露出一抹淡淡白曦，这场倒霉的大雨才停下来。

徐乐脱下外衣和内衣，用力拧干，又胡乱擦了擦身体，重新套上衣服。虽然全身还是湿乎乎的，却舒服了许多。用不了多久，身体的温度就能把衣服蒸干。

又等了没多久，朱菲也呻吟一声醒了过来。

"你醒了，要喝点水吗？"徐乐擦了擦手，摸了摸朱菲的额头，并没有发烫。心里一松。好在朱菲体质足够好，没有发烧感染。这也证明了她只是肋骨断了，内脏没事。好好调养就能活下去，这是件大好事。

朱菲浑身异常虚弱无力，她勉强点了点头，连说话都有些费力。

徐乐拿出水壶，小心翼翼地喂了她两口。朱菲这才略微恢复了几分精神，强笑着说道："刚才我做了个梦，梦见我们在满是黑烟的城市里散步，头上戴着厚厚的口罩，但不知为什么，心情却特别开心……"

失去了之后，才会觉得珍贵，原来厌恶的东西，在死亡面前也会变得弥足珍贵。

现在想想，城市中呛人的煤烟，震耳的蒸汽机轰鸣声，居然是那么亲切。

"我们会出去的。"徐乐就像是保证一般地说道。

朱菲笑了，她艰难的伸出纤细的手指，轻轻按在徐乐粗糙的手背上，"徐乐，你能不能答应我一件事？"

"说。"生死与共，还有什么事不能答应？徐乐全无犹豫。

"如果我死了，你一定要想办法活着出去。"朱菲认真地看着他的眼睛，说到生死时语气很平静。

徐乐知道朱菲要交代遗言，但他不想听。一个人连后事都交代了，生存的欲望就会大大降低。这个时候，朱菲需要的就是执念。

他冷硬地打断了朱菲，"有些事情只能你自己去做，我帮不了你。"

朱菲有些不解，正要再说些什么，徐乐突然侧耳倾听，同时做了个噤声的手势。朱菲急忙闭嘴，她和徐乐在一起这么久了，早就发现他的感官异常敏锐，总是能提前发现敌人。

"有人来了……"徐乐贴在朱菲白嫩的耳边轻声说道："你不要出声，我去看看。"

朱菲的耳朵很敏感，徐乐热乎乎的吐气让她有些发痒，不知怎么的心就慌了，雪白的脸庞立即涌起一层红晕。

徐乐没注意到朱菲的情绪微妙变化，他的注意力都在外面的人声上。听了一会儿，他提着巨斧向外走去。他动作利索灵敏，感官又敏锐，哪怕拿着沉重的巨斧，脚下也几乎没有声息。

一片荆棘丛中，徐乐悄悄起身探头，看到一群灰色军服的人，排列着松散的队形缓缓地通过山谷。徐乐看过地图，知道灰色区域在黄色区域的下方，他们应该是发现黄色区域受到了攻击，这才赶过来捡便宜。

不过，他们只敢在白天才行动，指挥官可没多大的胆子。当然，也可以说他很谨慎。

徐乐并没有看到灰色队伍的守护者。也许他变装藏在队伍中，以免受到狙击，这也符合徐乐对他性格的猜测：谨慎。

两名追随者一前一后，指挥着队伍前进。

这群人神情沮丧，不少人身上还带着伤，人员数量也不对，应该是吃过败仗了。

随着距离不断接近，徐乐已经能听到亡命者之间的对话。

"还不快点走，等那几个黑色的混账追上来了，我们都得死！"

黑色队伍！徐乐面色一凛，黑色区域位于地图的左下角，也就是西南面，和灰色区域中间还隔着一支队伍。他们敢横跨区域作战，只能证明一件事，和他们相邻的队伍已经被歼灭了。

连续歼灭两支队伍，黑色一方的指挥官很厉害啊！如果他们继续前进，肯定会和颜落遇上。

徐乐心中一震，顾不得再看这群人，他要带着朱菲立即离开这里。退的过程中有些太急了，巨型冲击战斧挂断了一根树枝，发出清脆的"咔嚓"声。

"什么人？全体卧倒！"

这声音其实不大，但对方是惊弓之鸟，非常警觉。有人听到异常声响后，急忙发出警示，当先的守护者大喝一声，自己朝着徐乐的方向过来探查，也吩咐其他人立刻趴下，另一位追随者在队伍最后，也循声赶来。

徐乐毫不犹豫，撒腿就向朱菲的反方向跑去，他不是抛弃朱菲，而是必须将人引开。

"站住！"发现只有一个人，看守后方的那名追随者胆子也变大了，他带着一名亲卫加速追了上去。灰色队伍中的指挥官慢慢从地上起来，看着狂奔而去的两个身影，微微皱起了眉头。

"这两个蠢货……"

他本来就对后面那名追随者很不满，这时候更忍不住大骂。他狂妄自大，完全没有作为追随者的自觉，所以接连打败仗，至少有一半责任在这个人的身上。

现在都什么时候了，还有心思去追一个无关紧要的亡命者！这脑子里装的都是什么东西！

守护者阴沉着脸，指挥队伍继续前进，他可不想为了两个蠢货浪费时间。

徐乐没拿沉重的巨型冲击战斧，奔跑的速度很快，但他怕对方不追他，反而去搜索周围，那朱菲就危险了，所以故意放慢了一些速度。

追来的两个人速度也不慢，徐乐转头看了一眼，却发现大队人马继续前进，竟然只有两个人对他狂追不舍。这让他极其意外，不知对方搞的什么鬼。

他又连续回头看了几眼，发现对方的大队伍的确是越走越远，眼看着已经越过那边山坡，心里也松了口气。只有两个人，那就好办了。

"给老子站住！"

追在最前面的亡命者本想抓活口，可徐乐速度始终不减，他们的大队伍却走得不见踪影，他心就急了。他不想再留什么活口，抬起压缩步枪就开了一枪。

"砰"的一声，铁弹擦着徐乐的右臂飞过。

徐乐对压缩步枪极其熟悉，对方一枪不中，他心中大定，陡然转身，向着那个亡命者冲过去。

双方距离不过二十几步，徐乐转身跑了几步就已经到了对方身前。

那个亡命者有点心虚，但他想着身后还有高手，勉强壮着胆子横起压缩步枪。压缩步枪充气要一会儿，现在只能当铁棍来用。

好在只要拖延一下，后面的强大追随者就会赶上来，毙了这小子。

徐乐一看对方的样子，就知道他不精通格斗，猛扑上去，举刀就砍。

对方急忙举枪横架，徐乐手腕一转，两尺长的厚重刀锋轻易绕过压缩铁枪，猛地抹在对方的脖颈上。

一刀下去，对方脖子就被斩断了大半，血噗地就喷出来，那人惊骇欲绝的眼神中，捂着脖子无力地颓然倒地。

空气中的血腥气，浓重得有些刺鼻。

"白痴！"

另一名追随者大怒，对手下的无能极其不满，他怒吼道："低级贱民，你死定了！"

徐乐觉得这语气很熟悉，仔细打量了下，不禁大笑起来："宋爷，又见面了！"

对面这个追随者正是天鼎城的宋云峰宋爷，徐乐之所以会来参加生存游戏，宋云峰绝对是罪魁祸首。徐乐怎么也想不到，他能在生存游戏中遇到宋云峰，当真是喜出望外。

宋云峰有点发蒙，对方认识他，可他怎么也认不出对方。他大喝道："你是谁？既然认识我，还敢动手？"

宋云峰身材不高，但肩宽背厚，挽着袖子的双臂肌肉高高隆起，颇为强壮。他仍然梳着油亮夸张的大背头，在一群战士中显得非常浮夸，极其显眼，所以徐乐很容易就认出了他的身份。

可徐乐的模样却和几个月前大不相同，少年的青涩全部褪去，眉眼间只留下坚定与剽悍。身躯还是那么瘦削，但不同于过去的干瘦，他身上多了层漂亮的流线型肌肉，多场血战的磨砺，更让他有了一股铁血冷厉的强横。

宋云峰上下打量了半天，也没认出徐乐来。当然，也因为那天天色太暗，他始终没看清徐乐本来的样子。

徐乐哂笑道："宋爷，在这里你还摆谱，拿着一口烈焰喷射刀，就觉得自己变厉害了？几个月之前我打得你跪地叫爸爸，你这就忘了！"

宋云峰手里的中级武器烈焰喷射刀，是中级武器中最顶级的武器。刀身修长锋利，刀背处还留有油管，油管的顶端会喷出灼热的火焰，总共可以持续十五分钟左右，是近战者极其霸道的武器。

不过再好的武器，也要看是什么人用。宋云峰格斗也就是不错而已。一个称霸惯了的家伙，骨子里根本就没有那股铁血气息，要是他真那么强硬，也不会被枪一指就跪了。没有了身后的势力，宋爷真算不上什么。

在生存游戏中，就算是荣誉公民，别人杀起来也不会手软，这就是生存游戏的规则。

听徐乐这么一说，宋云峰的眼珠子就像手中的刀一样要喷出火来，"你是徐乐！你居然还没死！"

天鼎城中被徐乐用枪逼着跪下道歉，可是宋云峰一辈子都抹不去的耻辱。徐乐被抓走后，他特意找人收拾徐乐，给他关了禁闭，传来的消息，也说徐乐死定了，他才没有再继续关注。

没想到徐乐竟然没死，还参加了生存游戏！

"真他妈的！"宋云峰忍不住破开大骂，"太好了，老子今天就亲自动手弄死你！"

上次短暂的交手，宋云峰可不觉得徐乐有多厉害，只是运气好，抢了警察手里的枪，这才逼得他下跪。

"我也是这么想的！"徐乐掂了掂手中的砍刀，冷笑着说道。

宋云峰勃然大怒，双手握着烈焰喷射刀，大步跨前几步，距离徐乐还有七八米的时候突然挥刀。油管中喷出的火焰顺着长刀迅速伸展，化作一条十多米长的火龙。

火焰喷薄的特殊油精，一旦沾染就会不停燃烧，哪怕跳入水中都很难熄灭，真要被火龙卷上，徐乐立即就会变成一大团烤肉。

但宋云峰一挥刀，徐乐就知道他要干什么了，几乎是同时贴地向前一滚，手里砍刀同时脱手飞掷出去。

巨大火龙完全阻挡了宋云峰的视线，等他发觉不对，飞旋的厚背砍刀已经深深没入他的小腿。整条小腿几乎被完全切断，他平时养尊处优，哪里能忍得这样剧痛，当即扔掉了烈焰喷射刀，躺倒在地，双手捂着小腿狂叫起来。

徐乐走过去一脚踏在宋云峰的胸口，伸手拔下他小腿上的砍刀，引得宋云峰惨叫声再次拔高。

"宋爷，你叫得就像个娘们儿，一点也不爷们儿啊。"

徐乐实在是恨极了宋云峰，罕有地讥讽了他两句又摇头道："我们的账该好好地算算了！"

　　宋云峰只觉得喉头冰凉，厚背砍刀的刀刃尖锐锋利，哪怕徐乐不用力，柔弱的咽喉似乎也随时可能被割破。

　　宋云峰满头大汗，眼中都是惊惧的光芒，在死亡的威胁下，小腿的剧痛似乎也不算什么了。

　　徐乐禁不住摇头，越发瞧不起宋云峰。这种废物，要不是仗着家里的权势，哪有资格在天鼎城称霸，哪有能力害得他如此狼狈。

　　"宋爷，你又落在我手里了，这次你打算怎么救自己？"

　　宋云峰听他语气森然，浑身汗毛直竖，忙大叫道："我的生存点都给你，烈焰喷射刀也给你，都给你……"

　　徐乐冷冷看着宋爷，连求饶讲条件都不会，这家伙活得真失败。

　　宋云峰也醒悟过来，这些东西不用他送，徐乐也都能拿走。死亡之际，他脑子倒是转得很快，连忙又道："我是追随者，守护者一定会出生存点帮我赎命，我可以给你一大笔生存点！"

　　"不用了。我一个生存点都不会要。"徐乐本来想戏弄宋云峰，为自己出口气。可宋云峰的愚蠢让他觉得很无聊，他居然会和这样的废物计较。

　　宋云峰听出了不对，他狂吼道："你敢杀我，我们家族一定会记住你。就算你活着离开生存游戏，也难逃一死！"

　　"你和你的家族都一文不值。"徐乐淡然说着，手中砍刀用力一抹，切断了宋云峰的咽喉。

　　宋云峰不甘地伸手捂着脖子，眼睛死死瞪着徐乐。直到被杀，他还不相信一个贱民敢无视他的家族，敢动手杀他。

动脉血管和气管同时被切断，宋云峰坚持了不到一分钟，就在痛苦中彻底失去了气息。

这时候，徐乐发现远去的灰色队伍居然又回来了。

双方距离还有千余米，但这里视野开阔，灰色队伍的人，都看到了躺在草地上的宋云峰尸体。

为首的守护者还有些不敢确定，拿出望远镜看了一眼，发现宋云峰真是死了，他顿时大怒。

他接连战败，没想到一个亡命者也敢跑来对他挑衅。

灰色队伍连吃败仗，失去了据点，损失了大量生存点数，已经落入困境，现在又莫名其妙地死了一个追随者，这场生存游戏几乎是必败无疑。

灰色守护者真是要气炸了，他已经不想胜利的事情，想先杀了这个亡命者出口恶气再说，于是狠狠一挥手，发令道："杀了他！"

亡命者们大声齐呼，拿着各式各样的武器一起向徐乐冲过去。徐乐只有一个人，杀起来还不容易，亡命者们都想表现一下，拿下这个有些嚣张的敌人。

徐乐大笑两声，摸出宋云峰的金属 ID 卡，抓起烈焰喷射刀，转身撒腿就跑。

一千多米的距离，对方又不熟悉地形，基本没什么可能抓到他。除非对方也有磁暴射电弓，还要有像朱菲那样的天才射手。但这个概率实在是太低了。

眼看徐乐越跑越远，手下不太可能追得上了，灰色守护者大怒，指挥另一个追随者道："弹射音爆手雷，用尽全力也要拿下他。"

追随者有些为难，他觉得对付一个亡命者，不用小题大做消耗中级武器。可看守护者愤怒如狂的扭曲面容，他也不敢抗命。

招呼了两个亡命者，拿着机械弹弓，射出了音爆手雷。

手雷划着漂亮的弧线，向着徐乐的位置落下去。

徐乐一眼扫到天上落下的手雷，吓得汗毛都竖了起来。他在补给点见过这种手雷，突然爆发的声波冲击能笼罩巨大的范围，而且对方很奢侈，居然对他用了音爆手雷。

他余光一扫，发现旁边有个天然塌陷的土坑，不假思索地一跃而入。

同时死死捂住耳朵，张大嘴巴。

杨斌说过，音波冲击是一种机械震动传导，只要让音波顺利通过，就不会对身体器官造成巨大的伤害。人最容易受到伤害的耳朵，只要做好防护，就能把音波冲击的威力降到最低。

"轰轰……"

音爆手雷轰然爆炸，可怕的声波冲击横扫四方，地面上的矮草、尘土、沙石都被声波鼓荡得四处飞扬。

徐乐就觉得脑子一炸，似乎被人用大锤狠狠地敲在耳门上，整个脑子都在"嗡嗡"震鸣不休。

他调整呼吸，努力压制下身体的不适，再次爬出来，可迈步的时候，脚下却像踩到棉花堆一般，软软的发不上力。

耳朵受到震荡太大，破坏了身体的平衡器官，让徐乐失去了对平衡的掌握。

歪歪斜斜地跑了十几步，徐乐才勉强恢复了一些，脚下也终于踩到了实地，把速度再次提起来。

经过这一次耽搁，双方的距离拉近了几百米。

音爆手雷居然没能拿下徐乐，灰色守护者终于忍不住了，他取出像是鱼叉发射器一样的东西，架在肩膀上，猛扣扳机，一条银线疾射而出。

金属弹射的特殊声音，引起了徐乐的警觉，他回头瞄了一眼，就看到天上那道飞射过来的银线。

"蜘蛛网捕获器！"

徐乐心下一凛，对方还有这种高级货。

蜘蛛网捕获器没有攻击性，射出的银线会分化成一面巨大的合金网，对于捕捉单体目标效果异常得好。

不过，每发射一次都需要消耗特殊合金网，对方至多有两三张，居然舍得拿出来对付他，看来真是怒极了。

徐乐也没什么好办法，只能加速狂奔，不断变换方向，想要逃离合金网的笼罩范围。

"砰"的一声闷响，天空上的银线猛然扩展成一片巨大银色巨网，落在徐乐身上。

银色合金的巨网，丝线很细却很坚韧，受力后还会自动收缩。徐乐用烈焰喷射刀试了一下，没能斩破巨网，反而让巨网收缩了不少。他又试着打开阀门，喷射出了烈焰，还是没能破开合金巨网。

徐乐禁不住叹气，如果给他一点时间，总有办法打开巨网，可灰色队伍已经围上来了，干什么都来不及了。

他有些后悔，过于小看对方了，这个守护者临场指挥很高明，使用战术也是环环相套，是个极其高明的指挥官。

当然，徐乐主要是小看了对方拿下他的决心，他怎么也想不到，对方的守护者居然不惜一切代价也要抓住他，遇到豪奢任性的家伙，也是他运气不好，输得无话可说。

"你跑不了，我说过，要把你一段段切碎！"灰色守护者抓住徐乐后，得意嚣张地大叫道。

眼看灰色守护者和一堆亡命者越追越近，徐乐紧握着烈焰喷射刀，神色也沉静下来，难道……就要死在这里了？

徐乐倒不怕死，他记得上学的时候学过一句话：杀人者恒杀之，他杀了那么多人，被人杀死也很合理，没什么可抱怨的。

只是他死了，朱菲也难免一死，想到了朱菲，徐乐又有些不想死。

正当徐乐胡思乱想之际，灰色队伍的后方忽然乱了起来。

一匹雄俊的黑马不知从哪里冲了出来，在马背上，一个穿着黑色铠甲的少年挥舞马刀，砍瓜切菜一般从后面杀了上来。

这人马疾刀快，所过之处没人能挡得住他一刀，转眼间已经接连砍翻了五六个亡命者。

灰色队伍有人惊恐地大叫道："黑色恶魔又来了，快跑，快跑啊！"

"黑色恶魔？"徐乐怔了怔，原来这人就是黑色恶魔。一个人骑马冲击敌方大队，这人不但刀法厉害，胆子也大得出奇。

但不得不说，这人对时机把握得太好了。灰色队伍的蜘蛛网捕捉器用了，音爆手雷也用了，一些中级的武器，只怕都破不开他身上的铠甲。

借着黑马速度一冲，对方队形一定会被冲散。

事实上，黑甲骑士后面，还跟着一群亡命者，他们手里大多有着压缩步枪，"砰砰砰"一阵连射，把灰色队伍仅有的抵抗者全部消灭。

至此，灰色队伍全线崩溃，灰色守护者也无心再战斗，仓皇向外逃去。

徐乐和几个守护者打过交道后，不得不承认，这群守护者不论人品如何，都有很强的实力。颜落冷静果决、白童阴狠凶厉、灰色守护者战术运用巧妙、黑甲骑士勇冠千军。

像宋爷那样无能的废物，和守护者素质差得太远了，根本不能同日而语。

"王凯，我认输，我认输，放过我！"灰色守护者本来就失去斗志，刚才只是想要杀了徐乐泄愤，眼见事不可为，也无意再继续拼命，直接就开口投降认输。

他这么一喊，四散逃命的亡命者们反而红了眼。

守护者投降还可以召唤飞艇逃生，他手下的亡命者却统统要被处死，故而感到了生死的压力，他们只能拼命一搏。

灰色一方反扑很凶猛，王凯却毫不在意，电弧马刀随意挥洒，就如死神的镰刀一样，每一道浅蓝色的弧光都能带走一条生命。配合他手下的亡命者，短短几分钟内，已经斩杀了灰色一方的大半亡命者，连仅存的追随者，都被王凯一刀斩杀。

黑色守护者的强大，也让徐乐大开眼界，他从没想到，个人的实力能提升到这么高。当然，对方身上的装备也都豪奢得令人发指。

"电弧马刀、铁甲黑骑，还有身上的磁悬偏转铠甲，完全达到了高攻击、高机动性和高防御的结合，短短几天时间，也不知他是怎么做到的！"徐乐也是感慨不已。

高级武器，并不是每个补给点都有，兑换还得等待时间，如果黑色守护者不是运气爆棚的话，那刻意凑齐一套不知道得花多少工夫。

颜落也有三件高级武器，彼此间虽能配合，却不可能一个人使用，就算一个人使用，也无法像王凯这样完美地搭配。

灰色亡命者被杀得七七八八，剩下的几个亡命者也失去了搏命的勇气，转身狂逃而去。e而穿着黑色军装的亡命者，则分成几个小组追了上去。

他们的目的也是全歼，每个亡命者都是生存点，自然不容对方逃走。

王凯骑着马，缓缓走到灰色守护者面前，举起电弧马刀，指着他的脸淡淡道："蜘蛛网捕捉器，金属 ID 卡都交出来，剩下的东西也请自觉，别逼我扒你衣服。"

灰色守护者咬牙切齿道："王凯，你不要欺人太甚！"

黑色守护者挑眉一笑，"欧阳林，你要聪明就不该在这时候威胁我。我可以在你的尸体上拿到我想要的，并不费事。"

两人明显是认识的，黑色守护者王凯却很强势，一点情面也不留。

欧阳林被王凯所慑，竟然不敢还嘴，老老实实地把武器、ID卡和其他东西一一交出，这才呼叫飞艇逃生。

战鲨飞艇很快就到了，黑色的装甲两面分开，一道软梯从飞艇底部的圆形舷窗放下来，飘飘荡荡落在欧阳林的面前。

欧阳林攀住了软梯，瞪了一眼王凯，却没敢说狠话，就这么乖乖上了飞艇。战鲨飞艇接到人后，迅速离开。

王凯骑着马，慢悠悠地走到徐乐面前，电弧马刀轻轻一撩，带着蓝色电光的刀锋轻易切断了合金网。徐乐也没客气，急忙从合金网中裂口跳出来。

徐乐站在王凯面前，高度的巨大差距，也让他感到了巨大压力。

铁甲黑骑约莫也有两米高，本身就是神骏的纯血宝马，身上披着细密的鳞甲提供完备的防护力，马腹部还有蒸汽动力，可以为肋部两侧悬挂着锋锐短矛提供射击动力，刚才王凯根本没有用到就结束了战斗。

王凯居高临下，自然就有种统御一切的威风，他若有所思地看着徐乐，并没有急着说话。

磁悬偏转铠甲没有头盔，露出王凯褐色的头发，和大多数孤星人一样，他肤色白皙，但脸部的线条刚毅，眼眸深邃。徐乐也不得不承认，王凯强壮又英俊，极有男人的魅力。

徐乐琢磨不透王凯的想法，如果对方想要杀他，也没必要放他出来。但王凯可不是他的朋友，又有什么道理放过他？

"难道他是流亡者……"

徐乐想起来了，那个警察王朗说过，生存游戏中会有人接应他。可是以王凯的身份，有必要当流亡者吗？他又觉得这不太可能！

王凯忽然笑了，他笑起来就像是冰河解冻，如果说刚才还是杀气弥漫的寒冬，这笑容就让他好像变了个人，温暖如春风，让人不由心生好感。

"你就是徐乐？我听说你很厉害，我们切磋一下怎么样？"

经历了众多残酷血战，突然听到有人客气地邀请对战切磋，徐乐不由得愕然。

"切磋？"他摇头道，"以你现在的武器配备，我根本架不住两招，切磋有什么意义！"

"说跟你切磋，当然是徒手。"

王凯撇了撇嘴，对于徐乐的顾忌，有些不以为然。但他的神态还是那么的优雅温和，甚至有着让人无法拒绝的亲近，就像是你的兄弟姐妹在和你开一个善意而无聊的玩笑。

王凯轻盈地跳下两米高的马背，将电弧马刀挂在蒸汽马鞍上，旁边一个蒙着脸的追随者小跑过来，帮助他脱下磁悬偏转铠甲。

他里面贴身穿着黑色军服，由于非常紧贴，徐乐能够很清晰地看到他虬结的背部肌肉群和粗壮有力的四肢。

这个年轻人虽然看起来瘦削，但是肌肉群密集发达，应该有极为恐怖的爆发力。

徐乐默默地评估着对方的能力，不管对方想干什么，他现在都没有拒绝的资格。对方既然想玩，那就陪他好了。

论起格斗，徐乐从不会怕任何人。尤其经历众多血战的磨砺，不论是技巧还是精神意志，他都达到了一个巅峰。相比之下，体能上的一些消耗不会有多少影响。

追随者又在王凯身上卸下好几种装备。王凯这才满意地点点头，转向徐乐，笑着对徐乐招手道："来吧。"

徐乐默不作声，双脚略略分开，左手自然下垂，右手微微抬起，指着对方的胸口，虽然静立不动，但是一股如同猛虎般的气息，已然四溢出来。

王凯的眼睛就亮了，他大笑道："格斗操我见多了，练成你这么强横的却还是头一次见！"

他一个箭步上前，抬手就是一拳直轰徐乐面门，王凯的气势张扬霸道，上来就用压迫式打法，招式凌厉凶猛。

这也是王凯的战斗风格，和他刚才摧枯拉朽般消灭灰色战队同出一辙。

徐乐侧身避让，以灵活脚步和王凯周旋。他性格如猛虎，战斗也如猛虎。

猛虎形象威猛霸道，一般人都会有种错觉，以为老虎战斗也是特别威风霸气。事实上，老虎特别阴沉诡秘，最喜欢的就是悄然接近猎物，从背后袭击对方，用最快的速度杀死猎物。老虎最不喜欢的就是正面战斗。可以这么说，老虎是自然界最为可怕的刺客。

徐乐的战斗也是如此，每一场战斗他都不会和敌人硬拼，哪怕是实力比他弱小的敌人，他也会使用各种技巧，凶狠又阴毒地击杀对方。

就像是宋爷这种弱渣，徐乐也是照面就偷袭扔刀，手法极其阴狠。

所以，面对强势霸道的王凯，徐乐更不会硬拼。

周旋了几招，王凯的神色也凝重起来，一般人和他动手都会本能地躲避，但徐乐不一样，他躲避灵动，判断异常精准。他的进攻很凶猛，却碰不到徐乐，更无法形成任何优势。

从这一点来说，对方的格斗术精湛至极，绝不在他之下。

王凯又连续试探攻击了好几次，但徐乐守得稳、退得快，半点便宜都占不到。他收手后退，"不打了，我不喜欢你的战斗风格，但你真的很强。"

徐乐本想等王凯力衰气弱再反击，没想到对方也不给他这个机会。王凯对于战斗的判断和把握，明显不在他之下。

不过，王凯提到"杨老师"三个字，却让徐乐紧张起来，问道："你说的杨老师，难道是……"

"不错，就是杨万里。"

王凯态度很坦然，他似乎压根儿不在乎斜上方飞艇的监视，从容道："我也是流亡者组织的成员，你在生存者游戏中的表现得相当出色，我们很看好你。"

徐乐长舒了一口气，虽然早有猜测，但等对方亲口说出来，他才能彻底地放心。

王凯居然真是流亡者，徐乐还是有些难以理解。他不但是个守护者，实力在八个守护者中怎么也是数一数二的，这样的人物可以说是社会的天才精英，怎么会去当流亡者！

"你这么强，一定能获得最后的胜利，还需要我干什么？"徐乐有些不解。

徐乐很不解，毕竟，对于这场生存者游戏，他的表现虽然出色，但还是远不如这位黑色守护者王凯。

王凯笑了笑道："不要妄自菲薄，你很厉害，生存者游戏也不过是一次选拔，在游戏最后会有两名胜利者，可以参加最终的祭典比赛。"

徐乐发怔，"那也是守护者参与的游戏，和我有什么关系？"

王凯解释道："在生存者游戏中获得胜利，只要不是危险的罪犯，或者有明显的精神问题，政府会提升你为守护者，让你随着精英守护者一起参与祭典比赛。"

他顿了顿又说道："颜落的能力非常强，如果有你的帮助，很有可能突出重围，说起来这小妞也挺可怜的……"

"什么意思？"徐乐不解，再度发问，"我作为亡命者，当然要希望颜落获胜，否则我就会没命。这个道理我是懂的。"

颜落和他们只是互相利用，徐乐不恨颜落，但也不会谅解她抛弃朱菲的无情行为。

王凯摇头，"她从小就被严格训练，剥除情感，如果她对你不好，那只是绝对理智的处理方式，没有任何其他情绪，你不用在意的。"

原来颜落受父亲的影响极深，又受过改造和洗脑，思维方式和正常人不一样，她一直都是以绝对理智来判断一切对错。

这样机械的思维方式，固然很强大，其实也有很多限制，并不能完全适合复杂的人类社会。颜落能在生存游戏中有出色表现，王凯也是有些意外。

听到这些秘闻，徐乐也不由喟然叹息。王凯其实说得对，颜落其实挺可怜的。也许他需要对颜落多一些信任，这样才能齐心合力，获得最后的胜利。

徐乐本不想回头和颜落会合，和王凯聊过后，他反应过来，只有尽力帮助颜落获得最后的胜利，才是最明智的选择。

"灰色队伍的积分，都给你了，把自己武装起来，尽力地帮助颜落获得胜利，才能拯救自己。"王凯好意提醒道，"得到颜家的感激，对你的将来也大有好处。"

徐乐不喜欢过于功利，对王凯的话也没在意，但王凯的慷慨，他却是无法拒绝的，有了这些生存点，他能做许多的事情。

"谢谢！"他真诚地道了一声谢，王凯微笑摇手，披上铠甲，跃上马背，带着手下的人扬长而去。

徐乐振作精神，回去找到朱菲。很幸运的是，朱菲没遇到任何危险，只是特别担心他的安危，见到他回去显得非常开心。

两个人拿着地图，开始研究起如何兑换手里的大笔生存点。

同一时间，颜落正在和杨斌单独谈话。

"朱菲击杀白童的追随者，又奋不顾身救了我，从道义上而言，我是不是该带着她？"

颜落很认真地问道。

杨斌极为愕然，他不明白颜落为什么会这样说，"其实……我也不知道，我没能跟着徐乐，我挺懊悔的。"

他捶着自己的脑袋，黑眼圈里面装的都是沮丧，自从他抛弃了朱菲和徐乐，就一直没怎么睡觉，但即使再来一次，他仍然没有把握一定会选择徐乐和朱菲。

所以，杨斌很是苦恼，他痛恨自己的软弱。

颜落也极其苦恼。她掀开衣袖的时候，杨斌吓了一跳，发现她前臂上部的皮肤和肌肉被精准地切剖开，露出里面五颜六色的电缆，肘部有信号灯正不断地闪烁着。

"小型辅助分析系统给我的结论，一百次中有九十九次都是我的判断没错。"颜落的语气仍然冷漠，但却带着一点疑惑，"但是有一次，它却判定我错了。"

小型辅助分析系统无论运行多少次，都应该是同样的结果，关于概率的问题，早就已经被排除作为参考依据了。

这一次的分析系统得出的反常结论，才让颜落无比惊讶。

杨斌小心翼翼地凑到她面前，艳羡地看着那复杂的接线，赞叹道："原来这种辅助记忆和决策的系统真的存在，我一直以为只是一种荒谬的推论，以现在的技术水平，根本不可能造出来。"

他叹了一口气，又道："这肯定又是史前遗迹留下的超时代科技。"

在颜落冷漠的眼眸下，杨斌终于回到了正题，"据我所知，这些辅助系统计算的并不包括人类感情，如果把人类感情作为一个变量条件置入，可能就会得出不同的结果。"

"人类感情？"颜落皱眉，眼眸微凝，"很早以前，父亲就教训过我，说这并不重要。对于一个守护者来说，情感更意味着软弱。"

"怎么会是这样！"杨斌震惊地喘了口气，立刻反驳，"如果没有感情，怎么能够理解守护者的意义？这是一种大爱，没有这种爱作为支撑，怎么可能有发自心底的认同？"

颜落一怔，这些话与她父亲教给她的完全不一样。她一直认为，作为守护者，根本不需要有感情，只要敢于承担责任。

她迟疑问道："那是不是应该把他们找回来？"

颜落原本想去中央区域夺取军旗，但她突然接到欧阳林投降的消息，立即改变了战略，准备攻击北方的紫色区域，侦察和筹备进攻耗费了大量的算法资源，但每天晚上，她总是忍不住会重新运算一遍如何处置朱菲。不同的结果，让她异常难受，她无法接受错误。

杨斌大喜，把头点得像鸡啄米一样，"徐乐很厉害的！有他在我们的战斗力大增，一定要把他们带回来。"

颜落微微点头，唤来韦绝，吩咐他去把徐乐和朱菲找回来。韦绝有些诧异，但他不敢反驳颜落的决定，默默领命离去。

韦绝找遍那天战场的周围，也没能发现徐乐和朱菲踪迹。他判断两人已经在冲突中被杀。

颜落也没时间浪费，她带队强行突击紫色区域，付出巨大代价之后，将其歼灭。到生存游戏的第十天，从反馈的消息来看，至少已经有四支队伍退出了战斗。

有资格争夺最后胜利的守护者，只剩下了一半。

"第一守护学院的王凯、第三守护学院的白童还有第四守护学院的方陆再加上我。"颜落分析道，"其中白童孤身一人，最容易消灭。但她现在像老鼠一样藏了起来，也是个麻烦。"

颜落根据各种情报判断，消灭橙色与灰色队伍的，应该就是第一学院的王凯，无论个人战斗力还是战术素养，他都是公认的最强者。

按照情报分析，王凯现在的攻击目标是方陆。

如果王凯能够消灭方陆，而同时颜落能够解决掉白童，那么两人就能携手通过生存游戏，算是皆大欢喜。

但如果王凯灭掉方陆以后，两者都不能找到白童，在信息沟通不完全的情况下，双方很有可能会爆发冲突。

在这种情况下，分析的最优解，是夺走一面军旗，留给王凯另一面，失去主动的白童，不论是躲避还是进攻，都必败无疑。

这种最后时刻的默契，其实在生存游戏中很常见。

颜落考虑了许久，决定立即进入核心区域夺取军旗。

进入天坑的过程很顺利，他们通过徐乐三人组勘测的路线时，只遭遇了两次变异猛虎的袭击。以损失了七个人的代价，抵达了史前遗迹的核心区域，也就是所谓的第一勘探点。

孤星政府发现这个巨大的史前遗迹后，曾派出了多支探险队伍进入勘探，只有一支队伍顺利抵达，并建立了勘探点。一次重力场异常，杀死了所有勘探者。

为了纪念这些前辈，第一勘探点内建立了高大的黑色纪念碑。上面深刻的文字记载着这些英雄们的丰功伟绩。核心区域的特殊环境，不断侵蚀着纪念碑，让它们变成了高矮不同的黑色柱子。

核心区域，两面军旗静静悬浮。从生存游戏开始到现在，还没人敢进入核心区域争夺军旗。

在外围观察了许久，颜落没发现什么问题，命令张大方进去拿取军旗。

张大方带上呼吸面罩和小型氧气筒，做好各项准备后，踏入无重力区域。

张大方轻飘飘一脚踩进白光光幕，立刻就受到无重力的影响，人在空中飘了起来。

他双臂展开，保持稳定，身子就像是划水一样缓缓前进，飞出很远，才缓缓沉到地面，看来是经过很多次失重训练，已经可以掌握身体平衡。

张大方直直的军旗飘过去，虽然行动缓慢，但是目标方向坚定，大约过了十分钟左右就来到了军旗附近。

一切顺利。

张大方满心欢喜，伸手抓住碗口粗的铁质旗杆，回头向颜落挥手致意。

"拿到了！"

没有任何波折就拿到了军旗，也让张大方异常兴奋，要不是还有些矜持，他几乎要放声欢呼了。

他兢兢业业，陪同颜落进入生存游戏，为的就是帮助颜落获得最后胜利，眼看胜利就在手中，他怎能够不欢喜！

可就在这个时候，乐极生悲。

突然间，一团赤色火光化作的流星，从黑色方尖碑的背后射出，目标正是张大方的头颅。

张大方背对着攻击，根本看不到。

"嘭"的一声，炙热的火弹击中了张大方的头部。

自带助燃剂的燃烧弹，即使在缺乏氧气的环境中，依然炽烈地燃烧起来。

近乎真空失重状态的燃烧更是恐怖，张大方好像是一支蜡烛，火苗从头一直烧到脚。他发出痛彻心扉的惨叫，拼命地挣扎，可在无重力环境下，他根本无处躲避。火势极为猛烈，仅仅十几秒，张大方身上的皮肉就燃烧殆尽，只留下一副黑色的骨骼。

惨烈而恐怖的场景，也让所有人骇然失色。

颜落不知怎么，心里一阵发空，她长这么大，还没感受过如此复杂的情绪变化。

小型辅助分析系统发出嘟嘟嘟的红色警报，这完全超出了逻辑范围。无论是谁，都不可能在缺氧、失重的第一勘探点长期埋伏。精准的偷袭，只能说明对方掌握了他们的动向。但这一次夺旗行军完全是绝密行动，颜落不相信有任何一支队伍能够得到他们的情报，除非……

颜落陡然目现冷光，他们这支队伍中，出现了叛徒！

帮助敌人获取胜利，叛徒自己也必须得死。难道是死间？

正在她思索之际，忽然背后传来风声，在杨斌的惊呼声中，一把长刀从她背后横削而至，斩向她手臂上的小型辅助分析系统。

一阵电光激闪，辅助分析系统崩碎，电缆和细小零件四散飞出。

"哈哈哈哈。"

颜落的身后，传来一阵得意的狂笑，她回头看过去，看到白发韦绝满脸狰狞扭曲地笑着，说不出的丑陋。

韦绝手里的那口蓝色长刀，是耗费一万五千点生存点兑换的高级武器高压静电刀。锋锐无匹的刀锋，高压电场释放电流更是可怕，是近身格斗中的强力武器。

居然是韦绝！

颜落真的有些意外。从她小时候开始，韦绝就一直跟着她，殷勤地叫她大小姐，为她左右奔走。

颜落突然一阵眩晕，韦绝这一刀，切断了所有的外接设备，释放的电流也破坏了小型辅助分析系统的核心，许多元件都被瞬间放大的电脉冲击毁，所有的破坏反馈都如实反馈到了她的大脑里。

她手肘上的信号灯绝大部分熄灭了，只有一盏报警的红灯不断闪烁。

颜落恶心欲吐，失去了小型分析辅助系统，她的智力没有下降，可习惯了依靠系统的反馈，反应速度却肯定大幅下降，对于身体的控制都出了问题。

她陡然感到一阵惊慌和绝望，陌生的情绪反应，又让她感到非常的新鲜。

此外，还有愤怒、畏惧、担忧、哀伤，这些情绪一起涌上心头，就像是打翻了五味瓶一样，颜落根本就晕晕乎乎的，已经无法判断自己心里到底在想些什么，只是怔怔地发呆。

韦绝却不犹豫，手起刀落，接连斩杀身边的亡命者。

韦绝下手狠，高压静电刀锋锐无比，一刀下去连人带武器都能斩成两截。其他亡命者猝不及防，甚至来不及招架，韦绝手里高压静电刀横斩竖劈，刀锋所指都是人的要害。

湛蓝的刀光闪耀，亡命者或是咽喉被斩断，或是破胸开膛，转眼间就有五名亡命者被当场斩杀。

经历多次大战，颜落手下只剩下九个人了。韦绝一口气杀了五个，只剩下杨斌和另外一个亡命者。

杨斌已经被惊变吓蒙了，满脸震惊地呆站在那一动不动，眼珠都不转。

另一个亡命者却反应很快，趁着韦绝大杀四方之际，不断向后退开，手里的磁暴射电弓开弓搭箭，正准备出手的时候，白童如同幽灵般悄然出现在他的身后。

启动的蒸汽机械臂从散气孔喷出几缕蒸腾白气，在白童驾驭下一拳捣在那亡命者后背上。

沉重坚硬的蒸汽机械臂，足有二十多斤重。加上微型蒸汽机推动，爆发的力量足有两千公斤。

一拳下去，那亡命者的脊椎完全碎裂，背部的衣服和血肉都被强大力量轰地炸开。强大机械动能继续扩散，推动着那人如箭一般向前飞射出五六米，然后如一滩泥般摔在地上，再没了任何声息。

白童一拳得手，也稍微释放出了心中积蓄戾气，她对颜落举起机械臂，得意扬扬地摆出胜利者的姿势。在白童身后，一脸沉稳的贺子兵拿着压缩步枪缓缓走出，刚才就是他发射燃烧榴弹，在失重环境下一举狙杀了张大方。

韦绝放声大笑，走上前与他们击掌相庆。

白童鼓励似地拍了拍韦绝的肩膀，笑吟吟地说道："颜大小姐，怎么样，很惊喜吧！"

白童当然开心，她拼着队伍，用出苦肉计，还特意放了颜落一次，花费这么大的代价，总算换取了现在的胜利成果，怎么能不开心！

颜落看着白童，一直没有情绪波动的清明眼神中也变得颇为复杂。她的小型辅助分析系统被毁，她没有了绝对冷静的控制力，智慧却并不受影响。

不需要对方说得太多，颜落已经猜到了白童的计谋。她和韦绝内外勾结，利用她的能力铲除所有对手。最后再杀了她，就能轻松获得一个获胜名额。

真正付出的代价，只是韦绝一个人，可谓一本万利的好买卖。至于韦绝家族为什么叛变，为什么和白童家族勾结，这都是旁枝细节，无关紧要了。

白童饶有兴趣地打量着颜落，对方看起来就像个被强暴后的少女，痛苦、悲伤、惊慌、迷茫、软弱、绝望，种种负面情绪让她显得异常生动鲜活，有了人的气息。

"我认识你十多年，第一次看你这么顺眼！"白童笑靥如花，精致的五官上洋溢着喜悦开心。

颜落号称人型差分机，计算能力超绝，从不犯错。白童在她最强的计算方面，计算了她一把，真是扬眉吐气，无比兴奋。

颜落勉强压下脑中的阵阵眩晕感，冷然道："认识你这么久，你一直是这样恶心，从没变过。"

白童也不生气，反而笑得更开心了，"呦，你生气了，哈哈哈，那你咬我啊……"

能把颜落这样高傲的天才踩在脚下，随意地戏弄，白童真是太开心了。对方反应越激烈，也越能激发她的兴趣。

韦绝也凑过来，傲然道："大小姐，你一直看不起我。现在，轮到我看不起你了。"

颜落瞥了眼韦绝，淡然道："我本以为你是条狗，现在发现，你原来是条疯狗。"

韦绝大怒，这个时候颜落还摆大小姐的架子，真是不知死活。他英俊的五官气得都扭曲了，狰狞地抓住颜落的领子，"你有些太放肆了！"

颜落都不想说话，甚至懒得看韦绝。她不屑的样子，更激怒了韦绝。

"你有什么可狂妄的，不过是没有感情的计算机器。"韦绝咆哮着用力地摇晃着颜落，"你还摆什么架子，快跪下恳求我，我也许会放过你！"

"你不配。"颜落的小型分析辅助系统虽然崩溃了，但骨子里的高傲却不会改变，韦绝的狂躁狰狞，反倒让她平静下来。

"真以为我不敢杀你吗？"

韦绝愤怒如狂，但他还真不敢现在就动手杀人，满腔戾气无处宣泄时，突然看到一旁满脸紧张看着他们的杨斌，他狞笑一声，对杨斌道："你还挺关心她？"

被韦绝凶厉的眼神一逼，杨斌本能地就缩了下脖子，犹豫着不知该怎么回答。

可韦绝却没什么耐性，他一手拖着颜落，右手横刀猛斩。一道冷冽蓝色电光闪过，杨斌颈断头飞起，无头的残躯上血如泉涌。

这位双科博士，成为韦绝疯狂杀戮立威的无辜牺牲品，在畏缩惊惧中失去了自己的生命。

韦绝故意把颜落凑到杨斌身前，让她淋了一身的鲜血，"闻到了没有，这就是死亡的气息！"

颜落有些黯然地看着杨斌的无头尸体，她既然失败了，杨斌已经注定是死亡的结局。从理智上说，这是一个很自然的结果，但她还是忍不住伤感，忍不住有些惋惜。

没有了小型分析辅助系统的绝对理智，颜落第一次感觉到脆弱生命的珍贵，也第一次生出对死亡的敬畏。

她身体内还移植了几件特殊装备，出其不意下还有逃命的机会。但她却不想逃，相比对死亡的敬畏，她更不敢面对失败，面对失望的父亲。

颜落也知道，赔上自己的生命没有任何意义，可她不会再遵循理智的指挥，就这样死亡，也许是最好的归宿。

"你怎么不说话了，看看你现在的样子，啧啧……"

白童尖利如刀地讥讽道："你说韦绝是疯狗，可你却连疯狗都不如，甚至连底层的贱民都不如！"

任凭白童如何说，颜落只是漠然不理。她这副活死人的样子，也让白童失去了继续讥嘲的兴趣。白童的脸妖娆而冷酷，"颜落大小姐，你只要肯说句我服了，我就放你一条生路！"

颜落一言不发地站在血泊中，浑身血迹，周围都是血肉横飞的尸体，敌人都是满脸的凶残阴毒。如同血腥地狱般的世界中，明艳少女却淡然平静。

生和死，美和丑，在这一刻仿佛凝固成了一幅永恒的画卷。

黑色的战鲨飞艇，悬浮在一千五百米的高空上。

飞艇内部的观察室内，数十个巨大屏幕环形排列。屏幕中播放着史前遗迹各个地方的画面。

遍布史前遗迹的数十万个特殊传感器，可以确保飞艇能监视大部分区域。如核心区域这样的特殊地方，则有更多的特殊传感器传输监视信号。

这些源自远古遗留的超时代技术，孤星政府现在还没能逆向破解，但并不妨碍他们正常使用。

现在，屏幕墙上其中两个屏幕上，显示的正是颜落、白童他们几个人的画面。

一位穿着笔挺蓝黑军装的白发军人，站在监视屏幕墙前，神色凝重地看着屏幕上的颜落。

他肩膀上的军衔是七把交叉利剑围着一颗金星，这是孤星政府元帅的军衔，整个军方也只有两人有此殊荣。

颜必武，颜家家主，颜落父亲，有着不败之名的名将，四十年来积累了无数功勋，最终晋升为元帅。

他今年不过五十八岁，头发却一片雪白，脸上皱纹像是刀削地一样深刻。可他的身躯依然精壮有力，站在那里，腰也像标枪一样笔直。

颜必武一向以强势冷酷著称，可看到自己女儿遭遇危险，他的心情也很沉重。颜落自幼就天资横溢，从小到大就没让他失望过，他一直把女儿视作自己的接班人，没想到在生存游戏中，会遭遇到如此惨败。

"元帅，我们先降落吧，尽快把小姐接上来。"

颜必武沉默不语，旁边的副官忍不住进言道。

事已至此，再继续下去已经没意义了，还是赶紧接回颜落，避免意外发生。

颜必武叹了一口气，"颜落不会呼救的。"

他了解自己的女儿，颜落骨子里是最骄傲的，她不能容忍这样的惨败，她也不能容忍自己的无能。

对此，颜必武是又痛心又生气，在逆境中奋起反抗，才是真正的强者，颜落还是太稚嫩了，内心深处也太柔弱了。

副官大急，"元帅，救人要紧，再不行动，白家那丫头狠毒，绝对能下得去手，晚了只怕来不及了！"

颜必武良久没有开口，最终还是摇头，"守护者若是不呼救，维护者不能出手干预游戏，这是铁律。"

他神色沉重地道："生存游戏是人类存在的关键，也是孤星政府的国本。我不能因为一己之私，就破坏生存游戏的铁律，这并不是游戏！"

生存游戏的重要性，别人不了解，颜必武岂会不知道。与生存游戏相比，颜落的生命无足轻重。

颜必武慢慢闭上眼睛，他生怕一用力就会抑制不住要涌溢出的眼泪。

如果他只是一个父亲，他哪怕打破一切规则，也要救回自己的女儿。但他还是一个元帅，他要对无数人负责。

明明可以出手帮忙，却只能眼睁睁地看着女儿被杀，这种刻骨铭心的痛楚，不是当事人，谁也无法体会。

核心区域里，白童一脸的好奇，"颜落，你还真不怕死啊？"

白童不想做得那么绝，可颜落这么固执，她要是不杀别人还以为她们家怕颜必武。勾结韦家已经和颜必武彻底撕破脸，既然颜落不识趣，那就索性把事情做绝。

她对韦绝命令道："你不是很想杀她吗？动手。"

韦绝略一犹豫，举起高压静电刀，惨笑道："大小姐，你先走一步，我很快就跟过来。"

颜落漠然看着韦绝，对方就是一条疯狗，没有交流的必要，满身的污秽，难掩她天人般的明艳无瑕。

"啊啊啊……"韦绝高高举着高压静电刀，却怎么也斩不下去。只能如疯了般狂吼乱叫。

"你还是个多情种子！"白童鄙夷地笑了笑，"贺子兵，你上去帮帮他，送颜落大小姐一程！"

"是！"贺子兵毫不犹豫地领命，举起压缩步枪瞄准了颜落的额头。

"砰"的一声沉闷枪响，举枪的贺子兵头猛然爆开，迸溅的血液喷了白童和韦绝满脸满身。

白童被吓了一跳，本能地尖叫了一声，但多年的训练也让她本能进行躲避，一弯腰就地翻滚了两圈，远远地离开了被爆头的贺子兵。

韦绝就差多了，他傻呆呆地向开枪的方向望过去，就看到远处有一个武装着黑色蒸汽装甲的高大身影，正飞速向他们冲过来。

"蒸汽动力装甲！是王凯么？"韦绝无法置信，失声惊叫。

白童半蹲在地上，脑子也有些乱。其他队伍都被淘汰了，除了王凯不会有别人。可王凯为什么要救颜落，这太奇怪了！王家和颜家可是对头，像他们这样的世家，不可能轻易改变立场。

白童突然醒悟，不管对方想干什么，只要杀掉颜落就能结束游戏了，她再想动手，却发现颜落居然跑了……

白童要气死了，刚才颜落还一副视死如归的凛然样子，一发现有转机，溜得比兔子还快，更可恶的是，她居然还随手拿走了一张磁暴射电弓。

这女的演技也太高明了，平白让她拖延了那么久的时间。

"韦绝，你拦住那人，我去杀颜落！"白童说着，人猛地站起身就去追颜落。

"砰！"又是一声沉闷的枪响。

白童不假思索地再次就地一滚，从远方激射来的金属弹丸射在她刚才的位置上，在石质地面上打出一溜的火光。

白童心里发紧，刚才她动作要是再慢点，肯定中枪。蒸汽机械臂只有全身的金属框架，却没有防护装甲，真要被打中就惨了。

接连受阻，颜落已经跑出很远，而且她很冷静地选择了去会合来人。这会儿和那身着蒸汽装甲的战士，距离不过二三十米了。

白童大恨，她不擅长使用远程武器，眼睁睁看着颜落跑远也没什么好办法。

看着还在发愣的韦绝，白童森然道："我要是赢不了，你们全家都活不了！"

韦绝悚然一惊，眼中露出凶戾之色，举起高压静电刀冲了过去。他身体的爆发力极强，又身高腿长，跑起来速度极快。

白童阴沉着脸跟在韦绝身旁，她不敢跑得太快，对方那个枪手枪法太好了。看弹丸的威力，似乎不是普通的压缩步枪。

颜落发力狂奔，等跑到穿着蒸汽装甲的男人身边，才猛然发现对方居然是徐乐。

"你……没死？"

颜落很意外，却不知该说什么。

徐乐也不擅长聊天，他摆摆手对颜落道："先解决敌人再说。"

说着，徐乐就迫不及待地向白童猛冲过去。这一次他启动了蒸汽阀门，蒸汽机的力量，通过齿轮和精密的金属连杆传导到蒸汽装甲的四肢，爆发的强大力量让徐乐狂奔的速度陡然提升了几倍。

哪怕是低重力的环境，沉重的装甲钢靴踩在地上也是崩飞一片碎屑。

徐乐一个纵跃加速，就飞跃了十余米的距离，迎头向着白童猛砸下去。

在低重力的环境下，几百公斤重的蒸汽装甲，一下变得轻盈了许多，没有了缓慢、不灵活的缺点。徐乐驾驭起来也更加灵动迅捷，他跳的时机和力量也恰到好处，落下时正好堵在白童面前。

高高跃起蒸汽装甲，从上方投下的黑影正笼罩着白童。

从下方看上去，武装着蒸汽装甲的徐乐就像是战神一般，威猛霸道，强横无比。

白童的蒸汽机械臂只是简化版蒸汽装甲，她哪敢和徐乐硬拼，她轻灵地侧步翻身，避开了猛扑下来的徐乐。

"死吧！"

另一旁的韦绝却看到机会，举刀猛刺向徐乐肋下，高压静电刀的强大电压，就算破不开装甲，也能电晕徐乐。

徐乐突然在空中做了一个异常灵巧的翻腾动作，正避过韦绝直刺的高压静电刀，他裹着厚重钢甲的右腿如鞭般横扫，正抽在韦绝的侧脸。

"砰"的闷响声中，韦绝半边脸扭曲碎裂，人也被踢飞出数米之外，直直地摔倒在地上。

沉重强硬的蒸汽装甲，在徐乐的驾驭下，动作轻捷、流畅，优雅，把暴力诠释出的绝伦美感，让旁观者都是心旌神驰，难以自已。

徐乐轻盈落地后，看也不看韦绝一眼，再次直接猛扑向白童，被蒸汽装甲一腿踢中，韦绝就是铁铸的也必死无疑，没必要再看。

眼下最关键的是拿下白童，彻底锁定胜局。

可惜，躲在远处的朱菲精力不济，能开两枪已经是极限了，不能指望着她再出手，这个白童，还要他自己动手拿下才行。

白童仗着身形敏捷灵活，不停折转方向，躲避徐乐的追击。她娇艳如花的玉容上都是惊怒，韦绝刀法极强，她也不敢说能轻易拿下，却一个照面就被这小子踢死了。强悍的战斗力让她有些心虚，可搜遍脑海，也想不出这人的来历，她惊疑地问道："你到底是什么人？"

"三级公民，无名之辈，说了名字你也不认识。"徐乐不屑道。

白童一脸震惊，怪不得看这家伙眼熟，那天偷袭颜落时，她身边有个护卫好像就是这个样子。驾驭整齐装甲的家伙，居然是颜落的亡命者！难怪这么拼力地救颜落！

她原本想和对方谈谈，可对方是颜落的亡命者，生死都捆绑在一起，什么条件也没用了。

"你倒是运气不错！"白童有些嫉妒地看了眼不远处的颜落，顿了一下又道，"但也就到此为止了，游戏结束了！"

白童的脸色古怪，漂亮的明眸中尽是疯狂之色。她说着话，从腰间取出一根透明针管，里面的蓝色液体来回波荡，看起来像是某种特殊的注射液。

她举起针管，猛刺在自己腰间的软肉上。

"蓝星狂化剂，你居然擅自携带违禁品！"颜落脸上露出焦急之色，对徐乐道，"快阻止她，蓝星狂化剂能在短时间内刺激人的神经和肌肉组织，让她变得异常强大。"

事实上，不等颜落说完，徐乐已经提升蒸汽装甲的功率，试图通过加快速度击杀白童。可对方太灵活了，地形又特别复杂，他没办法堵住对方。

白童注射蓝色药剂后，脸上、脖子上的血管迅速变蓝，娇艳美丽的容颜变得蓝中发青，尤其是她的眼睛，明显镀上了一层诡异的深蓝色。她就像深夜游荡的女鬼，浑身上下都透出阴森妖异的气息。

"呵……"

白童突然停住身体，对徐乐龇牙一笑。白森森的整齐牙齿本来很漂亮，但配合白童的诡异样子，就有种猛兽般的狰狞。

徐乐不怕鬼也不信邪，对方的样子更吓不住他。白童既然不跑了，他毫不客气地举起铁拳猛砸下去。

白童不急不慢地向前迈了一步，就贴到徐乐怀里，避开了迎头砸落的铁拳，右手的蒸汽机械臂上，突然弹出一截明亮无比的利刃，猛刺徐乐肋下。

因为视线的缘故，徐乐看不到白童手里弹出的利刃，但出于战斗的敏锐直觉，他本能地就挺胸发力，一下把白童拱出去。

白童也没想到徐乐如此机敏，注射蓝星狂化剂后，她的神经反应加快了两倍，肌肉力量提高了两倍。但她和徐乐贴得太近了，等她反应过来也有点晚了，只能顺着徐乐的力量，向后疾退了几步。

被迫后退，手中刺出的利刃就失去了大半威力，只能在厚厚铁甲上划出一溜刺眼的火星。

徐乐没敢再追击，对手的反应太快了，她的蒸汽机械臂也和蒸汽装甲不同，更轻便简洁，而且能被身体力量驱动，人的力量越强，蒸汽机械臂的威力就越大。

白童本就是顶尖的格斗高手，狂化之后，不论是反应还是力量，已经超乎了人类巅峰，配合蒸汽机械臂的特殊加成效果，打得徐乐心里都发虚。

哪怕徐乐也注射蓝星狂化剂，也无法突破蒸汽机械装甲的材质本身限制，不可能一下把速度提升两倍。

唯一值得庆幸的是，注射了蓝星狂化剂后的白童，脑子似乎有些不清醒，完全没想到去突击不远处的颜落。

白童异常的兴奋，的确是早就把颜落忘了。她现在只有一个目标，杀死眼前这个男人。她深吸了口气，一阵风般地冲向徐乐，手中的利刃挥舞成一团寒光，围着徐乐前后左右不断刺击。

徐乐仗着动态视力特别强大，总能先一步发现危机，及时地进行招架躲避。他也暗自心惊，好在蒸汽装甲足够厚重，要是换成其他防护，这会儿早被白童扎成筛子了。

颜落眼中的白童，已经化作一团有些模糊的黄色身影，根本看不清她的具体动作。

千米高空的战鲨飞艇上，一群参谋都在围观白童和徐乐这一战。

有四个监视屏幕同时播放着两个人的战斗，其中两个是正常的画面，另外两个则是播放慢动作。

众人原本还担心站在最前面的元帅颜必武，可战斗太激烈精彩，众人看到激动处，就忍不住议论起来。

"这个徐乐简直是妖孽，穿着蒸汽装甲在那跳芭蕾，不，比芭蕾更精巧优雅！"

"白童也够狠的，匕首刺击术被她用出花了，这一招七连刺太漂亮了，徐乐要不是装甲厚重，胸口一下子就多了七个透明大洞！"

"白童是注射狂化剂了，厉害点很正常，我倒是觉得徐乐能坚持到现在，才是匪夷所思！这格斗术水平绝对超乎了人类极限……"

这里的参谋都参加过多次生存游戏，见多识广，但他们还真是第一次看到如此精彩的战斗。

相比于远距离射击，这种近身搏杀更刺激，也更能体现出武勇和技巧。

众人虽看不惯白童作弊，也不得不承认，她的确很厉害。尤其是注射之后，完全是超人的水准。哪怕有一百个亡命者，这会儿也被她杀光了。

更不可思议的是她的对手徐乐，一个普通亡命者，三级公民，十八岁少年。虽被超人级别的白童压制，他能稳守不倒，这就太厉害了。格斗水准绝对是逆天级的。

"不过，他坚持不住了，很快就要被白童击杀了！"

"是啊，连中数刀，伤得不轻，已经影响到了他的动作，要输了！"

副官听后面越说越热闹，转过头严厉道："都闭嘴，是让你们看热闹了？"

众多参谋噤若寒蝉，房间里顿时再没有任何声息。

副官凑到颜必武身边低声道："元帅，白童违禁吃了蓝星狂化剂，我们可以动手直接击毙她。"

"不用，这个少年要赢了。"颜必武信心十足地说道。

副官愕然，徐乐已经岌岌可危，他怎么赢啊？

距离核心区域数百米的某块溶蚀的岩石上，王凯骑着那头神骏黑马，远远地关注着徐乐和白童的激战。他英俊苍白的脸上一派悠闲，并没有任何插手的意思。

"大人，要不要……"

在他身后，仅存的黑衣追随者目光凶狠，比画了一个抹脖子的手势。

螳螂捕蝉，黄雀在后，他们都能看得出双方苦战已经到了强弩之末的地步。王凯现在出手，有很大机会把所有人一起杀掉。

如此一来，第一学院王家，就成为今年祭典比赛的唯一参与者。

"不必。"王凯懒懒地摇了摇头，追随者不明白祭典比赛的意义，以为人越少越好，却不知道，祭典比赛和生存游戏可不一样，参与的人越多越好。

不过，白童居然敢注射蓝星狂化剂，也是疯了。这种药物效果强大，副作用同样巨大，她是以燃烧自己的所有生机潜力作为代价，等药效过后，最好的结果就是终生全身瘫痪，最大的可能就是当场暴毙。

王凯正想着，却突然发现，颜落不知何时举起了磁暴射电弓。他有些意外，没有了小型辅助分析系统，她只怕连人都看不清，这就敢出手，胆子也是够大的！

他禁不住叹道："这个疯了的世界，每个人都不简单啊！"

颜落其实没有信心，她知道自己的手在颤抖，没有了辅助系统，她根本无法像以往那样稳定，也不可能随时分析各种数据，提升命中率。

事实上，就是在全盛之际，她也不擅长用弓箭，她更喜欢用脑去分析，而不是动手。

颜落举起磁暴射电弓，迟迟没有拉开弓弦，因为交战两人越打越快，在一起团团乱转，以她的箭术，现在开弓太为难了，万一射中了徐乐，那就成了天大的笑话。

她竭力冷静下来，思考对策，突然心中一动，大声呼叫道："白童，你不是要杀我吗？来啊，我在这等你！"

颜落的叫喊，惊动了正在疯狂攻击的白童。

白童正执着地要杀死徐乐，徐乐已经支持不住了，似乎随时都可能被她打倒，可就是不倒。白童身上的药效已经开始消散，这样下去，也许真的要被徐乐拖死了。

她不甘心失败，做了那么多，事到临头却败在一个无名小卒的手里，这是天大的耻辱。要么战死，要么把冷艳的贱货颜落和这个少年一起灭掉。此外，没有其他任何选择。

徐乐仍然在冷静地闪避着，身上的多处伤势，让他的行动逐渐缓慢。

没办法，他可是血肉之躯，又没注射过什么狂化剂，打到现在早就疲惫了，全仗着强韧的战斗意志在坚持。

炽热的蒸汽从战甲的缺口喷射出来，在他的脸颊与脖子上留下一大片烫伤。可不论如何狼狈，他总能在最危急的关头避开致命危险。

颜落的叫喊声，让白童脑子突然清醒了一些。她恍然醒悟过来，为什么要和穿着厚重铁壳的少年周旋，只要杀了颜落也能解决所有问题。

想到这里，她立即放弃了徐乐，转而向远方的颜落狂奔而去。距离大概有四百米，就算颜落逃跑，二十秒钟内就能击杀对方。

双目泛红的白童，脑子这会儿反倒异常清醒。

徐乐无奈，只能在后面全力追赶白童，但他的速度远不及白童，才几步的工夫，就已经被白童甩开。

他也是无语，白童怎么这么疯狂，她的蒸汽机械臂在身体推动下，超极限运转，整只机械臂已经变成暗红色，散发出的蒸腾热气在她身后拖出长长的一道白气。

徐乐对蒸汽机所知甚少，但知道蒸汽机超负荷运转，必然会无法排气散热，最终蒸汽机就会爆炸。白童这个样子还没爆炸，可见她的蒸汽机械臂性能有多好。

徐乐的蒸汽装甲虽然还没超负荷运转，无法完全排掉的高温也快把他蒸熟了。

以蒸汽机械臂的状态，只怕白童里面的手臂都烤成焦炭了。

白童的这种疯狂，他真的有些难以理解，彼此间并没有深仇大恨，只要她退出就可以了，有必要为了胜利抛弃一切？

徐乐很难理解，但从这点来说，白童和颜落倒是很相似。也许这就是荣誉公民的特殊教育，他们享受了巨大权力和资源，同时也要全力去维护荣誉和权力。

徐乐突然觉得，作为三级公民，也许没那么不好，至少和白童这样的疯子相比，他更喜欢做个平凡的普通人。

不过，这场战斗他也绝不能输，这不只是为了自己，也是为了朱菲。徐乐浑身筋骨皮肉似乎都被扯碎了，一起在发出强烈的抗议信号，要求休息。但他也咬着牙，无视身体上的剧痛，拼命地在后面追赶白童。

虽然距离越来越远，但只要还有一线希望，他就不会放弃。

站在高高石灰岩上的颜落，并没有逃走。她故意出声就是为了引白童过来，怎么可能逃走。她慢慢拉开了弓弦，搭上最后一支电浆箭，瞄准了疾速狂奔的白童。

白童注意到了她，放声大笑。

"大小姐，没有攻防辅助系统，你也敢开弓拉箭？你不怕伤到自己吗？你们颜家的人，依赖这个系统太久了，已经失去生物对身体控制的本能！"

白童嘴上肆意嘲讽着，脚下却在不断变换方向，以之字形线路向前突进。她不信颜落没有了小型辅助分析系统，还有可能射中她！

白童心里有些惊慌，但仍然嘴硬地呼喝着："你是不敢的，大小姐，你这一箭，完全有可能把你的亡命者射死，白送给我一场胜利。"

"你说得有道理，但我已经学会做一个真正的人，这一箭，就算是我对你的答复！"

弓如满月！

尽管没有小型分析辅助系统，颜落不可能像以前一样精确控制每条肌肉，但是她依然有力量拉开磁暴射电弓。

在弓弦上闪烁着蓝色的射电光焰激发下，箭矢激射而出。

"不！"白童本能地感觉到危险，高声尖叫起来。

一道电光闪耀间，穿透了白童的胸口，炸开一片巨大血花，也把她的叫声和竭力躲避的动作一起终结。

"怎么会这样……"

白童低头看着自己胸口上碗口大焦黑的窟窿，无比震惊又异常恐惧，犹豫了下，她似乎想伸手捂住胸口的大洞，可手还没抬起来，人就颓然仰天摔倒。

大步赶过来的徐乐，在白童身边停下。他神色很复杂，这个女人阴毒凶残，但她同样也是一个鲜活的生命，还异常美丽。

现在，却丑陋地躺在地上，失去了所有生命力，变成一具尸体。

白童的眼睛还在不甘地瞪着，似乎还难以接受失败。徐乐叹了口气，慢慢蹲下来，伸手帮着白童合拢眼眸。

既然归于死亡，生前的一切就没必要执着了，还是安详一些，享受死亡的宁静和永恒。

"呼……"

颜落耗尽了浑身的力气，倚着弓，跪倒在地，不知怎么的，眼泪就不受控制地溢了出来，但她却觉得异常充实，异常的舒服，异常的真实。

趴在远方溶洞中的朱菲，也慢慢闭上眼睛，脸上露出温柔的微笑。她手中的压缩狙击步枪，也逐渐松开。

远方的王凯，微笑着说道："这一场胜利，是你应得的。"

天空上的战鲨飞艇中传来巨大的欢呼声。外面的士兵虽然不知发生了什么，却不禁为那股欢快的情绪所感染，纷纷露出笑容。

颜必武独自回到自己的办公室，坐在巨大真皮座椅上，坚毅冷硬的面容上罕有地露出一丝微笑，他看着前方柔声说道："女儿，我为你骄傲。"

第四十期生存游戏鏖战十九天，终于落幕。

最后的出线者，是第一守护学院的王凯以及第七守护学院的颜落。

除了这两名精英守护者外，这一场生存游戏，陨落了四名守护者和十三名追随者，就连王凯与颜落的追随者都未有存活。

至于亡命者，王凯手下生存了一名，颜落手下生存了两名。总计为三名，生存率仅为1.4%，虽略高于往届的平均水准，但无论是守护者还是追随者的死亡率，都远高于往期。

可以说，无论是哪一方，都损失惨重。

"第四十期生存游戏顺利结束！绝世天才美女颜落与完美王子王凯获得优胜！"

"祭典比赛的最终选手权确认！颜落身世大揭秘！"

"亡命者的逆袭！从罪犯到英雄，徐乐战斗剪辑精华合集！"

天鼎城这几天的新闻头条，都是关于生存游戏的内容。

在生存游戏中表现惊艳的徐乐，受到了英雄般的追捧，也俘获了无数少女的芳心，他身着蒸汽动力战甲的海报销售了上百万份。

据说已经有人在讨论是否要特别给予徐乐守护者的资格，在生存游戏中就获得这么高呼声的亡命者并不多见。

一方面是因为徐乐年轻，另一方面是因为他的三级公民出身。

守护者高高在上，哪有徐乐这样平实普通，就好像身边的工厂工人一般。再底层的公民，也有他们的梦想。毫无疑问，徐乐的成功也让他们感到兴奋自豪。

按照人口比例计算，有九成的低级公民。拥有这么多的支持者，徐乐当然异常火热。

专家们纷纷撰文分析，酸溜溜地感慨分析。还有专栏翻出徐乐过往生活中的各种故事。尤其是他在天鼎城与宋云峰冲突，被一遍遍地反复报道。

这些报道，从侧面给徐乐洗刷了冤屈，洗去罪犯的恶名，也让徐乐人气暴增。连带着天鼎城宋家都灰头土脸，受到了政敌攻击，上升的势头受到重挫。

这一切当然不是偶然，而是各家势力在背后角力，最终把部分真相呈现给社会各个阶级。

全民热议的时候，徐乐却悄无声息地登上去天鼎城的蒸汽火车。

为了掩饰身份，徐乐戴了顶灰褐色的呢子礼帽，帽檐压得很低，又挑了一副会变色的墨镜，套着一件格子风衣，领子竖起来高高地挡住了大半张脸。哪怕是再熟悉他的人，也很难一眼认出他的身份。

从生存游戏战场出来，徐乐就立刻获得特赦，重新获取了身份 ID 卡，并得到了三十天的假期。

他在临京市的军医院治好外伤后，本打算回青林城，又怕惹出一些麻烦，便只给张扬寄了一笔钱，自己进去天鼎城准备放松一下身心。

生存游戏残酷的杀戮，让徐乐沾染了一身戾气，他已经完全变了，不管怎样，都已经回不到过去。

现在，徐乐只想喝一杯酒，让自己的身心彻底得到放松。

金属管风琴列阵仍然在城外高耸，黑烟随着荒野的风奏出音乐，但在这扭曲的宏伟之中，少年的心却听出了难言的悲怆。

没有了第一次见到大城市的兴奋，徐乐的心情一直沉重而压抑，他开始深深地怀疑起这个世界。

"你来过天鼎城很多次吗？"座椅对面的少年望着那遮天蔽日的黑烟，满脸震惊，忍不住开口和徐乐搭话，"这么厉害的建筑，简直是神了！不过这些黑烟灌进天鼎城，那些居民怎么生活啊？"

穿着预备役军服的男孩，面容清秀，肤色白皙，紧绷的身体透露出一种初来乍到的局促。其实他的年龄应该与徐乐相当，也很像几个月前第一次来到天鼎城的徐乐与张扬。

徐乐笑了，原来仅仅只是过了几个月，他的人生就已经完全不同了，对于事物的看法已经截然不同。

"金属管风琴列阵，建在天鼎城的北面风口，因为地形的缘故，北风从这里出去，刚好把黑烟带走。而黑烟就如同烟囱演奏出的乐曲……"他回忆了一下，把当初在火车上遇到的大叔的介绍一字不差地重复了一遍。这是他宝贵的财富，也是他为数不多的快乐回忆。

对面的少年听得眉飞色舞，这种快乐是单纯的，只有没心没肺的少年才能够拥有，任何成熟的人，都会永远失去这种快乐。

徐乐微笑着下了火车，也许这个世界已经病入膏肓，但永远有充满梦想与未来的少年，他们会给人类世界带来希望。

被少年的快乐感染，徐乐的心情也好了许多，他安静地排着队，跟随着人流来到检查 ID 卡的蒸汽差分机面前，坦然地将自己的 ID 卡放在皮质的传输带上。

这一次，他根本不需要担心，因为他现在使用的，并不是伪造的 ID 卡。

蒸汽差分机的金属圆柱缓慢而坚定地转动着，在齿轮的带动下，发出"咔咔"的声响。

徐乐也发现自己第一次根本没有注意到许多细节。这一座小型的蒸汽差分机，其实已经很老旧了，很多齿轮都已经生锈，即使上足了机油，在转动时仍然显得有些滞涩。

它在天鼎城车站服役已经不知道有多少岁月，空气中弥漫的机油味，充满了老态龙钟的气息。不过这并没有引起乘客们的不满。熟客可能是因为习惯了，而第一次来的乘客，正在被天鼎城的宏伟与神奇所吸引，哪里会注意到那么多？

老朽的蒸汽差分机冷酷的吞噬了徐乐的 ID 卡，在一阵金属破裂般的噪音之后，又将它吐了出来。

绿灯亮了，一个高大的警察拿起徐乐的金属 ID 卡，冷漠地递给他，"你可以走了。"

金属 ID 卡上虽然有杨乐所有的信息，但只有蒸汽差分机才能读出来，警察并没有发现面前这个少年就是生存游戏中传颂的英雄。

徐乐微笑地接过 ID 卡，走出车站，呼吸着天鼎城中燥热的空气，看着前方繁华的车水马龙。良久才挥手叫了一辆出租车，"去疯狂齿轮酒吧。"

他在天鼎城待的时间太短，也没有认识太多的地方。除了车站、青云酒店之外，最熟悉的莫过于疯狂齿轮酒吧。

在那里徐乐第一次喝多了，差点就破了自己的处男之身，曾经体会过欲望灼身的痛苦与宣泄的狂喜。

同样，在那里他得罪了宋云峰，让他的人生发生了断崖式的转折。

出租司机当然对天鼎城非常熟悉，他注意到徐乐的衣着虽然普通，可看起来却很不一般。不像是低级公民。他喜滋滋地发动了汽车，蒸汽机发出嗡嗡的响声，整个车厢都震颤起来。

"三百块。"司机期盼能够多赚一点儿，一边咧嘴笑着，带着点小人物的狡黠，一边在驾驶座上伸出了三根手指。

徐乐淡然摇头，"打表，我知道从车站到疯狂齿轮，打表只需要不到一百五十块。"

"原来是行家啊！"出租车司机一拍大腿，愁眉苦脸道，"小兄弟，你早说你熟啊，那我也不敢宰你了，不过你看我在车站等了这么久，光打表我可没有赚头……"

"开快一点，我给你两百。"天鼎城这种吃人不吐骨头的地方，每个人都只能挣扎求生，他既然有钱，就没必要去计较这些小事。

司机见他出手大方，答应一声："好咧！"

他一踩油门，蒸汽车像火箭一样蹿了出去，轧过路边一个水洼，溅起无数水点，旁边步行与踩自行车的路人都是纷纷闪避喝骂，问候司机的父母与女性亲属，但有钱赚的司机浑然并不在意。

徐乐微微一笑，转头望着车窗外的景色，有熟悉的，也有陌生的。

天鼎城的生活虽然只有短短几天，却给他留下了太多深刻的印象，那些景致只是匆忙一瞥，还是深刻烙印在他的脑海中，反而是青林城日复一日重复的岁月，却在记忆中变得模糊不清。

出租车司机没有吹牛，他专走小路，开得又快，没有多久就来到了疯狂齿轮酒吧的金属大门前。

推开疯狂齿轮酒吧的金属大门，里面传来嘈杂的音乐声，扑面而来的热气和体味让人晕眩，也让人热血沸腾。

距离夜晚时间还早，酒吧里面却已经人满为患，半裸的青年男女尽情扭动着，挥洒过剩的汗水与荷尔蒙。

徐乐静静地穿过人群，一名侍者注意到了他，主动赔着笑脸引导他坐到吧台前面的位置。

当初徐乐和张扬曾经想坐在这里，但是侍者用一句"这里的位置是留给重要客人的"而回绝了。

那时候没有钱，他们也就只能乖乖地坐到角落，没想到现在自己一言不发，侍者就自觉地把他带到了酒吧最中央。

"该把张扬那小子带来的。"徐乐自言自语，当然这只是一句感慨。真的把张扬带来，两人也不知道该说些什么。

过去种种，都在这几个月的变故中烟消云散了，徐乐再也不是以前那个鲁莽的少年，他是一个经过训练的沾满血腥的杀手。

徐乐知道，如果张扬来了，也不会是自己的朋友了，张扬会尊敬他，害怕他，畏惧他，远离他。一切都变了味道。

"先生要喝点什么？"侍者注意到徐乐在沉思，殷勤地凑过来招呼。

"白啤酒。"徐乐回想起第一次喝啤酒的神奇感觉，咧开嘴笑了。

侍者有些意外，但是徐乐身上的气势让他不敢小觑，老老实实地拿来了一小箱子冰镇的白啤酒。

徐乐掏出五百块，示意不用找了，侍者拿到小费更加殷勤，也确定自己的眼光确实没错。

这确实是一个老板！

从箱子里面拿出一瓶白啤酒，感受着瓶身传来的冰凉，然后用拇指轻轻一挑，瓶盖在灯光下就划出一道闪亮的弧线，不知道飞到哪儿去了。

冷气从瓶口蒸腾而出，就如蒸汽。徐乐用手指勾起瓶身，喝了一大口，只觉得沁人心脾，却没有了第一次入口时那种燃烧的质感。

徐乐觉得，或许是因为血与火的战斗提升了他身体承受的阈值，岁月与情感经过酿制，变得越发浓烈，对比之下，酒就变淡了。

"你一个人来的？能请我喝一杯吗？"

一个妖艳的女子主动坐到徐乐的身边，随着音乐扭动腰肢，小肚子平滑得没有一丝赘肉，诱人的肚脐深陷，勾引着男人的欲望。

她妆容很浓，从这身材就能看得出来，这个女人的年纪并不大，皮肤和肌肉充满了弹性紧绷着。

徐乐只觉得小腹里有团火噌地一下窜了上来，他自嘲地想起当初费尽心机想找个姑娘都不容易，现在只想静静喝一杯酒的时候，却有这样的极品主动送上门来。

"随意。"徐乐提出一瓶啤酒，仍然是用手指轻轻一挑，瓶盖飞出，不偏不倚落入对面那女子深深的乳沟之中。

"哇哦！"那女孩子不但没有生气，反而异常惊喜，"你手指头上的力气好大！太厉害了！"

她毫不客气地拿过了啤酒，咕咚咚喝了一半，这才意犹未尽地抹了抹嘴巴，"哥哥，你太帅了，今晚上我没有地方住，你愿意带着我吗？"

女孩子的语气带着点儿撒娇，也带着点哀求，大概没有一个正常的男人会拒绝美女的这种要求。

徐乐心头一热，正要开口答应，忽然背后有人在他的肩膀上轻轻一拍，"你现在的身份不同以往，这种货色，还是不要碰了。"

那人声音相当熟悉，徐乐回头一看，就见王凯穿了一件黑色皮衣，身上挂着各色银质的链子，戴着一副硕大的蛤蟆镜，似笑非笑地站在他身后。

这和他在生存游戏中的外形完全不同，大概是为了融入这里的环境，可这种穿衣风格反而更凸显他的不同，让人一眼就觉得有些古怪。

"你说谁是这种货色……"小女孩很生气，想要喝骂，但看到王凯的气势和容貌，又觉得惹不起，于是声音渐渐低了下来。

王凯浑然不以为意，掏出钱包，摸出一张千元大钞拍在桌上，"拿去，自己去开个房间，到别的地方钓凯子去。"

小女孩吹了一声口哨，手掌不动声色地一抹，将那张钞票收起来，笑容可掬地点头，"原来大哥喜欢男人，那我就不打扰了，你们玩得开心。"

她像是小兔子一样从高脚椅上跳下去，蹦跳着钻入人群中消失不见。

徐乐无奈地摇着头，他看着王凯，苦笑道："为什么总是在我要破处的关键时刻，就会有人出来捣乱呢？难道我的桃花运真的这么差？"

"噗！"王凯正在喝酒，结果差点一口喷了出来，他赶紧用纸巾擦了擦嘴，这才揶揄道，"原来你还是处男，这……这可真是怪我了！"

他说着更觉得好笑，不由得前仰后合，一口酒呛到喉咙里，咳嗽了好半天。

王凯并不适应这种平民化的酒精饮料，他平时习惯了口感柔和后劲悠长的葡萄酒。这种白啤由生麦芽酿制，带有一股生涩口感，在他嘴巴里打转，怎么都不舒服，于是他赶紧又喝了几口冰水漱口才算罢休。

徐乐看着他摇头，"你这个样子，谁能想得到你就是生存游戏第一名出线的精英守护者？"

王凯好久才缓过来，反唇相讥道："你又比我好到哪里去了？堂堂生存游戏的英雄，居然这么急色？你知不知道你现在亮出身份，有无数小明星和模特愿意爬上你的床，你居然来这种地方找女人！"

徐乐好奇地问道："酒吧里的女孩子都是这样吗？"

王凯漫不经心地说道："天鼎城的秩序森严，二、三级公民的生活并不好过，有人是为了麻醉自己享受生活，有人是为了用身体来换取平时得不到的东西，总之男女关系变得非常轻浮随便……"

作为上层社会的一员，王凯看不上这种混乱的男女关系。但是，混乱本身就是社会现实的投影。存在就是合理，只要社会有问题，这些事情就永远不会消失。

徐乐沉默，他喝了一大口酒，这个世界确实是病了。

他默默地将一瓶啤酒一口喝完，这才反问道："你到底有什么事？可千万不要告诉我是偶然邂逅。"

王凯哑然失笑，"什么都瞒不过你，你一到天鼎城，差分机系统就通知了我。为了找你，我换了一身行头，才敢来这家酒吧。"

他顿了一顿，又说道："现在我要带你去一个地方，你跟我来。等你到了那儿，你的一切疑团，就会全部得到解答了。"

王凯站起身来，也不等徐乐的答复，就大踏步地出了酒吧。

徐乐叹了口气，恋恋不舍地看了看吧台上还剩下的几瓶啤酒，目光又在那些洋溢着青春活力的身影上转了一圈，这才慢吞吞地跟着王凯出了酒吧。

星坊

"我们要去哪里？"

"去流亡者的总部。"

"流亡者的总部在哪里？"

"就在天鼎城外的一座祭坛里面。"

天还没亮，住在酒店的徐乐就被王凯带上了车，徐乐与他的交谈就只有这么寥寥几句，想要再问，王凯却不愿意再说。

即使是在自己的车上，王凯也觉得不安全，孤星政府牢牢控制着这个世界，他不愿意在不安全的地方多说。

两人在车上就一直保持着沉默，徐乐只在心中揣测流亡者的目的，到现在为止，他总共接触过流亡者组织的三个人。

一开始认识的，也就是引导他走上这条路的神秘老先生杨万里。

然后便是在他蒙冤入狱，面临死亡威胁时给他希望的王朗。

最后就是这位青年才俊王凯。

杨万里和王朗，在孤星也算得上有头有脸的人物，而王凯就更加特殊。他豪门世家出身，怎么会去参加类似于颠覆政府的反动组织？

流亡者的目的到底是什么？

他们的行动纲领是什么？

徐乐预感到他今天会得到答案，心情不免有些激动。

蒸汽汽车穿过钢铁城墙，把大片黑烟甩在身后，在荒野上行驶了大约有三个小时。

这是非常冒险的行为，现在的孤星，荒野中充满了危险，郊区都无人居住。冒险进入荒野一两百公里深处，已经算是一场探险了。

路也越走越荒僻，路面上布满了密集如蛛网的裂痕，长出了蓬生的野草，仿佛火焰一样燃烧着。

"你知道吗？以前这些都是人类居住的区域。"王凯的语气中充满了感慨，"以前，大家都可以自由地在荒野中旅行，有更轻便更快速的机械，能够带我们去每一个想要去的地方……"

"如果我们的祖先真能够有这种伟力，为什么现在荒野会变得那么恐怖？"徐乐不解，现在人类基本上等于放弃了广阔荒野，蜷缩在脏乱的城市中，依靠铁路作为动脉联系在一起，才勉强维持人类社会的组织结构。

有些古书上说古代人会在野外活动，甚至徒步穿越山岭和河流，踏青登高，说是放松身心的活动。

这在徐乐看来简直无法想象，难道不应该是不停的战斗与杀戮吗？

"这就是今天我要告诉你的。"王凯的眼中闪烁着狂热的光芒，"我们流亡者，就是想要恢复人类昔日的荣光，再也不要被现实拘束在囚笼里！"

一片连绵不绝的铁丝网墙出现在前方，铁丝网墙的中心是两扇铁门。

"这就是我们流亡者的基地，也是改变世界的核心。"王凯的语气中充满了自豪感。

两扇大门徐徐开启，蒸汽车沿着道路继续向前。

大约又开了二十分钟，徐乐发现面前有一座巨型的建筑，有着流线型的外观，历经风雨腐蚀，看上去已经破旧而沧桑，但其宏伟与壮丽，都是他前所未见的。

"我们到了。"待车停稳，王凯开启了车门，站在建筑的大门口，由衷赞叹道，"这就是流亡者祭坛，在这里，你将会见到古典世界的无限荣光。"

徐乐下车之后，再走近几步，发现面前的建筑比自己想象的更大。光是大门上的拱顶就足有十米来高，人站在门口，显得特别渺小。

"大理石。"王凯走到他面前，敲了敲拱廊上的石柱，向他介绍材质，"这是只有在深山中才能开采到的石头，是高档的建筑材料，因为荒野中开矿不易，我们早就放弃了这种光滑、坚硬而华丽的材料。"

孤星政府为了保证生活资料的供应，所有的野外勘探队都是专注于寻找和开发煤矿，其次，铁矿，对于其他矿藏并不重视，当然没人会去开采这种石料。

"这是什么人建造的？"徐乐开口向王凯询问，"是我们的祖先吗？"

"你进去就知道了。"王凯带着徐乐走进了大厅的甬道，空空的脚步声带着回音在耳边震颤，从四面八方砖石缝隙中透入的光散发华晕，更显神圣而庄严。

徐乐仰头朝穹顶和四面的墙壁望去，到处都是精美的壁画。

健康而快乐的人们赤裸着身躯，在和煦的阳光下踩着草地，捧着银杯痛饮美酒；少女们在清澈的小溪中戏水沐浴。

"这才是我们人类应该享有的美好生活。"王凯慨叹着，他正是因为对这些美好生活的憧憬，才会背弃自己强大的家族，投身于流亡者的革命洪流之中。

这条路非常漫长，仿佛没有尽头。徐乐怀着虔诚的心情，亦步亦趋，跟着王凯一直走到整座建筑的中央。

建筑中央有一座七八米左右的高台，都是用黑色大理石堆砌而成，底座很宽大，到了上部就急剧收窄，是类似金字塔的结构。

徐乐抬头望去，突然间发现另一位老熟人正站在高台上，微笑点头向他致意。

"大祭司！我把徐乐带回来了。"王凯躬身向高台上的老人行礼，神色虔诚而尊敬。

"请他上来。"老人的声音温和而富有磁性，落在徐乐的耳中，却是非同一般的熟悉。

他身着天鹅绒材质的长黑袍，紧紧束缚的领口代表着禁欲和神秘，胸口上挂着一条银质的挂坠。徐乐仔细瞅了一眼，见上面有三条黑色的杠，显得典雅而古朴。

从高台底部弥漫的白光在老人背后晕开，形成了一个圣洁的光环，让他看起来异常神圣。

"杨万里先生？"

徐乐很意外，对方仿若先知一般的睿智形象，和青林市那个优雅绅士完全不同。他不禁发问："这一切都是你安排的？"

一切命运的转折，应该从徐乐遇到杨万里开始，正是因为杨万里送给了他伪造的金属 ID 卡与通行证，徐乐才能够抵达天鼎城。

在天鼎城犯事之后，徐乐就想要问一问杨万里，但一直都未曾遇到这个机会。

直至今日，在流亡者组织的核心，才又见到了这个引路人，徐乐忍不住就开口向他询问。王凯打断了他，"不得对大祭司无礼！你的疑惑，王朗已经解释过了。"

"不必在意。"

杨万里温和地举起了手，阻止了王凯，叹息道："徐乐，你拥有桀骜不驯的探索精神，这正是我们流亡者组织的核心要义，所以我在青林城选择了你。"

"没人能安排别人的命运。你的命运，从来都一直在自己手中，你不会甘心在这破败的世界里，做一部机器的零件。这种强烈的欲望，会让你踏出世俗的藩篱，回归你本来的命运轨迹。"

杨万里说的话与当初王朗其实一样，但比王朗更睿智。一如他深邃如星空的灰色眸子。

徐乐沉默了，他当然知道杨万里说的是事实，正是因为他不甘心当一个司炉工，才会冒险进入天鼎城。也正因为他不肯向宋爷低头，才会有重罪加身的转折。

他的一切思想与行为，都是在挑战这个秩序森严却脆弱的社会体系，无论命运如何转折，他最终都必然选择沉沦或是反抗。

并不是流亡者选择了他，而是他的天性选择了流亡者。

"你上来吧，今日你抵达这里，你的一切考验就到了尽头。你将会和我站在一处，领略宇宙无限的魅力与伟力。"

杨万里平静地叙述着，语调中却充满了神秘魔力，"你……将看到这个世界背后的真实。"

"真实？"徐乐抿了抿嘴唇，这个世界是腐朽的，是建立在残暴的阶级压迫下的，他在生存游戏的时候就已经明白了这个道理。

在这个世界背后，还能有怎样的真实？

杨万里微微笑道："真实的宇宙，才是我们流亡者的希望所在。我们所做的一切，就是要颠覆这个世界的压迫，让我们回归真正璀璨的文明。"

他说话的时候，身后的祭坛白光涌动，变幻莫测，仿佛潮水来袭。

黑色的圆形祭坛，大约有一米高，直径差不多在三米左右，如果站在旁边，可以探头看到祭坛内部。

从构造来说，更类似一个大浴缸或者游泳池，只是祭坛内部承载的不是清水，而是乳白色如有实质的圣光。这些圣光闪烁流淌，似藏着无穷的秘密。

徐乐不自觉地迈动了脚步，他本能地感觉到，在祭坛深处，有他渴求的东西。

一步，两步，三步。

徐乐跨上了祭台，坚实的大理石地面，他却觉得像是踩在云端一样，双腿不受控制地发飘发软。杨万里微笑地让出半个身位，让他与自己并肩而立。

祭坛白色温柔的光华向两边分开，陡然露出了一幅浩瀚的星河画卷，神秘的黑暗背景之下，璀璨如珍珠般的星辰串联，旋转着、飞舞着。

"这是……什么？"徐乐从未看过宇宙的景象，但一眼就能确定这就是头顶的星空。

或许是梦中的景象，或许是祖先记忆的传承。总之徐乐就是知道，他甚至可以将这些飞驰星辰与头顶上的星空对应联系起来，这种奇妙的感知如此神奇，令人陶醉。

杨万里双手合拢，在华丽庄严的赞美诗中，那星河图卷急剧地移动、放大，直到在西北的一个偏僻角落中的一颗黄色恒星成为了主角，在祭坛的中央放射光和热。

即使只是虚幻的影像，徐乐仍旧觉得双目刺痛，无法直视。

"这就是我们的太阳。"杨万里淡然解释，"这只是宇宙之中大角星系右侧旋臂上不起眼的一颗三等亮星，类似这样的恒星，在整个大角星系就有上亿颗，而在整个宇宙中，更是不计其数。"

徐乐一下子蒙了。

孤星由于污染和气候原因，大部分的时候天气都是阴沉沉的，只有极少数的时间阳光才能刺破云层，露出炽热的真实面目。

孤星的人民对太阳极其崇拜，大家都一致认为，太阳是光和热的来源，是孤星生命的父亲。

也有许多科学家考证，煤本身就来自于远古植物的炭化，而植物的生长，又完全依存于太阳，因此煤的热力和动力，也同样是来自于太阳的恩赐。

对于孤星人来说，太阳是无与伦比的存在，是一切成就之源。

现在杨万里却告诉他，太阳根本不是什么独一无二的存在，甚至非常普通平常，就像沙滩上的一粒沙子般渺小。

"我知道太阳是一个炽热巨大的火球，如果……如果这个宇宙中有上亿颗太阳，那为什么我们没有看到？"徐乐受到了巨大的精神冲击，结结巴巴地反问。

第一次看到宇宙的人，几乎都会这么问。杨万里早有准备，他叹息着回答，"那是因为距离啊。"

他继续拨弄双手，那颗恒星不断地放大，可以看到有许多渺小的行星绕着它旋转。

杨万里指着内侧数起第四颗行星，"这就是孤星，孤星距离我们的太阳有一亿五千万公里。"

一亿五千万公里……徐乐有些发愣，他能够理解这个数字的数学意义，却无法真正理解这个数字究竟有多巨大，那超出了他的想象极限。

杨万里不紧不慢地做着对比，"从青林城到天鼎城，火车要开七天，但他们之间的距离，不过只有两千三百公里而已。"

两千三百公里，对于孤星人来说，已经是一个超级遥远的距离，许多人一辈子都不可能走那么远。

"孤星的直径，是五千公里，赤道总长度是三万两千公里，这些与太阳的距离相比，都完全不值一提。在孤星与太阳之间，足足可以塞下一万五千个孤星，超过六万倍青林城到天鼎城的距离。也就是说，如果孤星和太阳之间有条直通的铁路，可以乘坐蒸汽火车前往的话，得花上四十二万天以上的时间。"

经过对比，徐乐发出惊异的呼声，他终于大概地理解了这些意义。

"从宇宙的尺度上来说，这已经是很近的距离，所以太阳才能持续不断地供给我们光和热，让孤星得以生存。而离我们最近的其他恒星……"杨万里轻轻一拨，星系飞速选转，现出一颗与太阳相若的黄色恒星。

"很巧，与我们相邻的大角星系阿尔法二星，也是一颗黄色恒星，与我们的太阳一般大小——但是我们在天空中几乎看不到它，因为它距离我们足有五十万亿公里……"

杨万里耸了耸肩膀，没有再继续说下去，他知道这又需要给徐乐时间来消化。

刚刚已经接受了太阳与孤星之间距离的尺度，徐乐又陡然发现，这点距离简直不值一提。五十万亿公里和一亿五千万公里之间相差三十万倍以上，这比之刚才的差距更加庞大，也就更加让人不难以置信。

而这些，不过只是最近的恒星而已。

在宇宙尺度上，还有成千上万……不，上亿的这样的恒星，它们之间的距离只会更加遥远。

"这些……与我们有什么关系？"徐乐闭上眼睛，他的接受能力强，但还是努力消化这些讯息，宇宙也许就是杨万里说的这个样子。

不过……流亡者说这些又有什么意义？他们关注的始终应该是天鼎城或者孤星，一亿五千万公里之外尚且无法抵达，那五十万亿公里之外，又与他们有什么关系？

守在孤星这么一个世界，宏大的宇宙距离他们实在太遥远。即使是最疯癫的少年梦想，也没人想过要突破孤星的大气层，前往无穷无尽的外空间探险。

对于孤星的人民来说，故乡就已经够大了，而天鼎城，差不多就已经是理想的极限。

因为眼睛只能一直看着路，所以无法向上眺望。

这个不相干的宇宙，对徐乐来说，实在太过遥远。不，不仅仅是对徐乐来说，对所有孤星的人来说，都太遥远。他们更愿意关注目前的现实生活，而不是五十万亿公里之外一颗与太阳一样的恒星。

就算这恒星真的像太阳一样，能够喷发出无限的光和热，但对于无法享受到这份光热的孤星人民来说，又有什么价值和意义？

徐乐有些迷茫，不知杨万里到底想表达什么。杨万里直接说流亡者就是一个专门颠覆政府的恐怖组织，他倒更能接受。

杨万里慢慢地说道："因为这个宇宙，本来就是属于我们人类的！"

这一句话，让徐乐差点跳起来。

"大角星系成千上万的恒星系，都是我们人类的殖民地，我们拥有光辉灿烂的星际文明，足以横跨上万光年！"

杨万里的呐喊是如此的痛心疾首，这是徐乐到这里之后，第一次看到他失态。

他神色愤懑而沉郁，无比的失望，"现在，我们却被困在这个黑烟笼罩的臭水沟里，充当着原始时代的奴隶和奴隶主，没有目标，没有热血，每天就浑浑噩噩地活着，像蛆虫一样死去！"

徐乐的第一反应是杨万里疯了。

搞反政府组织的人精神容易不正常，会形成反社会人格，徐乐曾听说过。不过杨万里怎么看都是个睿智的老人，他这样胡言乱语，难免让人有些困惑。

但是……五十万亿公里以外的世界，怎么去殖民？就算真的能够建成横跨宇宙的铁路，那得走多少天？

走到太阳是一百年不止，再走到那什么阿尔法星，要三千万年？

三千年前的历史都已经消失了，三千万年，那根本是一个无法理解的概念。

杨万里看出了他徐乐的疑惑，再度翻动祭坛中的画面，只见一艘艘如同大船的机械飞艇，在黑暗的宇宙中喷出火焰，繁忙地四处穿梭来去。

"其实人类拥有更高级的星际文明，能够以超越光的速度在星河宇宙中往来，从一个恒星系到相邻的恒星系，就像是隔壁邻居串门一样简单。"

徐乐呆看着那些庞大飞艇，它们是如此巨大如此优美。战鲨飞艇在这些巨大飞艇面前，简直就是顽童手里粗劣的玩具。

"比光的速度还快？光速？"徐乐突然发现自己又有一个概念不理解。

杨万里赞许地点了点头，徐乐总是能够敏锐地发现关键所在，"在一个宇宙中，光速是恒定不变的，也是不可超越的，差不多是三十万公里每秒，因此太阳上的光抵达孤星，大约需要五百秒。"

"也就是说，你所看到的太阳，一般来说都是八分钟以前的模样，要是太阳上发生了一次爆炸，你要等到八分钟以后，才会看到。"

"正因为光速的不变性，所以在宇宙尺度上，我们往往用光行走的时间来计算距离。比如阿尔法二星，五十万亿公里差不多就相当于5.3光年，这样我们就比较容易计算了。"

徐乐默默地计算了一番，他姑且相信杨万里的话，但很快就又有了新问题，便追问道："你说光速无法超越，那么即使达到了光速，到附近的星系也得要好几年，怎么可能建立横跨整个宇宙的殖民地？"

杨万里摇头，"我只是说光速无法超越，但这宇宙中并不是没有可以超光速运动的东西。何况我们还能够利用跃迁和虫洞，这足以将几千光年的距离缩短到几个月甚至几天。当然这些技术是被其他那些高度发达的星球掌握，而我们孤星，已经完全没有这种技术发展的土壤了。"

孤星不知道遗失了多少科学，现在再说这些，简直就像是神话故事。

祭坛中的画面忽然晃动起来，就像是突然失去了信号的电视机，陡然变成一片雪花点。之后，一颗蓝色的星球出现在画面中央。

原本这星球完全被海洋覆盖，但是随着时间的流逝，渐渐出现了陆地、山脉和森林。在森林和平原上开始出现了能够自由走动的动物，生机繁衍，令人目不暇接。

"你注意看，现在展示在你眼前的，就是人类发展的历史。"杨万里在一旁轻声解释，他的语气也充满了敬畏。

其实并不需要他解释，徐乐就能感觉得到，这种生机演变的宏大复杂，让他喉咙里面仿佛塞了一个什么东西，连一句话都说不出来。

动物们的活动范围越来越大，在它们之中，演化出直立行走的智人。智人们脱去了皮毛，开始使用工具，建设家园，他们构建了乡镇、城市，乃至于国家。

科技飞速地发展着，汽车、轮船与飞机出现，几乎是在刹那之间，喷着白色火焰的火箭冲天而起，戴着透明头盔，穿着类似白色盔甲的人类在外太空失重的环境下行走。

他微笑着说了一句什么，徐乐听不明白。

杨万里翻译道："这是个人的一小步，却是人类的一大步。"

徐乐又有了那种窒息般的感觉，而人类文明的发展越来越快——大概是为了让他看清楚，时间的流速被调慢了，他看到第一艘探测器飞出了行星系，湮灭在无穷无尽的黑暗之中。

他看见第一艘行星载人飞船摇摇晃晃地穿过小行星带，在密集如雨的陨石中崩解。

但人类并没有放弃，巨大的飞船耗费了长久的时间，挨住了寂寞，终于驶出了他们的行星系，开始向最近的恒星系殖民。

当第一次殖民成功，原初世界与殖民世界等待了四年，利用原始的无线电波实现了第一次对话，两个星系的欢呼声，几乎能够穿越时空的界限，传入徐乐的耳中。

两个世界很快发挥出了互补的优势，科技有了飞跃式的进步，不知道从什么时候开始，人类拥有了可以在空间中跳跃前进的大型飞船，这大大缩短了殖民和旅行所需要的时间。

疯狂的宇宙飞船就像是飞舞的蒲公英，以两个世界为核心，向着千亿星辰进发。

一个个星球被文明点亮，孤寂的宇宙开始热闹起来，庞大的舰队航行于星海之间。他们站在每一处，观测着超新星的爆发，看着星系的毁灭，看着星云的收缩膨胀，看着伽马射线星城的彩虹之雨纷纷飞溅。

他们就是宇宙之王。

然而就在这时候，黑暗突然笼罩，画面静悄悄地被抹去。杨万里的眼中闪动着华彩，低沉的声音继续在回荡着："我们曾经能够飞跃无边的星辰，能够拥有整个银河，也能够发掘人体的所有秘密，甚至有资格追求永生，然而，在几千年前，一场巨大的浩劫袭来……"随着杨万里的讲述，四周又亮起来，这一次，画面上显示的是一个个除了头颅是人类的样子，躯体却是机械的生物。而接下来，徐乐看到，一些年纪在十几岁的少男少女正躺在巨大的手术台上，一种闪着冷光的机械正切割开他们的脖颈，随后给他们的躯体换上一种人形的机械体。手术台上的少男少女们眨着眼睛，似乎向外界表示，他们还活着。

"你现在看到的，就是我们这个文明发展到极致时的情形，所有的人在年纪差不多时，都会换上机械躯体，成为强大的，没有病痛的新生命。当然，除非机械人的头部遭到打击，否则机械人几乎就是永生的。"

"那为什么，我们现在还是人身呢？"徐乐吃惊地问。

"这就涉及我们召唤你的目的了，"杨万里叹了一口气，继续讲述起来，而接下来的故事，更是颠覆了徐乐从小到大所有的认知。

在杨万里的故事里，几千年前，人类达到机械文明的终极高度，经过改造的机械人类强大到极点，可任意构造自己的形态。于是，变革就由一个名叫韩羽的机械人引发了。

那时，人类的足迹遍及全宇宙，孤星是机械文明世界处于宇宙边缘的一颗小星球，韩羽当时是星际联邦孤星政府议会的一名议员，在孤星的普通民众中有着极高的威望，他有一个爱好，喜欢到各个星球去旅行。一次，他结束旅行回到孤星后，把自己关在家里，似乎是在思考问题，十几天后才从家里走出，开始日常的工作。但随即，他身边的人发现他有了一种说不出的变化。他更加关注孤星儿童的教育问题，还有了写书的计划并马上付诸实施。

半年后，韩羽的第一部作品问世，他又马不停蹄地奔走各地，四处演讲，为自己的书做宣传。

韩羽的书获得了空前的成功，因为他在书中提出了一个与当时的主流社会格格不入的观点。他认为：人类接受机械的改造是错误的，虽然延长了自己的生命，让人的躯体变得更加强大，但随之而来的是人类感情的丧失，变成一个冷冰冰的生命。没有情绪，不懂感情，不知道爱一个人是什么滋味，不能体察别人的情感，只知道用逻辑分析仪器去分析利益的得失，这样的人生有什么乐趣可言？

这个观点在当时的机械人中引发了巨大的争论，许多享受着机械文明成果的人嗤之以鼻，但也有相当一部分的人类认同了这个观点，他们开始实践，换回了自己的身体，随后用自己的行动开始影响周围的亲人和朋友。

于是这种思潮在孤星蔓延开来，越来越多的孤星机械人加入到做回普通人，丢掉逻辑分析器，享受到真正做人的乐趣的队伍中来。鼎盛时期，普通人类的数量占据了整个孤星二十亿人口的三分之一。一开始，孤星政府的领导层并没有觉得这其中有什么不妥，再加上韩羽本身也是身份极其尊贵的议员，两种思想的交锋还给当时的社会增添了一簇花絮，于是他们认为如果一直这样下去，也没什么不好，甚至许多政府高官也开始考虑是否要换个普通人的身体试试。

但一切惨剧始于一个早上：孤星空间管理局探测到从外层空间落下一艘类似外星飞船的物体，管理局派出一支搜索队前去调查。

根据后来幸存搜索队员的讲述，那个降落在孤星上的所谓飞船很奇怪，与其说它是一艘飞船，不过说它是一条浑身带着黏液的蚯蚓。搜索队员说完几句话就断气了，所以没有人知道他们究竟遭遇到了什么。七天后，孤星各城市遭到了突如其来的袭击，袭击者是一群群遮天蔽日的，怪异无比的昆虫，它们身形巨大，力大无穷且有着不同的异能。

在这场持续了近百年的灭虫战斗中，无数的城市被摧毁，无数的机械人和普通人失去了生命，孤星联邦政府动用了巨大的人力、物力还是节节败退，最后只能放弃了野外，龟缩在仅剩的几个大都市里。

那是孤星机械文明最黑暗最危险的时期，于是不知道什么时候，又一种观点蔓延开来，那就是：人类就应该接受机械改造，成为具有强大力量的生命，抛弃无聊的情感。然而更激进的观点则是：如果不是许多人拒绝接受机械体的改造，人类在面对虫族的进攻时就不会败得这样惨。

这种观点后来被称为"逻辑派"，而坚守人类情感的一派被称为"情感派"。这样的争端在后世看来很可笑，但在当时虫族的进攻确实是一波接一波，而人类却还在为了自己身体的选择而争斗不休。

终于，两派的争端达到了顶峰，孤星联邦也因此分崩离析，短短的几个月中所有的逻辑派都离开了孤星，前往机械文明世界的其他星球，留下情感派继续抗击虫族。

这无疑是场劫难，血肉之躯的情感派们面对虫族的进攻一筹莫展，只能凭借有限的机械技术抵抗。这还不是最难的，最难的就是……逻辑派们在回到主星后，对孤星放出了天幕，隔绝了一切。

"他们为什么这样做？"徐乐心中充满了疑问。

"不知道！"杨万里深恶痛绝地道，"这个问题几百年来没人理解，唯一合理的解释是逻辑派都是没感情的，他们以为将我们隔绝在现代文明之外，就万事大吉了吗？"

"天幕又是什么？"徐乐又听到了一个新名词。

杨万里手指滑动，将孤星放大又放大，终于整个祭坛的视野之中，就只剩下这一个蓝黄相间的行星。

在孤星的外部，有一层薄纱状的雾，半透明，但固执地围绕着整个星球。

"这就是天幕。"杨万里指着这一层如美女面纱的东西，神色严肃，语气森然。

"这是逻辑派们为了隔绝内外而放出的终极防御装置，把我们和星际文明隔绝开，我们也被困在这天幕之中，没办法出去。"

"那么那些虫子呢？"徐乐又问道。

"当然，我们最后取得了胜利，这几百年中，情感派的人类们一边和虫族战斗，一边不断研究新的科技，逐步取得了主动权，最终将虫族打垮，把它们赶入荒野和地下，虽然现在它们还没灭绝，但毕竟不成气候了。

"由于天幕的形成，大气开始带有辐射，孤星原本的动物也受到辐射产生变异，变得易怒而富于攻击性，更拥有了许多特殊的能力。而我们孤星的文明发展到今天，空间技术就一直没能取得突破，能源不断消耗，最终，孤星成了现在的样子。"

杨万里的语调沉痛，孤星终有一天会耗尽能源，如果突破不了天幕，它就回归不到机械文明的大家庭，这种衰落会不断持续，直到人类失去最后的庇护所，彻底被变异猛兽吞噬，整个文明就如沙滩上的字迹，被无声无息地抹去。

徐乐几乎不敢相信。

他记得课本上还说过，这是一个大跃进的时代，在过去的几百年里面，人类发明了蒸汽机，工业革命迅速到来，从此开创了一个波澜壮阔的大时代，开始征服自然与未知。

"但是不是说以前人类什么技术都没有，都是在工业革命之后才崛起的吗？"徐乐向杨万里反问。

杨万里叹气摇头，"这是愚民的教育，其实蒸汽文明的崛起，是因为在天鼎城附近发现了一个储量巨大的露天煤矿，开采便利，于是孤星的人类得到了缓冲的机会，由于没有其他能源，所以拼命发展蒸汽机技术。

"确切地说，应该是从古代的传承中复原的蒸汽机技术，并将它发扬光大。蒸汽文明受限于能源，一旦煤矿开采殆尽，我们的文明会进一步衰落。"

煤矿的储量是有限的，人类的需求却在逐步扩增。终有一天，人类会挖光所有的煤炭。

徐乐沉思良久才又问杨万里："那韩羽最后的下落呢？"

杨万里望着发光的穹顶，慢慢地说："没有人知道他的想法是怎样，从虫族入侵的第一刻起，他就站在了抵抗的最前线，带领孤星的公民们和虫族战斗，最后他在攻击虫族发源地的一次战斗中，一人拖着换回来的，重伤的身躯冲向了虫海……"

杨万里的话似有千钧，有着极大的张力，徐乐脑海里恍然闪现出一幅画面：一个手提战刀的战士，悍然冲向前方无边无际的虫海。那种一往无前的气概，让人为之震撼。

一时接受的信息量太多太大，徐乐拼命消化着这些信息，沉默了好久才又出声问："那你们，恨他吗？"

"恨？"杨万里淡然一笑，"这个问题几百年来无数人问过别人，也问过自己，但谁也没有否认的是，因为他，很多人才体会到了一生中最美好的一面。对于我们流亡者来说，他就是我们的先师，我们现在所做的一切，都是为了完成他的遗愿。"

"你来看，"杨万里说着走到徐乐近前，将颈上的吊坠托起，"你看，这就是他留给我们的。"

那三道黑杠再次映入徐乐的眼帘，这一次，他隐隐感觉到这三道杠中蕴含着一股不知名的力量。

"这是……"

"这个标志，是我们从韩羽的一些笔记中找到的，他把这标志称为天印，至于这其中有什么道理我们一直没有研究明白。不过，他牺牲前一天的日记中，留下的一句话，成了我们几百年来的纲领，那就是——受命于天！我想，这是韩羽为自己为我们做的最好的注解。我们人类既然是承天命的族群，为什么要抛却自己最珍贵的感情去做那劳什子的机械生命呢？不过……"杨万里说到这里，话锋一转，语气里有了一丝落寞，"这几百年中，孤星的人们达成共识，即使科技恢复，也不进行机械改装，但政府方面还是有很多分歧，有的人认为一定要打破天幕，有的人认为守着孤星过日子就行了。目前政府方面支持后一种观点的派别占上风，所以我们就只好转入地下了。"

"那流亡者又是干什么的，你们想要做什么呢？"

孤星已经走入了绝境，如果真如流亡者所说，这世界的真相是这样的话，那么被天幕隔绝的世界，早晚会步入毁灭。流亡者想要折腾什么？他们能有什么拯救孤星的办法吗？

杨万里微笑着点点头，知道徐乐大半已经相信了他的话。他把王凯也叫了过来，说道："说流亡者组织想要干什么，就要从生存游戏说起了。徐乐，你知道孤星政府组织生存游戏，选拔精英守护者，到底是为了什么吗？"

徐乐一愣，他记得当初问过王凯，但是王凯并没有给出答案，只是让徐乐自己思索。

"为什么？"徐乐确实无法理解。

他只是发现，生存游戏的战斗模式，根本不适合在孤星环境下作战。这样训练出来的战士，也没有什么实际价值，难道真的只是一场大型的表演秀而已？

王凯回答道："生存游戏，就是为了训练精英战士。但这些精英战士，并不是用来在孤星作战，他们作战的舞台，实际上是在天幕之外！"

"什么？"徐乐瞠目结舌，"天幕之外？这是什么意思，难道天幕封闭之后，孤星政府还需要到天幕以外去作战吗？"

从逻辑上来说，史前遗迹的环境非常特殊，重力、大气都有不同，尤其是作为主战场的中心位置，由于无重力的存在，完全类似于外太空的环境，如果说是为了培训在天幕外作战的战士，倒也能说得过去。

但是为什么？

孤星政府不是已经封闭了整个世界吗？为什么还要培训这种战士？

"我们的猜测是以防万一。"杨万里插口道，"在王凯和你之前，我们流亡者并没有能够成为精英守护者的战士，所以对其中的具体细节并不是非常明确。

"但是有一点可以肯定，你们这些守护者，都是孤星政府在筹备与外星殖民文明作战的战士。而这个战场，只能是在天幕之外，也许因为他们害怕天幕被破坏，所以需要派人守护。"

"祭典比赛，其实就在天幕中枢附近。"王凯又说了一个重要的秘密。

徐乐霍然抬头，忽然猜到流亡者想做什么。

"难道说……你们想要……"徐乐有些不敢相信自己的推测。

杨万里却坚定地点了点头，"你猜得没错，我们流亡者的最大愿望，就是打开天幕，和外界交流，这样我们人类才能生存下去。

"这一次祭典比赛，有王凯和你两个人参与在内，是我们这些年来最好的机会。在祭典比赛的时候，我们组织的军队，会对孤星政府发动攻击，你们要趁这个机会，潜入天幕中枢，毁掉制造天幕的核心，让太阳重新照耀在我们的头顶！"

杨万里语气狂热，神色极其激动。只要计划周密，这次一定能够成功。以他的城府，也按捺不住心中的激动。

"原来是这样！"徐乐的身上崩起了一层细密的鸡皮疙瘩。不知道是因为兴奋还是因为恐惧，他确实不是一个循规蹈矩的人，可彻底毁掉天幕这种大事，却是他连想都没敢想过的。

人类是否能够承担这样的后果？

整个孤星世界，封闭了几百年甚至更久的时间，外界的机械母文明，对待这个封闭世界，不断堕落的子文明到底是什么态度？是仍然保持友好，想要解放受苦的同胞？还是干脆视之为下等人，要加以征服？

流亡者完全没有任何讯息，他们只是生活在自己的世界中，以自己的理想来规划未来。

徐乐赞同他们的理念，尊敬他们为此而毕生奉献的伟大情操。但做这样的大事，他心中却没有底。

"打开天幕之后，孤星会怎么样？"徐乐鼓起勇气，向杨万里诘问。

杨万里也沉默了好一会儿。

他想要说一些冠冕堂皇的话，说一些热情洋溢的理想，但他也很清楚，面前的这个少年，绝不会轻易相信。

"不知道。"

杨万里斟酌了良久，最终还是只能回答这三个字。

他苦笑着摇头，"我们与外部世界隔绝太久了，即使是流亡者一直努力致力于寻找外界的消息，也不可能知道现在宇宙发生了怎样的变化，不知道机械文明如今究竟是什么情况，如果你要问我，我也只能说不知道。

"也许在天幕之外，有着友好的外交使团，等待了千年，想要给我们橄榄枝；也有可能有成千上万的外星舰队，要将这封闭的文明彻底抹去。这两种结果，更像是抛硬币，不打开天幕，我们永远不会知晓。"

徐乐追问道："既然是抛硬币，我们也不知道会有什么样的结果，为什么一定要执着于打开天幕？"

王凯摇了摇头，代替杨万里回答道："徐乐，你想得太多了，我们确实不知道天幕打开之后会如何，但我们知道一点，如果天幕不打开，孤星一定会走向毁灭。"

正是抱着这样的信念，本来属于统治阶级一员的他，才会义无反顾地投身于流亡者组织。他想要的，就是挽救孤星的未来。

徐乐长长地吐出一口气，他明白流亡者们的想法，但他仍然需要时间考虑。

他直言不讳道："我现在还不知道该怎么做，我需要时间好好想想。"

杨万里点头，"事关重大，你当然需要认真考虑。我们已经向你和盘托出。实际上孤星的未来，已经交到了你的手中。"

他转头看了王凯一眼，又补充道："天幕的中枢，凭着王凯一人根本就没机会摧毁，只有你们两个人携手，才有可能完成任务。如果你不愿意帮忙，那么我们也只有放弃这个机会，等待下一次的生存游戏。"

下一次的生存游戏，就未必有王凯这样的铁杆，更很难找到像徐乐这样异军突起的人才，流亡者又得陷入漫长的等待之中。

"我得好好想想。"

徐乐只能重复这一句话。

整个星球的命运突然压到他的肩膀上，这种压力，让他感到无法承受。

如果说生存游戏是残酷的考验，但和整个星球的命运相比，那几百个人的性命，又算得上什么！

在是否摧毁天幕这件事上，徐乐的选择，可能会影响到整个星球上的所有人。而且，谁也不知道结果会怎样，一切后果，在道义上，都会由他这个选择者来承担。

"还有大半个月的时间，你可以慢慢想。"杨万里并不着急，他知道这需要时间，"先让王凯送你回去。"

他们在流亡者祭坛中停留的时间太久了，为了避免被孤星政府发现，需要尽快离开。

"不管你是否答应，请你一定要为流亡者的事保密。"

临走之前，杨万里特意叮嘱徐乐。

徐乐点头，"放心，我一个字都不会泄露的。"

流亡者在询问他的意愿之前，就将所有的事情向他和盘托出，这是一种信任，也是一种赌博。

如果徐乐向孤星政府出卖流亡者的话，所有人都会死。徐乐不管是否同意摧毁天幕，他都不会出卖这份信任。

徐乐在进城以后就下了车，与王凯告别。他今天得到的讯息实在有点多，直到现在脑门还绷着疼。

他按了按太阳穴，在微凉的夜风中行走，努力让情绪平复下来。

高度发达的星际文明世界，曾经统治宇宙的霸主，因为人民的反抗而龟缩在孤星的懦弱政府，无法突破的天幕，独立反抗的殖民地，以及为了撕破天幕，让世界得到解放的流亡者组织。

这一切，讯息量实在太大，太过复杂，太过惊人，让徐乐有些难以接受。

虽然杨万里与王凯看上去神智都很正常，他们也有强有力的证据，徐乐还是难以接受这种颠覆他人生观的说法。

徐乐找了一家酒店，回到房间，倒头就睡。

一觉睡到中午，徐乐才被酒店前台的电话吵醒，对方的态度非常恭敬，甚至有些畏惧，"请问，是 1829 号房间的徐先生吗？"

"我就是。"徐乐漫不经心地应了一声，"有什么事吗？"

"徐先生您好。"酒店前台的语速加快了些，有些激动也有些慌张，"您能入住我们酒店，真是我们的荣幸，刚才颜元帅派人打电话来……"

前台大概意识到需要保密，压低了声音道："他邀请您到他府上吃饭，感谢您在生存游戏中对他女儿的照顾。"

颜元帅？徐乐想了一下才反应过来，这说的一定是颜落的父亲颜必武。他也是这两天看了报道，才知道颜落的身世这么了得。

据说颜家的传承，可以一直追溯到建造天鼎城的颜宏君。此后颜家代代都出过不起的人物，一直延续至今。

颜必武是孤星政府军方陆军总司令，也是军部的主任，挂陆军元帅军衔，在孤星政府中属于跺一跺脚都要引起地震的重要人物。

如果是以前，徐乐听到这样的人物请自己吃饭，都会觉得受宠若惊。

但是经过浩瀚宇宙的冲击之后，徐乐的眼界得到了开阔，看事情的高度和角度就不一样了。高高在上的颜家，放在整个宇宙来看，却是灰尘都算不上。用杨万里的话说，颜必武就是孤星统治的幕后黑手之一，代表着腐朽的统治阶级。

按照流亡者的观点，这些人都是他们的敌人，是他们必须推翻的对象。

徐乐还是把这些胡思乱想压下去，他和王凯不同，没有那么强的使命感，也并不太认同流亡者的理念。在他看来，颜必武是颜落的父亲，算是朋友的长辈，对方就算不邀请他，按照礼貌也应该去拜访一下。

不过，对方能这么快就找到他，大概是因为他在这里使用了金属 ID 卡。

"好的，颜元帅有没有说什么时间？"他随意问了一句。

前台轻声道："他的秘书说下午四点，会派人来接您。"

"好。"徐乐挂了电话，看看时间已经过了十二点，就起身洗漱，刮了刮胡子，换了身干净的衣服，下楼吃个午餐，再在附近溜达了一阵，回到酒店房间的时候，已经是三点多快四点了。

他还打算休息一会儿，门铃就响了起来。

徐乐猜是颜必武派来的人，就拉开了房门。没想到是颜落站在地面前，清丽的脸上还带着点惊愕的表情。

"怎么是你？"徐乐一怔，不过他与颜落也算是生死的交情，犯不着假客气，就直接问了一句。

颜落今天没有穿军装，而是换了一件米色的套裙，戴着眼镜，穿着高跟鞋，更显得双腿纤细修长，大概是因为平时的习惯，她的腰杆挺得笔直，身材堪称完美。

她本来就是绝色美人，在身着军装的时候带着一种勃勃英气，虽然冷漠到拒人千里之外，却也让人无法抑制地想要靠近。

或许是因为她的小型辅助分析系统被移除，压抑的情感得到了恢复，以至于她的表情和眼神都变得更加生动起来，穿着便装的她更是一个活色生香的绝世美人。

"父亲要我来接你，现在你已经不是普通人物了，我们也要给你多一些礼遇。"可惜失去小型辅助分析系统的后遗症还在，颜落还是不太会说话，直接就把颜必武的话给转述了。

徐乐啼笑皆非，他现在被提升为守护者的可能性相当大，一转身就是一级公民，努努力，荣誉公民也不是没有机会。

颜必武对他看重，也是理所当然。不过颜落直接宣之于口，确实有些不通人情了。

"大家生死与共，就是朋友了，颜小姐不用太客气。"对方既然是这么坦诚的人，徐乐也干脆实话实说。

徐乐是颜落的亡命者，在祭典游戏中会转变为追随者，他们的关系已经牢不可分，太过客气反而显得生疏。

"不！"颜落的态度倒是很坚决，她摇头道，"能够在生存游戏中获得胜利，完全是靠你击败了白童。这些我父亲都看在眼里，所以才会让我来邀你吃饭。"

颜落这种性格，虽然可以交朋友，却没办法聊天。徐乐干脆就只是笑笑，随着她下了楼，避开狂热的酒店前台美女，从后门出了酒店。

一辆小型化的蒸汽敞篷跑车停在门口，这应该是颜落的座驾，看她熟门熟路地跳上驾驶座发动就可以确定。

徐乐没坐过这种跑车，也很好奇，拉开了车门，坐在颜落旁边的副驾驶位上。整架跑车呈扁平流线形状，几乎像是贴地的机翼，他注意到车的底盘非常低，如果地面稍有不平整，只怕就要被蹭坏，而周围一圈包裹着金属光泽的保险杠，让这辆跑车在昏暗的城市中显得特别醒目。

"系好安全带，坐稳了！"坐在驾驶位上，颜落又恢复了那个发号施令的守护者样子。徐乐乖乖地系上安全带，就见颜落一踩油门，蒸汽机组发出巨大的轰鸣声，跑车像箭一样疾驰而出！

"这速度好快！"徐乐口中被灌满了风，他好不容易能够开口说话，脑袋有点眩晕，显得有些狼狈，"在天鼎城里面，没有限速吗？"

"有的。"颜落也很实诚，"不过我们家不必理会交通规则，我开到一百二十码应该没人会管。"

她跑车的牌照隶属于军方，颜色和其他车不同，懂行的交通警察看到这种牌照只会远远避开，超速这种小事，有哪个敢管。

好在颜落的驾驶技术相当高明，一路上虽然风驰电掣，汽车却始终稳稳当当，她带着徐乐一路转入一条僻静的街道后，车速立即降了下来。道路两边都是古朴的别墅区，建筑区间隔比较远，道路上几乎看不到人，显得特别清幽。

徐乐知道这是天宁区，孤星政府的高层首脑都住在这个小区里。如果不是颜落开车带着他，他根本没资格进入这里，在道口就被荷枪实弹的岗哨拦住了。

"阶级差异实在是太明显了。"徐乐暗中叹息，想起杨万里和王凯说的话，不得不承认，即使没有流亡者那些大宇宙的说法，这种社会结构，也不可能一直维持下去。

颜落在一栋大型别墅的车库前停了下来，"我们到了。"

她一下车，立刻就有司机和佣人奔过来，接过钥匙帮她停车，衣着洁净素雅的女佣，领着两人穿过前庭玄关，进入客厅中稍坐。

徐乐从来没有见过这么豪华的别墅，单是一楼的客厅，就有两百多平方米，如果愿意的话，甚至可以组织两伙人在这里踢球。

回想起来，他以前在青林城的公寓，可能还没人家的厕所大。

"父亲应该还在谈事，到我的房间去休息一会儿吧。"颜落看了看座钟上的时间，大大方方地发出了邀请。

"方便吗？"徐乐没有进过女孩子的闺房，青林城里面虽然也有些关系比较好的女同学，但大多家境都非常普通，与家人同住，实在没有能招待朋友的房间。

"方便啊。"颜落眨巴着眼睛，不理解徐乐是什么意思，"我们可以切磋一下格斗技术。"

在房间里面切磋格斗？徐乐有些发怔，干脆乖乖闭嘴，跟着颜落一起坐电梯上了三楼。

在楼梯的背后还藏了一部直升电梯，这种在自己家里面装电梯的豪奢劲，徐乐是真的没见过，他只能强忍着好奇，看着这大铁箱缓缓上升，抵达目的地。

"我房间在这边。"颜落带着徐乐穿过走廊，一直到最右侧的房间，推门而入，徐乐这才发现，颜落所谓的闺房和他想的完全不同。

首先这间房间非常大，卧室其实在另一扇门里面，而大部分的空间都是各种训练器械，甚至还搭了一座格斗台。

徐乐好奇地走上前，观看摩挲着各种训练器械。这些器械许多都有些年头了，虽然也有新的，但大多数一看就明白用过很多次。

许多哑铃之类，握手的地方都有微微的凹陷，足以说明主人频繁地使用过它。

"你训练项目有那么多？"徐乐粗粗一看，光是体能训练的项目就很多，而且从各种器械的使用情况来看，颜落都没有偷懒。

"当然，从六岁开始。"

颜落的语气中无悲无喜，训练早已成为她生命中的一部分。

徐乐惊叹，"那你爸爸也舍得，这么多训练器械……"

"这只是一小部分。"颜落倒没有什么奇怪，"我一般是跟着父亲在部队训练，只是回家以后做些补充训练，不算什么。"

补充训练能练成这样，那正式训练得什么样？徐乐不敢想象，身为陆军元帅的女儿，几乎注定可以成为荣誉公民的人，为什么要这么辛苦？

他迟疑问道："那你就只是专注于军事训练，不用上学了吧？"

后来颜落进入守护者学院，这是她身为荣誉公民的子女自然拥有的权利，可以直接免试保送入学，看她这么密集的训练，应该也不会在意文化课成绩。

颜落诧异地望了他一眼，摇头道："怎么可能？我在天鼎城上的私立高中，必须得把数学和理科方向都修到九级……"

"九级是什么概念？"徐乐发愣，他们职业学校数学的要求好像是三级，理科与机械相关的是四级——九级，这已经超越人类范畴了吧？

"数学的话大概是模糊数学、矩阵、拓扑学、数据结构分析之类，理科我选的是物理，九级差不多就是量子力学、广义相对论、弦理论之类。"从颜落口中报出一串让徐乐感到陌生的名词，他听得目瞪口呆。

"那你……小时候到底要花多少时间学习和训练？"徐乐觉得就算是不眠不休，也不可能完成这样的教育吧？

"每天大概只能睡两个小时，吃饭不能超过五分钟，上厕所不能超过一分钟。"颜落说起来寻常，但简直令人不敢置信。

尤其是上厕所不超过一分钟，徐乐看着颜落，只能说必须寄希望于高级公民的饮食比较柔软，不至于有便秘的困扰，否则这种痛苦简直将无法言语。

"这真的能学下去？"徐乐无法想象她的童年是怎么过来的。

"每周都有进度测试，一旦达不到测试，父亲就会用军鞭打我，有一次打重了，肩胛骨粉碎性骨折，到现在还有疤痕。"

颜落将衣服解开，祖露光洁的右肩，确实可以发现在肩膀上还有一道深深的伤痕——可以想象，当时的伤口有多么触目惊心。

徐乐沉默了。

杨万里说过，现在孤星的统治者们，都是些吸血鬼，他们懒惰而平庸，只是靠着劳苦大众的努力，才让他们高高在上。

类似宋爷这样的人物，验证了杨万里的说法。

颜落又给他展现了统治阶级的另一面，他们不但残酷地对待民众，同样也残酷地对待自己及家人。

"为什么要这么拼命？"徐乐不解，还是向颜落提出了这个问题。

"为什么？"颜落皱眉，坦然道，"因为孤星一直受到威胁，作为荣誉公民的后裔，我是注定要成为守护者的。而要做守护者，就需要有足够的能力，否则的话，又怎么保护千千万万的孤星民众？"

这句话大概是她从小就学会了，说起来熟极而流。但她认真的样子，明显是认同相信她所说的信念。

徐乐愕然，他有些迷糊了，不知道杨万里和颜落说的到底孰真孰假。

"小姐，吃饭了！"女佣在门外轻声提醒，大概是怕打扰到他们俩，声音压得很低。

"我们下去吧。"颜落对自己悲惨的童年似乎并不在意，完全没有继续讨论的意思。

颜元帅坐在餐厅主位上等他们，他一头白发，皱纹很深，虽然穿着便装，但坐在那里依旧像一头狮王，勇猛而霸道，有着摄人心魄的强大力量。

他看着走进来的徐乐，满意地点了点头。

"好！虽然是三级公民出身，但很有气势，很有精神。你在生存游戏中的表现，我从头到尾看了，相当出色！"

颜必武讲话带着几分官腔，又老气横秋，气势逼人。他已经当了十年的军队最高负责人，在政府中也拥有极高的话语权，即使想要摆出礼贤下士的姿态，他仍然会情不自禁地流露出一种居高临下的感觉。

"谢谢颜元帅的夸奖，我只是尽力而为。"徐乐表现得很谦虚，他觉得这样的对话索然无味，也不是他擅长的，却不得不硬着头皮说两句。

颜必武没有注意到徐乐的情绪，或者说并没在意，他很郑重地说道："年轻人，如果不是你，我的女儿已经死在了史前遗迹。我现在不是元帅，只是以一个父亲的身份向你道谢。"

即使自称是一位父亲，颜必武骨子里仍然是一位元帅。在吃饭的时候，他也一直皱紧眉头，神情严肃，不苟言笑，就仿佛在给下属们开会。

晚饭的间隙，还有人不断地进来汇报工作。颜必武每次都要戴上老花眼镜，仔细地查看所有内容，最后才会做出批示。

这让晚饭的时间大幅度延长，幸好厨师会随时注意菜肴的温度，一旦要凉了，立刻就会换上新菜。这种奢侈的吃饭方法，徐乐也是第一次享受。

"来来，吃菜吃菜！这种小牛肉是从北方的蒙春城急速运来，只做冷藏不做冷冻，鲜嫩可口，你一定要尝尝。"颜必武对徐乐越看越满意，心怀大畅，甚至开始主动给他讲解菜式的味道。

徐乐吃了一口小牛肉，果然觉得入口即化，纹理清晰，美味在舌尖上扩散开来，简直不敢相信嘴里吃到的是牛肉。

他心中叹息，想起自己在青林城吃的那些食物，和这种食物比起来简直就是垃圾。

元帅府晚餐，任何东西都是珍馐美味，甜美的葡萄酒是他从来未曾尝过的滋味，就算随便一棵白菜，也是用有机材料精心培育出来的，香甜而脆嫩，比他吃过的任何蔬菜都要好吃一万倍。

但不知为什么，徐乐忽然间对天鼎城的享受感到厌倦，美味的食物也失去了滋味。他心中忽然涌起一股冲动，想要回到青林城去看看。

餐桌上还说了什么，他已经不记得了，只是颜元帅在问问题，而他简单地回答而已，虚与委蛇，莫过如是。

吃过晚餐，颜落又送徐乐回酒店，徐乐趁机提出告辞，说自己打算回一趟故乡，到祭典游戏开始的时候再回来会合。

颜落不太理解徐乐的想法，但现在他正处于休假期，也就没有多加干涉，派人给他订了蒸汽火车票。

故乡气息

第十二章

徐乐离开了青林城半年，这座破旧的城市，在流逝的时光里没有发生任何变化。

他从车站出来，立刻就闻到了熟悉的臭味，这是污水管道和蒸汽机组排放的废气掺杂在一起的古怪气味。

以前他一直生活在这座城市，并没有注意到，但这次回来，就立刻敏锐的察觉出来。

徐乐觉得有些悲凉。他漫无目的在街上游荡，所有的一切都那么熟悉，却又是那么的陌生。

衣衫褴褛的孩子们，在大街小巷奔跑着，不知道在争夺什么东西。年轻人在路边坐着，眼神冰冷，带着满满的恶意。老年人疲惫地望着天空，脸上只写着麻木，等待死亡。

这是一座正在渐渐死去的城市，正如整个孤星政府，现在活着，只不过是在苟延残喘罢了。

徐乐在离开前就明白这一点，所以生存游戏结束之后，他不想回到自己的故乡，因为这里并不是他的归宿，只是他曾经的痛苦，是他抛弃的过去。

这种痛苦深入骨髓，让他不得安睡。

社会病了，世界也病了。可该怪谁呢？徐乐并不完全相信流亡者，也不可能相信孤星政府。他想要自己去探寻真相，真相却太过深远，不是他所能触及的。

徐乐在青林城中百无聊赖地绕着圈子，他看到了母校，也看到本该要去的工厂，大烟囱冒着黑烟，不用走近，就能闻到呛鼻的烟味。

他也去打地下黑拳的炼钢厂转了一圈，白天这里紧闭大门，荒芜的空地上，只有野草在风中无聊地摇摆。

围着厂子转了半圈，在后面那座空地，正好有一群花里胡哨的混混在晒太阳吹牛。当中一个身形魁梧的家伙，正在眉飞色舞地说些什么。

那人嗓门极大，徐乐远远就听见他在吹嘘自己挨打的战绩，"……你们是不知道，他的动作有多迅速！我和他纠缠了好几个回合，才被他一记扫堂腿踢中了关节，站立不稳，然后鼻子上又挨了一下，这才支撑不住。"

说话的人摸了摸塌下去的鼻梁骨，不过并不觉得愤怒，反而有一种骄傲的荣光。

与有荣焉。

"王向东，你又吹牛了！你能在徐乐手里支撑几个回合？屁话，那你不也能去参加生存游戏了？"

这人显然是和王向东不对，说话很不客气。一群人跟着哄笑，他们人多势众，也不怕王向东生气。

有人叫名字，徐乐这才反应过来。原来这个人就是被他揍成死狗的王向东，想当初他是恨不得要把自己吃了，那时候惨败的战绩，居然也成了吹嘘的资本！

徐乐有种想要大笑的冲动，他默默地转身离开。走了没多远，就听到有人在喊他。

"徐……徐乐！"

徐乐转头，看到一张熟悉的瘦脸，小小的眼珠子，正是他以前最好的朋友张扬。

"张扬！"想不到竟然是在这种情况下再见，徐乐都不免觉得有些尴尬，以他们俩的关系，他本该一回来就联系张扬的。

张扬倒没觉得什么，他兴奋而局促地搓着手，满脸的欣喜，"你什么时候回来的？你寄来的钱我收到了！徐乐，你这真是太没得说了！太讲究了！有了这笔钱，我就可以买套公寓，等我儿子出生，就有地方住了！"

"儿子？"徐乐一怔，惊奇地问道："你已经结婚了？"

张扬挠了挠后脑勺，不好意思地嘿嘿笑了，"刚回来的时候，市政府给我安排了工作，我没你那么大本事，就当了蒸汽机维修工，后来师傅给介绍了一个姑娘，在一起没几天就怀孕了，就顺便结婚了。"

他顿了一顿，又摇头道："本来还为房子的事儿吵过，你这笔钱一来，在我媳妇家面前，我可是扬眉吐气了。来来来，刚好我下早班，到我家吃饭，让我媳妇给你下厨做饭！"

张扬仍然像以前那么健谈，但是语气语调和几个月前完全不同了，或许是因为已经成家立业，说话更成熟了，也更多了几分世故。

与以前相比，张扬也健壮多了，下巴上长了几根胡子，曾经脸上的稚气早已经消失不见，小眼睛也没有了以前的灵动，瘦脸上都是说不出的疲惫，少年的气息早已消失无踪，让徐乐感觉到特别的陌生。

徐乐本想推拒，但是想起两人之间的关系，还是不忍心拒绝，就随着张扬回到了他居住的老楼里。

张扬一进门就大声嚷嚷："老婆！你老说我吹牛，不相信我和徐乐是从小的好兄弟，你看看是谁来了！"

他扯着徐乐，一直走到厨房，他老婆是个矮胖的女人，穿着一件蓝色的工装，袖子和前襟满是油污，后背也皱皱巴巴的，但她毫不在意。

听到张扬叫唤，懒洋洋地回过头，眉眼长得到还算标致。

她看都在没看徐乐，没好气地道："你随便拉个人就说是徐乐，我又不认识他，哪知道真假！我看你就是想带着狐朋狗友蹭饭吃！"

她正在熬猪油一类的东西，整个厨房弥漫着一股浓郁的刺鼻香气。徐乐不太喜欢那味道，不着痕迹地向后退了两步。

当着徐乐面被老婆训斥，张扬觉得有些丢脸，恼怒道："头发长见识短，没有见过电视，只听过广播，你要是和我一样，出去走走，看看电视，就能知道咱兄弟有多了不起！"

他老婆勃然大怒，把铲子敲得咣咣响，"张扬！你要翻天是不是啊？别和我扯犊子！想吃饭就赶紧下手，这大肥肉还是我排了好几个小时的队买来的呢！不想吃就别吃！"

张扬不甘示弱，恶狠狠地道："我娶了你这婆娘就是倒了八辈子霉！肥肉肥肉，你就知道肥肉，也不看看你现在有多胖！"

这句话大概是触动了他老婆的逆鳞，她怪叫一声，扔下铲子就扑过来与张扬厮打起来，张扬一点儿也不顾及老婆已经怀孕，打了她一个嘴巴子，她又哭又叫，撒泼打滚，厨房里顿时成了小舞台，上演了一场生活中最常见的闹剧。

徐乐把身上的现金都留在了桌子上，默默地转身走了。

这种场景，在青林城生活的十几年间，他简直是屡见不鲜。因为生活的压迫，每个人都过得不顺心，夫妻吵架，司空见惯。

没想到和张扬分别不过半年，他就已经完全融入了天鼎城这样的氛围中，变得像是一个符号，而不像是一个人。

他曾经的朋友张扬，早已在从天鼎城回去的时候，就已经消失了。

徐乐回到青林城，想要寻找自己的本心，但遇到张扬之后，他反而觉得更迷茫了。

他信步乱走，不知不觉就走到了城外，发现城外不远处有一座崭新的白色建筑，远远一看，挂着"青林市第十七研究所"的牌子。

这不是朱菲母亲养病的地方吗？徐乐想了起来，结束生存游戏之后，朱菲迫不及待地回到青林城，要带着母亲住进第十七研究所，用他们研究所开发的新药来为母亲延长寿命。

她走之前，曾邀请徐乐来探望，徐乐当时只是含糊地答应了一声，记下了地址，并没有真打算过来。那时候的徐乐，不知为什么有些怕见朱菲。

他和朱菲生死患难，明明是再好不过的朋友，关系再亲近不过。他自己也搞不清为什么，只是见到朱菲就有点慌，当时简直像逃难一样仓皇逃走。

可站在这里，徐乐突然有一种想见朱菲的冲动。

刚才与张扬的交谈，让他觉得有一种巨大的隔膜，他已经根本无法和张扬沟通，他想找一个能够说话的伙伴。

想到这里，徐乐就向第十七研究所的大门走去。

"站住！干什么的？"第十七研究所是军方单位，门口有人站岗放哨，看到有人过来，立刻竖起了枪，发出警告。

"朱菲小姐是不是在这里，我是徐乐，请告诉她我来探望她和她的母亲。"徐乐平静地说明来意。

哨兵被他的名字吓了一跳，赶紧打电话给研究所通报。

没过一会儿，大门敞开，朱菲飞奔着跑了出来，一直奔到徐乐面前才顿住脚步，泪眼婆娑。

"你来了？"

徐乐点了点头，"我来了。"

两人的对话没什么营养，但是千言万语，都尽在其中。

朱菲的伤势已经完全恢复了，经过生死的磨炼，她仿佛像是打磨过的钻石，每一个细微的侧面都显示出不同凡响的美丽来。大概是因为忙于母亲的病，她并没有怎么打理自己，长发随便地束在脑后，扎了个马尾，也没有化妆。

即使这样，也无法掩盖她的天生丽质，娇嫩的肌肤白皙透明，虽然没有血色，却有一种病态的美感。她比生存游戏的时候更瘦了，腰肢纤细，不盈一握，穿着一件白色大褂，显得更加楚楚动人。

朱菲自然地挽住徐乐的右臂，带着他进到研究所内部。

第十七研究所设立不久，院墙内的绿化搞得不错，一栋栋白色建筑之间，都是绿色的草皮。这时候大概是桂花盛开的季节，大院里面种了许多香木，散发着一股桂花的清甜香味，这可是清林城其他地方没有的感官享受。

"有了他们的抗癌新药，我母亲的病情稳定了许多，暂时在这里住院，我的奖金足够支付医药费了。青林市政府也表示可以帮我承担药费……"朱菲本来不喜欢多说话，可看到徐乐，就情不自禁地说起自己的近况。

她的眉眼间，都是抑制不住的欢欣，整个人就像突然活过来一样，焕发出明丽的容光，绽放着迷人的鲜活和美丽。

"那就好。"徐乐也为朱菲开心，良好的治疗条件对她的母亲太重要了，"伯母肯定能慢慢恢复健康。"

朱菲脸上绽放的笑意一凝，明亮的眼眸露出几分黯然，母亲的病情就像天空上的乌云，永远也不会消散。她轻轻摇头道："恢复是不可能了，几个医生都说过，她的皮肤癌是因为接触放射性物质太久，受了辐射，伤害是不可逆的。现在唯一能做的就是抑制癌细胞的转移和扩展，不过这些抗癌药物的毒性很强，她的身体现在已经很虚弱了。"

朱菲真的很伤心，她已经竭尽全力，却还是只能眼睁睁地看着母亲走向死亡，她为之付出的一切努力，似乎都失去了意义。

她需要倾诉心中的苦闷，却找不到合适的人。直到见到徐乐，她发现自己只想和徐乐讲，哪怕徐乐只是简单的应一声，她也觉得异常开心。

徐乐不知该怎么安慰朱菲，只能沉默不语。他又想起了杨万里说的，人类曾经拥有的无上伟力，他们可以穿梭于宇宙之间，改变星辰与大地，治愈不治之症，延长寿命，甚至更换躯体。

只是这些技术，这些灿烂的文明，全都被头顶的天幕隔绝在外。

朱菲无法救治她的母亲，可他却有机会改变孤星衰亡的命运，还是那个问题，打开天幕终究是能拯救孤星，还是加速孤星的死亡？他说不准，也不相信别人的说法。

亿万人的生命，星球的存亡，都在他的一念之间，沉重无比的责任，压得徐乐快要喘不过气来。

徐乐看了眼朱菲，也很想像她一样倾诉出来。正如朱菲对他无比信任，他也绝对信任朱菲。但是，这么沉重的责任，真是要和朱菲分担吗？

徐乐摇摇头，否决了这个自私的想法，他没必要让朱菲和她一样去背负沉重无比的责任，只是她母亲的事情，已经耗尽了她所有精神。

作为一个男人，他要坚强！

朱菲没发现徐乐的异常，她高兴地说道："去看看我妈吧，我和她说了许多你的事，她见到你一定会非常高兴。"

这样的邀请，是不容拒绝的。让徐乐有些尴尬的是，他空手上门，什么都没带。

"好，本来就该去看看伯母，不过，我要出去买点礼物。"

徐乐想着要提点水果或者鲜花什么的，朱菲却拦住了他，"你人来了就好，我们之间，不必那么客套，我母亲也不喜欢这些。"

朱菲带着徐乐走到最后面的一栋白色建筑，沿着左侧的楼梯上到二楼，她的母亲在最里面的一个病房。

"妈，这就是我常跟你说起的徐乐，在集训营和生存游戏里面，都是他救了我的命！"朱菲一进门，就为她妈拉开窗帘，热情地打了个招呼。

朱菲的母亲看上去很枯瘦，几缕头发垂在脸颊旁，仔细看还能看得到年轻时美人的轮廓。她穿着蓝色的病号服，身体仿佛薄薄一片，几乎在被单下都看不到身体的痕迹。

如果不是在第十七研究所，整个青林市医疗水平最高的地方，大概她早已经死去多时了。朱菲的母亲斜斜倚靠在病床上，几乎没有力气挺起腰，只能柔弱地向徐乐微笑点头，"好孩子，真是多亏你了。"

她嘴唇翕动，声音非常低，徐乐要非常努力才能听得清。皮肤癌本身不至于造成这样的虚弱，但是为了抑制皮肤癌，使用的药物却有极大的毒性，让人变得胸闷气短，甚至很难说清一句完整的话。

徐乐走到病床前，虚扶了她一把，沉声劝慰道："伯母，你保重身体。好好休息，一定会好起来的。"

不用多看，徐乐就已经明白，朱菲母亲这是病入膏肓的症状，再好的药物和医疗，也不可能将她救回来了。徐乐曾经看过无数的死亡，他为朱菲感到难过。

"我自己的身体，我自己知道。"朱菲母亲微笑着，眸子中闪过了然的光芒，被病魔反复折磨，她已经学会了淡然。对她而言，死亡也是一种解脱。她只是舍不得朱菲，才一直咬牙苦苦忍耐病痛折磨。

"其实人总有生老病死，无法避免。我知道我很快就要死了，也没什么好害怕的。不过唯一不放心的就是这个女儿。"朱菲母亲慈祥地看了朱菲一眼，眼中满是浓浓的不舍。

朱菲低下头，咬牙不让自己哽咽出声。

"不过幸好你来了。"朱菲母亲看着徐乐，突然伸出手，握住了他的手腕。

徐乐感觉到她手掌的冰凉与无力，仔细看那前臂几乎已经是皮包骨头，细得让人不敢置信。

"在我死之前，能够看到你来看菲菲，我也就放心了。"朱菲母亲的声音非常衰弱，越来越低，得喘很久的气才能说上一句。

徐乐知道这位老人应该是误会了自己与朱菲的关系，但这个时候他又怎么忍心反驳。

听到母亲说了一个"死"字，朱菲再也忍耐不住，奔到窗口，扶着栏杆抽泣。

"傻孩子。"朱菲母亲笑了，她又看着徐乐，"小伙子，我只希望你能帮我照顾菲菲，她这孩子性子倔，不会转弯，做事鲁莽，可能要拖累你了。"

她满怀希冀地望着徐乐，这是临死前的托付。为人父母，都会有这样的时刻，在即将离开这个世界的时候，他们担心的并不是自己，而是子女。

朱菲是她一手带大的，她知道自己的女儿太过执着，要不然也不会是现在这个样子。她真的很希望自己能够活下去，可以一直照顾女儿，而不是成为女儿的拖累。这是每一个做母亲的心愿。

很无奈，死亡已经降临，她甚至已经看到了死神的黑影，她知道自己的身体再也拖不了几天。

她只能寻找一个可以信任的人，将女儿托付给他。

朱菲的母亲听女儿说起过无数次徐乐，从女儿的语气中她能够听得出来，朱菲对徐乐有别样的感情。在这个冷酷的世界里，能够有这样的温情，本身就是一种难得的奢侈。

尤其是经过生死杀戮的考验，这种感情弥足珍贵。

她也从别的地方听说过，徐乐曾经不顾一切地守护在受伤的女儿面前，这样的男人，不论是能力还是人品，都无可挑剔。最重要的是，徐乐也喜欢朱菲。

也许徐乐自己，对此都懵然无知。朱菲母亲却能看出，徐乐看向朱菲时那淡淡的温柔和欢喜。

朱菲害羞，她作为母亲，必须要为女儿去争取幸福。所以，第一次和徐乐见面，她就毫不讳言地捅破了窗户纸，用生命来请求徐乐照顾朱菲。

徐乐感觉到一阵尴尬，他看了一眼朱菲，朱菲的脸色酡红，低头不语。徐乐又回头看到朱菲母亲渴望的眼神，这种时候怎么可能不答应，他用力点了点头，"伯母放心，我一定会照顾好菲菲！"

并不违心，这也无关感情，但是面对一个垂死的老人，他当然会做出这样的承诺。

朱菲母亲这才松了一口气，好像是了结了最后一份心愿。她紧紧握着徐乐手腕的右手软软垂了下来，眼睛也渐渐无力睁开。

她虚弱地呼唤女儿，用尽最后的力气微笑，劝道："菲菲，你再陪徐乐出去转转，不用一直在死气沉沉的病房里面陪着我。我累了，要稍微睡一会儿。"

朱菲答应了一声，忍着眼泪帮母亲掖好了被子，一直呆呆地坐在床边，看着她沉沉进入梦乡，这才带着徐乐出了病房，在第十七研究所的后院散步。

两人心有灵犀，也没有什么好多解释的。

这个承诺所代表的意义，两人都没有捅破。

徐乐原本打算说几句，但是看朱菲并没有这个心情，也就保持了沉默。

两人就一直朝着北面信步而行，夜幕渐渐降临，长庚星出现在夜空。这又是一个难得的晴天，他们很快就会看到并不那么璀璨，但依旧努力在闪烁光芒的星空。

那里有人类创造和征服的无数文明，创造了辉煌灿烂的历史，但是对于现在的孤星人民来说，这些只不过是在晴天才能看到的微弱光影而已。

银河的曼妙，却比不过几只夏日的萤火虫。

孤星世界的命运，仍然风雨飘摇，就如同这稀薄的夜空一般，并不明朗，等待着徐乐做出自己的选择。

不染一尘的雪白床单上，摆着一套叠得整整齐齐的黑色军装。旁边还摆着军衔肩章、七剑交叉的金色金属领花、金属资历胸章、麦穗装绶带，整套内衣、袜子、皮带，黑色尖头皮鞋。

"这是你的军礼服，一个小时后的大会，将正式授予你守护者称号，并授予少校军衔。"

颜落说着脸上露出一丝微笑，对着徐乐伸出手道："欢迎你成为我们守护者的一员。"

虽然她的小型辅助分析系统重新修理好了，绝对的理智却不会再压制她的情绪。能看到一同战斗的伙伴获得荣誉称号，颜落由衷地为徐乐高兴。

出神看着床上军装的徐乐，呆了一下才恍然醒悟过来，伸出手和颜落握了一下。

三十天的休假结束了，但徐乐的心里还是很乱，他一直没有找到想要的答案。这个社会是丑陋而冷酷的，但激进的"流亡者"组织，也不像是能治理好社会的样子。他们自称继承了韩羽的遗志，但有些行事风格却明摆着是逻辑派风格。

满心迷茫的徐乐，还没有做好选择，孤星政府却要授予他"守护者"称号了。这让徐乐有些不知所措。如果接受称号，再加入"流亡者"反抗政府，这样做似乎很不好。可他又不想拒绝封号。徐乐不是一个特别谦虚的人，在那场惨烈的生存游戏中，他不知多少次和死亡擦肩而过，付出巨大的代价，封号不但是对他努力的认可，也是他应得的奖励。

对于出身社会底层的他来说，"守护者"称号也是他改变命运的唯一途径。

颜落以为徐乐只是过于惊喜，对他的失态并没太在意，"你先洗澡换衣服，不要迟到了。"

徐乐本能地点点头。等到颜落离开房间，他脱光衣服，走进浴室。拧转镀银的水龙头，把热水管完全关闭。

莲蓬头冲下的冷水，让徐乐一个激灵，昏沉沉的脑子立即清醒了许多。

不论他是想加入"流亡者"，还是想要改变自身的命运，封号都是不容拒绝的。既然如此，就没什么可纠结的了。

简单地冲洗了一下，徐乐擦干身体，穿上准备好的衣物。

军方的衣物都是高级货，内衣材料柔软贴身，异常舒适。衬衫柔滑如绸缎又有棉质的质感。羊毛精织的黑色军装外套，挺括有型。

带好领花、肩章等饰物，徐乐对着镜子照了下，对自己的新形象颇为满意。

等他出了房间，发现颜落和朱菲都在门口等他。

朱菲也穿着女士黑色军礼服，长发削成了短发，她腿长背直，站在那里显得异常干练英武。眉宇间一抹挥之不去的忧伤，更让她多了几分女人的柔美。

如此出色的朱菲，站在颜落身旁，也显得黯然无光。同样打扮的颜落，哪怕是面无表情，也难掩其无瑕的明艳。她就像是会发光一样，只是静静站立，就能让世界变得明亮而美丽。

长长的走廊里面，不时有人路过。每个人都不免为颜落所吸引，偷偷多瞄她几眼。

徐乐甚至看到有两个年轻的军人，为颜落的容光所吸引，直到走了很远，还扭着头看着颜落，仿佛眼睛已经粘在颜落的脸上了一般。

他不禁有些好笑，颜落再美也不是正常人。至少，在徐乐眼里她是战友，是高明的指挥官，但绝不会是一个女人。

"我们走吧。"徐乐的目光掠过颜落，很自然地停在朱菲脸上，他不想显露得太关心，平静地说道。

朱菲从徐乐的目光中感受到了关怀和问候，心情立刻好了许多。她按捺着重逢的喜悦，轻轻点了点头，称赞道："你穿军装的样子很帅。"

"你也是。"徐乐有些笨拙地回了一句。

颜落在旁边看着两个人互动，不知怎么，心里就有一点点的失落。好像在两个人中间，她完全是多余的。但她完全同意朱菲的说法，穿着军礼服的徐乐真的很帅。

徐乐修长有力的身躯，就像是完美的衣服架子，把军礼服完全撑起来，庄重中充满力量和美感。经历了三十天的休假，徐乐脸上的桀骜和凌厉收敛了许多，眉宇间多了几分沉稳。这也让他完全褪去少年的青涩张扬，多了种男人英武的成熟魅力。

就颜落的来看，徐乐简直是为这身军装而生。相比之下，就是她父亲也显得过于暮气凝重。

不知从什么时候起，颜落就喜欢把徐乐和她父亲相比较。这种微妙的情绪，颜落也用小型辅助分析系统分析过，并没有任何结论。她也就很自然地接受了这个结果。

颜落本想也称赞徐乐一句，话到嘴边却又觉得不妥，转而变成了催促："时间快到了，我们先进去吧。"

徐乐自然没有异议，点头应是。

这里是陆军总部大楼，共有三十二层，他们要去位于顶楼的礼堂。他们乘坐电梯来到三十二层，徐乐发现礼堂比他想象的要大得多。

高高的弧形穹顶，镶嵌着黑色大片玻璃。从七个方向交叉汇聚的巨大金色长剑图案，占据了整个穹顶，异常得威严气派。

礼堂内足有一两千座位，就像是大型剧场一般，以礼台为中心由低而高梯级放射状排列。

座位上已经坐满了大半，都是军容严整的军人。由于大会还没开始，军人们都在低声攀谈。礼堂内也显得闹哄哄的，颇为热闹。

颜落太漂亮了，一进来就吸引了众多关注的目光，但众人的目光都很收敛。经过生存游戏，就算是普通人都知道颜落是陆军元帅的女儿。

能够坐在这里的军人，都是军方精英。谁也不会傻到认不出颜落来。

徐乐和朱菲也吸引了众多目光。两人出身低微，打量他们的目光就放肆了许多。不少人还在评头论足。

徐乐倒不怎么在意。生存游戏中的生死磨砺，让他的心志迅速成熟。"流亡者"揭露的世界真相，让他第一次意识到宇宙的浩瀚，人类的渺小。这样的经历，让他拥有了更广阔的视野，心胸、气度、格局也得到了提升。些许非议，对他而言根本不值得在意。

朱菲不喜欢众人审视的目光，神色沉郁。

颜落也有些不快，目光冷冷扫过一圈。众人都为颜落明锐冰冷的目光所摄，议论声顿时就小了。

"座位在第一排。"

颜落不想站在这里招惹非议，带着徐乐和朱菲来到第一排的座位。黑色椅背上贴着写着名字的纸条，清楚地标示着每个人座位。

徐乐三人的座位相邻。他们才坐下，王凯就带着他的追随者到了。

颜落罕有地主动站起来，和王凯亲切地握手打招呼。生存游戏的最后一战，是王凯的支持才让她赢得胜利。

这里面当然有王家和颜家的合作默契，颜落对此十分领情。

王凯还是那么英俊，笔挺的黑色军礼服，穿在他身上尽显优雅和贵气。

和颜落客套了几句，王凯还特意和徐乐握了手，满脸热情地说道："又见面了，徐乐。"

徐乐现在还没做出选择，也不知该怎么面对王凯，有些勉强笑了笑没有说话。

他有些木讷的无礼表现，让王凯的追随者眼中凶光闪耀，特别不满。

王凯倒是毫不在意，反倒给徐乐介绍道："我的追随者何铁军。"

何铁军身材矮小粗壮，肩腰一般粗，站在就像是个大号水桶。黑色军礼服似乎被他撑得圆滚滚，似乎有点大动作就会把衣服撑开。

"你格斗很厉害，有机会我们过过招。"何铁手伸出宽大粗糙的手掌，用力地握着徐乐。想要狠狠地教训徐乐一下。

徐乐神色淡然地道："过奖了，有机会肯定要向何上尉请教。"

他还处在发育的年龄阶段，生存游戏的生死危机再次挖掘了他的身体潜力。三十天的放假休养，他不但伤势痊愈，肌肉、筋骨的力量也有了一个明显的飞跃提升。

面对何铁军这样强壮的大汉，他在力量上丝毫不吃亏，应对起何铁军显得游刃有余。

倒是何铁军接连发力，却没能占到任何便宜，粗糙的大方脸都变了颜色，看起来不免有点狼狈。

"叫你不要小看别人，成名岂有侥幸……"

王凯哈哈一笑，拍了拍徐乐肩膀道："几天没见，你又变厉害了。"

何铁军讪讪地放开手，退后了几步。他不善言辞，没能压住徐乐，更不好意思说话。倒是王凯直言不讳，显得豪爽大方，让徐乐都不好意思和他生气。

颜落本来还有些担心，但看到王凯一副欣赏徐乐的样子，也松了口气。王家和她家联盟很重要，要是王凯对徐乐生出不满就不好办了。

经过小小的插曲后，王凯得表现和徐乐特别投缘，一定要挨着徐乐坐下。对此，谁也没有多想。

徐乐却不禁佩服王凯，这人看着勇猛张扬，行事却滴水不漏，圆滑老练。这点可是他学不会的。

"看你的样子，似乎还没考虑好啊……"

王凯在徐乐耳边低声说道。他笑吟吟的样子，就像是随便闲聊，谁也想不到他是在和徐乐商量推翻孤星政府的大事。

"是的。"徐乐正色道："这件事太重要了，我还要想想。"

"你才十八岁，却像个八十岁的老头子。"

王凯讥讽了一句，但徐乐态度坚决，显然不是他能说服的，这让他有些无奈。

想了下他道："三天后就是祭典比赛，不管你想没想好，都不可能置身事外。"

徐乐忍不住问道："祭典比赛到底比什么，和生存游戏一样么？"

"谁知道呢。"王凯毫不在意地道，"参加祭典比赛也很危险，每年都会有守护者死亡。回来的，都守口如瓶。哼，故作神秘……"

王凯很讨厌这种，把什么都藏起来不说，好像藏着什么天大的秘密。可越是藏着，越证明了秘密不能见人。这也坚定了他推翻政府的决心。

徐乐没想到王凯也不知道详情，对祭典比赛更多了几分好奇，也多了几分期待。也许，里面真的藏着什么惊天动地的大秘密。

他还想和王凯多聊聊，却被颜落打断了，她交代道："一会儿授予封号仪式，由我父亲主持，你不要紧张。只要按照誓词宣誓就行了。"

徐乐点头，他心里压着的事情太大太多，哪有心思紧张。

一旁的朱菲也很平静。她挂念着她母亲的病情，对守护者称号其实也不是很在意。又有徐乐在身旁，就是天塌了都不怕，更不会紧张。

两人从容的样子，倒是让颜落颇为意外。当初她被授予守护者称号时，哪怕有小型分析辅助系统，也颇为激动。

她按下心中的惊奇，和两人讲了一些注意事项和基本的礼节。

"当当当……"

悬挂在礼堂左侧的挂钟敲响十声，陆军元帅颜必武准时走上礼台。圆形扩音器把他浑厚低沉的声音传遍整个礼堂，"全体起立，奏军歌。"

早就准备在礼台一侧的军乐队，敲鼓吹号，奏响了雄壮有力的军歌。

全场两千余名军人，同声合唱军歌。整齐的人声汇聚成潮，在庄严宏大的礼堂内轰鸣激荡。

徐乐虽然身份上已经是军人，却不会唱军歌。但周围的人一起高声合唱，那歌声中昂扬激越雄壮威武，让他也是热血沸腾。

这一刻，他突然意识到了自己也是这个集体的一员，并觉得这个集体似乎并不坏。

一群军歌完毕，众人再次落座。但每个人的情绪都被调动了起来，包括王凯和冷静如冰的颜落，眼神都明亮闪耀，显得有些兴奋。

礼台上的颜必武也调整了一下情绪，才又道："今天，我们齐聚在这里，是为了见证新一代年轻英才的成长，也是为了见证几位年轻人的荣耀。我们见证他们的荣光，他们传承我们的责任，如此薪火相传，一代又一代的年轻人不断加入军队，守护人类守护这个世界，社会才能日益繁荣兴盛……"

颜必武虽然不是一个很好的演说家，情绪不饱满，声音不激昂，但他没有严肃的表情，却带着股由衷的诚恳和郑重。那种巨大的使命感和责任感，唤起了徐乐的共鸣。

颜必武他们享受着阶级特权，享受着社会最顶级最好的资源。但他们身上的确也承担着责任，并且为之努力着。

徐乐突然觉得，不能简单地去用阶级衡量善恶。底层的人，同样有人穷凶极恶；上层的人，也有人为了责任呕心沥血。

但是，这个森严的社会秩序，限制了太多人的发展。让人的出身来决定一切，这也极其不公平。

复杂而深刻的社会问题，以徐乐低浅的学历，脑袋想炸了也想不通，更想不出什么解决办法。

胡思乱想中，就感觉到颜落在旁边推了他一下。徐乐一惊，发现一旁的朱菲已经站起来了，他也急忙跟着站了起来。

徐乐和朱菲从一侧台阶上了礼台，来到颜必武面前。

颜必武对徐乐点点头，很客气地笑了笑。当然，他的笑容极其矜持，看上去似乎就是扯了下嘴角。

旁边有人拿着托盘，上面放着黑鞘军刀和守护者胸章。

颜必武亲自动手，给徐乐和朱菲戴上胸章和军刀。

台下两千余人都看着这一幕，他们或许嫉妒徐乐他们的幸运，或许鄙夷徐乐他们的出身，但不管他们心里有什么想法。从这一刻起，徐乐和朱菲就正式成为了守护者，一跃进入社会第一阶层，成为军方最重要的精英。

在千百双目光的注视下，颜必武拔出自己的军刀，举着刀沉声说道："守护人类和世界，是守护者不可推卸的责任，我们将为此奋斗终生，永不后退。"

"守护人类和世界，是守护者不可推卸的责任，我们将为此奋斗终生，永不后退。"

这个颜落早就教过，徐乐和朱菲不用人提醒，一起跟着重复念了一遍誓言。

颜必武用军刀在徐乐和朱菲的肩膀上轻轻敲了一下，郑重地嘱咐道："承担荣誉也承担责任，牢记守护的信念，永不能忘。"

颜必武眼中深深的期许，让徐乐感受到了很大的压力，但他没说话，和朱菲一起肃然举手敬军礼。

至此，守护者称号的授予仪式已经完成。颜必武对下方众多军人说道："请大家用掌声向两位新任守护者致意。"

说着，他带头轻轻鼓掌。下方的掌声雷动，响彻整座礼堂。

徐乐看着下方众人模糊的脸，他能感受到热烈掌声中的庄严和肃穆，那种近乎神圣的使命感，让他忍不住有些激动，对于军人也有了更深的认同。

直到现在，徐乐才明白这些人都是为了他而来。守护者的称号，似乎比他想象的要重要得多。他不会出卖"流亡者"，但他会更慎重地做出决定。

台下鼓掌的王凯也察觉到了徐乐的动摇。

"如果徐乐决定投入军方的阵营，事情就麻烦了，要不要先下手杀了他，彻底铲除隐患……"

王凯看向徐乐的目光，越发冷峻深沉，带着几分掩饰不住的杀气。

礼台上的徐乐若有所觉，看了王凯一眼。王凯脸上却已经露出笑容，一副欣慰的样子对徐乐连连点头。

徐乐没笑，眼神犹如一潭深水，平静而沉凝。

第十三章

大战之前

黑色的大理石祭坛上，涌动的光辉如潮般起伏涨落，似乎永远也不会停止。

背对祭坛的大祭司杨万里，身上笼罩着层层光辉，神圣而庄严。

王凯站在祭坛台阶下方，看不清杨万里的表情，说话时不免就多了些谨慎。

"大祭司，我觉得徐乐已经动摇了，一旦他向政府出卖我们，我们反攻的计划必然失败……"

杨万里沉吟了一会儿，才柔声道："徐乐出身底层，对于森严阶级特别痛恨，这不是短时间能够改变的。这个孩子也懂得信守诺言，我还是相信他不会辜负我们的信任。"

"可是……万一他背叛我们，我们绝对承受不起这样的代价！"

王凯很不赞同杨万里的处理方式，把流亡者组织的安危，都放在一个难以信任的人身上，这样太过冒险了。从组织的角度来说，这种处理方式太感情用事，甚至可以说是天真幼稚。

杨万里有些无奈地轻轻叹口气，"那你想怎么样，去陆军总部杀了徐乐吗？你确定自己能做到？"

王凯张张嘴，终究没敢承诺什么。徐乐的格斗水平绝对是最顶级的，就算正面战斗他也没把握能拿下徐乐。徐乐还有种野兽般的敏锐直觉，想要杀他太难了，何况是在陆军总部，一击不成，就再也没机会。

"明天就是祭典比赛，你们会进入最终祭坛……"

　　杨万里脸上露出苦涩的笑容，"我们在外面的反攻，其实只是牵制政府的注意力，以我们现在的力量，还无力真正推翻孤星政府的统治。杀一些权贵高层，解决不了任何问题，最好的办法，就是夺取中央索引资料库，获得孤星政府最重要的机密资料，为我们组织奠定管理世界的基础，但也仅此而已，真正能拯救世界的，是你和徐乐，所以徐乐的帮助至关重要。"

　　"这次主持祭典比赛的是颜必武，他是颜落的部下，颜落和颜必武似乎都对他很重视。他就算不背叛我们，也未必会帮我们！"

　　参加了守护者称号的授予仪式后，王凯就对徐乐有了看法。他现在有些后悔，在生存游戏中他就该杀掉徐乐，就不会有今天的麻烦。

　　杨万里缓步走向台阶，来到王凯面前，伸手用力按着他的肩膀，沉声说道："孩子，不要怀疑，不要犹豫，你必然能够拯救世界，开启全新世界，成为我们的救世主。"

　　大祭司低沉而柔和的声音，似乎有种神秘的力量，让王凯有些激动的心情慢慢平复下来。他用力地点点头，坚定地说道："大祭司，我一定能破坏天幕，拯救这个堕落的世界。"

　　杨万里笑了笑，转过头看向祭坛，眼中露出狂热之色，"去吧，我会在这里见证你的伟大成就，见证新世界的诞生！"

　　和杨万里谈过后，王凯热血沸腾、斗志昂扬地离开了。

　　古老肃穆的祭堂，再次恢复了宁静。杨万里站在祭坛上想了一会儿，按动了祭坛上一个隐蔽开关。

　　没过一会儿，又一个人影走进来，他全身都裹在黑色长袍里，脸上都被兜帽的阴影盖住。站在祭坛下方，对杨万里恭敬地施礼。

　　"孩子，明天的祭坛比赛至关重要，这是我们最好的机会。你可以辅助王凯，一起破坏天幕。但是，王凯到底是出身世家，关键时刻，他可能会犹豫、会退缩，这就需要你出手了！"

　　杨万里柔声交代道。

　　黑影犹豫了一下，"那王凯要是阻挡我怎么办？"

　　"王凯是个好孩子，但为了拯救世界，为了所有的人类，所有阻碍都只能无情地被打破。你明白吗？"

　　黑影沉默了一会，用力地点点头。

　　等黑影离开，杨万里也出了祭堂，来到大门外。

远方铅黑色的乌云似乎已经压在了大地上，乌云中偶尔会闪过一道长长电光，把天空照耀得一片通明。

迎面的风也没有了平日呛人的烟气，倒是多了一股淡淡的潮气。暴风雨虽然还没到，可那股沉厚凶猛的自然伟力，已经在不断积蓄，等待着最后的爆发。

杨万里有些意外，又有些惊喜，"暴风雨要来了！"

从风暴聚集的方向看，风暴一定会到达天鼎城。就是不知道会在什么时候爆发。

他不由得暗自祈祷，暴风雨最好是在明天爆发。对于组织来说，风雨将会成为他们最好的掩护。

"轰！"

一声巨大的惊雷，把徐乐从昏睡中惊醒过来。

他慢慢坐起身，看了一下床头的机械腕表，上面显示的时间是六点半。他赤足走下床拉开厚厚的窗帘，就看到外面的天空异常黑沉，一道道电光在黑沉的天空上纵横闪耀，尽情地喧嚣狂叫。大雨如瓢泼一般，从乌云中倾落。

整座天鼎城，都笼罩在雷电和暴雨中。

徐乐微微皱眉，这种天气可太糟糕了，按照计划，九点准时出发去最终祭坛。但这种天气，能准时出发吗？

但这些事也不用他操心。徐乐冲洗过后，去军部的餐厅饱餐了一顿。回来后他换上了全新的战斗服，佩戴好各种装备，检查了行囊。确认没有任何遗漏后，在房间的沙发上安静坐好，等待着出发。

八点半的时候，有人敲房门。

徐乐提起背囊，大步出了房间。叫门的是颜落，她也换了一身黑色战斗服，头上还戴着头盔，也是全副武装的样子。

"天气很差，路况会很差，也有可能会遇到泥石流。"

颜落说道："为了准时到达，我们乘坐战鲨飞艇过去。"

徐乐觉得这种天气坐飞艇似乎不怎么安全。但这种事情轮不到他发言。他的颜落点点头，"我去叫朱菲。"

朱菲就住在徐乐隔壁，他刚要敲门，朱菲就出来了，她似乎休息得不太好，眼神中带着几分难掩的疲惫。

当着颜落的面，徐乐不好多问，悄悄递给了朱菲一个关心的眼神，朱菲对徐乐轻轻摇头，示意她没事。

两个人亲密的互动都被颜落看在眼里，她心里不由得生出一丝烦躁，催促道："飞艇在楼顶等我们，出发吧。"

徐乐他们到达大楼的楼顶天台，就看到巨大的黑色战鲨飞艇。战鲨飞艇巨大，天台容纳不下，只能悬停在天台上空。

好在几个人都身手敏捷，很轻易地跳到飞艇上。

王凯和他的追随者何铁军早就到了。等徐乐、颜落、朱菲三人上来，人就齐了。

颜必武一声令下，战鲨飞艇内的蒸汽机全部启动，轰隆隆的震鸣声中，飞艇逐渐拔高、加速。

战鲨飞艇看着威风，乘坐的体验却并不舒服。它经常会在气流中颠簸起伏，就像坐船一样。舱内虽然宽敞明亮，可蒸汽机轰鸣时刻不停，到处弥漫着机油和煤烟的味道。

外面电闪雷鸣，暴雨如注。这种情况下，没人有心情说话。几个人都坐在椅子上，各自想着心事。

王凯和徐乐两人目光短暂地接触了两次，两人都是神色深沉，在生存游戏中养成的默契早就不翼而飞。但双方都没有进一步沟通的意思。

战鲨飞艇飞了大概有一个小时，开始从空中迅速降落。那种极速坠落的失重感，让徐乐有些担心飞艇是不是真的要坠毁了。

好在他的担心并没有成真，飞艇最终安全降落。

颜必武带着几名全副武装的战士走过来，对徐乐他们道："祭典比赛的时间预计是十天，你们将会面临更加残酷的挑战。你们可以挑选最趁手的武器，携带足够的粮食、清水，尽力武装自己没有限制。但要注意，携带的武器装备不要超出你们的负重能力。"

有两名战士带路，领着众人到了下面一层的武器库。

蒸汽装甲、磁悬偏转铠甲、蒸汽机械臂、高压静电刀、磁暴射电弓、火焰喷射刀、压缩狙击步枪……

生存游戏的各种高级武器装备，一应俱全，任凭徐乐他们随意挑选。

徐乐虽然心事重重，但能随意挑选高级武器，还是让他精神一振。他骨子里就喜欢暴力，也喜欢这些代表着强大暴力的武器。

蒸汽装甲无疑最为霸气，穿在身上是千军辟易。但蒸汽装甲太过沉重，又要携带足够的燃料，使用起来也极其麻烦。

徐乐考虑了一下，选择了蒸汽机械臂、高压静电刀、一把压缩步枪，两柄百炼精钢的刺刃，一件防弹背心。

蒸汽机械臂可以依靠个人体能运转，配合微型蒸汽机，可以长时间运转，也能把他身体、格斗技巧的优势完全发挥出来。

高压静电刀的无坚不摧和高压静电，很适合近身搏斗。压缩步枪可以弥补远程攻击，防弹背心里面插着硬陶片，足以抵挡普通的压缩步枪。

音爆手雷、光辉电浆炸弹、燃烧弹他也每样拿了几颗，这里还有特制的饮料和压缩饼，一小份就足够人一天的消耗。这也减少了人的负重。为了保险起见，徐乐带了十二天的饮料和压缩饼，又拿来一些止血、杀菌急救药品。

在颜落的协助下，徐乐穿上机构复杂的蒸汽机械臂，再次穿上战斗服，套好防弹背心，两柄锋利刺刃别在腰间，高压静电刀插在背部的特殊皮鞘内，压缩步枪就只能挂在背囊上，手雷在腰带上挂好。

徐乐试着走了几步，感觉还算轻松。蒸汽机械臂的金属框架，不但能帮助他承担很大一部分重量，还能帮他提供部分动力，让他行动起来更加轻捷。

蒸汽机械臂虽然比不上蒸汽装甲，却是最适合的单兵装备，就是在操作上很麻烦，对身体的控制要求特别高。

徐乐对身体的超强控制能力，才能轻易操纵蒸汽机械臂，换做其他人，就算能勉强操控，战斗的时候也会出问题。

所以，其他几个人中只有朱菲也选了蒸汽机械臂，她还拿了磁暴射电弓、火焰喷射刀、压缩步枪。她选择武器的思路，无疑和徐乐差不多。

重点是选择自己优势的远程攻击，火焰喷射刀是为了近战需要。

徐乐想了一下，提醒朱菲多拿了一个蜘蛛网捕捉器，这东西没有直接的杀伤力，但实际效果非常好。

颜落和王凯都选择了磁悬偏转铠甲，这种铠甲防护力比蒸汽装甲还高，而且重量很轻，只是没办法像蒸汽机械臂一样，提供内部动力，长时间使用，对体能的要求非常高。

何铁军则选了蒸汽装甲，这套数百斤的大家伙，他居然当场就穿上了。

徐乐颇有些不解，这东西没有内部蒸汽机驱动，何铁军能穿着走多远？

"难道最终祭典的比赛距离很近？"

徐乐只是心动了一下，相比蒸汽装甲的笨重，他还是喜欢蒸汽机械臂。他也不喜欢硬打硬拼。

下了飞艇，徐乐才愕然发现，这里居然是史前遗迹的核心区域，也就是生存游戏决战的地方。

无重力区中心的那道冲天的白色光柱，还是那么明亮，把方圆数里照得如同白昼。

天空上的暴雨，则被巨大光幕挡在外面。天坑里面，没有一滴雨水。

徐乐想起了杨斌曾经露过，最终祭典很可能就在东镇山的史前遗迹里面举行，监狱里的那名警察王朗也曾经透漏过，要他帮忙在遗迹中拿一样东西。最终祭典，果然在这里举行。

王凯和颜落显得很镇定，显然，他们早就知道目的地在这里。

徐乐恍然，无怪何铁军选了整齐装甲，在低重力环境中，蒸汽装甲的重量大幅降低，哪怕没有内置蒸汽动力推动，他也能用身体力量运转蒸汽装甲。

"经历了生存游戏的磨炼，你们都已经成长为合格的战士。祭典比赛，你们几个人需要团结合作，共同面对残酷的挑战，并在里面寻找到世界的真相。"

颜必武站在众人面前，讲解着祭典比赛的规则。他并没有说明敌人是谁？也没说明要面对的残酷挑战是什么？寻找世界的真相，这个说法更让徐乐迷茫。

再看颜落和王凯，也都是满脸的茫然不解。

王凯忍不住问道："元帅，我们的敌人是谁？又要寻找什么真相？这个比赛以什么作为评比标准？"

"这些问题，等你们进去以后自然会知道。"

颜必武没有回答王凯，只是叮嘱道："记住，最重要的是活下来，希望看到你们都能平安归来。"

王凯有些不甘心，可颜必武是什么身份，他既然不说，王凯也没勇气继续追问。

"你们就地休整，十一点半出发。"

颜必武最后交代了一句，就转身上了战鲨飞艇。

徐乐看了下腕表，现在才十点过几分，还有很长一段时间，他找了处平整石灰岩，招呼朱菲和颜落一起坐下。

王凯见状，也领着何铁军找了地方坐好。何铁军比较倒霉，蒸汽装甲虽然各个关节很灵活，能够轻易坐下，但身上被厚重的铁壳子压着，怎么也不舒服。

"到底怎么回事啊？"徐乐低声对颜落问道。

颜落摇头，"祭典比赛关系重大，所有曾经的参与者都绝口不提里面的秘密。就算是我父亲，也不会把里面的秘密告诉我，只有我们进去，才能知道里面的情况……"

"神神秘秘，故弄玄虚。"

王凯虽然听不到徐乐他们在说什么，却能猜到他是在问祭典比赛的事情。对于颜必武的遮遮掩掩，他是极为看不惯，也颇有些不屑。

颜落淡然道："你家里也有人参加过祭典比赛，他们没告诉你比赛的情况吗？"

王凯语塞，的确，他家就有几位曾经参加过祭典比赛的守护者，但他们都守口如瓶，一个字也没和他说过。

双方话不投机，再没人开口说话，几个人都各自养神休息，快到十一点的时候，每个人都吃了些东西。

压缩饼的口感像牛肉干，干硬有嚼头，但没什么味道。饮料有点像盐水。这两样东西味道很差，但的确饱含能量。徐乐这能吃的人，也只吃了几小口就饱了。

又休息了一会儿，十一点半，颜必武带着几个战士准时出现。

他指着千余米外的无重力区域道："那里就是目的地。"

说完，颜必武当先带队前进。王凯、颜落两组人自发地跟在后面。

距离很近，又是低重力区域，众人走得都很轻松。就是穿着蒸汽装甲的何铁军，也能轻易跟上众人的脚步。

十分钟后，所有人都来到无重力区域外。

颜必武看了看手表，指着最核心的那道冲天白光说道："你们五个人进入白光所在区域内等待，没有我的命令一定不能离开。"

王凯和颜落都很不解，可颜必武的命令强硬直接，并没有和他们解释的意思。

两人无奈，各自带着自己的人进入了无重力区域。

低重力和无重力，这个区别就太大了。

徐乐一进入无重力区，脚下发力，人就弹起来，在半空中慢慢放横。这让他异常得不习惯。仗着腰腹力量强，勉强调整过来平衡。

朱菲、王凯、颜落他们也很快调整过来，至少从姿态上说，符合了平时站立的习惯。

只有穿着蒸汽装甲的何铁军，因为身体被厚重装甲束缚，怎么也无法调整过来，很狼狈地在空中横着乱飘。

何铁军眼见众人都调整过来，更有些着急。他启动蒸汽阀门，想通过调整蒸汽输出来调整姿态。但脚下猛然喷出蒸汽，推着他如同火箭一般飞射出去。

没等何铁军反应过来，他就猛然撞在圆柱状的黑色纪念碑上。厚重钢甲在坚硬石质柱子上撞出一溜火星，何铁军又如陀螺般疾转着飞舞出去。

徐乐有些不忍心看了，朱菲却看得忍不住露出笑容。就是一贯神色漠然的颜落，眼中也露出几分笑意。

王凯也很尴尬，但在无重力环境中，他有力也没地方用。只能依靠胳膊摆动来获得动力，游泳一般地前进，却怎么也来不及帮何铁军的忙。

好在何铁军很快反应过来，关闭了蒸汽阀门，在空中乱转了一阵，终于一把抓住了黑色纪念碑，勉强稳住身体。

刚才的乱转让何铁军胃里翻江倒海，要不是有呼吸面罩，他真要一口吐出来了。他死死抱住身边的巨柱，再不肯撒手。

有了何铁军的教训，众人的动作更加小心。好在众人运动能力都远超常人，在里面飘了一会儿，很快地掌握了诀窍，做到了行动自如。

徐乐倒是很喜欢无重力的环境，飘在空中似乎连身体都不存在了。这种感觉很新鲜很有趣。

"嗡嗡嗡……"

笔直冲天而起的巨大白色光柱，突然慢慢地旋转起来，发出那种低频的震波，直接传递到每个人身上。

徐乐还没等明白怎么回事，周围白光猛然大盛，一阵天旋地转，他就失去了意识。

恍恍惚惚中，徐乐看到了无数星辰闪耀的星空。每一颗星辰都闪耀着独特的光辉，亿万星辰组成各种复杂而浩瀚无尽的星空图卷。

徐乐在流亡者祭坛看过星空的样子，眼前的一切虽然震撼，他还能勉强保持镇定。但他有些不明白，自己身在何处，怎么又能看到这幅浩瀚的星河图卷？

他很疑惑，因为自己的身体好像消失了。这种感觉就像是做梦，一切都虚幻不真实，只有思维能在梦境中肆意游荡。

一颗巨大的火球，在徐乐面前迅速扩大。接着，一颗颗围绕火球运转的行星逐次出现。

徐乐很快就认出了第四颗蓝黄相间的灰暗行星，孤星，一颗被烟尘污染了的星球。

哪怕放在星系的角度来看，颜色杂乱的晦暗的孤星都是那么丑陋，充满了让人绝望的气息。围绕在孤星外面那一层半透明的薄纱状雾气，就像是一面巨大纱巾包裹着孤星，不漏一丝空隙。

这就是杨万里所说的天幕，徐乐对此的印象异常深刻。没想到在这里又看到了。

他有些惊讶，难道这里真的是控制天幕的中枢？可到底是在什么地方控制？

不等徐乐想清楚，眼前的画面又变了。星空不断扩大，太阳、孤星都化作渺小如尘埃般的存在。

浩瀚无尽的星空画卷，在徐乐面前恣意地展开。他贪婪地看着璀璨星空，竭力去记住每一幅画面。但星空太过辽阔了，瞬间亿万星辰闪耀而过。

突然，画面一定，一颗土黄色星球出现在徐乐面前。从这里看下去，徐乐甚至隐隐能看到土黄色星球上一座座巍峨宏伟的巨大建筑。

徐乐心中一喜，这一定就是人类在外星球上建立的人类文明！他非常渴望，想要去这颗星球上去看看。

这个念头才从心里升起，徐乐就觉得身体猛然一沉，飞速的向土黄色星球坠落下去。他心中大惊，这样高速冲击下去，就算穿着蒸汽装甲也要摔个粉碎。

眼看着满是沙砾的土黄色地面不断扩大，徐乐的心也提了起来。但一切都不受他的控制，只能眼睁睁地撞向地面。

即将撞到地面上时，徐乐突然眼前一黑，再次失去了意识。

不知过了多久，徐乐才一个激灵，从昏迷中清醒过来。他一睁开眼，就看到了一片碧青天空，明透得像是水晶，漂亮得让他挪不开眼睛。天空上挂着两个太阳，一大一小，分别占据天空的两端。

呆了一下，徐乐才猛然意识到情况不对，孤星绝对没有如此明透的天空，更不可能有两个太阳。

他翻身起来，就看到周围都是巨大的黑色圆柱，看起来和无重力区的圆柱一模一样，甚至连排列的方位都一样。不同的是，中心没有那道冲天的白色光柱。

徐乐目光一转，就发现颜落、朱菲、王凯、何铁军四个人就躺在他的脚下。每个人都闭着眼睛、表情紧张，看样子似乎都在做噩梦。

徐乐正想叫醒几个人，颜落他们就几乎同时睁开了眼睛。因为躺着的缘故，几个人第一眼都是看到了碧青通透的天空。

每个人都是一脸震撼惊叹，就算是最冷静的颜落，也露出几分迷醉之色。

徐乐能想象，他刚才也一定是这副表情。

颜落清醒得最快，她一眼就看到了徐乐，脸上不禁露出几分喜色。转而又很疑惑地抓起地上的黄沙道："这里、好像是沙漠？"

她话还没说完，就看到天上的两个太阳，人立即就呆住了。

环境的巨大变化，小型辅助系统也无法做出分析判断。无法从逻辑层面解释周围的变化，这对颜落是个极大冲击，让她的脸色异常苍白。

王凯也站起来，四处张望了一番，肯定地道："这里就是一片沙漠。"

朱菲不懂地理知识，也不想乱说话。她悄悄走到徐乐身旁站好。孤星也好、异星球也好，不管在什么地方，只要有徐乐在，她就会感到安心，再不会畏惧任何事情。

"这里不是孤星？"

颜落眼神游弋，对眼前的一切充满了怀疑。从孤星突然转移到另一颗星球，超乎了她的想象。可理智分析周围的环境，通透的天空，干燥而干净的空气，满地黄沙，都和孤星的环境完全不同。尤其是天上的两个太阳，更是孤星所看不到的奇景。如果说这里是另一颗星球，就都说得通了。

"这里不是孤星。"王凯肯定道，他其实也和颜落差不多，他的知识体系里，也无法接受星球间的随意转移。他皱着眉头想了下道："这些巨大的黑色柱子，难道是星际文明遗留下的跃迁门？"

如果勉强要找个合理的解释，也只有传说中的星际文明，似乎才有这种近乎神祇一般的能力。跃迁门，据说就是能通过空间定位，进行超光速传送。可以瞬间跨越无比遥远的星际空间，来到另一颗星球。

从眼前的情况来看，很符合传说中跃迁门的特征。

颜落也知道一些人类星际文明的传说，但那些传说太过荒谬，也没有明确的证据能够证明传说的真实性。她在理智上也拒绝相信这种虚幻的理论。

"也许是精神幻象，人的精神很容易受到暗示引导，配合相应的药物和技术，有可能制造出眼前的真实环境！"

相比于星际间的跃迁，颜落更相信眼前的一切是幻象。

王凯突然一拳打在旁边的黑色巨柱上，"砰"的一声，巨柱被打得火星四溅石屑纷飞。他摇头道："不论是对身体的控制还是各种感觉，以及物理性的回馈，都无比真实，没有幻象能做到这种程度。"

颜落还是摇头，她没办法反驳王凯，但她还是不能接受王凯的说法。

徐乐、朱菲、何铁军都是一脸茫然地旁听，他们虽然觉得星际转移很神奇，却不会很难接受。史前遗迹那么多超时代的科技，做到这一点似乎也很正常。他们都有些不理解，王凯和颜落在纠结什么。

沉默了一会儿，徐乐忍不住说道："我们可以出去看看，这个星球似乎有巨大宏伟的建筑群！"

王凯赞同道："待在这里找不到问题的答案，出去看看是个好主意。"

他对何铁军问道："你怎么样？"这里只有何铁军穿着蒸汽装甲，长途行军对他可是个巨大的考验。

何铁军试着走了几步，闷声说道："这里的重力和史前遗迹里差不多，行动不受影响。"

王凯很自然地充当了领导者的角色，一挥手道："我们走吧。"

徐乐看了眼颜落，他现在不想和王凯走得太近。而且，他也算颜落一方的人，这时候还是要尊重颜落的意见。

颜落犹豫了下，对徐乐和朱菲微微点了点头，带头当先跟了上去。

无尽的黄沙，在炽烈的阳光下泛着黄金般的漂亮颜色，一个个沙丘就如大海中的岛屿，而广阔苍茫的沙漠有种摄人心魄的壮丽。

孤星上可见不到这样的景色，颜落也禁不住为自然的壮丽而惊叹，王凯更是啧啧称奇。

徐乐对沙漠的壮观没什么感受，他更担心沙漠的荒芜、干燥，对于人类来说，沙漠可不是什么好地方。两个太阳，更让沙漠汇聚了可怕的高温。

几个人翻过一座高高的沙丘，一座如山般的宏伟建筑就出现在了众人眼前。

纯黑色的建筑不知有几千米高，从地面直入云霄，似乎是把天地连通六角的通天高塔。远远看过去，高塔就像是一块黑色玉石打磨而成，巨大突出的棱面如镜般的光滑，浑然一体，完美无瑕。

高塔连地通天的巍然宏大姿态，似乎是大地的唯一主宰，又似乎是天神在大地上建立的神殿。

徐乐呆呆地看着那座高塔，不知该用什么言语去形容。相比于无垠的星空和浩瀚沙漠，人造建筑呈现出的文明伟力，更让他心旌神驰，难以自己。

其他人也都是一样，就是颜落这般冷静的人，也是一脸的震惊痴迷，难以抑制心中的震撼。

过了好一会儿，众人才都逐渐恢复了冷静。毫无疑问，他们只要朝着高塔前进就行了。

走了没几公里，何铁军就已经汗流浃背，不得不请求休息。低重力环境可以抵消蒸汽装甲的重量，但是，在太阳暴晒的高温环境中，黑色的蒸汽装甲就变成了烤炉。身体内的水分流失得太快了，以何铁军的体力也支撑不了多久。

所有人都没有在沙漠行军的经验。何铁军的严重失水，也让王凯和颜落意识到沙漠环境的恶劣。行军速度可以自己掌控，可一旦发生高强度战斗，沙漠的恶劣环境，会极大地限制所有人的战斗力。

王凯和颜落简单商议了一下，为了保证战斗力，他们要控制行军距离，并制定了简单的行进计划，让朱菲和徐乐在前面探路，王凯、颜落、何铁军殿后。

徐乐对此没有异议，他和朱菲合作默契，互补性很强。在沙漠这种广阔的环境中，就是遇到敌人也能从容应付。

两人有蒸汽机械臂作辅助，加快速度后很快就甩开了后面的王凯等人。

"这里挺奇怪的，祭典比赛，到底想让我们比什么？我们又该怎么回到孤星？"

没有了外人，朱菲也忍不住和徐乐讨论起眼前的情况。她的母亲还在等她回去，她更关心怎么回家。至于祭典比赛到底有什么意义，她反倒不怎么在意。

徐乐微微摇头，他学历最低，知识面狭窄，也说不出什么道理来。只是出于野兽般的直觉，他觉得这里似乎藏着很多的危险。

"也许是类似遗迹探险。不管怎么样，祭典比赛绝不会轻松，我们还是要小心一些……"

沙漠太过酷热干燥，在松软的沙子里走路又很消耗体力。朱菲虽然很想和徐乐聊聊，最终还是明智地闭上了嘴。

两人走了大概有十多公里，登上一座高高的沙丘后，一座巨大的城市突兀地出现在两人面前。

以通天高塔为中心，一座座摩天大楼明显划分出一片片区域，林立在大地上，组成广阔的钢铁丛林。放眼望去，都市占据了整片地平线，根本看不到边际。

"啊！"朱菲禁不住发出了惊叫，眼前这座巨大的都市，只是目测就比天鼎城要大许多许多倍，也是她这辈子见过的最宏伟的人造建筑群。

徐乐也露出喜色，宏伟的城市真实存在，就证明了这里有人类文明。他在流亡者祭坛里看到的一幕，很可能是真的。

想到能接触到伟大的人类星际文明，他抑制不住地兴奋。只要能确认星际文明的真实，他就会毫不犹豫地帮助王凯打开天幕，解救孤星的人类。

"我们发现了一座巨大的城市，请指示下一步行动。"

徐乐佩戴的小型通讯器，可以在二十公里内实现无线通话。在这个异星上，小型呼叫器依然可以工作。徐乐发现城市后，没有妄动，而是先和颜落做了通报。

也许是距离有些远，通讯器中的杂音很大，等了一下才传出颜落的声音，"不要妄动，原地等我们会合。我们很快就赶过来。"

颜落的声音中也带着几分急迫。通天高塔意味着文明，城市却意味着成熟的人类社会文明，这代表的意义太重要了。以颜落的冷静，也免不了有些激动。

大约过了一个小时，颜落、王凯带着气喘吁吁的何铁军赶到了。

　　几个人第一眼看到下方巨大的城市时，都是满脸震惊。徐乐注意到，王凯的眼中露出极其兴奋的光芒。很显然，王凯也想到了人类的星际文明，想到了孤星的未来。

　　"这座城市是空的，没有人。"徐乐说出了他观察一个小时的结论，提醒几个人不要过于激动。

　　"怎么可能，你是不是看错了！"王凯怀疑地看着徐乐，他现在对徐乐很不放心，听到他说的结论后第一个反应就是不信。

　　徐乐冷静地道："事实就是如此。城市中没有任何活动的人类，严格地说这里是一座巨大城市的废墟。我发现了一些到处乱爬的模糊黑影。虽然看得不清楚，但可以确定，那绝不是人类。"

　　王凯也醒悟过来，徐乐没必要在这种事情上撒谎。他拿起望远镜看了一圈，的确是没有发现任何活动的人影。仔细观察，就能发现距离他们比较近的摩天大楼，都损毁得极其严重。许多甚至从中间断裂，到处都是残垣断壁，一片荒凉死寂。

　　看到这里，王凯心里一阵冰凉。这座城市好像经历了一场大战。而且，这还是很久之前的事了。因为城市已经有一部分被黄沙掩埋。

　　颜落拿望远镜看过了一圈后道："祭典比赛没说比什么，但我们既然到了这里，就不能错过。孤星的史前遗迹考察，经常能发现新的技术。这座城市如此宏大，很有探索的价值。至少我们要去通天高塔上面看看。"

　　王凯赞同道："对，哪怕是废墟，这座城市也有着巨大的价值。"

　　两个带头的都这么说了，其他人自然不会有异议。何况，徐乐他们也对远方的城市很好奇。

　　人类对于未知的好奇心，本就是人类进步的根源之一。

　　几个人一起进食喝水，补充体力。短暂的调整休息后，再次出发。

　　这一次，由穿着蒸汽装甲的何铁军走在最前面。王凯和颜落走在中间，徐乐和朱菲在最后面。

　　以蒸汽装甲为掩护，后面人跟着突进。这是典型的突击队形，徐乐在训练营中学过。但他心里其实对此不以为然。

　　突击队形确实很好用，但也要因地制宜。废墟城市地形复杂，里面的具体情况也一无所知。这种情况下，派一个强大的战士站在前面，缺少随机应变的能力。

但从另一个角度来讲，这个队形也是最稳妥的，蒸汽装甲足以应付大多数危险。所以，徐乐并没有坚决地反对。

巨大的城市废墟看着很近，一行人走了两个多小时，才真正进入城市内部。

宽敞的街道上停放着各种奇形怪状的车辆，虽然都是残破不堪，但车辆残片展现出的流线型曲线，看起来异常精致，充满了超时代的美感。

王凯和颜落还检查了车辆的内部构造，在疑似发动机的合金构件上研究了许久，也没有任何收获。全封闭的合金构件，历经多年风沙侵蚀，表面的合金依旧光润如最上等的瓷器。模仿人类心脏的造型，别致而精巧。看起来就像是大师精心加工出来的某种艺术品。

很显然，只是这种合金外壳的技术就远远超过孤星科技。王凯很想拿一个回去研究，但合金构件分量不轻，块头也不小，没办法放到背囊里。

王凯可惜地道："不说它的内部构造，只是耐磨耐蚀的高强度合金，就价值连城。"

颜落劝道："这种构件看起来很多，等我们离开时再拿也来得及。"

几个人稍作停留后，进入了一座断裂半截的高楼内部。

高楼内部到处是类似银白玻璃的结构，虽然到处都是尘沙和残破的家具碎片，却依然会给人一种干净整洁的感觉。

徐乐觉得，这里的建筑风格和他去过的史前遗迹秘密建筑很像，却更为精致高端。他有些着迷地抚摸着近乎镜面般的墙壁，想象着这座大楼完好无损时是什么一副样子。

他也很难想象，是什么样的高级文明，才能建造出如此宏伟又精致典雅的城市。又是什么样的力量，把城市变成废墟？

按照徐乐粗略的观察，这座城市一定经历过一场激烈的大战。城市的每一处，都有着战斗留下的破坏痕迹。

出神的徐乐沿着墙壁随意地走着，突然觉得脚下有些异常，似乎是踩到了什么东西。他脚下轻轻蹭了下，在墙角一堆沙子里蹭出一根白骨来。

徐乐拿起来看了下，脸色多了两分凝重，这骨头看起来像人的小腿骨啊。

骨头上有明显齿痕，不知是被什么野兽硬生生咬断的。

"大家小心点，这里可能有变异猛兽！"

徐乐想起之前看到的一片模糊的黑影，急忙提醒众人。

看到徐乐手上的白骨，王凯、何铁军他们都是凛然一惊。

墙角沙堆中埋着一堆人骨头，上面被啃食齿痕都清晰可见。

毫无疑问，这些白骨就是城市里的居民。按照城市所表现出来的科技水准，就算有成千上万只变异猛兽，对城市也不会造成真正的威胁。也不知他们遇到了什么可怕的灾难，整座城市都被毁灭了！

看着一堆白骨，王凯等人的心情都有些沉重。

天空上的两个太阳，正在沿着各自的轨迹向地平线下方降落。两个太阳的余晖，把天空映照的一片赤红。

徐乐看着逐渐暗淡的天色，提醒道："很快就要天黑了，我们还是先找个安全的地方落脚。"

"上面有个房间，门窗完整，空间也很宽敞，而且位于最上层，视野也开阔。"

朱菲刚才在大楼里转了一圈，她对最上面那个房间印象颇深。她觉得在那里休息是比较好的选择。

王凯和颜落都没有异议。天色已经黑下来，也不适合再外出探索，就近休息是最好的选择。

大楼内的楼梯通道保存得很完整，在朱菲的带领下，小队几个人爬了五十多层后来到了最高层的房间。

正如朱菲所说，房间很宽敞。因为封闭得好，里面的尘沙也很少，而且有两面巨大落地窗。站在窗口前，能俯视方圆数公里的情况。

徐乐借口观察周围情况，带着朱菲来到最顶层的天台。

四周都是断裂扭曲的墙壁。墙壁是某种类似玻璃一般的材质，断裂出有千万根细细纤维，里面还有七扭八歪的合金钢架。大楼参差不齐的断截面，看起来就像是被咬断的水果硬糖。

很奇怪的是，周围并没有大楼的另外半截。

徐乐有些好奇地摸着墙壁断裂处，猜测着究竟是什么力量把大楼硬生生折断。或者说，某种异常巨大的怪兽，一口把大楼咬掉了一半。

站在楼顶望去，大地一分为二。一面是起伏如涛的无尽沙漠，另一面则是雄伟宏大的城市废墟。他们所在的位置，只能算城市边缘，距离中心的巍然通天高塔至少还有几十公里。

漫天红霞的映照下，金色沙漠被镀上一层赤红，广阔浩瀚中更增添了几分艳美的瑰丽。雄踞大地上的宏大城市废墟，直通天际的孤独高塔，在赤光中氤氲虚化。破败、死寂、毁灭的气息在光影中全部折射出来，就如同一幅伟大的末日画卷。

徐乐不是多愁善感的人，此时此刻却不免怅然失落。灿然的人类文明都会毁灭，孤星上苟延残喘的人类，还能坚持多久？

朱菲也感受到了徐乐低沉的情绪，她轻轻靠着徐乐，牵着他的手，头自然地依偎在他的肩膀上。

两个方向投射过来的落日余晖，在满是尘沙的大楼楼顶交错地印出两个相偎男女的影子。

朱菲的手修长而柔软，因为经常开弓射箭指掌间磨出几个茧子，显得有些粗糙，她的体温也比常人低一点，手掌的温度更低。

徐乐敏锐地感受着朱菲手掌的种种细节，不知怎么的，就有些紧张起来。

生存游戏中，徐乐曾经帮朱菲接过肋骨，看过她赤裸美丽的胸部，但那个时候，他也没有这样紧张过。

相比之下，简单的牵手似乎更显得亲密。

朱菲沉浸在两人温暖的依靠中，似乎完全没注意到徐乐的紧张。这也让徐乐的心情慢慢放松了一些，他发现自己并不抗拒两人的亲近，甚至有些喜欢上了这种感觉。他甚至在想，每天和朱菲手牵手肩并肩地看落日，也挺好的。

徐乐想到这里突然心思一动，从裤兜里拿出一个水蓝色圆环，给朱菲套在手腕上。

"我在一个房间捡到的，送你了。"徐乐没给女孩子送礼物的经验，心里有些紧张，干巴巴地对朱菲说道。

套在朱菲手腕上的圆环看上去就像是水晶手镯，只是通体扁平，上面还有一个巧妙的搭扣。里面似乎有蓝色海水在流动，光晕流转，异常得漂亮。

朱菲平素虽然冷傲，可作为女孩子，天生对于亮晶晶的漂亮东西没有抵抗力。又是徐乐送她的礼物。明眸抑制不住地露出惊喜，嘴角也微微翘起。

一种名叫"幸福"的东西，在朱菲心里荡漾着向外溢出，驱散了她所有的阴暗悲伤，甚至是满目疮痍的城市废墟，也变得异常漂亮。漫天红霞，如此温馨明透。

整个世界，似乎一下明亮了起来。

"咳……"

有人在后面低咳了一声，提醒徐乐和朱菲有人来了。

朱菲像受惊的兔子，急忙抬起头把手抽了回去，俏脸上也泛起一片红晕。她转头看到是王凯在后面，也不好意思再和徐乐说什么，急匆匆地低头走开了。

"你还有心情泡妞，佩服。"

王凯真的有些难以理解，在事关孤星人类存亡的危急关头，徐乐居然还有心思谈情说爱，也不知道这位神经到底有多粗大，他也是服了。

很美妙的气氛被破坏了，徐乐心里也有些火气，他冷着脸道："你找我有什么事？"

王凯没急着说话，他环顾一周后有些感叹地道："如果不是亲眼所见，我不敢相信人类能建造出如此宏大的城市！"

徐乐也不知王凯要说什么，索性保持沉默。

"也许这就我们看到的星际文明？"工凯知道徐乐的性子，对此也不在意，继续说道，"不管你怎么想，来到这个奇异的地方，我们至少要齐心合力探索真相，这个你没意见吧？"

"嗯。"徐乐点头应了声，他其实没那么强的好奇心，但既然是祭典比赛，总要把一切搞明白。

天边的两轮落日已经完全没入地平线，天空中只余下最后一抹余晖。暗淡的光线，让城市废墟变得模糊而深幽。阴沉压抑的环境，让人本能地感到不安。

王凯看着废墟深处，沉声道："我能感觉得到，这座城市的废墟很危险。到了晚上，我们更要小心。"

沉吟了一下，他问道："你白天看到的模糊黑影到底是什么？"

徐乐瞥了王凯一眼，"我要是看清楚早就说了。"

王凯有点尴尬，他解释道："我不是不信任你。我的意思是你猜测一下，大概是什么东西？能够早做一些准备，也是好的。"

徐乐摇了下头，当时距离太远了，那片黑影动作又快。以他超群的眼力，也没能看清楚黑影到底是什么。

他犹豫了一下说道："从移动方式来看应该在迅速爬行，好像是某种巨大的虫子。"

"巨大的虫子？"

王凯很意外，他就见过巨大的变异猛兽，虫子再大能有多大？想了下道："不管是什么，我们晚上还是小心一些，不要外出行动。"

"房间里太狭小了，遇到危险想跑都没地方跑。"

徐乐提议道："这里视野开阔，我可以在这里守夜。发现危险也能及时通知你们。"

"这个提议很好，但你一个人太累了。我们几个可以轮班放哨。"

王凯对徐乐有意见，但在危险莫测的外星球城市废墟里，他要尽力保证团队的战斗力。个人的看法，都要暂时放在一边。

"也可以。"徐乐对此自然没有异议。

"我睡觉比较晚，我来排第一班。"

徐乐看了下手表说道："按照我们的时间来算，现在是八点，你们可以四个小时以后来换我。"

王凯觉得没什么问题，简单商量了应对意外的办法后，他也下楼了。

没一会儿，朱菲提着徐乐的背囊上来了。她关心地道："我在这里陪你吧……"

"不用，你好好休息。"徐乐正色叮嘱道，"这里比生存游戏还要危险，养足精神才能保证战斗力。"

接受了徐乐的礼物，朱菲对徐乐的态度也变得温柔了许多。她很顺从地离开了。

习惯了朱菲的冷艳骄傲，徐乐对朱菲的温柔服帖颇有些不习惯。

徐乐从背囊中拿出厚毯子裹上，太阳才落下去，温度开始迅速下降。楼顶的风又大，他已经感到了寒意。躲在背风的角落里，他吃了块压缩饼，喝了两口咸汤。身体立即就暖和多了，人也恢复了几分精神。

每隔几分钟，徐乐就会站起来用夜视望远镜扫一圈，观察周围的情况。城市废墟中只有夜风在惨厉地呼号游荡，此外再也听不到任何动静。

没有乌云尘烟遮挡的星空，深邃幽蓝，上面无数星辰闪耀生辉，壮丽又无比神秘。三个半圆的月亮，挥洒出的如水月光，给天地镀上了一层水白色。三月映照群星的美景，徐乐怎么看都看不够。

楼梯口传来的轻微脚步声，让观赏星空的徐乐猛然惊醒过来。他又很快放松下来，虽然还没看到人，只从脚步精准如机械的频率就知道，是颜落来了。

颜落的小型辅助分析系统重新修好后，她对于身体的控制已经精确到了可怕的地步。徐乐暗自观察过颜落一段时间，他可以肯定，对身体近乎有着绝对掌控力的颜落，不但计算能力超强，其战斗力也极其可怕，至少不在王凯之下。

生存游戏中她之所以没什么惊艳表现，也是因为被韦绝偷袭，破坏了小型辅助分析系统。

"还没到时间。"徐乐轻声招呼道："你怎么上来了？"送了朱菲礼物后，徐乐面对颜落就莫名地有点心虚，不太想和颜落单独相处。

颜落走到徐乐身旁，没急着说话，而是先抬头忘情地看着星空。好一会儿才收回目光，近乎满足地叹了口气，"总看到书上说星空如何浩瀚如何美丽，今天终于有机会欣赏真正的星空……"

颜落转过头看着徐乐的眼睛，意味深长地说道："以前有位哲人说过，这世界上有两种东西值得我们仰望终生，一是头上的灿烂星空，二是人心中的道德法则。我对此一直颇有疑惑。直到此刻，我才能真正理解哲人的话，为他的智慧所倾倒。"

徐乐瞪大眼睛，他其实不太明白颜落在说什么，只是隐隐觉得对方似乎在提醒、暗示他什么。

夜色深幽，颜落和徐乐的距离不过几十厘米，虽然徐乐竭力表现出认真倾听的样子，却掩饰不住他脸上的茫然。

颜落禁不住想笑。她自己也很奇怪，有着小型辅助系统，普通的情绪都会被控制住。徐乐傻呆呆的样子，只能说是蠢笨无知，根本没什么好笑的。

她强自按捺住起伏的情绪，对徐乐正色说道："我只是想提醒你，别忘了守护者的责任。"

颜落不知道徐乐想干什么，但她发现徐乐和王凯的关系有点不寻常，这也让她有些担心。王凯出身世家，背后的势力雄厚强大。徐乐要是跟王凯走得太近绝不是好事。

她又不想让徐乐难堪，只能从侧面提醒他注意。但看徐乐的样子，似乎还是不明白她指的是什么。无奈之下，颜落只能直说了，"王凯心机深沉，你不要和他走得太近。"

"哦，我知道了。"徐乐答应了一句。

颜落微微皱了下眉，徐乐随意的态度显然没意识到问题的严重性。就算王凯没有别的意思，让她父亲知道徐乐和王凯走得太近，也一定会对徐乐生出看法。

她正想和徐乐解释清楚其中的道理，却被徐乐一伸手按住了她的嘴。颜落突然受到袭击，身上肌肉本能地绷紧就要出手，幸好小型辅助分析系统立即做出计算，发现徐乐并没有恶意，她这才放松下来。

"有东西过来了……"

颜落耳边传来徐乐压低的声音。随着声音而来的还有呼进来的热气。就像有根羽毛突然探到她的心里拂了一下，她的身体禁不住轻轻颤了一下。好在有小型辅助分析系统，她立即压制住身体的本能反应。但颜落觉得她的脸一定红了。

她觉得很丢人，幸运的是月色浅淡如水，徐乐又全神看着外面，应该看不到她的失态。

徐乐这会儿也没心思去关注颜落的细微情绪变化，他的注意力都在宽阔的长街上。

一群黑乎乎的大虫子，也不知从哪里爬了出来，正大摇大摆地在长街上穿行。水色月光下，虫子的黑色甲壳闪着微光，很是显眼。

徐乐举起夜视望远镜，看清了更多的细节。

那些大虫子都有一米多长，长着六条腿，体表覆盖着黑色甲壳，身体呈现椭圆形，长着丑陋的头颅。看起来就像是放大一百倍的蟑螂，只是比蟑螂更丑陋也更可怕。

徐乐看清这些虫族的样子后，浑身汗毛都竖起来。蟑螂随便一脚就能踩死，再丑陋他也不怕。可这群大虫子不但丑陋，还透出一股凶残的气息，看着就让他心里发冷。

颜落没有徐乐的超凡视力，只能勉强看到一片移动的黑影。但她能看到徐乐的脸色很难看。以徐乐强大的战斗力都会惊惧，她立即就知道情况不妙。

等她拿到夜视望远镜一看，要不是有小型辅助分析系统，她就惊叫出声了。巨大丑陋的虫子，对人的冲击力太大了。

颜落从没想到过，一个放大了的虫子会变得这么恐怖！

在宽阔大道上爬行的一群虫子，突然停了下来。一群虫子摇着头上的长长触角，似乎在寻找什么。徐乐脸色大变，焦急地抓着颜落手腕道："坏了，虫子们似乎发现我们了！快把他们都叫醒，准备战斗……"

没等徐乐说完，那群黑色大虫子似乎也找到了方向，摇着触角向着徐乐他们所在的大楼爬过来。别看虫子们是爬行，但它们的速度很快，比普通人全力奔跑的速度还要快一些。

颜落顾不得掩饰声音，对着肩膀上挂着的通讯器喊道："紧急警报，敌袭！敌袭！"

第十四章

星际厉虫

通讯器里传出来的嘈杂模糊警告声，在安静的房间里异常刺耳。

朱菲、王凯、何铁军都立即惊醒过来。在诡异的城市废墟里休息，谁也不敢真的放心睡觉。

几个人都急忙拿起各自的武器，跑到楼顶和徐乐、颜落会合。王凯他们看到巨大的黑虫子后，也都吓了一大跳。

"它们好像是闻到了我们留下的味道？"王凯猜测道。

"大家冷静，这些大虫子看着是很可怕，但虫族没有骨骼，身体组织结构都很脆弱。这个星球的重力远低于孤星，所以虫子才能长得这么巨大！"

颜落这会儿早就冷静下来了，分析着巨大虫子的弱点。

虽说外星的虫子和孤星的昆虫未必一样，但在这个时候，颜落的话却极大鼓舞了士气。

"我先来试试……"

王凯拿着压缩步枪瞄了一下，扣动扳机。压缩空气爆发出沉闷的声响，在深沉的城市废墟中到处回荡，良久不休。

徐乐有些不安，压缩步枪的枪声太大了。好在射击的效果不多，金属弹丸轻易穿透了一只巨大虫子，弹丸上的强大动能也有着巨大的阻止作用，那只虫子动作一顿，斜着侧翻在地上。虫子明显没死，六条腿在那乱蹬似乎想翻身起来，却没有用力的地方。看起来竟然有几分滑稽。

其他虫子似乎受到了枪声的刺激，爬行的速度反而更快了。

朱菲在旁边也开了一枪，放倒了冲在最前面的一只大虫子。一旁的何铁军也拿出压缩步枪跟着射击。虫子身体特别大，爬行速度也不算很快，关键是虫子也不懂得绕行躲避，月色又很明亮。以几个人的枪法，绝对没有落空的道理。三个人连续三枪，打倒了三个大虫子。

也证明了颜落说得很有道理，虫子身体巨大，但结构脆弱。小小金属弹丸打在虫子身上，都能造成巨大伤害。虽然都没能打死，但几个中枪的虫子似乎都失去了战斗力。

这一群虫子看起来黑压压一片，实际数目却不超过十只。

压缩步枪结构相对简单，使用方便。徐乐他们几个是人手一把。五个人只要两轮，就能把虫子们都灭掉。

看起来巨大恐怖的虫子，战斗力如此低下。也让王凯他们心里松了口气。

大家是用枪射击，徐乐虽然觉得不太妥，也不好再说什么。他也拿出压缩步枪，解决了一个大虫子。得益于他超凡的视力，他打得特别准，旋转的金属弹丸打爆了那只虫子的大脑袋。

没有头的虫子，并没有立即死，而是在地上乱爬，展现出强大的生命力。徐乐虽然胆子大，也看得心底发毛。其他人更不用说，都是脸色难看。只有颜落能勉强保持镇定。

众人又开了一轮枪，把剩余的黑色虫子全部撂倒。

颜落说道："不知这样的虫子还有多少，我们最好尽快转移到沙漠里去。以虫子的这种身体形态，并不适合在松软的沙漠中行动。"

这个分析很合理，众人都点头赞同。沙漠里环境恶劣，没有遮风避雨的地方。但和危机四伏的城市废墟相比，众人还是更愿意待在沙漠里面。

"等等，又有虫子过来了……"

众人正收拾东西要下楼，徐乐突然脸色大变，高声大叫起来。

轻柔的月光下，何铁军顺着徐乐目视的方向，却只看到一大片建筑的深幽黑影。他正想质疑，一群巨大的黑虫子就如潮水般从黑影中涌了出来。

"啊！"何铁军也吓了一跳，脱口惊呼出声。

巨大的黑虫子杀起来容易，可这次来的数目太多了。密密麻麻一大片，看上去至少有几千只。

虫族的巨大规模，让最冷静的颜落都骇然失色。

"我们快走……"王凯也有些慌了，他宁愿和几十几百个亡命者对战，也不想被一大群虫子围住。想到自己有可能被虫子活生生咬死，他真的害怕了。

"来不及了！"

颜落也是玉容一片煞白，但她的眼神还很明亮沉稳。情况虽然极其糟糕，但还没到绝境。用小型辅助分析系统，她能压制下负面情绪，以冷静心态面对突来的惊变。

"大楼很高，墙壁材质光滑，以虫子的沉重身体不太可能爬上来。我们只要先封死楼道，就能暂时守住这里。"

王凯立即点头赞同，现在跑出去被虫子围上，无险可守，他们就死定了。依靠大楼坚守，至少能坚持一段时间等待转机。

众人立即动手，在房间里搜出各种大型的家具、物品。仓促之间，只能胡乱堆积，勉强堵住一段十余米长的楼道。

"这样可拦不住虫子！"徐乐摇头，这一堆胡乱堆积的垃圾可挡不住虫子。他建议道："不如炸断这条通道！"

"大楼建筑材料很坚实，很难炸断。"王凯反对道："而且，炸断了通道，我们怎么离开？"

"虫子爬不上来，但我们可以爬下去。"徐乐答道。

何铁军有些不满地瞥了眼徐乐，他穿着沉重的蒸汽装甲，绝对无法在大楼表面攀爬。徐乐这个提议，明显把他无视了。他哼了声道："依照我看，这些虫子没多少攻击手段，我靠着蒸汽装甲就能强行杀出一条路来！"

王凯和颜落对视了一眼，巨大虫子的身体脆弱，如果它们没有什么特别的攻击手段，用蒸汽装甲真有可能杀出一条路来。

但还没弄清虫子能力的时候，仓促杀出去就太危险了。王凯安抚地看了眼何铁军，示意他不要激动。"楼道狭窄，我们手里还有火焰弹、音爆炸弹，短时间内足以挡住虫子。"

颜落道："你们三个男的在这堵着楼梯，我们两个在上面看着，防止有虫子冲上来。"

楼道本就狭窄，又堆积了各种杂物，人多也施展不开。王凯当即点头同意。

等颜落走后，徐乐忍不住说道："我们万一守不住这里怎么办？"

王凯摇头，"我们必须守住这里。开阔地方一旦被虫子一围，有什么本事也会被活生生咬死。"

"我的意思是早做布置，万一受不住，就把这段楼梯炸塌了，还能争取一些时间。"

徐乐觉得虫子不会那么简单，他们肯定挡不住这群诡异的生物。

何铁军冷笑道："你要是怕了就上天台，这里有我和王长官就足够了。"

徐乐没理会何铁军的挑衅，他不是怕对方，而是他有着强大信心能迅速解决对方。几招就能灭掉的家伙，不需要多在意。他继续对王凯道："有准备总比没准备强。"

王凯沉吟了下，还是同意了徐乐的建议。正如徐乐所说，面对神秘可怕的虫子，有准备总比没准备强。

王凯带着两颗定向式爆破炸弹，是专门用来摧毁坚固堡垒的强力炸弹。徐乐在训练营学过使用方法，当下拿着炸弹选择好位置安装好。

等徐乐回来，就听到楼道下面传来密集的沙沙声。虫子们冲上来了。

徐乐顺着楼梯间空隙向下看了眼，就看到密密麻麻一大片黑色正在快速地向上冲过来。楼道其实很窄，至多够两个虫子并排行进。但虫子们显得很疯狂，几乎是一个叠着一个地向前冲。前面的稍微慢一点，就会被后面汹涌冲上来的虫子压住。

一直表现得很好战的何铁军，四方的粗豪打大脸也都是凝重之色。距离越近，越能感受到虫子疯狂冲击的威胁。

五十几层楼，虫子们只用了不到十分钟就冲到了徐乐他们面前。

隔着众多杂物垃圾，虫子不管不顾地一头冲上来，大半身体都镶嵌到了杂物中间。这只虫子怎么也无法挪动身体，急得张开巨大口器乱撕乱咬。虫子发出的声音很低，人耳完全听不清，只能听到嘶嘶的声响。但它用口器咀嚼东西的声音却很大。

堆放的杂物中有许多残破的家具，都是近乎木板的材质，光滑柔韧也有一定强度。那个虫子翻开的六瓣口器，咬着一块就疯狂猛嚼。很快就把一大块桌板嚼个稀碎。

后面跟上来的虫子也都一层层叠上来，这些虫子一起狂咬乱嚼，很快就清理出一块空间来。

隔着层层杂物，徐乐他们看不到虫子，却能清楚听到虫子们的动静。按照这个速度，这一段十多米的障碍，用不了十分钟就会被虫子清理干净。

"我扔一块燃烧弹试试。"王凯也知道不能再这么等下去，拿出挂在腰间的一颗燃烧弹。他对何铁军和徐乐点了点头，拔下炸弹插销，从楼梯空隙扔了下去。

三个人都急忙跑出楼道，冲上了天台。过了不到两秒，就听轰的一声爆鸣，天台的楼梯口喷出一股淡红的烈焰，炽烈的热气随之散开。开阔的天台上，温度陡然提升了几十度。

天台尚且如此，密闭的楼道内温度自然更高。

何铁军本想下去看看，才走没两步，通道内凝聚的高温就让他汗流浃背。空气中弥漫着浓重的腥臭气，就是呼吸面罩也难以完全过滤掉。他实在忍受不住，不得不退了回来。

虫子们应该也是受到了重创，通道中异常安静，再也听不到虫子发出那让人发毛的叫声和咀嚼声。

等了差不多足足有两分钟，徐乐才听到通道里再次响起了虫子活动的声音。

他当先走进楼道内，温度已经降低了大半，只是还有些发闷。那股熏人的恶臭却更浓烈了。堵塞的通道垃圾，有不少被刚才的燃烧弹引燃。但封闭的空间空气被抽干，那些被引燃的家具、物品大都迅速熄灭，只留下一抹余烬，散发着一道道红光。

堵塞楼道的另一端，虫族们开始再次发出"嘶嘶"的乱叫声。虫子叫的声音不大，可一群虫子同时乱叫，那声音就很有气势，直贯人的耳鼓。

"看来是真的拦不住这群虫子！"王凯在徐乐身后感叹道。

何铁军还有些不甘心，他自告奋勇地道："楼道很狭窄，我一个人就能封死。我愿意试试……"

他还是不相信，压缩步枪都打不透的蒸汽装甲，挡住这些虫子都不容易。不用蒸汽动力，只要他有体力，拳脚就能轻易砸死虫子。

王凯犹豫了一下，摇头道："算了，还是不要冒险。万一这些虫子有毒就麻烦了。"

何铁军忍不住道："早晚都要和这些虫子近距离战斗，就让我先试试。不行我再撤回去。"

"他说得有道理，总要先试试虫子有什么能耐。"不等王凯说话，徐乐先开口表示了支持。

何铁军对他有看法，徐乐却不会意气用事。封闭狭窄的楼道，的确是很合适的战场，尤其适合蒸汽装甲。

"也好。"王凯道："我们在后面掩护你。挡不住就立即退回来。"

何铁军信心满满地道："长官放心，我知道该怎么做。"

他是王凯的追随者，对于王凯也非常尊敬，一直很正式的称呼王凯为长官。

没过几分钟，堵塞的通道就被虫子打通了大半。隔着杂物的空隙，徐乐甚至能看到对面虫子一双双紫蓝色的诡异眼睛。

"啊、啊、啊……"

不等虫子们冲过来，何铁军悍勇狂吼着猛冲过去。他这一下启动了蒸汽动力，一只手臂曲肘护着脸，人就像一个狂奔的蒸汽火车头，以不可阻挡的凶猛气势猛撞在堵塞通道的杂物上。

沉重的铁靴踩在楼梯上，发出有节奏的沉重轰鸣。整座楼道都开始震鸣颤抖，似乎随时都可能崩塌一般。

狂奔出十余米后，何铁军的速度和力量都提升到了极致，轰的一声，撞在堵塞楼道的杂物上。

仅存的一层乱七八糟的杂物被撞飞，一堆还在疯狂撕咬的虫子们，在疯狂撞击的蒸汽装甲下也显得脆弱不堪，几乎同时炸裂成一片片飞浆。

何铁军冲得太凶猛了，他自己都收不住力，一直撞到楼道拐角的墙壁上，才勉强停下来。至少有二十多只黑色大虫子，被他的冲击硬生生撞碎。

楼道上到处都是虫子体内黏糊糊的浆汁，腥臭的气味浓厚得让人窒息。

其他虫子似乎也被何铁军的冲击吓蒙了，下面楼道里的一只只虫子都瞪着诡异发光的紫蓝眼眸，死死盯着满身浆汁的何铁军。

何铁军晃了晃脑袋，刚才撞在墙壁上让他脑子也有点晕。好在还能控制，他右手拿着火眼喷射刀，向着下面楼梯的众多虫子猛然斩落。

锋利的刀锋把最前面一只虫子的脑袋猛劈成两半，藏在刀锋上的助燃剂也同时喷发出来，一股十余米的烈焰笼罩了整段楼梯。

赤红的火焰也照亮了黑暗楼道，就是王凯都看得很清楚，在火焰烧烤下，下面的虫子都本能地躲避，同时发出"滋滋"的惨叫声。

可惜的是，虫子身体表面的甲壳似乎能防火，只有被燃烧剂喷到的虫子身上才会燃烧，其他虫子大都没事。

徐乐感觉，虫子们的惨叫更多是被火焰的强光给吓的。习惯了在夜间行动的虫子，畏惧强光倒也很正常。

下面的何铁军杀得兴起，火焰喷射刀连斩，把周围虫子斩得七零八落，浆水四溅，看起来极为威风。

偶尔有虫子用六瓣的口器咬到何铁军，也破不开他身上厚厚的铁甲。

王凯在上面看得眉飞色舞，对徐乐道："铁君还是很勇猛的，照着现在情况看，杀光虫子似乎也不是不可能的！"

徐乐虽然不喜欢何铁军，也不得不承认他的确勇猛。他也很希望何铁军能杀穿虫子的包围。但是，他总觉得事情不会这么简单。

雄伟的城市废墟里，只有虫子一种生命，本身就不正常。虫子不太可能只有这点本事。

王凯其实也明白，现在距离胜利还差得远呢，只能说有一个好的开始。他故意这么说，也是想给自己鼓气，另一方面也是刺一刺小心谨慎的徐乐。

"我们也下去吧，不能让铁君一个人冲在前面。"

王凯招呼徐乐下楼，准备接应一下何铁军。

楼梯上到处都是黏糊糊的虫子体内的黏液，徐乐觉得就像有人在这倾倒了几吨的黄绿鼻涕。在味道上更是腥臭无比，他也觉得有些反胃恶心。这不只是心理上的不适应，更是生理上受到了剧烈的刺激，身体的一种本能反应。

一旁的王凯也是苦着个脸，他不怕血腥，却见不得这么恶心肮脏的东西。

徐乐注意到王凯的奇妙表情，他故意说道："我觉得这黏糊糊的东西很像感冒病人的黄绿鼻涕，你觉得呢？"

徐乐形容得太形象了，王凯脑子里立即出现了感冒流鼻涕的样子，他再也控制不住，一张嘴哇地吐了一大口酸水。

王凯知道徐乐是故意的，他正想骂人，下面却突然传来了何铁军惊天动地的惨叫！

"啊……"何铁军叫得异常惨烈，也异常凄厉。

王凯远远地听着，都能感受到何铁军的叫声中蕴藏的巨大痛苦。他凛然一惊，急忙加速向下冲去。

徐乐比王凯的动作还快一步，手在楼梯扶手上一按，人就翻到了下一层楼梯。楼梯上到处都是虫子的稀烂尸体，徐乐一脚踩到一只虫子的肚子里，小腿都被虫子体内软乎乎的组织包住了。

他也没时间在意，发力拔腿就跑。下了两层楼梯，就看到何铁军捂着脸在哭号着来回打转。

何铁军应该是眼睛受伤了，心慌意乱下也找不到回去的路，只能在那乱转。也幸亏他捂着脸，周围的虫族虽然围着他乱咬，也无法伤害到他。

其实这种混乱的环境，应该是王凯冲进去救人最合适。因为他穿着磁悬偏转铠甲，全身上下都捂得严严实实，他甚至还带上了半封闭头盔。他就是站在那让虫子们咬，都不会有事。

但情况紧急，徐乐也没时间等王凯。也许晚一秒，何铁军就被虫子咬死了。

徐乐拔出腰间别着的高压静电刀，右手五指用力攥紧，蒸汽机械臂就被启动了。

蒸汽机械臂内部微型蒸汽机疾速运转，蒸汽从机械臂几个气孔中喷发出来。蒸汽机的动能从机械臂一直传递到连接全身的合金框架。徐乐屈膝发力，人就高高跃起。

仗着超人的平衡能力，徐乐在半空中一脚踩在墙壁上，人就改变了方向，落在何铁军的上方。

"别动！"徐乐一声大喝，手中的高压静电刀猛然斩落。刀锋上湛蓝的电弧闪耀，划破了楼道上的黑暗，在空中留下一道环绕一圈的电光曲线。

徐乐借着腾空之力旋转出刀，围在何铁军周围的几只虫子都被这一刀切成了两片。

晚了一步的王凯，正看到刀光闪耀的一幕，心里微微一惊。和生存游戏的时候相比，徐乐变得更强大也更可怕了。

徐乐可没时间想那么多，借着蒸汽机械臂的强大力量，他又瞬间连斩数十刀，湛蓝的刀光化作一片环绕四方的光幕。在刀光范围内，所有的虫子都被当场斩杀。

把周围的虫子都杀掉，徐乐也不禁喘了口粗气。蒸汽机械臂的强大力量，让他发挥出了超乎人类极限的可怕战斗力。但是，他的身体肌肉骨骼也承担了相应的力量负荷。这一刀固然威风，胳膊的肌肉已经轻微撕裂，徐乐握刀的手都有些抖了。

他也没时间调整，猛推了一把呆立着的何铁军，"快走。"

听到徐乐的声音，何铁军慌张的心也安定不少，顺着徐乐的力量，他迈着大步向前走去。

王凯这会儿也到了，他抓住何铁军的手臂，牵引着他向上走。一面关切地问道："哪受伤了？"

"有个虫子会喷毒液，我一不小心被喷到了脸上。"

何铁军捂着脸痛苦地说道。

"我们上去再说。"楼梯里光线太暗，王凯也看不到何铁军到底伤得怎么样，只能先扶着他向上层退走。

徐乐在后面赶过来，扶着何铁军的另一只胳膊，大叫道："快走，虫子很快就会冲上来。"

何铁军也醒悟过来，主动配合着加快速度。他只是脸受伤了，身体完全没事。跑起来虽然砰砰作响，速度可不慢。

三人狂奔到顶楼时，后面的虫子已经追上来了。徐乐看情况不妙，拉开了预先设好的定向炸弹保险插销。

等三人刚冲上天台，炸弹就轰然爆炸。冲击的气流，把三个人和几只尾随过的虫子一起掀飞。

何铁军和王凯都有护身盔甲，虽然有些狼狈，却毫发无损。徐乐就被气流冲击地连翻了几个跟头，脸上被激射的各种碎片划出多处伤口，看起来极为狼狈。

颜落和朱菲都关心地看了眼徐乐，颜落立即判断出徐乐没有大碍。她举起压缩步枪，对准一只在天台上乱滚的虫子就是一枪。

旋转的金属弹丸，很精准地把虫子的脑袋和小半身体轰碎。

枪声一响，也惊醒了朱菲。她急忙跟着一起开枪，又打死了一只黑色大虫子。

追着徐乐他们冲进天台的虫子共有三只，被打死了两只后，还剩下的一只大虫子终于反应过来，六条腿一起发力猛蹬，向着朱菲的头上跳过去。

虫子的弹跳力居然很出色，一跳足有两三米高。它距离朱菲又很近，跳起来身躯完全笼罩住朱菲。更可怕的虫子长长地探出口器。

裂开六瓣的口器，就是章鱼伸展开的触手，只是上面长满了锋利的牙齿。裂开的大嘴从四面兜过来，足以轻松地把朱菲整个人吞进去。

朱菲后面就是断裂的墙壁，没有后退的空间。其他人又距离过远，想要帮忙也来不及了。

危急关头，朱菲反倒异常冷静。她拿起斜倚在墙壁上的磁暴射电弓，猛然拉开弓弦把虫子两瓣触手般的口器套进去，一拉。

磁暴射电弓上发出强烈的电流传导到虫子口器上，两瓣飞舞的口器被放射的电弧烧得皮肉焦黑，里面的神经也被电流所麻痹，软了下去，露出一大片空隙。

朱菲抓住机会一个鱼跃，从虫子的下方冲出来。

还没等虫子落地，那面趴在地上的徐乐举枪就打，金属弹丸把虫子身体贯穿，让它的身体在半空中就炸成一片浆汁。

差点葬身虫口的朱菲，却直奔徐乐，关切地道："你没事吧？"

"还好。"徐乐慢慢从地上爬起来，背部虽然有些地方隐隐刺痛，但不影响行动。

朱菲帮着徐乐看了一下，他背部有防弹背心防护，只是手臂、脖子、面颊等没有防护的地方，被喷射的碎片割出了许多小伤口，看着血淋淋的，但没什么大碍。

杀死了三只虫子，腥臭的气味开始在天台上弥漫。

朱菲帮着徐乐消炎、上药，颜落和王凯则围着何铁军，试图帮助何铁军解决痛苦。但自诩铁汉的何铁军却一直在喘粗气，看来是真的痛苦难耐。

等朱菲处置好伤口，徐乐也凑了过去。看到何铁军的脸后，他心里也是一紧。对方的样子实在是很惨也很恐怖。

何铁军的大半边脸就像被泼了浓硫酸，皮肉都腐蚀得焦黑干瘪，鼻子、嘴唇等肉薄的地方都露出了里面的骨头和牙齿。一只眼睛也完全烂掉，露出个黑洞。因为皮肉收缩，何铁军的完好的小半边脸也被扯的扭曲变形。

淡然如水的月光下，何铁军就像从地狱里跑出的恶鬼，狰狞凶厉异常可怖。

朱菲胆子虽大，也被吓得不敢多看，悄悄退到徐乐身后。

颜落和王凯都是一脸为难，何铁军伤成这样，可不只是毁容那么简单。腐蚀性的毒液，正在侵蚀他的身体，消耗他的生命力。这样下去，也许何铁军很快就坚持不住了。

"最好的办法就是割掉烂肉，然后止血、消毒。"

颜落沉吟了一会儿，和王凯商量道。

王凯摇头，何铁军伤得太重了，只怕是没等割掉烂肉他就先死了。

"大少，救救我，我不想死啊……"何铁军也意识到情况不妙，一把抓住王凯的脚腕，强忍剧痛开口恳求道。

他跟随王凯很长一段时间了，情急之下，喊出了以往的习惯称呼。因为脸上肉被腐蚀掉大半，他的嘴漏风又无法全部张开，说话的声音很低又模糊不清。但只看他的动作，众人就能猜出他在说什么。

王凯蹲下来，握住何铁军的手安慰道："相信我，你不会有事的！"他的语气很坚定，也很有感染力。何铁军轻轻点点头，紧抓着王凯的手也放松下来。

何铁军这么勇猛强壮的一个汉子，这会儿竟然像孩子一般的柔弱。徐乐也有些黯然，他不喜欢何铁军，这回却对他满是同情。

任何人都会畏惧死亡。尤其是在剧烈伤痛中，更会对死亡异常恐惧。何铁军的失态只是人的本性。

没有合适的药物，何铁军也只能靠身体硬扛了。何铁军这种状态，徐乐很怀疑他能否坚持下去。

"白天没看到这群虫子，从生物习性上说，也许它们都畏惧强光。那我们白天就能脱困了。"

颜落也安慰何铁军道："你再坚持一下，等到天亮我们就能离开这里，然后想办法回孤星。"

何铁军用力地点点头，剩下的一只眼睛闪着光，颜落的话让他看到了希望，求生的欲望更强烈了。

徐乐轻轻摇头，颜落的想法挺好，可谁知道虫子是不是真的畏惧强光？更大的问题是，就算离开了这里，又该怎么回家呢？

"对了，你究竟是怎么受的伤？"颜落想起了一个极其关键的问题，她遇到的虫子只会咬人，何铁军是怎么伤成这样的？

何铁军有些为难地眨了眨眼睛，忍着剧痛吃力地说道："我也不知道，就是黑暗中有个虫子突然喷出一片毒液，我本能地躲避，但没能避开……"

众人又是一阵沉默，会喷毒液的虫子，危险程度一下提升了十倍。要是这样的虫子有很多，他们就危险了。

接下来的时间，四个人各自守着一个方向，防止有虫子冲上来。安静的天台上，只有何铁军在不停地呻吟。强力止痛剂让他的脑子昏沉，却无法真正止住剧痛。

楼梯通道虽然被炸塌，依然能隐隐听到虫子们在下面滋滋乱叫。

长夜如此漫长，每个人都觉得异常煎熬。

十个小时后，一轮旭日从地平线升起，亿万金光很快就铺满天空和大地，宣告长夜彻底过去。

但徐乐等人的心却一片冰冷，围在大楼下的虫子并没有退走，数量上好像更多了一些。

从上面看下去，密密麻麻的漆黑一大片，把大楼团团围住。

"它们好像不怕光……"王凯脸色异常沉重，如果虫子不怕阳光，他们基本没有逃脱的可能。

颜落倒是比王凯冷静，她说道："现在阳光还很柔和。这颗星球有两个太阳，中午的时候阳光异常强烈。我们再等等。"

徐乐其实不太相信颜落的分析，可事已至此，他也没有别的办法。只能继续等待。

下面的虫子却不等了，一些虫子试图从大楼墙壁表面攀爬上来。幸运的是，大楼表面都是近乎玻璃的材质，光滑而坚硬。虫子们爬不了多高，就纷纷掉落。

以虫子的身体结构，本就不可能擅长攀爬。大楼又这么高，虫子要是能爬上去那才不正常。但亲眼看到虫子们一只只掉落，众人还是松了口气。

"幸好这群虫子没有脑子，不知道绕路……"王凯强笑着说道。

这座大楼外部墙壁有多处残破，虫子们要是先爬楼梯上来，在接近楼顶的楼层再向上攀爬，肯定能爬到天台上面来。

颜落、徐乐他们没人能笑得出来。更没心思配合王凯。就算虫子们上不来，他们离不开这里早晚都会被困死。这可没什么值得开心的！

好在食物和水还很充足，至少能坚持七八天的时间。

接下来又是枯燥的等待。众人就趴在墙壁上，看着虫子们不停地攀爬，不停地掉落。刚开始的时候，几个人还觉得有些滑稽，对虫子的愚蠢很是不屑。

可这群虫子似乎不知什么是疲倦，也不懂得放弃。掉落，攀爬，再掉落，再攀爬。虫子们那种坚持不懈的执着劲头，让几个人的心越来越凉。

等到中午的时候，两个太阳都汇聚在了天空正中，阳光明亮得异常刺眼。

这时候，虫子们果然受不住了，都躲避到阴影中。但依然从四面八方围着大楼。

王凯都有些绝望了，阳光最强温度最高的中午，虫子们也只是暂时退到阴影里躲避。证明了虫子们根本不怕阳光，这也断绝了他们脱身的希望。

徐乐也懒得再看了，他对朱菲说道："别看了，我们休息一会儿。"

"你休息，我看着。"朱菲还有些不放心，她双手撑在墙壁上，探头向外看去。

颜落也走了过来，她有些疲惫地贴着徐乐身旁坐下，"我们可能是走不掉了！"

徐乐默然，他也觉得脱身的希望渺茫。但从冷静智慧的颜落嘴里说出来，更让他心情沉重。

"那些虫子明明很厌恶阳光，这个星球的自然环境，很不适宜虫子的生存。它们怎么会成为这里唯一的生命物种！"

颜落茫然的转动目光，百思不解地喃喃自语着。

徐乐有些同情颜落，这个漂亮的不像话的美女，冷静智慧，现在却鬓发凌乱，满脸尘灰，在那嘀嘀咕咕地像个神经病一样。他也有些难以理解，现在最关键的是怎么脱身，虫子的来源这种问题有什么意义！

"我有个办法，可以用弹射器发射钩索，连接到一百米外的另一座大楼，通过滑索转移到过去。"

这个计划徐乐考虑了很久，他觉得成功的机会不大，但现在只能搏一搏了："如果我们速度够快，也许能在虫子包围之前脱身！"

颜落简单计算了一下，以虫子的速度和数量，他们还要带着何铁军这个重伤员，徐乐的计划几乎没有成功的可能。

她正想反对，站在她身旁的朱菲突然惊叫了一声："啊……"

颜落一惊，以为出了什么状况，急忙站起身向外看，却没有发现任何异常。徐乐也站了起来了，他也有些疑惑，不知道朱菲为什么惊叫。

"这个手镯在发热，里面好像还在闪光……"朱菲指着自己左手腕的蓝水晶般的带状手镯，有些紧张地解释道。

蓝色手镯中的蓝光闪耀流转，形成一个个近乎字符般的符号。奇异神秘的变化，在阳光下也清晰可见。

徐乐更紧张了，他急忙走过去打开搭扣，把手镯解下来。这是他在废墟里捡来的东西，谁知道究竟是什么。以城市废墟的超时代技术，也许这是一件武器也说不定。

徐乐犹豫着要不要直接扔掉时，颜落却来了兴趣，她从徐乐手里拿过手镯，放在眼前认真仔细地打量，问道："这是哪来的？"

"我捡的。"徐乐看朱菲有些羞涩不安，他出声答道。

"好像是一种类似差分机的智能工具……"

颜落其实没说实话，她倒不是想瞒着徐乐，而是觉得这个手镯和她的小型辅助分析系统很像，两者之间似乎有什么联系。

小型辅助分析系统，其运转机制和蒸汽机械差分机完全不同。这也是遗迹里挖掘出的超时代科技。直到现在，孤星政府也没能掌握其中的技术。颜落身上的这套小型辅助分析系统，就是从遗迹中挖掘出的原始型号。

事关重大，颜落信得过徐乐，却信不过朱菲。何况，一旁还有何铁军和王凯。

一声轻响，颜落体内小型辅助分析系统从皮肤下刺出一个细针般的探头，正好镶嵌到手镯内部的细孔里。

然后，玉镯一般的手镯就被激活了。一条条信息通过小型辅助分析系统的转化，传输到颜落的脑子里。她不由地闭上眼睛，全力解读信息中蕴藏的意义。

颜落郑重其事的样子，也把王凯吸引过来。他和徐乐、朱菲一样围在颜落身边，满脸的紧张和期待。

圣光降临

　　一阵风吹过来，带着沙漠独有的干燥和炽热。在楼顶上转了一圈后，反倒让人更加干渴烦躁。

　　高温酷热还能忍耐，可坐在阴影中的颜落始终没有动静，这更让徐乐他们心急难耐。

　　焦急的等待中，时间也过得异常缓慢。足足过了两个多小时，颜落才睁开眼睛。她眼神黯淡而疲惫，那样子就像是和虫子大战了几天几夜一样。

　　徐乐本想立即询问详情，看到颜落的样子却不禁有些心软，他拿出水壶递给颜落，"先喝口水，不着急。"

　　颜落感激地看了眼徐乐，想要伸手接过水壶，却发现浑身酸软连手臂都抬不起来。小型辅助分析系统没有内置能源，消耗的都是她自身的精力。接受、分析众多信息，不论是体力还是脑力，都达到了一个极限。

　　颜落虚弱的样子，让徐乐有些惊讶，他主动扶着颜落，把水壶凑到她的嘴边。

　　徐乐很自然的亲近举动，让一旁的朱菲有些不是滋味。她心里其实一直都不喜欢颜落。生存游戏要是没有徐乐，被颜落抛弃的她必死无疑。这件事，她一辈子也不会忘记。

　　三个人微妙而复杂的神色变化，都被旁边的王凯看在眼里，他不由笑了笑，何铁军受了重伤，他在团队中地位迅速下降，可徐乐他们三个关系复杂又有巨大矛盾，这就好办了。

　　喝了几大口水，又吃了两块压缩饼，颜落休息了好半天，才总算是缓过来一些。她说道："我知道怎么离开这里了！"

颜落显然知道众人最关心的是什么，第一句话就说出了重点。这下连王凯都忍不住露出了喜色。

"那些巨大黑色柱子就是星际跃迁门，通过吸收阳光和地下热能，跃迁门将在七天后积蓄到足够能源，再次打开。"

颜落获得了水晶手镯内储存的信息，对这座城市有了全面的认识，也知道了虫子们的大量信息。她耐心地给众人解释道："星际跃迁门运转的时间大概只有十分钟。我们必须提前赶到那里，等待回归。错过这次机会，我们就要再等待一年，星际跃迁门才能再次运行。"

"你怎么知道得这么详细，你手腕上的这个是什么东西？那虫子究竟是怎么回事？"

关键情报都落到了颜落手里，王凯心里也急了，迫不及待地接连发问道。

颜落看了眼王凯，不疾不徐地说道："我手腕上的这个东西叫个人智能终端，可以吸收阳光作为能源。幸运的是，它保存得很完整。在吸收到了足够阳光后，它自行启动了。"

"智能终端？"王凯咀嚼着这个词，还是难以理解这个词所代表的意义。

"简单点说，就是相当于蒸汽差分机。可以储存各种数据，还能记录影像、声音。这样一个小小的个人智能终端，计算能力比普通的大型差分机还要强。"

说起个人智能终端，颜落明眸闪闪生辉，有了这个东西，她计算分析能力提升了百倍，储存数据的能力更可怕。她个人的实力也得到了巨大提升。

当然，涉及她个人隐私，没必要和王凯解释得这么详细。

颜落在个人智能终端上点了一下，蓝色水晶手镯就在空中投射出一片一米见方的光幕。光影变化，光幕上开始放映出流动的影像，同时还配有清晰的声响。

亿万只巨大的虫子，汇聚成遮天蔽日黑云，从天而降，向下方的城市覆盖下去。

通天高塔上猛然放射出无数道电光，化作巨大的伞状防护网，把广阔的城市完全笼罩住。

一只只虫子撞在电网上，化作一缕缕黑烟。一时间，不知有多少虫子化作飞灰。可虫子似乎无穷无尽，如黑色的天河般从天空倾斜而落，汹涌地扑向城市上方。

在城市上方，人类集结了数千艘大型飞艇，发射出各种威力强大的炮火。炽烈的强光在天空纵横闪耀，虫子的尸体如雨一般地从空中掉落。但虫子们似乎不知道恐惧，前赴后继地不断从天空上降落，向着人类冲锋。

人类和虫族的大规模激战，也让徐乐、王凯、朱菲看得目瞪口呆。人类居然掌握着如此强大的力量，对虫子们完全是一面倒的屠杀。唯一的问题是，虫子太多了。这一批还没杀完，下一批又冲了过来。

但从画面的情况看，人类拥有强大的科技，面对愚蠢的虫子必然会获得最后的胜利。

这个时候，光幕上的画面一变，出现一颗徐徐转动的绿色行星。远方又一颗巨大恒星，散发着无穷的光热照耀着行星。行星上的一个黑色建筑如针般矗立在那，分明就是那座通天高塔。

行星上空，有一只难以想象的超级巨大虫子悬浮在那里。以行星为标准来衡量，这只虫子至少有行星20%的体积。

以至于它飘浮在宇宙虚空中，看起来就像一颗巨大的小行星。这个虫子身体下方有数十个巨大的孔洞，黑色虫子如潮水般从中涌出。

几个人看到这里，也都蒙了。一个可以和星球比大小的虫子，还是虫子吗？

数百艘人类的星际战艇也升空而起，向那只无比巨大的虫子发起攻击。巨大的虫子身体表面有着强硬甲壳，任凭人类战艇如何攻击，无数焰火交错闪耀，它也能岿然不动。巨大的虫子也会喷出一道道奇异的光弹反击。只要击中人类战艇，就会把人类战艇轰成一团焰火。

开始的时候双方还能僵持，人类甚至隐隐占据优势。但随着第二只巨大的虫子到达战场，人类就陷入了颓势。等到第三只巨大虫子到达，人类的抵抗就被彻底击溃。

能看到一只只数千米长的巨大虫子冲入城市，把一座座建筑从中间咬断撕碎。小虫子们则四处流窜，捕食一切生命。人类，动物，包括植物，甚至是一些建筑，都被虫子疯狂地吞噬掉。

画面上有一些虫族捕食的画面，衰弱的老人，幼小的儿童，漂亮的女人，强壮的男人，在虫族面前都沦落成了食物。虫族张开大嘴把人吞下、嚼碎，甚至一滴血都不会浪费。那血腥残酷的画面，让几个人都不忍直视。

星空中的几个巨大母虫很快就离开了，剩余的人类发现虫族害怕强光，就发射一颗可以吸收、转化光能的卫星，也就是这座星球的第二个小型太阳。

但是，残酷的强光环境没能消灭虫族。反而破坏了星球的自然环境。加上虫族疯狂地吞噬一切生物，包括植被在内，所有生物在短时间内被灭绝，星球很快变成了一片荒漠。

二十几分钟的影像，记录了一个伟大人类文明的毁灭。

光幕关闭后，众人都沉默无言。他们心里就像被压了一座大山般，连呼吸都感到费力，哪有心思说话。

徐乐他们以前对这个人类文明一无所知，但亲眼看到自己同类建立的文明被虫族摧毁，还是让他们感到无比沉重、压抑。物伤其类，看着亿万万同类被虫族吞食的惨状，再铁石心肠的人也会感到悲伤。

还是颜落打破了沉默，她说道："星球的资源已经被虫族掠夺一空，强大的虫族应该早就离开了。只留下这些低级虫族，没什么智慧，数量也不是很多，但它们还是很危险……"

王凯听到这个也冷静下来，人类文明的衰落灭亡固然值得伤感，但自己的生命无疑更重要。他急忙问道："你有什么脱身的办法？"

"根据智能终端的记载，低级虫族畏惧强光，而且它们对声音震动极其敏感。音爆炸弹能够有效地杀伤大批虫族。我们还有几颗光辉电浆炸弹和音爆炸弹，运用得好，可以打开一条通路。"

颜落自信地道："接下来，我们就在这里固守等待六天。第七天早上八点突围，顺利的话三个小时后能到达星际跃迁门。我们从跃迁门进入的时间是十二点左右。我们还需要留一些时间余量，以应付意外。"

颜落看着王凯道："你觉得这计划怎么样？"

王凯对具体情况一无所知，现在只能是颜落说什么就是什么。想了一下他说道："铁军挺住了，我们突围的时候要带着他。"

"我这有一支蓝星狂化剂。"颜落道："他可以分成几次注射，足够激发他的潜力一起突围。至于药剂的后遗症，就只能等他回到孤星再治疗了。"

几个人要从虫族包围中杀出血路，根本不可能携带一名重伤员。王凯点点头，颜落这样的安排虽然有些冷酷，却至少给了何铁军一个活命的机会。

接下来的几天时间，虫族们不断努力想冲上来，可限于它们低级的智慧，始终也没能找到突破的办法。

徐乐几个人在天台上风餐露宿，虽然没有经历任何战斗，所有人却都觉得特别痛苦。简直就像放在烧红的铁锅里煎熬，从精神到身体，都经历了残酷的考验。

相比之下，何铁军几乎整天都在睡觉，整个人的神志显得有些不清醒。过得倒是最舒服的一个。他强壮的身体和强烈的求生意志让他坚持了下来，伤势逐渐好转了一些。不过，每天是服用大剂量镇痛药物，对他神经也造成了不可逆转的伤害。

第七天的早上八点，两轮太阳已经升空，晴空无云。

事实上，也许是星球沙漠化的缘故，在这个星球上待了七天，众人连云彩都没见过几朵。

虫子们一如既往的围在楼下，但总的数目比前几天要少了一些。没有足够的食物支持，虫族也禁不住消耗。这几天足有10%的数量虫子死掉，死掉的虫子都成了同类的食物。

楼道里的虫子，经过几天的艰苦挖掘，也快把坍塌的楼道打通了。徐乐站在天台上，已经能清楚地听到虫子挖掘的声音。

"最后说一遍，要小心绿色脑袋和红色脑袋的虫子。绿虫子会喷出腐蚀性毒液。红虫子则会生成近乎酒精般的液体，通过特殊的方式转化成火焰。再有就是蓝色铁甲虫，身体坚硬如铁甲，前腿锋利如刀，是低级虫族中最可怕的战士。"

颜落最后强调道："突围过程中，听从我的指挥。有谁擅自行动，就要为自己的行为负责。大家明白吗？"

颜落目光冷厉地环顾一周，显得异常强势。作为战斗指挥官，这时候她也必须强势，绝不能容忍有任何其他声音发声。

包括王凯在内，所有人肃然应道："明白。"

注射了小半支蓝星狂化剂的何铁军，声音最大，表现出了异乎寻常的亢奋。

"朱菲，发射弹射器发射钩索。"颜落命令道。

早就准备好的朱菲，点头后用固定好的支架，对准一百多米外的一栋残破大楼发射。

弹射出的钩索准确地打在墙壁上，反弹回来在一根突起梁柱连续缠绕了数圈，最后紧紧钩挂在梁柱上面。

颜落和王凯也都松了口气，朱菲要是失手就有些麻烦了，弹射出的钩索虽然能回收，却没办法继续用弹射器发射出去。

"徐乐第一个先走，然后是朱菲、我，王凯，何铁军……"

颜落之所以把何铁军排在最后面，也是因为他不肯抛弃蒸汽装甲。合金编织的钩索承重力很强，但也未必能承受住蒸汽装甲的重量。为了安全，只能把何铁军放在最后面。

这是早就安排好的，众人都没有异议。徐乐第一个用滑轮挂上钩索，顺着向下滑过去。因为是向下滑行，速度越来越快。迎面的疾风更是吹得徐乐睁不开眼睛。

徐乐计算着快到地方了，突然松开双手，人就如炮弹般直射到楼层里。他在地上滚出十多米后，眼看要从楼层另一面掉出去了，他一脚蹬在墙壁上借力打了两个转，才险之又险地在边缘停了下来。

在对面完全看不到楼层里面的情况，徐乐看了眼楼下，心里也有点发虚。这要是直接冲出去，他肯定会被摔成肉饼。

这时候朱菲也到了，徐乐急忙起身张开双臂一把抱住冲下来的朱菲，顺着朱菲的冲击势头向后连退几步，借助蒸汽机械臂，终于稳稳地接住了朱菲。

徐乐又用同样的方式接住了颜落。但等王凯冲下来时，他就不愿意再接了。颜落和朱菲拉起两道绳子，把王凯拦了下来。

到了最后的何铁军，众人都紧张起来。万一钩索承受不住蒸汽装甲的重量，何铁军就完了。

从上面滑落下来的何铁军速度越来越快，幸运的钩索没断，但何铁军滑落的势头太快了，众人都很担心他直接冲到楼外面去。

轰的一声，何铁军猛砸在地上，炸开一大片碎屑尘烟。他就像刹不住车的火车头，一直向前滑出去。

拦着的几条钩索，都被连续崩断。何铁军眼看自己要从另一面滑落出去，吓得失声大叫起来。

王凯和徐乐同时抓住何铁军，两人一起发力，总算把何铁军硬生生拽住。

颜落也松了口气，但时间紧急，她急忙道："我们快走，虫子们已经冲过来了。"

说着她向下面扔了一颗光辉电浆炸弹。众人刚冲进楼道，轰然闪耀的炽烈强光就闪耀而起。

冲在最前面的大片虫子，都被强光笼罩。等到强光消散，前面数百只虫子在那原地乱爬乱转。失去了视力，虫子们也不知该向那个方向前进。

失去视力的大片虫子，也把后面冲过来的虫子都挡住了。长长的大街上，数千只虫子拥挤成一团。

等到颜落他们从大楼里跑出来，乱糟糟的虫子们似乎才猛然清醒过来，疯狂地向着颜落他们追过去。

两栋楼之间距离不过一百多米，但并不在一条街上。等虫子们再次发现颜落他们，双方的距离已经超过二百米了。

这个距离，也让颜落心里一松。他们全力奔跑的速度比虫子们还要快一点。只要没什么意外，就能甩掉虫子们。

等进了沙漠，长着六条细腿的虫子们的速度会更慢。

情况要比预计的好许多，徐乐王凯他们也都是心情大好。在颜落的带领下，众人发力向前狂奔。为了提升速度，何铁军把蒸汽装甲都发动起来。

众人所在的位置就是城市边缘，距离沙漠不过十几公里。放开速度狂奔，用不了二十分钟就能进入沙漠。

几个人中反倒是颜落的速度稍微慢一些，她的体力本就比不上其他四个人，又穿着磁悬偏转铠甲，防护很强，却没有内置动力。跑了没几分钟，反倒是落在最后面。

开动蒸汽装甲的何铁军，却跑到了最前面。徐乐为了照顾颜落，也放慢了一些速度。

土黄色的沙漠越来越近，后面的虫子也被甩得很远，只能隐隐看到一片黑影，几乎构不成威胁了。众人脸上都露出几分轻松，这次突围异常顺利。跑在最前面的王凯，也开始放慢速度。后面沙漠还有几十公里的路，他也需要节省体力。

果然，等众人进入沙漠后。一直跟随在后面的虫子们，就被甩得不见踪影。

众人在途中还短暂休息了三次，不到十一点的时候，就赶到了星际跃迁门前。

数十根黑色巨柱，沉稳的屹立在沙坑中，没有丝毫变化。

顺利找到星际跃迁门，所有人最后的一丝担心也放下了。广阔的沙漠缺少参照物，很容易迷失方向。幸好有颜落，她对于数据的精确记忆，确保他们行走在正确路线上，没有浪费一点时间。

"虫子们不会追来吧？"王凯遥望着那座通天高塔，有些担心地问道。

颜落摇头，"虫子智慧很低，我们拉开的距离足够远。它们又厌恶沙漠环境，应该不会继续追过来。"

颜落对此也不太敢确定。智能终端上只是记载了一些虫族的弱点，但对虫族还是缺少全面深入的研究，也不知道虫子的真正习性。

众人也都不敢大意，轮流用望远镜观察。幸运的是，一直没发现虫族的踪迹。

等到几个人手腕上的机械表到达十二点的时候，沉默的数十根巨大黑柱上突然闪耀起一道道白光，按照某种特殊次序，不断连接起来，庞大的能量最终汇聚成通天彻地的巨大白色光柱。

一想到这道光柱能贯通星际，帮助人轻易地横跨亿万里的空间。只要跨入其中，就能迅速回到孤星。众人想到跃迁门所代表的意义，都是心神激荡，难以自已。

因为要站在高处放哨，众人距离沙坑底部的跃迁门还有几百米的距离。眼看跃迁门启动，众人都加快脚步，向着跃迁门飞奔过去。

走到一半距离的时候，天空中突然响起了奇异的嗡然震鸣。那种声音听起来异常刺耳，就像苍蝇嗡嗡乱飞放大了千百倍一样。

徐乐第一个反应过来，抬头看过去，就看到数十只黑色虫子振动起两对巨大的半透明羽翼，正从天上向它们凶猛地袭来。

"虫子飞过来了，快躲！"

徐乐大叫着向众人发出警告，一面发动蒸汽机械臂，脚下猛然发力，人如箭般射到朱菲的身前，一下把朱菲抱住后，顺势翻滚出去。

其他人也都特别警觉，反应也快。看到徐乐的样子，就知道情况不妙。没人再浪费时间抬头去看，都本能地进行了躲避。

众人才离开原本的位置，一团巨大火焰就如炮弹般呼啸着落下，轰然炸裂成千百烈焰。

抱着朱菲的徐乐就觉得脑后的热气凶猛刮过，一股焦糊的味道从他头上透了出来。他猜测应该是后脑勺的头发被四散火焰烧焦了。

颜落说过虫子能喷射火焰，可上面这只虫子简直就像是飞艇发射火炮一般，威力强大得夸张。这只虫子要是早出现，他们就死定了。

"射死那红脑袋的家伙！"徐乐松开朱菲，急忙交代道。

朱菲这会儿也来不及说感谢的话，她一探手把背着的磁暴射电弓拿下来，抽出电浆箭，弓步拉开弓弦。

弓弦上的淡蓝电芒闪耀着，如满月般的长弓嗡然一振，电浆箭化作一道电光激射而出。

飞在最前面的红色脑袋的巨大虫子，被电光贯穿后丑陋的红色脑袋猛然炸裂成一大片火焰。巨大的身躯失去了主宰，在空中晃了一下，打着转从天上掉落下来。

"捂上耳朵！"徐乐大叫着，拿出一颗音爆炸弹全力投掷过去。

音爆炸弹飞高到五六十米的高度后，化作强大的音波炸开。

徐乐对时机掌握得太好了，数十只下降的虫子几乎都在音爆炸弹的笼罩范围。

对声音异常敏感的虫子，在剧烈音波的冲击下，当即失去了平衡，纷纷从天空上掉落下来。

但是，还是有两只巨大的虫子硬挺了下来。为首的一只通体发蓝，蓝色甲壳透出一种金属的坚硬质感，在阳光下闪着冷厉的光泽。

"铁甲虫！"徐乐有些头痛，按照颜落所说的，这家伙战斗力最强。而且它还长着翅膀，速度远比众人跑步要快得多。

他看了一眼，何铁军和王凯从地上爬起来后，都是头也不回地向前狂奔。

刚射出关键一箭的朱菲，却被磁暴射电弓流溢的电流电得浑身发软，想跑也跑不快。

颜落倒是停下脚步，拔出高压静电刀，一副准备战斗的样子。

徐乐急忙摆手，"你带着朱菲先走，我拖住这两个虫子……"

颜落犹豫了一下，虽然她计算出徐乐留下才是最优的选择，可这样扔下徐乐不管，她心里还是很不情愿。

但终究还是理智占据了上风，颜落一把抓住朱菲，快步向前跑去。

徐乐拔出高压静电刀，对着从天空上扑下来的铁甲虫一比画，叫了声："臭虫子，爷在这等你！"

铁甲虫被高压静电刀的刀光所吸引，调整两对半透明的羽翼，从天空上直扑向徐乐。

徐乐高举高压静电刀，心里就像冰山一样冷静。在战斗的时候，他从来不会慌乱。这是他与生俱来的独特天赋。

巨大铁甲虫就要撞到徐乐时，两条如蓝色刀刃般的前腿突然交叉着猛斩徐乐。

徐乐却提前发动蒸汽机械臂，先一步从铁甲虫身侧猛然跃起，轻松避开铁甲虫的斩击。他人在半空中扭腰反手挥刀，湛蓝的刀光疾闪，由下而上地切开铁甲虫脑袋。刀锋上的高压静电同时释放，强大电流把虫子半边脑袋电得焦糊，脑汁从刀痕处猛喷出来。

铁甲虫到底也是生物，哪怕痛觉神经很不敏感，半个脑袋都焦糊了，它再也没办法控制身体，一头撞在沙子里。巨大身体在沙子中滑行出数十米，才慢慢停下来。

徐乐解决了这只铁甲虫后，急忙落地一滚，同时缩颈藏头，防弹背心被他高高扯起，把头完全遮住。

一大片绿色毒液如雨般从空中喷落。有几点落在了徐乐的防弹背心上，发出"滋滋"的烧灼声音。还有一滴毒液落在是他的腰部，战斗服当即被腐蚀出一个大窟窿，毒液落在他身上，灼烧的剧痛让徐乐禁不住惨叫了一声。

徐乐强忍着剧痛，迈开两条长腿向前狂奔。蒸汽机械臂已经被他发动到了极致，他的速度远远超越了人类极限。

但他不敢跑直线，天上飞的那个虫子喷吐的毒液太霸道了。再被喷两下，他就会被腐蚀成一摊烂泥。

"砰砰……"跑到跃迁门前的朱菲和颜落同时开枪，压缩步枪的弹丸一起命中了绿虫子。可这只虫子身体特别坚韧，中了两枪身上只是多了两个细孔，根本就不在意。

枪声也吸引了绿虫子的注意，它张开口器，又喷出一大片毒液。毒液喷发的速度极快，笼罩的面积又大。简直就像是一阵箭雨射落下来。

朱菲大惊失色。她的身体还有些发软，动作就慢了一拍。眼看就要被毒液喷中，颜烈猛扑过来把朱菲抱在怀里。

数十滴飞射的毒液落在颜落身上，却都被磁悬偏转铠甲挡住。

被压在身下的朱菲，心情很复杂，她真想不到颜落会主动救她。她既感动又有些别扭。

徐乐已经飞奔而至，一把拽起颜落，另一只手抓住下面的朱菲，拖着两个人就冲入了跃迁门。

冲天的白光闪耀，可徐乐发现他们还在原本的位置没动，站在里面的何铁军和王凯也还在。心里不禁惊讶。

"启动需要时间……"颜落看出徐乐的疑惑，主动给他解释道。

徐乐正想说话，颜落突然用力一推徐乐。一柄从后面激射而至的蓝色锋刃，猛地贯入了颜落的腹部。

徐乐大惊，急忙扶起颜落，不等他说话，跃迁门内的冲天白光猛然旋转起来。

瞬间，天翻地转，周围的世界分解出无数碎片。

淡淡的淡蓝色荧光，将无边的黑暗冲淡，染成幽深的蓝色，通透，干净。成千上万颗六角的蓝色星辰遍布八方，一如异星球上那明朗的星空。

徐乐游目四顾，这里可不是史前遗迹的核心区域！在幽蓝星域的下方，他发现了一座六角状的巨型石碑释放着冲天白光，庄严而静谧。

"这到底是什么地方？"徐乐忍不住地问了一句。

"啊……"没人回答徐乐的问题，只有他怀里的颜落轻轻在颤抖，提醒着他还抱着一个人呢。

徐乐这才猛然想起，在跃迁门启动的时候，一柄蓝色锋刃贯入了颜落的腹部。他低头看了眼颜落，那柄宽大的利刃还在她的腹部上插着。

这玩意儿正是铁甲虫的前腿，铁甲虫没死，不知怎么就把它前腿当成飞刀扔出来。颜落为了救他，替他挨了这一下。

蓝色利刃很宽大，徐乐也不敢妄动。他想了下还是轻轻拍打了两下颜落的脸颊，"醒醒，快醒醒……"

颜落只是受不住跃迁门传送时的震荡，这才昏迷过去。被徐乐一叫就立即醒过来。

"啊，这是哪里？"颜落顾不得腹部剧痛，周围奇异的环境让她也是异常惊奇。哪怕是那个个人智能终端，也没有这方面的记录。

朱菲，王凯，何铁军也都凑了过来。在这片虚空中，几乎没有重力。每个人都是飘着过来的，他们的脸上，也都是震惊和不解。

"颜落，你知道这是哪里吗？"王凯明知道希望不大，还是忍不住问道。

不等颜落说话，徐乐冷冷地说了一句，"我觉得你们更应该关心她的伤势！"

王凯不动声色地看了眼徐乐，淡然道："我也很关心。所以，才想尽快找到回去的路，好治疗他们的伤势。"

王凯说话很有技巧，他在告诉徐乐，何铁军也是重伤。当初，众人对何铁军的态度可说不上多关心。现在颜落受伤了，他自然也没必要太热切。

徐乐心里怒气直涌，跃迁门前的战斗，何铁军和王凯都袖手旁观，一根手指都没动过。他们要肯帮忙，情况也不会这么糟。

"如果我没猜错，遍布四周的蓝色六角星辰就是一个个星际跃迁门。"

颜落注意到徐乐眉宇间积蓄的怒气，她不想让徐乐和王凯发生冲突，出声转移了话题。

果然，徐乐、王凯都被她的话所吸引，没心思继续吵架。

下面的六角石碑上的冲天光柱，就像是贯穿蓝色星域的一根中轴。围绕着这个中轴，四面八方都是六角状星辰。

如果每个星辰都是星际跃迁门，那这些跃迁门能打开多少域外星辰的通道？

"不可能！"王凯很干脆地否定了颜落的说法。他拒绝相信这么荒谬的答案。

"这里是所有跃迁门的集合点？"朱菲也很聪明，颜落救过她一次后，朱菲也彻底改变了对颜落的看法，说话的时候自然地就站在颜落一边。

"大家仔细看，那些六角星辰实际上是一个个六角门，和中心的六角石碑是对应的。"

颜落强打精神说道："史前遗迹的跃迁门，异星球的跃迁门，核心都是六角形巨柱。按照已知的情况来推断，六角状白色光柱是入口，那些蓝色六角门就是星际跃迁门的出口。"

这个答案虽然惊人，却很合理。至少听上去很符合逻辑。

王凯沉吟了下问道："位于中心的那道白色光柱，就是所有星际跃迁门的核心了？"

如果那些或远或近的星辰，真的像颜落所说的那样，这汇聚了众多跃迁门的核心，肯定异常重要。也许还藏着星际文明的巨大秘密。

"也许那里是通往孤星的跃迁门！"徐乐也兴奋起来，他对祭典比赛已经完全失去兴趣，现在最想做的就是回到孤星，送颜落去治疗。

"我们为什么不过去看看！"何铁军嘶哑着说道。他脸部的肌肉完全破坏后，就尽量不说话，这会儿却忍不住发表了自己的意见。

对此，众人都没有异议。何铁军和王凯迫不及待当先划动双臂，向着那处核心石碑飞过去。

两人的动作引动气流轻轻地拨动，淡蓝色的光晕层层而生，就像水蓝的流苏飘荡。

朱菲跟在徐乐身边，她也更关心颜落的安危，说道："我们还是先帮颜落处理伤口吧！"

"这样巨大的节肢，拔出来很难止血。"徐乐有些担心，在这个地方大出血就死定了。

"没事的，先拔掉再说。"颜落解释道："我可以控制肌肉收缩伤口防止大出血。"

通过小型辅助分析系统，颜落可以单独控制腹部的肌肉，强行收缩伤口，不会出现血流不止的情况。

徐乐很信任颜落的判断，一用力就把如利刃般的虫子节肢拔了出来。朱菲在旁边帮着解开磁悬偏转铠甲，上药后又用纱布裹住伤口。她动作利索，没几分钟就处理妥当。

颜落也表现得很淡然，似乎身上的伤势不算什么问题。但她显然不能再用力，只能让徐乐抱着。

说实话，被人抱着的感觉不是很舒服，可贴着徐乐的胸口，和他亲密无间地待在一起，颜落在心理上的感觉却非常的好。

"不用费力游泳，我们用蒸汽机械臂……"

徐乐发现，在没有重力的环境中，蒸汽排气是一种很强的推动力。利用好蒸汽机械臂，可比划动双臂快多了。

果然，靠着蒸汽机械臂排放的蒸汽推动，徐乐哪怕抱着颜落，前进的速度也特别快。他很快就追上了何铁军和王凯，并轻易地超越了两个人。

"蒸汽机械在这里居然特别好用！"

超过了何铁军和王凯，让徐乐颇为开心，他和颜落表功似的说道。

颜落轻轻叹了口气，"也许我们使用的武器，就是为了这种环境而发明的！"

徐乐虽然隐隐觉得颜落说得有道理，心里有些发沉。

经过了两个多小时的飞行，徐乐带着颜落到了六角石碑斜上方。

拉近距离后，徐乐他们才发现，横贯空间的石碑至少有一两万米高。其巍然的姿态，似乎比异星球上的通天高塔还要宏伟高大。只是它虚空广阔，缺少合适的参照物比对，难以准确地估量六角方碑的高度。

六角方碑中间套着一个巨大的圆形平台。平台中间部分最粗，上方和下方则收窄变细。形状看起来就像是一个巨大的圆鼓。不同的是，平台又梯次分成几十层。

圆形弧形和梯面棱线结合的圆形平台，在六角石碑的白色光晕笼罩下，看上去就像是远古祭祀神祇的祭坛，巨大、庄严而神圣。

徐乐觉得这座祭坛和流亡者祭坛极其相似，只是比流亡者祭坛要大一千倍一万倍。以他目测估算，这座平台的面积至少有几十平方公里，足以装下两三个天鼎城。

"如此宏大的规模，这应该就是最终祭坛吧！"

近距离观察祭坛，朱菲觉得自己渺小得如同蚂蚁，不由得肃然起敬。

"应该就是这里了。"颜落也觉得这样的建筑，才配得上最终祭坛这四个字。

"我们上去看看……"徐乐也充满好奇，迫不及待地想上去看个究竟。

蒸汽机械臂上两排的排气孔微微调整了下方向，白气喷薄，推动着徐乐他们迅速下降。

经过两个小时的使用，徐乐已经能熟练使用蒸汽机械臂飞行了，操作起来就像鱼儿在水中游泳一般，悠然自在轻松写意。

等进入圆形祭坛上方，徐乐就明显感觉祭坛上有轻微的重力，拉着他们迅速下降。徐乐不得不用最大功率运转蒸汽机械臂，反向抵消重力。他和朱菲合力，才实现了轻柔平稳的落地，避免了颜落受到剧烈冲击震荡。

祭坛似乎是用黑色大理石搭建成的，光可鉴人的石板质地厚重坚硬，显得异常沉稳肃穆。

更让徐乐他们惊讶的是，祭坛上到处散落着许多破碎的武器装备，半截的蒸汽机械臂，零碎的蒸汽装甲碎片，断裂的火焰喷射刀，扭曲的压缩步枪等等。各种金属武器的碎片，几乎随处可见。有些地方还满是斑驳的暗黑血迹，干涸的黄绿色浆液痕迹。

徐乐感觉自己就像走在远古的战场上，空中到处都弥漫着战争、杀戮、死亡、毁灭的气息。

值得注意的是，从空气、重力等方面来说，祭坛的环境和生存游戏的天坑很相似。

空气中飘浮着淡淡的金属灰尘，充斥着一股刺鼻的味道。仔细看就会发现，祭坛上方笼罩着一层水蓝光芒，和横贯空间的六角石碑的白光并不一样。只是白光过于强盛，让人很容易忽视一层水蓝光芒。

祭坛太大了，中间的巍然六角石碑看着近在咫尺，实际上至少有十多公里的距离。而祭坛上的诡异情况，让徐乐他们都暗自警惕，也不敢走得太快。

几个人走了没多远，上方突然出现一片六角状深蓝光芒，就像是一颗闪耀的星辰。

蓝色六角星辰，中间是一片深幽虚空。看起来又有些像一座发光的六角门。六角星辰突然光芒大盛，一道黑影从中间虚空中掉落下来。

准确地说，是一具黑色的人类尸体，他的手臂上戴着一副蒸汽机械臂。

徐乐几个人都是吓了一跳，突然出现又突然消失的深蓝六角光芒，突然掉落的人类尸体，一切都显得那么诡异。

等了一会儿，没发现其他的异常，几个人才把目光转到那具尸体上。

"看起来像是中毒了，尸体都黑得不成样子。"朱菲说道。

"他的左腿骨骼残缺，从断骨创口上看，应该是被某种有强大咬合力的生物咬掉的。"从后面赶过来的王凯大声说道。

何铁军的蒸汽装甲燃料消耗没了，他们半路上重新添加了燃料。所以迟到了一会儿。发现这里有异常，王凯也急忙凑了过来。

徐乐等人的脸色都有些难看。在异星球和虫族大战后，他们都本能地联想到了凶残无比的虫族。

能掌控高端的蒸汽机械臂，他的身份很可能就是守护者。

"也许他是和我们一样的守护者，通过星际跃迁门去了另外的星球，遇到了凶残虫族！"

综合各种情况，颜落做出了最合理的解释。

"可是，这一次只有我们五个守护者参加最终的祭典比赛。"

王凯还是觉得有些问题，这人要是守护者，又是从哪里冒出来的？

尸体已经腐烂发黑，根本辨认不出对方的面目。王凯觉得，这人也许是其他星球上的人类。

"这人一定是孤星的守护者。"

颜落无比确定地道："他的蒸汽机械臂是飞豹三型，是我们最成熟最完善的一代产品，和徐乐手上的是同一个型号。"

颜落继续说道："我猜测他是以前的守护者，通过星际跃迁门离开，却在外星停留了一段时间。跃迁门打开后，又把他的尸体传送回来。"

"星际跃迁门不是每年运行一次吗？去年的比赛并没有守护者死亡。"王凯质疑道。按照颜落的说法，时间又对不上了。

"成千上万个星际跃迁门，它们运行的时间未必一致。"颜落说道："不能用我们的粗浅经验去判断所有的星际跃迁门的运转规律……"

祭典比赛举行了不知多少年，历年失踪的守护者难以计数。按照颜落的说法，只有回去查看记录，才有可能查到死者的身份。

王凯默然。他之所以和颜落争论，主要是想验证死者的身份。如果死者是外星的人类，就证明他们有机会和外面的星际文明接触。如果那些蓝色星辰真是星际跃迁门，王凯相信他们总有和外星人类接触的机会。

五个人谁也不说话，气氛压抑沉闷。王凯知道，在异星跃迁门的战斗他没有帮忙，颜落、徐乐、朱菲三个人都对他有着极大意见。无形的隔膜，让五个人分成两组，彼此还隐隐针对。

王凯其实不喜欢这样。一共就五个人，还要分成两派，关键是他还处在弱势地位。不得不跟着颜落走，已经从实质上丧失了领导权。

这对他的计划太不利了！但事已至此，再解释什么也没用了。

几个人走了没多远，就看到地上摆着一副黑色蒸汽装甲。不同于普通蒸汽装甲的厚重，这套蒸汽装甲的黑色的金属光泽极其内敛，整体结构显得轻薄而精致，透出一种超越时代的优雅美感。

所有人的目光都被这具蒸汽装甲所吸引。

毫无疑问，孤星政府是造不出这样近乎完美的蒸汽装甲的。

"飞虎原型机！"颜落明眸少有地露出兴奋之色，指着暗黑蒸汽装甲高声叫道。

因为太过用力，扯动了腹部的伤口，颜落脸色一白，光洁的额头上立即就冒出汗来。

"别激动。"徐乐安抚道："放在那跑不掉的。"

他觉得这具蒸汽装甲很好看，却不太理解颜落的激动。再好看也不过是具蒸汽装甲！没必要这么兴奋。

"这就飞虎原型机？"王凯也激动起来了，他快步走上去，伸手轻轻抚摸着蒸汽装甲的机体，那温柔的样子就像是在抚摸自己心爱的情人。

徐乐、朱菲、何铁军三人都有些茫然，怎么王凯也这副样子？

"飞虎原型机是所有蒸汽装甲的原型，是一百多年前从史前遗迹中挖掘出来的。其中一部原型机被拆解，也让我们发展出了蒸汽装甲。不过，直到现在为止，飞虎原型机上一些核心技术还没能破解。如核心微型蒸汽机，变形吸能合金甲片的金属配方，都处于低级模仿阶段，比照原型机的性能有着极大差距……"

飞虎原型机是孤星政府的绝密项目，徐乐他们都不可能知道。颜落耐心解释道："当初挖掘出了两套飞虎原型机，一套拆解后再无法组装，另一套就完整地保存下来。但在二十多年前，飞虎原型机就失踪了。"

这样一解释，徐乐他们就听明白了。眼前这具蒸汽装甲，原来是所有蒸汽装甲的源头，而且性能比现有的所有蒸汽装甲都强悍。

星际跃迁门，个人智能终端，这些星际文明的科技太过超前。徐乐他们都只知道这些科技厉害，却无法真正理解这些科技所代表的意义。

反倒是飞虎原型机和蒸汽装甲的关系，让他们能轻易理解原型机的珍贵。

徐乐也不禁激动起来，飞虎原型机可是个好东西！就连被毁容的何铁军，仅存的一只眼睛也闪闪生光，被飞虎原型机勾起浓烈的兴趣。

几个人一起凑过去，都学着王凯的样子，轻轻抚摸着飞虎原型机。和普通蒸汽装甲的粗糙不同，飞虎原型机摸起来手感细腻光润，甚至有种柔韧的感觉。关节连接处也处理的异常精致，甚至没有任何空隙。

不过，近距离观察，就能看到这具蒸汽装甲的机体表面满是伤痕，只是因为机体内敛暗黑色，这些伤痕在远处根本看不出来。

很显然，飞虎原型机经历了惨烈的战斗。只是不知道驾驶者跑到哪去了。但这都是小事，在场的人也没人会在意。

"飞虎原型机，在技术上至少领先我们二百年。"

被徐乐放在地上的颜落，迷醉地看着身旁的飞虎原型机。在场的人里面，她对于技术最为敏感，也最为痴迷。

飞虎原型机展现出超越时代的强大技术，让颜落有些难以自制。

王凯反倒是冷静下来，他抬头看了眼前方巍然的六角方碑，说道："时间不早了，我们要加快速度。"

"这具蒸汽装甲怎么办？"徐乐很喜欢这套飞虎原型机，他觉得应该想办法带回去。

不过，飞虎原型机虽然精致轻巧，总重量也有一百多斤。无法折叠，携带起来很麻烦。以众人现在的状态，没有精力再带这样的大家伙。除非有人愿意穿着它。

颜落沉吟了下道："可以添加一些燃料，试试能否启动。"

因为何铁军穿着蒸汽装甲，他们携带了二十公斤的高效能燃料，到现在还剩下一小半。

在颜落的指点下，徐乐打开飞虎原型机隐蔽胸口内部的开口，给里面添加了几公斤燃料。

徐乐打开腰部的一个阀门，飞虎原型机就嗡嗡颤鸣起来。微型蒸汽机的运转平稳、有力、低沉。如果不仔细听，甚至听不到蒸汽机运转的声音。这让习惯了普通蒸汽装甲巨大噪声的大家都很不习惯。

"太好了，能够运转，而且状态非常良好。"

颜落也很惊喜，本以为飞虎原型机遗落在外多年，缺少基本的保养，早就不能用了，没想到装甲居然保持着相当良好的状态。

她看了眼王凯，说道："既然状态良好，那就让徐乐先穿着。"

王凯本想争取一下，但考虑到他并不擅长驾驭蒸汽装甲，现在他也没有话语权，说了也注定不会有效果。他只能点点头，认可了颜落的分配。

徐乐对飞虎原型机很好奇，对颜落的分配当然没有任何异议。

飞虎原型机虽然轻巧精致，可穿戴起来也很麻烦。在颜落的指挥下，朱菲协助徐乐先是卸下蒸汽机械臂，又忙乎了半个小时，才穿戴好飞虎原型机。

空间重力很低，飞虎原型机一百多斤的重量根本算不上负担。装甲设计得异常合理，重量都由内置金属骨架承担。不使用内置蒸汽动力时，完全能依靠身体肌肉带动金属骨架行动。

坚固而柔韧，轻盈又强硬，精致而凶悍，徐乐觉得，飞虎原型机简直堪称完美。

　　黑色蒸汽装甲猛地轻盈地滑动起来，凭借着合金脚上的传动装置，徐乐瞬间提速，黑色的金属装甲机身伴随着漂亮的前行滑步动作，在小范围内兜着圈子。

　　经过短暂的适应，徐乐很快就掌握了操作要领。他的动作也越发轻盈流畅，就像是脚下穿着冰刀在冰面上轻舞。

　　历经二十多年的岁月沉淀，这台蒸汽机甲居然还能全方面保持良好状态，简直有些不可思议。

　　徐乐超强的适应性，精妙的操控能力，强横的身体素质，敏锐的战斗意识，也通过飞虎原型机全部释放了出来。

　　王凯目光闪烁，穿着飞虎原型机的徐乐，达到了个体战力新的极限巅峰。他现在已经没有和徐乐正面战斗的资格了。

　　但飞虎原型机再厉害，也终究只是一套蒸汽装甲。徐乐不可能始终穿着。杀人和战斗，其实是两回事。何况，徐乐也未必是敌人。在凶险的最终祭坛里，徐乐能提升战力并不是件坏事。

　　徐乐考虑到颜落的伤势很重，也不敢浪费时间。简单地适应了如何操作飞虎原型机后，就立即抱着颜落继续前进。

　　众人加快脚步，四十多分钟后，就来到了六角方碑前方。

　　越是靠近，就越能感受到六角石碑所蕴藏的强大能量。横贯蓝色星域的白色光柱散发的能量波动，就像流水一样缓缓旋转，其运转方式和能量波动都和刚才跃迁门的一模一样。

　　果然，这座最终祭坛实际上也是一座巨大的星际跃迁门。

　　"这座六角石碑和异星球上的通天高塔几乎一样。"徐乐有些感叹地道。站在六角石碑下，他感觉自己异常渺小，哪怕穿着强大的飞虎原型机，对于巍然如神山的六角石碑而言，也和蚂蚁没区别。

　　"这不是真正的石碑，而是星际文明中的一种能储存能量的储能器。"

　　颜落感叹道："可惜，星际文明完全毁灭了，留下的这些伟大科技，我们只能看着，却没办法破解出其中的技术……"

　　徐乐问道："我们能通过这个跃迁门回家吗？"

　　"不太确定。"颜落看着高不见顶的宏大石碑，神色古怪地说道："这个储能器好像有些不一样。"

　　"有什么不一样？"从后面赶过来的王凯好奇问道。

　　"我感觉它像是活的，就像是一棵大树，或者是某种更高级的生命。"

　　"活的？"王凯眼中露出几分讥笑之意，他又别有意味地深深看了眼徐乐。他很怀疑这座六角石碑就是控制天幕的中枢。

　　徐乐也读懂了王凯的眼神，知道王凯想趁机打开天幕。他暗自警惕。异星球上的经历，让他意识到星际文明也有强大的敌人。打开天幕，真的未必是件好事！

　　两人虽然都没说话，可情绪上的变化，让气氛陡然紧张起来。何铁军和朱菲，都各自拉开距离，谨慎而带着敌意地互相打量着。

　　颜落觉得，王凯和徐乐之间似乎有什么特别的矛盾，彼此提放。她伤得又重，也无力控制局面。至少，王凯不会听她的。

　　她轻轻叹气，伸手抚摸了下石碑。说是石碑，实际上只是颜色看起来像，手感上冰冷、光滑、坚硬，更像是某种特殊的金属。

　　被颜落一碰，六角石碑如水波流转的白光突然凝滞静止，一点深蓝光芒在其中绽放，化作一片广阔无尽的深蓝星空，投射到众人的眼中。

　　深蓝的星空中，一颗灰白色小星球围绕一个蔚蓝色的星球，缓缓地旋转。

　　灰白星球的表面，到处都是星罗棋布的环形山。到处都是一个个巨大的坑洞深谷。被光暗分成两半的星球，众人都觉得有些眼熟。

　　朱菲突然道："这好像是月亮！"

　　孤星恶劣的空气，就像一面巨大的黑幕把天空完全遮挡住。朱菲从小到大只见过两次月亮。正因为看得少，所以对月亮的印象异常深刻。

"按照智能终端记载，月球上直径大于1千米的环形山多达33000多个。这个就是月亮！"

徐乐和王凯都在流亡者祭坛看过月球的样子，都表现得很淡然。何铁军枯黑扭曲的脸上，则看不到任何表情。仅剩下的一只眼睛目光闪动，却不知在想什么。

光幕上画面视角一转，不断向月球内部深入。几秒钟后，一个幽蓝色的世界出现在众人眼前。

果冻般的幽蓝色，遍布八方的六角星辰，跟他们脚下这方世界，竟然一模一样。

不用任何解释，所有人都恍然明白，这遍布跃迁门的世界，竟然就在月球的内部！

王凯更是心怀澎湃，同时心中隐隐有些莫名的忧虑。

谁也想不到，这里居然就是月球内部。难道这里真的是最终祭坛？

王凯抑制不住心中的兴奋，这里要是最终祭坛，他就可以打开天幕，联系外面而对星际文明，带来更强大的科技，给孤星注入全新的活力，改变腐朽的社会制度，拯救孤星上的所有人类，完成他的理想。

徐乐也在思考，如果这里就是最终祭坛的话，那控制天幕的核心中枢在哪里？

六角方碑突然剧烈震动起来，在沉闷却雄厚有力轰隆声中，六角方碑徐徐旋转升高，露出了下面一块凹陷的巨大空间。

空间中心是一座白色祭台，一颗巨大的六棱状蓝色水晶摆在祭台上，散发湛然而对蓝光把空间镀上一层水蓝色。看起来整座空间就像浸泡在明澈的海水中一样。

众人恍然大悟，这个空间是藏在六角方碑下面的，只有六角方碑升起，才能看到这个空间。

没猜错的话，这里应该就是他们要找的最终祭坛的核心。那颗巨大的蓝色水晶，应该就是控制一切的中枢。

众人互相看了一眼，每个人都显得很兴奋。

这个时候，众人头顶上方突然出现了一颗六角星辰。一个巨大的黑影，从那六芒星那耀眼的蓝光中，骤然弹射了出来。

这是一只通体碧绿的巨大虫子，头顶高高鼓起的黄绿复眼如同两面碎裂成千百片的镜子。三角状的头颅很小，漆黑口器有如长长剪刀，上面布满森立如刀惨白而对牙齿。背上的一对漆黑翼翅，如同一对锋利的利刃。支撑身体的六条腿异常有力的，尤其是最前面两条腿，尖利得如同一对长刀。看着就让人心里发寒。

徐乐觉得，这只虫子就像是放大百倍的螳螂。它透露出的凶残意味，却远超任何变异而对猛兽。

星际跃迁门居然会传送凶恶虫族，徐乐等人心中的骇然已经无法言表了。

异星球上的战斗，众人已经深刻体验了虫族的强悍恐怖。

顽强的生命力，超强的力量和速度，都是寻常人类所不能企及的。其无穷无尽的力量，更让人胆寒。

眼前这只巨大的螳螂，诡异复眼一动不动，可透出的残忍、嗜血却是那么明确直接。身体呈现的种种特征，也明显比异星上的那只铁甲虫更强大。

众人在异星学会了一件事，虫族跟人类，没有任何妥协共存的可能性。要么它们死，要么人类死！

不管眼前这只虫子是哪儿来的，想要干什么，众人都不能容忍它活着。

巨大螳螂显然也是这么想的，它背后如刀般羽翼摩擦了一下，发出尖利刺耳的鸣叫。六条腿一起发力，高高跃起直扑向徐乐。

徐乐把怀里的颜落扔给了朱菲，自己拔刀猛然迎了上去。

飞虎原型机不断加速，超强的蒸汽机提供了强大动力，推动着徐乐飞射出去。他感觉自己简直就像压缩步枪射出的弹丸，恐怖的高速让周围环境都变成了一条条拉长的光线。

换做普通人，这会儿早就失控了。徐乐的心却异常冷静，举刀向着眼前不断扩大的大螳螂猛斩下去。

巨大的螳螂也感觉到了危机，两只如刀般的前腿猛弹出去。但徐乐的速度太快了，它的双腿刚一动，徐乐就连刀带人冲过来。

巨大的螳螂看似凶猛，可身体结构注定了它的脆弱。高压静电刀的锋利，轻易破开它身体表面的甲壳。坚韧的飞虎原型机凶猛无比而对撞击下，虫子分裂开的身躯当即被撞爆了。

"噗"的一声，巨大黑色螳螂在空中就炸成一团烂浆。握刀的徐乐从螳螂身体中飞出来，一直飞到数十米外，才勉强落地停下。

凶狠凌厉的一击，也让拿出武器准备帮忙的众人目瞪口呆。

徐乐轻易杀掉了突来的虫子，众人的心情也都轻松了不少。等徐乐回来后，他们一起走进了下面神秘的空间。

空间就像是一座巨大的殿堂。中间白色金属基座上，摆着一颗十几米高的湛蓝水晶。水晶表面切割成无数棱面的六棱体。通体剔透晶莹，不论从哪个方向看，都能看到众多棱面闪耀的光芒。

巨大的湛蓝水晶，散发着无限神秘的魔力。每个人注视水晶的时候，就会不由自主地为其迷醉。

不知不觉中，几个人都闭上了眼睛。

巨大水晶中的一股庞大的意念，和几个人建立了连接。

朦胧中，徐乐感到自己的意识，突然飞了起来，被一股浩瀚如海洋般的意识包裹着。

徐乐舒服得很，就好像他就是一个婴儿，回到了母亲的子宫，被温暖的羊水浸泡，舒适、温暖、放松、惬意。

但是，眼前的景象，骤然变换。

一颗蓝色的星球出现在徐乐的眼前。

巨大的星球表面，大部分都被海洋占据了。一无所有的海洋中，迅速出现了微生物，随着时间的流逝，生命物种不断丰富。很快一只海洋里的生物，跳跃到了陆地上。然后，生命物种就像爆炸一般，迅速扩张。

"这是几亿万倍速人类发展的历史。"徐乐早在流亡者组织控制的祭坛中就见过这一幕，所以他清楚这是什么。

随后的演变，也是一样。

人类建造了巨大的星际飞船，驶出了他们的行星系，开始向最近的恒星系殖民。

当第一次殖民成功，两个世界很快发挥出了互补的优势，科技有了飞跃式的进步，人类建造出了可以空间跳跃的大型飞船。最后，甚至建立了连接不同星系的直通通道——星际跃迁门。

月球，因为其特殊位置，成为所有星际跃迁门的中心。

空间技术的飞跃进步，加快了人类星际扩张的步伐。

疯狂的宇宙飞船就像是飞舞的蒲公英，以两个世界为核心，向着千亿的星辰进发，一个个星球被文明点亮。

从孤星起步，人类成了宇宙之王。

人类文明也迈入了最繁盛的阶段。画面到此突然一暗。

徐乐恍然记起来了，他在流亡者祭坛也是看到这里时画面结束了。

但是，画面很快再度明亮起来，这一次的画面显示的却是一片荒野，天空中降落下一个奇怪的物体，浑身黏液，像一条大蚯蚓。随后，一队机械人出现在画面上，他们朝着那条大蚯蚓靠过去，但那条大蚯蚓却钻到地里去了。

画面又换了，一些建筑工人正在施工巨大的地洞被挖掘开。黑幽幽的洞口，透露出几分不祥的意味。但是，没人在意。

城市顺利建造好，人类在里面平静而幸福生活。

被人类遗忘的那个地洞口，突然爬出了一只巨大虫子。它在城市的下水道口爬了出来。在它的前方，有一个衣着鲜艳的小女孩正在开心地玩耍。

徐乐心里一紧，他很为小女孩担心，更隐隐有种感觉，这是人类文明的一个关键转折。

巨大的虫子很快就扑了上去，把小女孩撕碎吞掉。徐乐很想闭上眼，但那幅画面直接印在了他的脑海里，想不看都不行。

接着，巨大的虫子不断地捕食人类，它的力量迅速壮大，虫族的数量也很快扩张并不断进化成各种形态。

人类强大的科技力量，在开始的时候占据了绝对优势。但虫子疯狂地进化，让它们的力量不断增强。到了最后，甚至出现了堪比行星大小的母虫战艇。

这个时候，虫族在战斗力上，已经超越了人类。更可怕的是虫族能够吞食一切生物，转化为自身的养分。它们的数量呈几何基数增长。当数量超过某个界限后，人类也支撑不住了。

各种虫子在星球上肆虐，将人类啃食，将人类的基地、城市，一个个摧毁掉。画面再转，就是一队队机械人列队走上一艘艘飞船，望着他们离去的，是一个个手持武器的普通人类，他们在望向机械人时，脸上都流露出鄙夷的表情，却没有谁站出来阻止机械人的离开。

最终，画面转到了月球。

月球内部，一些人建造了六角方碑，建造了最终祭坛。巨大的水蓝水晶，开始吸收众多星际跃迁门内传递回来的能量，最终释放出一片薄纱般半透明的雾气，把孤星和月球完全罩住。

徐乐这才明白，罩在孤星上方的天幕是由最终祭坛汇聚能量转化而成的。不过，有个问题是，为什么会建造成祭坛的样子？又是谁事无巨细地记录了一切？那种无所不在的视角，简直和神祇一样伟大。这肯定不是人类自己做的记录！

天幕让孤星和月球变成一个封闭的领域，成为与星际隔绝的孤岛。

强大的虫族们，在孤星疯狂地扩散。但因为天幕的隔绝，他们无法去往别的星球。

孤星上留守人类，建立了新的政权。可因为内部矛盾激化，发生了内战。

惨烈的内战摧毁了文明的根基，幸存的人类逐渐失去了原本的文明传承。他们在资源枯竭的孤星上，重新建立了蒸汽机械文明，建立了政府。人类再次繁衍，可因为星球资源的限制，人类社会逐渐失去了活力。

月球内部的最终祭坛，每年的固定时间，一些星际跃迁门都会自发运转，偶尔会有一些虫族被传送到最终祭坛。

跃迁门运转需要巨大的能量，每次传送的数量有限。而且，传送会产生巨大的辐射，很少有人能承受多次辐射。

一些知道真相的人类首脑，根据现实情况，决定建立生存游戏，以此来选拔合格的战士，守护最终祭坛，守护天幕。于是，生存游戏成为孤星政府最重要的一件事。亡命者在守护者的带领下，血腥地战斗，以此来选拔最优秀最强大的战士。

获得胜利的战士，都会通过史前遗迹的跃迁门，传送到最终祭坛，剿灭那些被跃迁门传送过来的虫族。但是，这种偶尔也会有一些意外，守护者会被星际跃迁门传送到外星球上。

去了异星的守护者，大都被虫族吞食。也有运气差的，不知该如何回来，迷失在了异星。

画面最后，就是徐乐他们五个人，跪在蓝色水晶前面，满脸茫然眼神呆滞。

就在大家疑惑的时候，一股强大的意识在他们的脑海中回荡起来。

"如果你们此时能站在这个地方，代表着你们已经合格了，可以接受更加残酷的考验，请原谅，我只能这样形容你们接下来的命运。我是韩羽，机械文明世界的罪人、先驱……但只有我知道我自己的真正身份，现在我以这个身份，欢迎你们接受我的考验——入选天选者的考验……"

一个巨大的符号从徐乐的脑子里缓缓升起，那是三道横杠，看似普通，却蕴藏着极大的力量；看似张扬，却又让人的心不由自主地静下来。

韩羽的意识继续在徐乐等人的脑海里响起：千百年来，我无数次重复着现在的举措，将这个世界的真正秘密告知能够到达这里的勇者，但也一次次失望，因为几乎没有人完成最后的任务。但我依然坚守，因为我从不放弃希望，这也是我们天选者所承袭的最高的天命。那么，在你们接受考验之前，先让你们了解这个世界的真相吧。

接下来，韩羽残留的意识所讲述的事情，徐乐之前就知道，也就是逻辑派和情感派的争端，但到了后面，事情的发展和杨万里告诉他的完全不一样。

韩羽从千年之前就有着双重的身份，表面上他是星际联邦孤星政府的议员，身负为孤星公民服务的职责，热衷于旅游，经常四处旅行。但实际上，他是天选者组织的成员，担负着更大的责任——守护整个机械文明和其他平行世界。和别的旅行者的不同就在于，他可不是跑到某个位面游览一通，而是出生入死，与来自各方的敌人拼命。

一次，韩羽接受任务，到一个叫秦始纪的平行世界阻止来自于他们敌对的那个基因文明的敌人破坏秦始纪的行动。

任务完成得十分艰难，韩羽遭遇了前所未有的强敌，自己的机械躯体遭到了极大的破坏，幸而在最后一刻发出救援信号，让其他的天选者耗费了极大的力量，穿越了好多个时空，将他救回了孤星。不过，这一次危险的旅程也给韩羽带去了相当大的震撼，因为他虽然重伤，但却找到了新一代的，能守护秦始纪的天选者。而从那个人的身上，他找回了机械文明丢弃多年的，人类最宝贵的东西——情感。

于是，在这样的心境下，韩羽其后的举动，一举改变了孤星的命运，甚至在整个机械文明内部也引发了巨大的争论。当然，当时的韩羽并没有想到自己的一念之差会引发如此强烈的连锁反应。直到虫族在与人类的战争中显示出与它们的躯体不相应的智慧时，韩羽才终于意识到，当时那只从天外钻入孤星的大蚯蚓没那么简单。

但韩羽在抵抗虫族的战斗中当仁不让地成为领导人，这个优势让他得以动用一些力量去查探一些事情。于是，通过情报的收集及与隐藏于机械文明和其他位面的其他天选者的通话，韩羽终于查清了虫族之祸的来源。

得知真相的韩羽十分感慨，原来孤星这场祸乱，真的是自他而来，从他接受任务到秦始纪开始，一切都已注定了。

那个敌对的文明和机械文明不一样，他们是通过先进的基因技术改造和提升自己的能力，可以把他们称为基因文明。之所以对机械文明采取如此惨烈的报复，不外乎就是：韩羽是天选者，是他们的敌人，而他们经过跨越时空的探查，终于找到了韩羽所在的世界。

敌人的朋友是敌人。因此，基因文明在这方面的代理者——那个名叫朔望的组织，策动了对孤星的攻击。

基于时空规则的限制，他们无法破开位面，大举进攻机械文明世界，但通过时空虫洞投入一些让敌人头痛的东西，基因文明一直就是这么干的。那条浑身黏液，恶心至极的大蚯蚓是整个朔望组织耗费很多心血培养出来的生物武器。

如朔望所料，大蚯蚓的子孙们在孤星肆虐，甚至自主进化成为一种完全可与人类媲美的种族，给孤星人带去了几百年的痛苦。最初，虫族的势力甚至蔓延到孤星周边的其他行星，徐乐他们先前到过的那个有两个太阳的城市就是例子。

最后，韩羽穷尽孤星仅存的科技设计了天幕，将虫族禁锢在孤星上，让它们无法使用任何方法攻击机械文明世界的其他星球。而设立祭坛的目的，则是他必须寻找合适的传人，在合适的时候进行真正的反攻。他以自己毕生的精力和放弃天选者的身份为代价，设立了传承的方式，等待着真正能替代他的那个人出现。

"那么，你准备好了吗？愿意承袭我的遗志，成为天选者的一员，其后以自己的生命守护这个世界，和基因文明、朔望及其他敌人战斗到底吗？"

徐乐接受着这些信息，异常震惊，也异常不安。在无所不知的意识面前，他就像赤身裸体一样，没有任何秘密能瞒住对方。对方透出的无比伟大的力量，远远超乎了他对生命的理解。

但徐乐还是在意识中对韩羽回答了一句：我愿意！

脑子里刚掠过这个想法，徐乐忽然感觉到左臂一阵剧烈灼伤的疼痛，睁开眼睛，才发现自己不知什么时候跪在了地上，而左臂上竟然凭空出现了三道横杠，和刚才他脑海中的一模一样。

这就像一个梦，但又不是梦。没有任何梦境能如此清晰完整，没有任何梦境能展现孤星之祸的起源、发展、毁灭的全部过程，也不可能将三道杠活生生地印在人肩膀上。

只能说，这就是神迹！

韩羽的意识和他的对话，就像烙印在他脑里一样，那么的鲜明、深刻，以至于无法忘记，甚至无法去忽略，也不可能去怀疑。

朱菲、颜落、王凯、何铁军也都先后惊醒过来。从他们震惊的眼神中，徐乐敢肯定大家的经历都一样。

冷静的颜落也表现得很失态，梦中接受的一切信息超乎了她的逻辑，对她的冲击异常巨大。她喃喃道："不可能的，怎么可能有这样的事情……"

王凯则是一脸呆滞，梦中接受的信息对他造成的冲击更为巨大。他费尽心机想要打破天幕，拯救孤星人类。现在才发现，天幕是保护人类的最后屏障。一旦被打破，虫族就会蔓延到别的星球去，所有人类都会成为虫族的食物。

流亡者组织为之努力奋斗的目标，只会把人类最后的文明彻底毁灭！这让王凯觉得自己的人生简直是个荒谬笑话！

王凯无比沮丧失落，他的荣誉、骄傲，都在残酷的现实面前被碾成灰土，不值一钱，甚至没有任何意义。

他无法容忍这种落差，更无法容忍这种耻辱，他缓缓拔出高压静电刀，就想干脆一刀了解自己。

但在横刀自刎之前，王凯又有些犹豫、害怕。就这样结束自己的生命，似乎又太过仓促了。

"你要干什么？"

徐乐却误会了，以为王凯要破坏天幕中枢，他紧张地握起拳头喝问道。

王凯还没说话，他身旁的何铁军狂笑起来，"干什么？打破这鬼东西，解放所有被孤星政府压迫的人类……"

徐乐有点吃惊，他没想到何铁军也是流亡者的人。而且还如此偏执，已经知道天幕事关人类存亡，知道了韩羽留下传承的目的，居然还想要打破天幕！

王凯比徐乐还惊讶，他都不知道何铁军的真正身份。一想到杨万里在他身边安排了人却不告诉他，王凯更是愤怒。杨万里明显是不信任他，才安排了何铁军作为后手。

"什么守护者，什么荣誉公民，凭什么高高在上，都该死、该死！"

何铁军继续破口大骂，他被腐蚀的丑陋嘴脸显得愈发恐怖，仅有的一只眼睛蓝中透红，透出无比疯狂诡异的意味。

蒸汽装甲被他发动起来，蒸汽机轰鸣在半封闭的空间异常沉闷有力，几个人耳朵被震得嗡嗡直响。

很显然，何铁军已经把蒸汽装甲的功率开到最大。

"他疯了！"颜落有些焦急地低声对徐乐道："蓝星狂化剂侵蚀了他的神经，加上虫族的剧毒，何铁军绝对是疯了！快阻止他！"

徐乐紧紧皱眉，只是何铁军还能对付，再加上一个王凯就难办了。

他最多能挡住一个，颜落由于重伤根本动不了。他们几个人距离太近，朱菲只怕弓还没拉开对方就冲过来了。

何铁军却不给徐乐考虑对策的时间，他屈膝发力，就准备发动蒸汽装甲猛冲过去。

这会儿他的脑子已经一片混乱，只记得最初的目标是摧毁天幕。动手时本能地就选择了最熟悉的冲撞。

徐乐眼神一凝，以蒸汽装甲的厚重坚硬，加上蒸汽全力的推动，何铁军一旦冲起来就会像疾驰的火车头一样，他也未必能拦得住。

正当徐乐想动手阻拦时，王凯突然挥刀横斩，蓄势准备冲击的何铁军的脑袋冲天飞起，无头的身体血如喷泉般，喷出数米高。

浓烈的热血，在空中挥洒开，在地面上留下了大片血迹。

当场被击杀的何铁军，顿了一下，无头身躯轰然倒地。

徐乐他们先是一惊，然后都松了一口气。很明显，王凯的神志还很清醒。

但为了防止意外，朱菲还是拉开磁暴射电弓，瞄准了王凯。

"这世界充满了恶意和绝望，但这不能掩盖我的错误。做错了事情，就要负责。"王凯满怀遗憾地叹息着，他背叛了家庭，背叛了自己的阶级，可所做的一切被证明是一个笑话。他没脸面对自己的亲人，也没法再去面对流亡者组织。

徐乐听出不妙，他急忙劝道："你别冲动，什么问题都有办法解决。"

王凯对徐乐摇了摇头说道："再见了，朋友……这世界，是一个碎片，一场噩梦，注定要毁灭！"

说着，他一脸决绝地对着脖子猛然横刀一抹，锋利无匹的刀锋轻易地切断了他大半脖子，刀锋上的高压电流也烧焦了他的神经组织。

砰的一声，王凯仰天摔倒。他的瞳孔迅速扩张，很快就失去了最后一抹生命的灵光。他的面色很平静，但无法闭上双眼，他在表达着他的不甘和痛苦。

徐乐眼睁睁地看着王凯死去，心里无比压抑。

现实就是这么的残酷血腥，不论徐乐怎么想，怎么做，都无法改变这个世界。

骄傲的王凯，用自杀来解决了所有问题。他又该怎么办？

天幕下的孤星，正在逐渐腐朽、毁灭。天幕外的星空，却因为孤星而有可能受到毁灭性的打击。

宇宙如此广阔，孤星人却连寸身之地都没有。

徐乐心里就像被孤星的黑烟乌云所笼罩，压抑的绝望让他觉得自己快要窒息了。他甚至在想，像王凯那样痛快解决自己好像也不错。

颜落走过来用力握着徐乐的手，正色道："不管怎么样，我们都要活着，你忘了韩羽先师的话了吗？现在，我们都是天选者看中的人，我相信，不久的将来，赋予我们的使命就将降临，所以，活着才是我们目前最应该做的事。"

说着，颜洛对徐乐扬起左臂，"你看！"

顺着颜落的胳膊看过去，徐乐惊讶地发现，她那里也印着三道杠，此时还滴着些许的血。

朱菲也走过去握住徐乐的另一只手，柔声说道："你说过，活着才有希望……"她的右臂上同样有着和徐乐与颜落同样的印记。

握着朱菲和颜落的手，徐乐突然感到了沉重的责任，心里也突然充满了勇气。

他看了眼两个风情各异的美丽女子，迷茫的眼神逐渐地坚定起来，"活着，才有希望！"